ハヤカワ文庫 FT

〈FT541〉

盗賊ロイス&ハドリアン

王都の二人組

マイケル・J・サリヴァン

矢口 悟訳

早川書房

6992

THE CROWN CONSPIRACY
by
Michael J. Sullivan

Translated by
Satoru Yaguchi
First published 2012 in Japan by
HAYAKAWA PUBLISHING, INC.
This book is published in Japan by
arrangement with
TERI TOBIAS AGENCY, LLC
through TUTTLE-MORI AGENCY, INC., TOKYO.

カバー／挿絵　睦月ムンク

力を尽くしてわたしを支え、夢を叶えさせてくれた妻（いちばんのファン、協力者、パブリシストでもある）ロビンへ。

そして、この物語が刊行されるまでは頑として読まなかった娘サラへ。

そして、本書を世に出す機会を与えてくれたリー・コリイへ。

目次

エストレンドー
（未開地）
エリヴァン帝国
（エルフの支配地）
ニルウォルデン川
アルバーン
ゴブリン海
バ＝ラン群島
ヴィラン丘陵
ガレアノン
カリス
グール＝エム
ダガスタン湾
グァゼル海
N
W
E
S
エランの世界

荒海
トレント
ダンモア
ゲント
メレンガー
七ツ台
西方の荒地
ウォリック
エイヴリン
バーナム川
レーミッド
マラノン
デルゴス
シャロン海
ティエレ
ダッカ

リンガード
ランカスター
トレント
N
W
E
S
ダンモア
ニルウォルデン川
エルヴァノン
ゲント
グラムレンドール
メレンガー
ウィンダーメア湖
シェリダン
ダールグレン
ガリリン
メッドフォード
アヴェンパーサ
ウィンズ修道院
チャドウィック
ロー
リラン渓谷
グルーストン
エイヴリン
コルノラ
アルバーン
ウォリック
ロシェル
カレン
アクエスタ
バーナム川
ラティバー
レーニッド
ヴィラン台地
キルナー
ヴェルネス
マラノン
マシツァー
ガレアノン
ヴァンドン
デルゴス
ティエレ
ダガスタン湾
トゥール・デル・フュール
エイヴリンの諸王国

王都の二人組

登場人物

ハドリアン……………………………リィリアの盗賊。元軍人
ロイス…………………………………リィリアの盗賊。ハドリアンの相棒
アムラス………………………………メレンガー国王
アルリック……………………………王子
アリスタ………………………………王女。アルリックの姉
パーシー・ブラガ……………………メレンガーの宰相
ピッカリング…………………………ガリリン地方を治める伯爵
アーチボルド・バレンティン……チャドウィック地方を治める伯爵
ヴィクトール・ラナクリン………グルーストン地方を治める侯爵
アレンダ………………………………ヴィクトールの娘
マイロン………………………………ヴィクトールの三男。修道士
エスラハッドン………………………囚人

1 盗まれた手紙

暗闇の中、ハドリアンはほとんど何も見えなかったものの、物音は聞き取れた――踏み砕かれる枯葉や小枝、草のざわめき。相手は複数、それも三人以上だろうか、こちらへ迫りつつある。

「動くなよ」荒々しい声が飛んできた。「弓矢でおめぇらの背中を狙ってるんだ、逃げようとしたら射ち落としてやっからな」声の主はまだ森の木陰にひそんでおり、葉の落ちた梢《こずえ》のむこうにぼんやりと気配が感じられるだけだ。「その荷物、ちょいと軽くしてやんよ。痛い目にゃ遭いたくねぇだろ。こっちの言うとおりにすりゃ、生命だけは助けてやらぁ。ただし、逆らいやがったら――それも奪っちまうぜ」

ハドリアンは胃に鉛を詰めこまれたような気分になった。そう、こんなことになったのは彼のせいだ。彼はすぐ隣で薄汚れた灰色の牝馬にまたがっているロイスをふりかえった。フードをかぶって顔を隠しているこの相棒がうなだれたまま小さく首を振る。どんな表情を浮かべているか、ハドリアンは見るまでもなく想像がついた。

「すまん」彼は小声で謝った。

ロイスは何も言わず、首を振りつづけている。

前方には真新しい切り枝が山のように積み上げられ、彼らの行く手をふさいでいる。後方には人影のまったくない一本道がまっすぐに伸び、月光に照らされている。そこかしこにある窪地や谷には靄《もや》が溜まり、目の届かないどこかに渓流があるのだろう、かすかな水音も聞こえてくる。ここは南へ向かう旧街道の途中にある深い森で、樫やトネリコなどの木々が連なり、道の頭上にまで伸びた細い枝が冷たい秋風にこすれあっている。いちばん近くの町へ出るにも馬で丸一日はかかるだろうし、ここまでの数時間で農家の一軒もあったかどうかさえ、ハドリアンはさっぱり思い出せなかった。まさに人里離れた荒涼の地だ——死体になってしまえば、誰にも発見されることはないだろう。

枯葉を踏む音がいよいよ大きくなり、盗賊たちが枝々から洩れる月光の下にようやく姿を現わした。髭面の男が四人、いずれも剣を手にしている。革や毛織の衣服は汚れ、破れ、着のみ着のままといった感じだ。もうひとり、弓矢を構えた少女もいた。男たちと同じくズボンに長靴という恰好で、髪の毛はくしゃくしゃにもつれきっている。全員そろって泥まみれで、そこいらの地面に寝転がっていたのかと思わせるほどだ。

「たいした金は持ってそうにないぜ」つぶれたような鼻の男が言った。ハドリアンよりもさらに一インチか二インチは背が高いだろうか、その一団ではもっとも長身で、首も太く手も大きく、筋骨隆々としている。鼻が折れたのと同じときの傷だろうか、下唇に裂けたような切れこみがある。

「荷袋だけでもいいじゃんか」少女が言った。その言葉を聞いて、ハドリアンはいささか驚いた。まだ幼さが抜けておらず、見た目も——汚れているとはいえ——かわいいのに、口調はひどく攻撃的で、敵意も感じさせる。「荷袋以外の持ち物もいっぱいだ。縄なんか持ち歩いて、どうするんだよ？」

ハドリアンは最後の一言が自分に向けられたものか、それとも仲間の男たちにか、どちらとも確信が持てなかった。いや、たとえ自分のほうだとしても、答えるつもりはない。冗談のひとつぐらいは返してやりたいところだが、彼女が笑ってくれるとも思えない。ましてや、こちらに向けられた弓矢を構えている手が疲れはじめているのも一目瞭然なのだ。

「背中のでっかい剣はおれがもらうぜ」つぶれ鼻が言った。「おまえらにゃ使いこなせやしねぇだろ」

「じゃ、おれは腰の二本な」鼻梁に斜めの傷痕を走らせた男が言った。その鼻がもう少しでも低かったら、片眼は失明していたにちがいない。

少女は弓矢をロイスに向けた。「あたしはこいつのマントにする。ああいう黒いフード、かっこいいじゃん」

ハドリアンのいちばん近く、ぎょろりとした眼と灼けた肌の男が最年長のようだった。そいつはさらに一歩前へ踏みこむと、ハドリアンの馬の銜《はみ》をつかんだ。「おめぇら、おとなしくしとけよ。この道はおれたちの狩場で、もう何人も殺してっからな。頭の悪い連中はどうしようもねぇぜ。おめぇらも頭が悪いってか？」

ハドリアンは無言で首を振った。

「よし。じゃ、さっさと武器を捨てな」その男がたたみかける。「それから馬を降りろ」

「どうしたらいいと思う、ロイス？」ハドリアンは相棒に尋ねた。「金だけで穏便に済ますことができりゃ、誰も怪我はしないぜ」

ロイスが視線を上げた。フードの陰から威圧するように鋭い眼光を向ける。

「にらむなよ、おれたちだって悶着は避けたいだろ？」

「今頃になって同意を求めるなっての」ロイスが言葉を返す。

「まったく、頑固なやつだな」

沈黙。

ハドリアンは首を振り、溜息をついた。「おまえときたら、どうしてそんなに問題を難しくしようとするんだ？　彼らを本物の悪党と決めつけちゃいけない——貧乏なだけかもしれないだろ。家族に食わせるパンを買うにも金がかかるってもんさ。それを無下にできるか？　もうじき冬、つらい時期だぜ」彼は盗賊たちにうなずいてみせた。「なぁ？」

「おれにゃ家族なんかいねぇ」つぶれ鼻が答える。「金が手に入りゃ呑んじまうさ」

「話の流れを読んでくれよな」ハドリアンがぼやいた。

「知ったことか。とにかく、言われたとおりにしやがれ。さもなきゃ、この場ではらわたをぶちまけてもらうことになるぜ」つぶれ鼻は脅し文句を強調するように長い匕首《あいくち》を腰から抜き、ここへ現われたときから手にしていた剣の刀身にこすりつけて耳障りな音を立てる。

冷たい風が木々のあいだを吹き抜け、枝を揺らし、ところどころに残っている葉を散らす。朱や金に染まった葉が乱舞し、旋風とともに狭い道を駆け去っていく。どこかでフクロウの鳴く声がした。

「なぁ、こっちの財布の中身の半分をくれてやるってことで手を打たないか？　いや、おれの財布って意味だけどさ。それなら、おたくらも丸損ってわけじゃないだろ」

「誰が半分ぽっちで満足するかよ」彼の馬を押さえている男が言葉を返す。「ありったけよこしやがれ――馬もだぜ」

「おいおい、ちょっと待った。馬まで？　金がいくらかかってことなら納得のしようもあるが、馬泥棒はいけないぜ？　捕まったら縛り首だ。おれたちが近くの町へたどりついたら通報するだろうとか、それぐらいは考えろよ」

「おめぇら、北から来たわけか？」

「あぁ、昨日メドフォードを出発したんだ」

馬を押さえている男がうなずくと、ハドリアンはその首に小さな赤い刺青があるのを見て取った。「ほれ、何もわかっちゃいねぇ」そいつは憐れむような表情を見せながら追いこみにかかる。「おおかた、コルノラにでも行く途中なんだろ――あぁ、けっこうな街さ。店はいっぱい。金持ちもいっぱい。おかげで、この道も交易に使われて、おれたちにとっちゃ獲物がいっぱい。さて、そこで問題だ——おめぇら、南へ来たのは初めてだろ？　メレンガーじゃ、アムラス王がご苦労さんなこって、すべての街道に兵隊どもを巡回させてるんだってな。しかし、ここはウォリックだ、ちょいと事情が違うぜ」

つぶれ鼻が近寄ってきて、ハドリアンの背中の大剣をしげしげと眺めながら、割れた唇をしきりに舐めている。

「盗みを許す法律でもあるのかい？」

「そうじゃねぇが、エセルレッド王が住んでるのはアクエスタ、ここからは遠く離れた土地だってことよ」

「チャドウィック伯は？　国王の名代として封領を治めてるんじゃないのか？」

「アーチィ・バレンティンがどうしたって？」その名前が出たとたん、盗賊たちはそろって忍び笑いを洩らした。「アーチィは下々のことなんざネズミの糞も同然だと思ってやがる。てめぇの服を選ぶんで忙しすぎるってことだろ」年長の男はにんまりと、黄色い乱杭歯《らんぐいば》を覗かせた。「わかったら、さっさと剣を捨てて馬から降りな。そうすりゃ、てめぇの足でバレンティン城まで行って、アーチィに泣きついて、あいつの本性を知る機会もあるってもんだぜ」とたんに、周囲の笑い声が大きくなる。「ここで死にたきゃ望みどおりにしてやるが、そのつもりがねぇんなら——言われたとおりにしとけ」

「おまえの意見が正しかったってことだな、ロイス」ハドリアンはがっかりしたような口調になった。彼はマントを脱ぎ、鞍の後部にひっかけた。「たしかに、街道からは外れて進むほうが無難だったわけだ。しかし、正直なところ――どっちにしても、人里離れてることに変わりはないような気もするぞ。何がどう違うんだ？」

「ここでこうして辻《つじ》強盗に遭っちまったわけだから――良し悪しは明白だろ」

「皮肉なもんだよな――リィリアが辻強盗に遭うってか。笑えるぜ」

「笑えねぇよ」

「……リィリアだと？」ハドリアンの馬を押さえている男が言った。

ハドリアンがうなずき、手袋を脱いで、それをベルトの隙間につっこんだ。

男は何も言わずに馬を放し、一歩後退した。

「どうかしたの、ウィル？」少女が尋ねる。「リィリアって何よ？」

「そう名乗ってるメレンガーの二人組がいるんだ」男が仲間たちをふりかえり、いくぶん声を落とす。「おれがあっち方面の人脈ともつながってることは話したよな？　その筋からの忠告だ――そいつらと出会っちまったら道を譲れとさ」

「で、おめぇの考えはどうなんだ、ウィル？」傷面の男が尋ねた。

「さっさと粗朶《そだ》をかたづけて、このままおさらばってのが賢明だろうな」

「へっ？　どうして？　ふたり相手に五人がかりなんだぜ」つぶれ鼻が言った。

「しかし、そのふたりってのがリィリアじゃ相手が悪すぎらぁ」

「わけがわかんねぇや」

「だから、北の連中に釘を刺されたんだよ――この稼業を熟知してるやつらが、その二人組にゃ手を出すなと言ってるんだ。あんだけ肝っ玉のしっかりした連中がそこまで言うんなら、聞き流すわけにゃいかねぇぜ」

つぶれ鼻が彼らを値踏みするように観察する。「そりゃわかったけどよ、こいつらが本当にそれだって証拠はあるのか？　こいつらの言葉をそのまま鵜呑みにしちまってるわけじゃねぇよな？」

ウィルと呼ばれた男はハドリアンのほうへ顎をしゃくってみせた。「こいつの得物を見てみな。剣が一本だけなら――まぁ、使えるか使えねぇかは半々だ。二本なら――実際にゃ使いこなせねぇんだろうが、はったりとしちゃ充分ってもんだ。しかし、三本となると――けっこうな重さだぜ。よっぽどの腕前でなきゃ、こんだけの鋼をわざわざ持ち歩いてられるかっての」

ハドリアンは優雅な身のこなしで、腰の左右から二本の剣をすらりと抜いた。その片方を掌の中で一回転させる。「そろそろ、この柄も交換する頃合か。また刀身がぐらついてきやがった」彼はおもむろにウィルの顔を眺めた。「話の続きはどうなったんだい？　おれたちの何が欲しいって？」

盗賊たちはあやふやな表情で視線を交わしている。

「ウィル？」少女が声をかけた。彼女はなおも弓矢を構えたままだったが、当初の意気揚々とした様子はすっかり失せてしまっていた。

「粗朶をかたづけよう――面倒はごめんだ」ウィルが告げた。

「かまわないのか?」ハドリアンがつっこむ。「そっちの鼻ぺちゃ大将なんか、おれの剣にずいぶんとご執心だったはずだぜ」

「気の迷いってもんよ」つぶれ鼻は月下にぎらつくハドリアンの剣から目を離せなくなっているようだ。

「まぁ、そういうことなら」

五人がうなずいたので、ハドリアンは二本の剣を鞘《さや》に収めた。

ウィルが自分の剣を地面に置き、ほかの面々を手招きして、道をふさいでいた粗朶の壁をかたづけはじめた。

「まったく、でたらめもいいところだぜ」ロイスが口を開いた。

盗賊たちはとっさに身を固くして、不安そうな表情でふりかえった。

ロイスは首を振ってみせる。「かたづける手際が悪いとかじゃない——賊としての仕事っぷりを言ってるんだよ。たしかに、ここは狩場としちゃ理想的さ。ただし、どうせなら挟み撃ちにしないとな」

「それと、ウィリアム——あぁ、ウィルってことはウィリアムだよな?」ハドリアンがつけくわえる。

その男は渋い表情でうなずいた。

「いいか、ウィリアム、人間ってのは右利きが大半なんだから、そいつの左側から狙うのが定石だ。そうすりゃ、襲われたほうが反撃しようにも、自分の身体が邪魔になるんだよ。ち

「標的が複数のときに対応なみに、弓矢だけは右腕狙いだぜ」

「そもそも、弓矢はこれだけなのか？」ロイスがたたみかける。「標的が複数のときに対応しきれないだろ」

「いや、それ以前の問題もあると思うぜ」ハドリアンが言った。「彼女、さっきからずっと弦を引きっぱなしだよな？　とんでもない力自慢だとか——ってことはないだろうから、おそらく、何フィートも矢を飛ばせないような手作りの代物にきまってるさ。戦力のふりをしてるだけだ。実際の射撃経験があるのかどうかさえ怪しいな」

「あるさ」少女が言葉を返す。「どんな標的だって百発百中なんだから」

ハドリアンは笑いながら首を振った。「矢のてっぺんに人差指をかけてるようなやつが何を言ってるんだか。そのまま弦を放しゃ、矢羽が指先をかすめちまって、狙いどおりに飛ぶわけがないんだろ」

ロイスがうなずく。「ちょいと値は張るだろうが、投資だと思って弩《いしゆみ》を買えよ。それで、物陰に隠れたまま、いきなり胸に二発ぶちこんでやれ。のこのこ出てくるなんざ、飛び道具の持ち腐れってもんだぜ」

「ロイス！」ハドリアンがさえぎった。

「何だよ？　嘘は教えてないだろ。同業の誼《よしみ》で役に立ってやろうとしてるんじゃないか」

「あんたら、こいつの言うことには耳を貸すなよ。それより、道をふさぐ方法をもうちょっと工夫しなきゃ」

「そう、どうせなら丸太の一本ぐらいは欲しいところだよな」ロイスが言った。そして、粗朶にむかって片手をひるがえしてみせながら、「この程度じゃ屁のつっぱりにもならん。あとは、マリバーの名にかけて、顔を隠すことをお勧めするぜ。ウォリックはそんなに広い国じゃないし、襲った相手があっさり忘れてくれるともかぎらんだろ。そりゃ、バレンティンは辻強盗なんざ眼中にないのかもしれんが、どこかの酒場で背後から刺されちまうなんてこともある」ロイスはウィルをふりかえった。「〈紅《あか》き手〉にいたんだな？」

その男はぎょっとしたようだった。「それを言い当てたやつぁ初めてだぜ」粗朶をかたづけていた手も止まっている。

「言い当てるも何も、一目瞭然だろうが。首に刺青がギルド員の義務だなんて、くだらない決め事もあったもんさ」ロイスはハドリアンをふりかえった。「荒くれ者らしさを演出してるつもりが、自分が盗人だってことを認めたまま生きていかなきゃいけないんだぜ。赤い手のちっぽけな印ひとつで仲間意識が強まるかっての」

「あれって、手をかたどってるのか？」ハドリアンが尋ねる。「鶏だとばかり思ってたよ。まぁ、そう聞かされたら、手にちがいないわな」

ロイスはウィルに視線を戻し、見る角度を変えてみた。「言われてみりゃ、鶏のような気がしてきたぜ」

ウィルはたまらずに片手で首のあたりを覆い隠した。

やがて、粗朶のかたづけが完了したところで、ウィルが尋ねる。「ぶっちゃけた話、おめえらは何者なんだ？　リィリアってのは何だ？　そのへんのところは〈紅き手〉の連中もまるっきり教えてくれやしねぇ。いつだって〝手を出すな〟をくりかえすだけでよ」

「何者ってほどのこともないさ」ハドリアンが答える。「とりあえず、秋風に馬を走らせるのが好きな旅人とでも言っておこうか」

「とにかく、さっきの話だけどな」ロイスが言った。「この稼業を続けたいと本気で思ってるんなら、おれたちの忠告に従っておくほうが身のためだぜ。おまえらだって、ひとつだけは有用な情報をくれたじゃないか」

「有用な情報？」

ロイスは自分の馬を爪先でつつき、歩を進めさせた。「チャドウィック伯のことさ。ちょうど、これから訪問するところだったんだが——心配しなさんな、おまえらのことは黙っててやるよ」

アーチボルド・バレンティンは世界をその掌中に収めており、そこには十五通の盗まれた手紙も含まれていた。いずれの書状にも丁寧な文字が美しく並んでいる。書き手はひとつひとつの言葉に意味をこめ、それらが善き真実を伝えるものだと信じていたにちがいない。アーチボルドにしてみれば子供の作文にひとしいが、その内容がとほうもなく大きな価値を秘めているという点についてだけは手紙の主と同じ見解だった。彼はブランディを啜《すす》り、目を閉じ、笑みを浮かべた。

彼は暖炉のそばに座ったまま、この瞬間をじっくりと堪能し、自分の明るい将来に想いを馳せていた。チャドウィック伯である彼は充分な富を所有しているし、宮廷での地位も悪くないし、おまけに、容姿にもたいそう恵まれている。有力貴族といえば太鼓腹で痛風持ちのご老体が圧倒的に多い。それに対して、彼は今が盛りなのだ――ひきしまった長身にふさふさとした鳶《とび》色の髪、彫りの深い顔、射るように鋭い碧眼。いずれも、アーチボルドの自慢の種だ。富や名声はさまざまな手段で得ることができるが、眉目秀麗かどうかは天の配剤、ふさわしい人物だけに与えられるものなのだ。彼はそんな生得の長所を活かすため、高価な染料をふんだんに使った絹、刺繍をほどこした亜麻、異国の鳥の羽毛など、遠方から取り寄せた最高級の衣服を身にまとっているのが常だった。彼を知る貴族たちは誰もがその優雅な身《み》形《なり》に賞賛の視線を向ける。遠からず、その視線は羨望へと変わるだろう。

「閣下？」

アーチボルドはうっとうしげに目を開き、警護隊長にむかって眉をひそめた。「何だ、ブルース？」

「侯爵どのがいらっしゃいました」

アーチボルドの顔に笑みが戻った。彼はゆっくりと手紙をたたみなおし、その束を青いリボンでくくり、金庫の中にしまいこんだ。鉄製の重い扉を閉め、錠をかけ、二度ばかり押し引きして閂《かんぬき》の具合を確かめる。それから、彼は来客に会うべく、階段を降りていった。

アーチボルドは広間《ホワイエ》でいったん足を止め、次の間にいるヴィクトール・ラナクリンの姿を盗み見た。その老人がおちつかない様子で室内を歩きまわっているので、彼はささやかな満足を覚えた。爵位はあちらが上とはいえ、アーチボルドは何の感銘を受けたこともない。かつては尊大で威圧的、ひょっとしたら勇敢だったのかもしれないが、すべては遠い過去であり、灰色の髪と丸くなった背中を今に残しているにすぎない。

「何かお飲み物をお持ちいたしましょうか、侯爵さま？」控えめな雰囲気をたたえた執事がうやうやしく頭を下げながら尋ねる。

「そんなものより、さっさと伯爵どのにお会いしたいのだが」侯爵が答える。「それとも、この足で探し回るとするかな？」

執事は身をこわばらせた。「そろそろ旦那さまも降りてこられるはずと存じます」彼はふたたび頭を下げると、部屋の奥にある通用口からそそくさと姿を消した。

「侯爵どの！」アーチボルドはおもむろに部屋の扉を開け、朗々と呼びかけた。「ようこそおいでくださいました――こんなにも早くご到着とは」

「驚くほどのことかね」ヴィクトールの語気が鋭くなった。彼は握りしめたままで皺だらけになった書状を振ってみせ、「こんな手紙をよこしておいて、わしがのんびりしていられるとでも？　アーチィ、何がどうなっているのか説明してもらうぞ」

アーチボルドは子供時代の渾名《あだな》である〝アーチィ〟を使われるのが大嫌いだったが、それを表情に出すようなことはなかった。亡き母がそう呼んだのが始まりで、彼はそのこともあって彼女を決して許せないのだ。若かりし頃の彼に対して、騎士や従僕たちまでもがその渾名を使い、彼はそこに馴れ馴れしさと軽侮を感じ取っていた。やがて、チャドウィック伯となった彼は、その渾名を口にした領民の舌を切り落とす法律を制定した。とはいえ、侯爵にそれを適用するほどの権力がアーチボルドにあるはずもないし、ヴィクトールがわざとそう呼んでいることも明白だった。

「おちついてください、ヴィクトール」

「きみに言われたくはないぞ！」侯爵の声が石壁に谺《こだま》する。彼は若い伯爵に詰め寄り、鼻先がぶつかりそうなほどに顔を近づけ、眼で眼をにらみつけた。「きみがよこした手紙によれば、我が娘のアレンダに良からぬ運命が迫っており、その確証もつかんでいるそうじゃないか。さぁ、聞かせたまえ——あの子は危険に晒されているのか、いないのか？」

「疑う余地もないことです」伯爵は淡々と答えた。「ただし、今日か明日かというところまで切迫しているわけではありません。誘拐や殺害などを心配しておられるなら、それも杞憂にすぎません」

「わしがここまで全速力で馬車を走らせてきたのが無駄足だったとなれば、きみにも後悔してもらわんと——」

アーチボルドは片手でその脅し文句をさえぎった。「もちろん、あなたに無駄足を踏ませるようなことはいたしませんよ、ヴィクトール。とりあえず、話の続きはわたしの書斎へ場所を移してからにしましょう。証拠もそこでお見せします」

ヴィクトールはけわしい表情のまま、やむなしとばかりにうなずいた。

ふたりは広間を抜け、大宴会場をつっきり、城の居住区画へとつながる扉をくぐった。廊下や階段を進んでいくにつれ、周囲の様相はまるで別物のように変わる。正面玄関を入ってすぐのあたりでは、浮き彫りをほどこした石版が壁面を飾り、床にも美しく磨きあげられた大理石が敷きつめてある。ところが、奥のほうはといえば、華美な演出は何もなく、ごつごつとした石壁が剝き出しになっているのだ。

建造物としての格付も、それ以外のいかなる基準に照らしてみても、バレンティン城はまったくもって何の変哲もない代物だった。この城に暮らした偉大な王や英雄はひとりもいない。伝説や幽霊譚や戦史に名を残しているわけでもない。ただひたすら、平々凡々たる日常に満ちあふれているのだ。バレンティン家は十二代にわたってここを居城としてきた。アーチボルドの亡父オルブライトをふくむ各代の伯爵たちはみな家名を高めようと頑張ってきたものだが、結局のところは貴族社会の片隅に埋もれたままで終わるばかりだった。そんな先祖たちの失敗をアーチボルドがうまく乗り越えられるかどうか、時間が経てばわかるだろう。

しばらく歩いたあとで、アーチボルドは鋳鉄製の頑丈な扉の前へとヴィクトールを導いた。蝶番《ちょうつがい》の高さに巨大な閂がかかっているが、錠や把手はどこにも見当たらない。扉の左右には甲冑と鉾槍で身を固めた大柄な衛兵が一名ずつ立ちはだかっている。アーチボルドが近づいていくと、そのうちのひとりが扉を三回叩いた。小さな覗き窓が開いたと思うと、すぐさま、閂の引き抜かれる鋭い音が廊下に響きわたった。扉が開くのにあわせて、金属製の蝶番がけたたましく叫ぶ。

ヴィクトールはとっさに両手で耳を覆った。「おぉ、マールよ！　この城の従僕たちの仕事ぶりも知れたものだな！」

「これでいいのですよ」アーチボルドが言葉を返す。「ここを入れば〈灰色の塔〉――わたしの書斎や宝物庫があるのです。つまり、秘密の隠れ処というわけです。城内のどこにいようとも、この扉が開かれたら音でわかるでしょう」

扉の先にはブルースが立っており、うやうやしい一礼でふたりを迎えた。彼はランタンを手にすると、ふたりを先導して広い螺旋階段を昇っていった。

塔の半分ほどの高さまで来ると、ヴィクトールは足を上げるのも一苦労のありさまで、息も荒くなってしまっていた。アーチボルドは無理をさせまいと立ち止まった。

「えぇ、とても長い階段ですよ。わたしはこれを何百回となく昇り降りしたものです。父上が伯爵だった頃はここのてっぺんに身を潜めるのが常でした。独りになれますからね。この階段を昇るにはかなりの時間と体力を使うので、誰もてっぺんまで来ようとはしません。エルヴァノンの王宮にある塔ほどではありませんが、うちの城ではいちばんの高さです」

「塔に昇るといえば眺望を楽しむものだとばかり思っていたよ」ヴィクトールが意見を述べる。

伯爵は笑い声を洩らした。「残念ながら、この塔には窓がありません。わたしが伯爵位を継いだとき、書斎を置くのに最適だと考えて、大切なものを守るための扉はあちこちに増設したのですがね」

階段を昇りきると、そこにまた扉があった。アーチボルドは懐《ふところ》から大きな鍵を取り出し、解錠した。彼はうやうやしい仕種で侯爵を扉の先へとうながした。それから、アーチボルド自身も中へ入り、ブルースを外の警備に立たせたまま、後ろ手に書斎の扉を閉める。

室内は広々として丸く、天井も高い。調度類は数えるほどしかない――雑然とした大きな机。ささやかな暖炉のそばにはクッションつきの椅子がふたつ、華奢なテーブルをはさんで向かいあわせに置いてある。火の入れられた暖炉の前には質素な真鍮製の防炎板があり、壁に並ぶ蠟燭《ろうそく》の光を反射している。それらの蠟燭に蜂蜜や香草《サリファン》が添加されたもので、甘い芳香をたっぷりと漂わせていた。

アーチボルドは机上を埋めている書類や地図の山へと向けられたヴィクトールの視線に気がつき、笑みを浮かべた。「心配はご無用ですよ、侯爵どの。世界征服などという罪深い策謀にかかわりそうなものはすべて、あなたがいらっしゃる前にかたづけておきましたからね。どうぞ、お座りください」アーチボルドは暖炉のそばの椅子のほうへ片手をひるがえしてみせた。「まずは長旅で疲れたお身体を休めていただくとして、お飲み物をご用意いたしましょう」

老貴族は顔をしかめ、唸るように声を洩らした。「疲れてはいるが、そんな虚礼はいらん。本題に戻るぞ。何がどうなっているのか、最初から説明したまえ」

アーチボルドは侯爵の口調にもおかまいなしだった。もうじき至宝を手に入れることができるのだから、いくらでも鷹揚になれるというものだ。彼は侯爵が椅子に座るのを待った。

「わたしがアレンダお嬢さまに好意をいだいていることはご存知ですよね？」アーチボルドは机のほうへ歩み寄り、ふたつのグラスにブランディを注ぎながら尋ねた。

「うむ。あの子から聞いている」

「なぜ応じていただけないのか、理由は何と？」

「きみのことが好きになれんそうだ」

「わたしのことはおよそ何もご存知ないというのにねぇ」アーチボルドは人差指を立ててみせた。

「アーチィ、こんな話のためにわしを呼びつけたのか？」

「どうか、ちゃんとした名前で呼んでください。父上の死でわたしが爵位を継いだときから、それはふさわしくないものとなったのですよ。ともあれ、今のご質問ですが、本題とおおいに関係のあることでしてね。わたしは第十二代のチャドウィック伯です。まぁ、領地はさほど広くもありませんし、バレンティン家の影響力など微々たるものにすぎませんが、長所にも目を向けていただかないと。領内には五つの村と十二の集落がありますし、戦略上の要衝であるセノン高地も支配下に置いています。警護隊は六十名編成、忠誠を誓ってくれている騎士たちも二十名――なかでも、サー・エンデンとサー・ブレックトンは各地の闘技会でかならず五十位以内に入るほどの強者です。また、ここの特産品である毛織物や皮革はウォーリック地方のどこでも羨望の的ですし、次の〈サマールール・ゲーム〉がこの城のまさに目の前で開催されるのではないかという噂もあります」

「なぁ、アーチィ——いや、アーチボルド——わしだってチャドウィックの地勢は知っている。わざわざ宣伝してもらうまでもない」

「では、エセルレッド王の甥御どのを一度ならず食客としてお迎えしたこともご存知でしたか？　ロシェル公爵ご夫妻から今年の冬の避寒にとお誘いをいただいたことも？」

「アーチボルド、いいかげんにしたまえ。要点は何なのだ？」

侯爵がまるで畏敬の念を示してくれないので、アーチボルドは顔をしかめた。彼はブランディを満たしたグラスを持ってテーブルのほうへ移動すると、その片方をヴィクトールに渡し、空いている椅子に腰をおろした。彼はゆっくりとグラスに口をつけた。

「では、要点を。わたしの地位、容姿、明るい未来——アレンダがわたしを拒む理由など何もないでしょうに？　少なくとも、外見が気に入らないということはないはずです。わたし以外の求婚者たちは高齢だったり、太っていたり、禿げていたり——それらすべてにあてはまっていたりしますからね」

「あの子にとって、見た目や財産などはあまり重要でないのかもしれん」ヴィクトールが答える。「女性というのは政治や権力を二の次にすることも珍しくない。アレンダも自分の感情に従う傾向があるな」

「しかし、お父上にも従うのでは？　そうでしょう？」

「どういう意味かね？」

「あなたが彼女にわたしと結婚しろとおっしゃってくだされば、それで決着がつくと思うのですが」

「そうとはかぎらん。これまでにも何度となく反抗されたことがある」

「父と娘の関係はそんなものかもしれませんが、グルーストン候のご意向とあらば、否も応もありますまい?」アーチボルドはくいさがった。「わたしと結婚するよう、彼女に命令していただけませんか?」

「なるほど、そのためにわたしを呼び出したわけだな? すまんね、アーチボルド、おたがいにとって時間の無駄だ。あの子の望まない結婚を強要するつもりはない。そんなことをしようものなら、あの子は死ぬまでわたしを恨みつづけるだろう。愛娘《まなむすめ》を嫁がせるときぐらいは政略よりも当人の心を尊重してやりたいものだよ。アレンダはわたしの喜びだ。血を分けた子供たちのなかでも格別の存在だ」

アーチボルドはふたたび酒に口をつけながら、ヴィクトールの言葉を反芻した。彼は別の方向から攻めてみることにした。「わたしとの結婚が彼女のためになるとしたら? 彼女に迫りつつある危機をどうにかできるのは、わたしだけですよ」

「あぁ、危機がどうとか言っていたな。ようやく説明してくれるつもりになったかね。さもなければ、この老いた手がまだ剣を握れるということを見せつけてやろうかと思っていたところだ」

アーチボルドはくだらない脅し文句をあっさりと聞き流した。「アレンダがあまりに何度もわたしを拒むので、どこかに見落としていることがあるにちがいないと考えました。そう

でなければ説明がつきません。そうでしょう？　わたしは裕福だし、容姿にも恵まれていま
す。人脈もあり、前途も洋々です。お嬢さまが応えてくれない理由はきわめて単純——すで
に別の男とつきあっているのですよ。どの程度まで深い関係かは知りませんが」

「信じがたい話だな」ヴィクトールが言葉を返す。「そんな相手が本当にいるのか？　あの
子がわしに隠し事をしているとでも？」

「言えないのも無理はありません。うしろめたいでしょうからね。貴族ならまだしも、平民
との色恋沙汰とあっては」

「嘘をつくな！」

「あなたもその男の名前ぐらいはお聞きになったことがあるかもしれません。ディーガン・
ガウントという者です。世間を騒がせているデルゴス民権派の一員ですよ。彼女はウィンダ
ーメアにある修道院の近くでそいつと密会をくりかえしています。あなたが泊まりがけでご
自宅を留守にしておられるとき、もしくは公務から手が離せないとき、彼女はどちらに？」

「たわけたことを。あの子がそんな——」

「ご子息があちらにいらっしゃるのでは？」アーチボルドがたたみかける。「おひとり、あ
の修道院へお入りになったそうですね。今もお変わりなく？」

ヴィクトールがうなずいた。「マイロン、うちの三男だ」

「彼が手を貸しているのかもしれません。少々調べさせていただいたのですが、マイロンく
んはとても聡明な人物だとか。かわいい妹のために知恵をめぐらせ、ふたりの仲をとりもっ

ているのではないかとも考えられます」

「妄想もいいところだな」ヴィクトールは嘲笑をこらえながら反論した。「わしがマイロンを修道院へ行かせたとき、あれはまだ四歳だった。それから三十二年間、四方を囲む壁の外へは一歩たりとも出たことがなく、明けても暮れても写本ばかりだと聞いている。わしの知るかぎり、アレンダとは言葉を交わしたこともないはずだ。きみはアレンダとの結婚をわしに認めさせるため、そんな作り話をでっちあげた。その理由も見当がついているぞ。娘が欲しいのではなく、領地が欲しいのだろう。リラン渓谷を手に入れたら、きみの領土は国境地帯にまで拡大されるのだからな。もちろん、我が一族との姻戚関係によって社会的にも政治的にも影響力を増すという旨味もある」

「作り話とおっしゃいましたか？」アーチボルドは手にしていたグラスを置くと、首の銀鎖にぶらさげている鍵をシャツの襟許《えりもと》から取り出した。彼は席を立ち、部屋をつっきり、馬にまたがったカリスの王子が金髪の令嬢を連れ去ろうとしている場面を描いたタペストリーの前で足を止める。その陰に隠してあった金庫に鍵をさしこみ、金属製の小さな扉を開けた。

「お嬢さまの書いた手紙という証拠品があるのですよ。いまいましい下民に宛てた不滅の愛が詰めこまれています」

「そんなものがなぜ、きみの手許に？」

「盗ませていただきました。彼女の眼中にいる我が恋敵の正体をつきとめるべく、密偵を派遣したのです。彼女がそいつに手紙を送っているとわかって、横取りという対抗策を講じました」アーチボルドは金庫の中にあった書状の束をつかむと、ヴィクトールの膝の上へ投げ落とした。「これです!」彼は勝ち誇ったように声を上げた。「お嬢さまがどんな状況に足を踏み入れておられるか、その目でお確かめになってください。彼女をわたしと結婚させることの是非もそれから判断なさっていただくのがよろしいと思いますよ」

アーチボルドは意気揚々とブランディのグラスを持ち上げた——勝負はもらった。偉大なるグルーストン侯ことヴィクトール・ラナクリンが政治的破滅をまぬがれるには、自分の娘に彼と結婚するよう命令せざるをえないはずだ。ついに、彼は国境に手をかけることができるところまで到達したのだ。いずれ、国境地帯を端から端まで我が物とする日が来るかもしれない。こちらにチャドウィック、そちらにグルーストン、宮廷における彼の権力はロシェル公にも匹敵するほどのものとなるだろう。

上等な旅の装いに身を包んでいる老人の姿を眺めながら、アーチボルドは憐憫《れんびん》にも似た感情がこみあげてきた。遠い昔、侯爵は知恵と勇気にすぐれた人物として高名を馳せていたものだ。爵位に恥じぬ評価だろう。凡百の貴族でなく、世間一般の伯爵たちのようなお飾りの領主でもなく、王のために国境を護るという責務を負うだけのことはある。それは重要な役割で、長としての資質も求められるし、一事あらば戦いに臨むという警戒も怠るわけにはいかない。もっとも、現在はもはや辺境が襲われる危険もなく、王国の護り手といえども安らかに暮らせるようになり、活躍の場を失った彼の力は衰えるばかりなのだ。

ヴィクトールが手紙を開くのを横目に見ながら、アーチボルドは甘美な将来を心待ちにした。侯爵の指摘はたしかに的を射ている。彼の真なる狙いはアレンダでなく、彼女がもたらしてくれる領土なのだ。とはいえ、彼女自身も魅力的だし、有無を言わさずベッドに押し倒すのも今から楽しみなことではある。

「アーチボルド、これは何の冗談かね？」ヴィクトールが尋ねた。

夢見心地を破られ、アーチボルドはとっさにグラスを置いた。「どういうことでしょうか？」

「ただの白紙じゃないか」

「はぁ？　どこをごらんになっておられます？　ちゃんと——」アーチボルドは侯爵の手許を覗きこみ、あるべき文字がないのを見て絶句した。あわててその束をひったくり、一枚ずつめくってみるが、まったくの白紙ばかりだった。「そんな！」

「消えるインクでも使われていたのかな？」ヴィクトールが笑いを噛み殺す。

「まさか……なぜ……紙質からして違う！」彼はあらためて金庫に首をつっこんだものの、からっぽだった。彼は混乱のあまり頭の中まで真白になってしまった。彼は扉を突き破らんばかりの勢いで開け、切羽詰まったような声でブルースを呼んだ。たちまち、警護隊長が剣を抜いて駆けつける。「わたしが金庫にしまっておいた手紙はどうした？」アーチボルドは大声で質問をぶつけた。

「わ——わかりません、閣下」ブルースが応える。彼は剣を鞘《さや》に戻し、伯爵の前で直立不動の姿勢をとった。

「わからないとは、どういう意味だ？　今夜、持ち場を離れるようなことでもあったか？」

「いいえ、一瞬たりとも」

「わたしがいないうちに書斎へ入った者は？」

「いいえ、ありえません——唯一の鍵は閣下がお持ちなのですから」

「では、マリバーの名にかけて、手紙はどこだ？　わたしはこの手で金庫にしまった。その前、侯爵どのがいらっしゃるまではこの眼で読んでいた。部屋を空けたのはわずか数分間にすぎない。そんなにたやすく消えてしまうものか？」

「もうしわけございません、閣下。わたしは——」

「うるさい、黙れ、この役立たずめ！　考えがまとまらんだろうが」

アーチボルドは必死に思案をめぐらせた。ほんのしばらく前までは自分の手の中にあった。金庫に入れ、鍵をかけた——そこまでは確かなことだ。それがどこへ？

ヴィクトールがグラスの中身を飲み干し、立ち上がった。「よろしければ、アーチィ、わたしは失礼させてもらうよ。まったく、とんでもない時間の無駄だったな」

「ヴィクトール、お待ちください。まだ、お話は終わっておりません。本物の手紙があるのです。それをごらんになっていただかないと！」

「あぁ、そうだろうともさ、アーチィ。わたしを脅すなら、もっと知恵を絞るべきだったな」彼は書斎の扉を抜け、階段を降りていった。

「わたしの忠告を聞かなかったとは言わせませんよ、ヴィクトール！」アーチボルドがその背中にむかって叫ぶ。「手紙はかならず探し出してみせます！　かならず！　そして、アクエスタへ送りますからね！　裁判の証拠として！」

「わたしはどうすればよろしいでしょうか、閣下？」ブルースが尋ねる。

「そこでおとなしくしていろ、ぼけなす。考えがまとまらんと言ったろうが」アーチボルドは震える指で髪をかきむしりながら、室内をしきりに歩き回った。彼はあらためて白紙の束を注視した。たしかに、何度も読み返したあの手紙よりは微妙に質の低いものだ。

　自分自身の手で金庫にしまったという確信はあるにせよ、アーチボルドはそこらじゅうの抽斗《ひきだし》を開け、机の上にある書類の山もかたっぱしから調べてみた。それから、グラスにブランディのおかわりを注ぎこむと、部屋の反対側へ行き、暖炉の灰の中に手紙の焼け残りはないかと火掻き棒でつつきまわす。やがて、彼は忿懣《ふんまん》やるかたなしとばかり、白紙の束をそこへ投げこんだ。グラスの中身を一気に飲み干し、手近な椅子にへたりこむ。

「ここに本物があったのはまちがいない」アーチボルドは憮然と呟いた。ようやく事情が呑みこめてくる。「ブルース、あの手紙を盗んだやつがいるはずだ。まだ遠くへは行っていないだろう。城内をくまなく捜せ。出口を封鎖しろ。扉、門、窓、すべてだ。誰も通すな。従僕や衛兵もふくめて——全員が対象だ。かたっぱしから調べあげろ！」

「かしこまりました、閣下」ブルースはそう答えたあと、わずかな躊躇を見せた。「侯爵どのはどのように？　やはり、足止めさせていただくべきでしょうか？」

「そんなわけがないだろう、大たわけ！　彼が手紙を持っていないことは明白だぞ」

階段を駆け降りるブルースの足音が小さくなっていくのを聞きながら、アーチボルドは暖炉の火を凝視していた。薪が爆《は》ぜる合間にも、答えの知れない何十という疑問が頭をよぎる。どれほど熟考してみても、賊がどうやって手紙を盗み出したのやら、まるで見当もつかない。とはいえ、それ以外の可能性はありえなかった。

「閣下?」従僕のおずおずとした声が彼を現実へと引き戻した。アーチボルドが扉の隙間から覗きこんでいる相手の顔をにらみつけたので、その従僕は息を呑んだ。「ご多忙のところをもうしわけございません――中庭のほうで問題が生じてしまったようでして、閣下をお呼びするようにとのことでございます」

「どんな問題だ?」アーチボルドが声を荒らげる。

「そのぅ、わたしは詳細を存じておりませんが、侯爵さまがどうかなさったものと思われます。なにとぞ、閣下のご足労をいただきたく――おそれながら、切にお願いもうしあげる次第でございます」

アーチボルドは階段を降りていきながら、老侯爵が帰り際に転んで頭でも打ったのかと想像した。まぁ、そんなこともあるだろう。ところが、中庭へ出てみると、侯爵はぴんぴんしており、しかも、かんかんに怒っているではないか。

「ふざけるにもほどがあるぞ、バレンティン! わたしの馬車をどこへやった?」

「あなたの……何ですって?」

ブルースがアーチボルドのかたわらへ歩み寄り、小さく手招きをしてみせる。「閣下」彼は伯爵の耳許で囁いた。「侯爵どのの馬車が馬ごと行方不明になってしまったそうです」

アーチボルドはとっさに人差指を侯爵のほうへ向け、声を上げた。「しばしのお待ちを、ヴィクトール!」それから、彼はブルースをふりかえり、ほかの誰にも聞こえないように、

「行方不明だと? 何が起こったんだ?」

「わたしも正確なところは存じません、閣下。ただ、門衛の報告によりますと、侯爵どのと御者……というか、それらしい風体の二人組がその馬車で正門を出たそうです」

アーチボルドはたちまち激しい眩暈《めまい》を覚えながら、顔を真赤にしている侯爵のほうへと戻っていった。

2 密談

日が暮れてから数時間が過ぎた頃、アレンダ・ラナクリンはメドフォードの裏町へと馬車で乗りつけた。名もない通りの片隅、おんぼろ屋根のみすぼらしい建物ばかりが並んでいる奥にひっそりと佇《たたず》んでいるのが〈薔薇と棘〉亭なのだが、アレンダにしてみれば、そこは路地裏も同然としか思えなかった。つい先日の嵐の名残で、敷石はまだ濡れたまま、水溜まりもあちこちに広がっている。そこを通りかかった馬車が泥水を飛沫《しぶ》かせ、その酒場の黒ずんだ石段や古びた戸板をひときわ汚していく。

近くの建物から、汗だくで上半身裸になっている禿げた男が大きな銅鍋を手に現われた。彼はその鍋を路上にむかって無造作にひっくりかえし、出汁《だし》を取りつくした屑肉や骨の残滓をぶちまける。たちまち、野良犬が五頭ほどもすっとんできた。酒場の窓から洩れる淡い光に照らされた浮浪者とおぼしき人影が、アレンダには理解できない言葉でその犬たちをどやしつける。石を投げて追い払おうとする連中もいる。野良犬の群れがキャンキャンと鳴きながら逃げ去ると、そいつらは畜生どもの喰い残しを我先にと口に運び、あるいはポケットにねじこんだ。

「本当にここでよろしいんですか、お嬢さま？」エミリーがその光景に目を奪われたまま尋ねた。「ウィンズロウ子爵がおっしゃったのは別の場所だったんじゃございませんか？」

アレンダは酒場の扉の上にかかっている変形した看板をあらためて眺めた。棘のある曲がりくねった茎に一輪の花。赤い薔薇はすっかり褪せて灰色になり、茎もむしろ蛇のように見える。「まちがいないはずよ。〈薔薇と棘〉って名前の酒場がメドフォードに何軒もあるとは思えないし」

「それにしても、こんな――こんなところへ呼び出すなんて！」

「あたしだって気分は悪いけど、そういう約束なんだもの。こっちに選択権があったわけじゃないでしょ」アレンダは言葉を返しながら、自分の勇ましさに驚きを禁じ得なかった。

「くどいと思われるかもしれませんけど、やっぱり、こんなことはよろしくなかったんですわ。泥棒なんかと取引するなんて。信用するにふさわしい相手じゃございませんよ、お嬢さま。誰かの依頼で他人の持ち物を盗むような輩《やから》は、依頼人からも平気で盗むことができるのです――おわかりですよね？」

「そうだとしても、ここまで来たのに引き返せやしないわ」アレンダは扉を押し開け、通りへと降り立った。そのとたん、周囲の視線を一身に浴びていることに気がついて、たちまち不安がこみあげてくる。

「銀貨一枚、ありがとさん」御者が声をかけた。ぶっきらぼうな初老の男で、もう何日も剃刀を当てていないような無精髭を生やしている。ただでさえ細い眼の周りはすっかり皺だらけで、馬車を走らせるのに前が見えるのかどうかさえ疑わしいほどだ。

「わかってますけど、帰りも乗せていただくんですから、そのあとでよろしいでしょ」アレンダが言葉を返す。「ほんのちょっとだけ、ここで待っていてくださいな」

「待てっつんなら、そんだけ余分にかかるぜ。それに、あんたらが戻ってくるともかぎらねぇんだ、ここまでの運賃はさっさと払ってくれや」

「何をおっしゃるの？　ちゃんと戻ってきますってば」

男の表情は大理石を彫ったかのごとく微動だにしなかった。彼が御者台から吐いた唾《つば》がアレンダの足元に落ちる。

「あぁ、もう！　わかったわよ！」アレンダは物入れから貨幣ひとつを取り出すと、御者に渡した。「銀貨一枚、たしかに払いましたからね。どこへも行かないでちょうだい。こちらの用件にかかる時間はわからないけれど、ぜったいに戻ってくるから」

エミリーも馬車から降り、アレンダの頭にフードをかぶせなおし、はずれかけのボタンがないかどうかも確かめた。さらに、彼女の外套についた皺も伸ばしてから、自分自身も同じように身形《みなり》を整える。

「あたしが誰なのか、あの無知な御者に教えてやりたいわね」アレンダが囁いた。「そうすれば、少しはこっちの言うことを聞くようになるかも」

「およしあそばせ。お嬢さまがこんなところへ来ているということをお父上がご存知ないのは、マリバーのおぼしめしがあってこそですよ」

ふたりの女性はいずれも毛織の外套に身を包み、周囲からは鼻先しか見えないほどに深くフードをかぶっている。アレンダがエミリーにむかって顔をしかめ、おちつかなげに両手をひるがえした。

「心配のしすぎよ、エミィ。ここへ足を踏み入れた女性がひとりもいないわけじゃないと思うわ」

「女性はいるでしょうけれど、レディはいないはずです」

細長い木の扉を抜けて酒場へ入ると、煙草とアルコールの匂い、そして、アレンダにとっては手洗所でしか嗅いだことのないような悪臭が充満していた。二十ほどもの会話がおたがいに声量を競い、ヴァイオリン弾きもやたらと景気の良い旋律を奏でている。バーカウンターの前で踊っている客たちもいて、ジグの速さに負けじと、木製のたわんだ床に遠慮なく踵《かかと》を打ちつける。あちこちでグラスが鳴り、拳がテーブルを叩き、アレンダには無作法としか思えないほどの大きな笑い声や歌声が交錯する。

「どうすればよろしいんでしょう?」エミリーが分厚いフードの陰から問いかけた。

「まずは子爵を探さないとね。あたしから離れないで」

アレンダはエミリーの手をつかみ、テーブルや踊る客たちの隙間を抜け、床にこぼれたビールを嬉しそうに舐めている犬を蹴飛ばさないようにしながら、店の奥へと進んでいった。こんな状況を、アレンダは過去に一度たりとも経験したことがなかった。男たちはみな悪漢じみた気配を漂わせ、おんぼろの古着を身にまとっている。靴を履いていない連中も少なくない。見たところ、店内にいる女性は四人だけで、いずれもこのウェイトレスらしく、襟許の開いた服をいかがわしい感じに着崩している。アレンダが思うに、男たちの手が伸びてくるのを誘っているかのようだった。歯の欠けた毛むくじゃらの荒くれ男がウェイトレスのひとりを抱き寄せるや、膝の上に乗せ、両手でその肢体をまさぐりはじめた。彼女のほうも悲鳴を上げるわけでなく、くすぐったそうに笑うばかりなので、アレンダは啞然としてしまった。

ようやく、ここで会うべき相手の姿が目に入った。アルバート・ウィンズロウ子爵はいつものダブレットにタイツという恰好でなく、質素な木綿のシャツと毛織のズボンを身に着けており、その上にぴったりとした革製のヴェストをひっかけている。まがりなりにも貴族らしさを感じさせるところがあるとすれば、派手ではないが小粋な羽飾りのついた帽子をかぶっていることだろうか。そんな彼と小さなテーブルをはさんで座っているのは、安物の作業着をまとった大柄な黒い髭面の男だ。

彼女たちがそちらへ歩み寄っていくと、ウィンズロウは立ち上がり、ふたりのために空けてある椅子を引いた。「ようこそ、お嬢さまがた」彼はにこやかに挨拶した。「わざわざご足労いただいて、ありがとうございます。どうぞ、お座りください。何かお飲み物はいかがですか？」

「ありがたいけれど、けっこうよ」アレンダが答える。「長居をするつもりはないの。御者がせっかちな性分らしくて、早くしないと置き去りにされてしまいそうだから」

「なるほど、それは賢明だと思いますよ、お嬢さま。とはいうものの、もうしわけありません、お渡しすべき品物の到着が遅れておりましてね」

「遅れている？」アレンダはふとエミリーの握力が増すのを感じた。「何か問題でも？」

「いやぁ、わかりません。なにしろ、わたし自身が現場に出ているわけではないので、詳細については何ともご説明のしようがありません。ただ、ご理解をいただきたいのは、今回のご依頼はいささか厄介なもので、準備段階から日数を要したという点です。それでもなお不測の事態が起こらないとはかぎりませんし、そこから遅れが生じることも充分にありうるのです。そういうわけですが、本当に何もお飲みになりませんか？」

「えぇ、おかまいなく」アレンダがあらためて答える。

「とりあえず、お座りになるだけでも？」

アレンダが横目でエミリーのほうを盗み見ると、その表情には不安の色がはっきりと浮かんでいた。ふたりは言われるままに腰をおろし、アレンダがエミリーに囁いた。「わかってる、わかってるってば。泥棒なんかと取引しちゃいけなかったんでしょ」

「誤解なさらないでくださいよ、お嬢さま」子爵がなだめるように声をかける。「お時間やお金を無駄にさせるようなことはありませんし、そちらの立場にも充分に配慮しておりますからね」

同じテーブルにいる髭面の男がかすかな笑い声を洩らした。浅黒くざらついた肌はまるで鞣《なめ》し革のようだ。醜いほどに胼胝《たこ》がいっぱいの大きな手。アレンダが見ている前で、彼は自分のマグを口許へ運び、一気に呷《あお》った。それをふたたび離したとき、髭にびっしりと付着したエールの雫がひとつふたつとテーブルの上に垂れ落ちる。アレンダはたちまち嫌悪感がこみあげてきた。

「この男はメイソン・グルーモンです」ウィンズロウが告げた。「ご紹介が遅れ、もうしわけありません。メドフォードの裏町の鍛冶屋で──まぁ、友人です」

「あんたらが雇った連中の腕前なら、何も心配することたぁないぜ」メイソンが彼女たちに言った。その声はまるで割れた石畳の上を走る馬車の車輪さながらに軋《きし》んで聞こえた。

「本当に？」エミリーが訊き返す。「エルヴァノンの王宮の塔にあるグレンモーガンの古宝に手をかけることも可能でしょうかしら？」

「それは何の話ですか？」ウィンズロウが尋ねた。

「噂に聞いたんですけれど、ある泥棒がエルヴァノンの王宮の塔から宝物を盗み出し、次の晩には元の場所へ戻していったとか」エミリーが答える。

「何のために？」アレンダが尋ねる。

子爵は小さく笑った。「おそらく、ただの作り話でしょう。まともな泥棒なら、そんなことをするはずがありません。泥棒稼業がどんなものか、世間ではほとんど知られていないのが現状です。盗みをはたらく理由といえば、まずは自分の懐具合を良くするためです。他人の家に押し入ることもありますし、道中の旅行者を襲うこともあります。また、貴族を誘拐して、その身代金を要求することもあります。ときには被害者の指を切り落とし、家族に送りつけたりもします。それによって自分たちが危険な存在であるという印象を与え、要求に応じなければ無事では済むまいと思わせるわけです。まぁ、こんなことをする連中は語るほどの価値もありませんがね。なるべく簡単な方法で儲けを得ようとしているにすぎませんから」

アレンダはまたもやエミリーの握力を感じた。加減ができなかったのだろう、思わず顔をしかめてしまうほどの強さだった。

「泥棒として格上なのは、ギルドを形成している連中です。石屋や大工たちのギルドと似たようなものですが、もちろん、それについては他言無用でお願いします。きわめて高度に組織化されており、彼らの泥棒稼業はひとつの大きな経済活動となっています。ギルドごとに縄張りがあって、その中で独占的に収益を得ているのです。たいていは地元の軍隊や有力者たちとも融通無碍《ゆうずうむげ》な関係を結んでいますから、そこでの不文律を破らないかぎりは円滑な商売ができるというわけです」

「統治者と犯罪者のあいだに不文律があるなんて、想像もつかないんだけれど？」アレンダが疑念たっぷりに言葉を返す。

「いやいや、あなたがたはびっくりなさるかもしれませんが、国家運営には多くの妥協が必要なのですよ。まぁ、それはさておき――この稼業のもうひとつの類型として、どこのギルドにも属さずに仕事を請け負う、〝雇われ泥棒〟とでも呼ぶべき連中を忘れるわけにはいきません。雇い主の依頼内容はもちろん盗みで、たとえば仲の悪い貴族の持ち物をかっさらってほしいとか、そういったことです。名誉を守るため、あるいは不面目をおそれて――」ウィンズロウは片目をつぶってみせながら、「――藁にもすがる思いで彼らの腕を買うわけです」

「誰のためにでも、どんなものでも盗むの？」アレンダが尋ねる。「あなたが話をつけてくれた泥棒さんたちのことだけれど」

「万客歓迎とはいきません――仕事にふさわしい報酬を払っていただけるのが大前提です」

「報酬さえ払うことができれば犯罪者でも国王でもかまわないのかしら？」エミリーがつっこんだ。

メイソンが鼻を鳴らす。「犯罪者も国王も同じようなもんだろ？」この顔合わせで初めて、彼は満面の笑みを浮かべ、欠けた歯並びを覗かせた。

アレンダはうんざりして、ウィンズロウへと視線を移した。彼は店内の客たちの頭越しに入口のほうを注視している。「ちょっと失礼させていただきますよ、お嬢さまがた」彼はだしぬけに立ち上がった。「飲み物のおかわりが欲しいんですが、店の子たちはみんな忙しそうですのでね。メイソン、おふたりの面倒を見てさしあげてくれ」

「おれぁ乳母かってんだよ、こら！」メイソンは雑踏をかきわけていく子爵の背中にむかって大声を上げた。

「お嬢さまを――お嬢さまを赤ちゃんか何かのようにおっしゃらないでください」エミリーが敢然と鍛冶屋にくってかかった。「今はもうりっぱな大人の女性におなりですのよ。ましてや、こちらは侯爵家なんですから、身分の違いをわきまえていただかないと」

メイソンの表情がけわしくなった。「そっちこそ、場所をわきまえたほうがいいぜ。おれが住んでるのは五軒先だ。この店を建てるときゃ、うちの親父も仕事をさせてもらった。兄貴はここの厨房で働いてる。おふくろもそうだったが、ご貴族さまの馬車に轢かれて死んじまった。いいか、ここはおれの街だ。あんたらが偉そうな口を叩いていい場所だと思うなよ！」メイソンが拳をテーブルに叩きつけると、そこに置いてある蠟燭が跳び上がった。ふたりの女性も跳び上がらんばかりだった。

アレンダはエミリーの腕を引き寄せた。どうして、こんなことになっちゃったの？　エミリーの言うとおりだったにちがいない。ウィンズロウのような下級貴族を信用してはいけなかったのだ。そもそも、ダレフ卿の主催によるアクエスタの秋祭でたまたま一緒になったというだけで、彼がどんな人物なのかは何も知らなかったのに。身分は高貴でも品性が高潔とはかぎらないことを、彼女はいやというほど痛感させられてきたのに。

三人が無言でテーブルを囲んでいるところへ、ウィンズロウが飲み物を持たずに戻ってきた。

「お嬢さまがた、こちらへどうぞ」子爵は手招きしてみせた。

「何があるの？」アレンダが不安の声を洩らす。

「心配はご無用ですから、ご一緒に。はぐれないでくださいね」

アレンダとエミリーは席を立ち、ウィンズロウのすぐ後ろにくっついて、紫煙や酔漢や犬や踊る客たちでいっぱいの店内を通り抜け、裏口から外へ出た。そこで彼女たちが目にした光景ときたら、この直前まで必死に耐えてきたはずの状況さえも楽園にひとしかったのかと思わずにいられないほどだった。路地裏は路地裏でも、まさしく言葉を失うような空間だ。ごみ捨て場も同然のありさまどころか、頭上の窓からは糞尿までもが落とされ、側溝に収まりきらなくなった汚泥とぐちゃぐちゃに溶けあっている。建物から建物への橋として踏み板が四方八方にかけられているのだが、彼女たちはそこを渡るにも外套の裾をつまみあげなければならなかった。

積み上げてある薪の陰から大きな鼠が走り出て、二匹の仲間が待つ排水槽へと身を躍らせた。

「路地裏で何をさせるつもりでしょう?」エミリーが震える声でアレンダに囁く。

「わからないわ」アレンダは恐怖心を抑えながら答えた。「ねぇ、エミィ、あなたが正しかったみたいね。本当に、泥棒なんかと取引しちゃいけなかったんだわ。子爵の言うことは信用できない——あたしたちにはふさわしくない世界の商売よ。父上に知られちゃったら、こっぴどく叱られるでしょうね」

子爵は彼女たちを連れて板塀をくぐり、かろうじて厩舎のように見えなくもない掘立小屋のわきへと進んでいった。そこには四つの馬房があり、それぞれに飼葉と水桶が置いてある。

「ご無沙汰しておりました、お嬢さま」目の前にひとりの男が現われ、声をかけた。

二人組のうち大柄なほうだということはアレンダも憶えていたものの、名前は思い出せない。子爵を介して対面する機会があったとはいえ、闇夜の路上でほんの少しだけ言葉を交わしたにすぎないのだ。しかし、今夜の月は上弦を過ぎ、彼もフードをはねのけているので、はっきりと顔を見ることができる。背の高い男で、風貌にも服装にも粗野な雰囲気を漂わせてはいるが、不快感や威圧感を与えるわけではない。笑顔のせいだろうか、目の周りには皺が寄っている。アレンダとしても、彼には親しみを感じられそうな気がした。それに、こんな状況下であるにもかかわらず、第一印象として男前だと思ってしまうほどだった。彼は土埃にまみれた革と毛織物に身を包み、武器もかなりの代物を携えている。左の腰にある短剣には飾り気のかけらもないし、右腰の長剣も同じようなものだ。そして、背中には、当人の身の丈に匹敵するほどの太刀をくくりつけている。

「お忘れかもしれませんので、あらためて――ハドリアンと申します」彼は自己紹介をしながら深々と頭を下げた。「ちなみに、お隣にいらっしゃる美しいご婦人はどなたですか？」

「エミリー、あたしの侍女です」

「侍女？」ハドリアンはおおげさに驚いてみせた。「あまりにも麗しくて、侯爵夫人かと思ってしまいましたよ」

エミリーは軽い会釈とともに、今回の旅でまだアレンダさえも見ていなかった笑みを浮かべた。

「あまり長くお待たせしてしまったのでなければ良いのですが。子爵の話では、彼とメイソンがそのあいだの話し相手をつとめさせていただいたとか？」

「はい」

「グルーモン親方から、母親がお偉いさんの馬車に轢かれたと聞かされたのでは?」

「ええ、そんなことがあったそうですね。何とお答えすべきか——」

ハドリアンは両手を大きく広げ、その言葉をさえぎった。「メイソンの母親は今も元気に暮らしておりますよ。職人街のほうで、メイソンとは対照的に悠々自適の生活を送っているのです。〈薔薇と棘〉の厨房で働いていたこともありません。あの男ときたら、どこかの貴族やご令嬢と会うたびにその作り話を聞かせて、相手の優越感を萎えさせようとするのです。無駄なご心配をおかけしてしまって、もうしわけございません」

「あら、あなたが悪いわけじゃありませんのに。あの人の態度が無作法なのも言葉が荒っぽいのも、ご本人の問題だと思います。それに、そんなことより——」アレンダはそこでしばらく言葉を切ってから、「——お願いしていたことですけれど、しっかり……いいえ、うまくやっていただけましたでしょうか?」

ハドリアンはにこやかな表情になり、背後の馬房をふりかえった。

「ロイス?」

「いいかげんに縛りやがって、おれの仕事を増やすなっての」奥のほうから声が聞こえてくる。そのあとすぐに、二人組のもうひとりが姿を現わした。

アレンダも彼のことは強く印象に残っていた。心を乱されるような何かがあったのだ。ハドリアンにくらべると小柄だが、身のこなしは優雅で、髪も眼も黒い。服装までも黒一色で、膝までのチュニックをまとい、長いマントをひるがえし、あたかも彼の存在自体が陰翳に包まれているかのようだ。目に映るところに武器はひとつもない。巨漢でもないし攻撃力にすぐれているわけでもなさそうなのだが、アレンダは彼に畏怖を感じていた。冷徹な視線、無表情な顔、機敏な所作、どれもこれも肉食獣を連想させる。

ロイスはチュニックの懐に手をつっこみ、青いリボンでくくってある手紙の束を取り出した。そして、それを彼女に渡しながら、「バレンティンがあんたの親父さんにこいつを見せるよりも早くかっさらうのは簡単なことじゃなかったぜ。時間との競争、ぎりぎりのところだったが、とにもかくにも成功だ。同じような面倒事が起きないように、さっさと燃やしちまうんだな」

彼女はその束を眺めながら、顔いっぱいに安堵の表情を浮かべた。「あぁ——夢を見てるみたい！　どうやったのかは知らないけれど、本当にありがとうございます！」

「報酬がもらえりゃ、それで充分さ」ロイスが言葉を返す。

「えぇ、もちろん」彼女は手紙をエミリーに預けると、腰につけていた財布をはずし、泥棒に差し出した。ロイスはすばやく中身を確かめ、その口をパチンと閉じてから、ハドリアンに投げ渡す。彼はそれをヴェストにしまいこみ、馬房のほうへと歩いていった。

「軽率なことはしないほうがいいぜ。あんたとガウントの火遊びはやばすぎる」ロイスは彼女に言った。

「お読みになりまして？」彼女はおびえたように訊き返す。

「まさか。そんなのは仕事のうちじゃないからな」

「じゃ、どうして――」

「親父さんとアーチボルドの会話が耳に入ったのさ。伯爵が脅しをかけても侯爵は平然と受け流してるようだったが、おそらく、ただの与太話と決めつけるつもりはないだろうな。手紙があろうとなかろうと、今後はあんたに向ける視線もきびしくなると思うぜ。もっとも、侯爵は人格者だし、悪いようにはしないはずだ。バレンティンの手許に証拠がないかぎり、親父さんも当分は安心してられる。だからって、油断は禁物だぜ」

「あなた、お父さまについて何をご存知なのかしら?」

「おや、失礼。あんたの親父さんのことだなんて言ったっけか? かわいい娘さんのいる別の侯爵についての話をしてるつもりだったんだけどな」

アレンダは横っ面をひっぱたかれたような気分になった。

「仲良くやってるか、ロイス?」ハドリアンが二頭の馬とともに戻ってきた。「こいつのことは大目に見ていただきたいのですよ、お嬢さま。なにしろ、狼の群れに育てられたものでしてね」

「それ、お父さまの馬だわ!」

ハドリアンがうなずく。「馬車は橋の近くにある灌木の茂みの陰に隠しておきました。それと、お父上のダブレットですが、わたしのせいで伸びてしまったかもしれません。ほかの品々もまとめて馬車の中に置いたままです」

「お父さまの服を勝手に着たんですの？」

「だから、最初に言ったろ」ロイスがくりかえす。「ぎりぎりのところ、まさに間一髪だったんだよ」

彼らが仲間同士で商売の話をするのは〈暗室〉と決まっていたが、〈薔薇と棘〉のいちばん奥にあるその小さな部屋はまったくもって暗さを感じさせなかった。壁にもテーブルにも蠟燭が並び、暖炉の火もおちついた明るさを提供してくれている。かつて厨房の倉庫として使われていたとおり、今も梁からはたくさんの銅鍋が吊るされている。テーブルがひとつと椅子を数脚も置いただけでいっぱいになってしまうほどの狭さだが、彼らにとってはそれで充分なのだ。

扉が開かれ、少人数の一団がそこへ入ってきた。ロイスはさっさと自分のためにワインを注ぎ、暖炉のそばの椅子に座り、長靴を脱ぐと、火にむかって足指をくねらせた。そのあとにハドリアン、アルバート・ウィンズロウ子爵、メイソン・グルーモンと続いて、最後にもうひとり若い女性もテーブルを囲む輪に加わった。この店の女将であるグウェンは彼らが仕事から帰ってくればご馳走でもてなしてくれるのが常で、今夜も例外ではない。甕《かめ》いっぱいのエールはもちろん、ローストビーフの巨大な塊、焼きたての甘いパン、茹でたジャガイモ、布に包まれた白チーズ、ニンジン、タマネギ、秘蔵の漬け樽から出してきたピクルスもある。ロイスとハドリアンのためなら何も惜しまない彼女は、ヴァンドンからはるばる輸入したモンテモルセーの黒壜まで用意していた。ロイスのいちばん好きなワインだということを知っていて、買い置きを欠かさないのだ。ちなみに、見た目の印象とは裏腹に、ハドリアンは酒や料理にこれといって興味がないらしい。彼にとっては女性のほうが気になるようだ。

「で、昨夜はどうだったの？」ハドリアンの膝に乗ったエメラルドがこの店の自家製エールを注ぎながら尋ねた。本名はファリーナ・ブロックトンというのだが、〈薔薇と棘〉とその隣にある〈メドフォード館〉で働く女の子たちは安全のために渾名で呼ばれている。エメラルドは陽気な宿無し娘で、〈薔薇と棘〉のウェイトレスたちの筆頭格であり、この〈暗室〉に集まった彼らを接待することのできるたったふたりの女性のうちのひとりなのだ。

「なにしろ寒くてね」ハドリアンが彼女の腰に両腕を巻きつけた。「この時期、馬に乗るだけでも身が凍りそうだよ。暖めてくれるかい？」そう言いながら彼女を抱き寄せ、波打つほどに豊かな黒髪へと鼻先を埋める。

「ちゃんと報酬は受け取ったんだろうな？」メイソンが尋ねる。

この鍛冶職人は腰をおろすとほぼ同時に料理を貪《むさぼ》りはじめていた。メドフォードの平凡な金細工師の息子で、父親の店を継いだものの、博奕の負けがふくらんだせいで人手に渡さなければならなくなってしまった。職人街にいられなくなった彼は裏町へと流れてきて、もっぱら蹄鉄や釘をこしらえて鞴《ふいご》の火を保ち、食費や飲み代もそこから捻り出していた。ロイスとハドリアンにとって、彼と組むのは三つの利点がある——金がかからない、地元に住んでいる、そして、独身だということだ。

「あぁ、もらった。アレンダ・ラナクリンはきっちり十五テネントを払ってくれたぜ」ロイスが答える。

「かなりの稼ぎになったね」ウィンズロウが手を叩いた。

「で、おれが作った矢は？　使い物になったか？」メイソンはさらに尋ねる。「タイル相手の食いつきはどうだった？」

「食いつきは上々だった」ロイスが言った。「抜こうにも抜けなかったけどな」

「抜けねぇだと？」メイソンは眉間に皺を寄せた。「試作段階じゃ何の問題もなかったはずだが——まぁ、飛び道具は専門外だからな。本職に頼むべきだったんだよ。最初にそう言ったろ？　おれは鍛冶屋だ。鉄にかけちゃ手慣れたもんだが、木はそうもいかねぇ。何でも切れる鋸《のこぎり》を頼まれりゃ——ばっちりだったろ？　マールよ、それが鍛冶屋の仕事ってもんさ！　だが、矢は作らねぇし、作ってみたところで、おまえさんたちの期待に応えられるとは思えねぇ。まぁ、あきらめてくれや。本職がいちばん信頼できるって、おれの言ったとおりだったじゃねぇか」

「おちつけよ、メイソン」ハドリアンがエメラルドの髪から顔を離した。「抜ける抜けないよりも、食いつきの良さが重要だったんだ。その意味からすれば望みどおりだったよ」

「当然だ。鏃《やじり》は金物だし、金物はおれの専門だぜ。しかし、後始末の部分で用が足りなかったのは悔しいな。どうやって回収したんだ？　まさか、そのままにしてきたわけじゃねぇんだろ？」

「いや、回収はできなかった。いずれ、警備の連中に発見されるだろうな」とロイス。

「おいおい、まずいんじゃねぇのか？」

「とりあえず、最初から話を聞かせてほしいな」ウィンズロウが言葉をはさんだ。彼もロイスと同じように、両足を高くして座り、ジョッキをつかんでいる。「ぼくはいつだって具体的な作戦内容を知らずじまいなんだからね」

アルバート・ウィンズロウ子爵は土地なし貴族の末裔だ。もうずいぶん昔のこと、先祖が封領を売り払ってしまったという。彼に残されていたのはこの爵位だけだった。格下の男爵たちにも劣るような暮らしで、商才を試してみるか小作人に身を落とすかというありさまだったのだ。ロイスとハドリアンが初めて彼と会ったとき、夏はコルノラのとある納屋に寝泊まりしていた。二人組がそんな彼にささやかな投資をして衣服と馬車を与えると、彼は社交界へ入りこみ、貴族たちからの依頼を預かる役割を果たすようになった。二人組から提供された金であらゆる冠婚葬祭の場へ顔を出し、そこに渦巻く政略を仕事に結びつけるというわけだ。

「きみは人目に触れることが多いからさ、アルバート」ハドリアンが説明する。「仲良くしてくださってる貴族さまがおれたちの仕事の中身を知ったせいで牢獄にぶちこまれ、瞼《まぶた》を切り取られたり爪を剝がれたりの拷問を受けるなんてことになったら、こっちとしても気分が悪すぎる」

「だけど、白状したくてもできないんじゃ、どうやって拷問をやめてもらえばいいんだい？」

「まぁ、爪を三枚か四枚も剝がれたところでまだ口を割らなきゃ、信用してもらえるだろうさ」ロイスがよからぬ笑みを浮かべてみせた。

アルバートは顔をしかめ、エールを大きく呷った。「とにかく、聞かせてくれてもいいじゃないか？　あの鉄の扉をどうやって通り抜けた？　ぼくがバレンティンに会いに行ったときの印象は、ドワーフにありったけの工具を持たせても開けるのは不可能じゃないかってことだったよ。鍵穴も錠前も見当たらないんだから、細工のしようがないだろ」

「あぁ、あんたがくれた情報はすごく役に立ったぜ」ロイスが答えた。「おかげで、そこから入るのはあきらめたさ」

子爵はわけがわからない様子だった。彼は口を開きかけたものの何も言わず、かわりに、ローストビーフを切り取って自分の皿に載せた。

ロイスが悠然とワインを飲んでいるので、ハドリアンが話を進めることにした。「おれたちは東の塔の外壁から攻めることにした。まぁ、主役はあくまでもロイスで、おれは縄梯子を投げてもらったにすぎないんだけどな。塔の高さはそれほどでもないんだが、アーチボルドの手紙の隠し場所にはいちばん近かった。で、おれたちはメイソンの矢で塔から塔へと縄をかけて、腕力と脚力だけで渡ったわけさ」

「でも、目標の塔には窓がなかったはずだけどな」アルバートが言葉を返す。

「窓から入ったなんて言ってないだろ」ロイスが反駁する。「矢を射ちこんだのは、高いほうの塔の屋根の上だ」

「その矢をこしらえたやつの腕前も褒めてもらいてぇな」メイソンが胸を張ってみせた。

「で、そっちの塔へ移ったまでは良いとして、どうやって中へ入った？　煙突でも使ったのかい？」アルバートが尋ねる。

「いや、煙突は狭すぎるし、そもそも、昨夜は暖炉に火が入ってたからな」ハドリアンが答えた。「メイソンの秘密兵器その二、鋸《のこぎり》の出番ってわけさ。あれで屋根の斜面を切ったんだ。そこらへんまでは万事順調だったんだが、アーチボルドがいきなり書斎へ来たところから調子が狂いはじめた。すぐにいなくなるだろうと思って、しばらく待つことにしたんだけどな」

「さっさと降りて、あいつの喉をかっさばいて、手紙を回収すりゃ、あっというまに一件落着だったはずだぜ」ロイスが意見を述べた。

「そういう契約じゃなかったろ？」ハドリアンが釘を刺す。ロイスはあきれたように天を仰いだ。ハドリアンはそれにかまわず、言葉を続けた。「そう、おれたちは屋根の上に伏せたまま、やっこさんがいなくなるのを待ってたんだが、とにかく風が冷たくてね。あんちくしょうめ、二時間も書斎に居座りやがって」

「かわいそうに」エメラルドが猫撫で声を洩らし、鼻先をこすりつけた。

「良かった点があるとすりゃ、おれたちが上から見てるあいだじゅう、やっこさんは手紙を目の前に置いてたってことだな。金庫にしまいこむまで、それこそ一部始終を観察させてもらったよ。そうこうしてるうちに一台の馬車が中庭へ入ってきたんだが、さて、誰だったと思う？」

「侯爵かい？　でも、きみたちはまだ屋根の上にいたんだろ？」アルバートは口いっぱいにローストビーフをほおばりながら尋ねた。

「あぁ——おかげで、そこから先はてんやわんやだ。アーチボルドが侯爵を出迎えに塔を離れたのを見て、おれたちは行動にかかった」

「わかった」エメラルドがすかさず声を上げる。「カボチャのへたを取るみたいに屋根をくりぬいたのね」

「そういうこと。ロイスが縄梯子で書斎へ降り、金庫を開け、偽の手紙の束とすりかえたところで、おれがこいつを引き上げたってわけさ。おれたちが屋根の穴をふさいだのと同時に、アーチボルドとヴィクトールが部屋へ入ってきた。物音を聞きつけられると面倒なんで、おれたちはその場から動けなかった。やっこさん、すぐに金庫から手紙を出したね。いやぁ、ただの白紙だとわかった瞬間のアーチボルドがどんな顔をしたか、みんなにも見せてやりたかったよ。それをきっかけに騒動が始まったんで、おれたちは隙を見て、一気に塔から中庭へ降りた」

「すごいな。きみたちの仕事にはいろいろと予期せぬ事態がつきものだってことをアレンダに言ったんだけれど、本当にそんな状況だったとはね。もうちょっと報酬をはずんでもらうべきだったかもしれないな」

「おれもそう思ったよ」ロイスが相槌を打つ。「しかし、ハドリアンの性格は知ってるだろ。それに、今回の件じゃ両者ともかなりの金を積んでくれたもんな」

「ちょっと待て——塔の屋根に射ちこんだ矢が抜けなかったってんなら、その縄はどうなったんだ？」

　ロイスは溜息をついた。「訊かないでくれ」

「どうして？」メイソンはふたりの顔を交互に眺めた。「秘密だってか？」

「ほら、言っちゃえよ、ロイス」ハドリアンが満面の笑みで声をかける。

　ロイスは渋い表情になった。「こいつが射ち落としたんだよ」

「何と!?」アルバートが思わず両足を床に落とし、そのまま腰を浮かせかけた。

「別の矢を使って、屋根に残してきた縄を切ったのさ」

「そんなこと、できるわけがない」アルバートが主張した。「たいして太くもない縄に——高さはどれぐらいだ——二百フィートかそこらも下から暗闇ごしに命中させるなんて！」

「とりあえず、月は出てたけどな」ロイスが訂正する。「過大評価はやめてくれ。こいつが増長すると、今後の仕事がうっとうしくなるんだよ。そもそも、初手から成功させたとは言ってないぜ」

「じゃ、何本目で？」エメラルドがつっこんだ。

「何か言ったかい、かわいこちゃん？」ハドリアンは口許の泡を袖で拭きながら訊き返した。

「縄を切るのに何本の矢を使ったのかって話よ、おとぼけさん」

「正直に言え」ロイスがたたみかける。

ハドリアンは顔をしかめた。「四本」

「四本？」アルバートが言った。「一発必中だったらもう何も言うことはなかったと思うけれど、四本だって——」

「何がどうなったのか、伯爵は気がつくかしらね？」エメラルドが訊いた。

「雨が降りゃすぐだろ」メイソンが言った。

そこへ、扉を三回叩く音が聞こえてきたので、鍛冶屋は巨軀《きょく》を揺らしながら立ち上がり、部屋を横切った。「誰だ？」彼はぶっきらぼうに呼びかけた。

「グウェンよ」

メイソンが閂をはずして扉を開けると、長い黒髪ときらめくような緑色の瞳の女性が入ってきた。

「自分の店の控え室に入るのも簡単じゃないわね」

「すまねぇ、姐さん」メイソンは扉を閉めながら謝った。「しかし、誰が来たのか確かめずに開けたら、おれがロイスに生皮を剝がれちまうよ」

グウェン・デランシーは裏町の謎と呼ぶべき存在だ。カリスからの移民で、かつては娼婦や占い師として生計を立ててきた。浅黒い肌、大きな眼、高い頰骨、まごうかたなく異邦人とわかる容貌だ。目許の化粧がうまく、東方出身ならではの訛《なまり》もあって、貴族たちの心をたやすく奪ってしまう。ただし、グウェンはただの娼婦ではなかった。三年ほど前、彼女はそれまでの貯《たくわ》えを使い、この地区での営業権を買った。土地を所有できるのは貴族階級だけだが、そこに店を出す権利についてはもっぱら商人たちが取引するものだ。ほどなく、彼女は職人街の一部と裏町の大半を掌中に収めた。なかでも、〈メドフォード館〉はもっぱら〝館〟と略称され、彼女にとって最大の収益を与えてくれている。路地を入った奥にもかかわらず、けっこうな金のかかるこの娼館は遠近《おちこち》の貴族たちが常連となっているのだ。そして、初顔の客が来れば、招き入れるにふさわしい人物かどうか、彼女はたちどころに見極めることができるらしい。

「ロイス」グウェンが声をかけた。「宵のうち、依頼人が館のほうへ来てたわよ。あなたたちの誰かと直接話したいようだったから、明日の夜で約束しておいたわ」

「知ってるやつかい？」

「女の子たちに訊いてみたけれど、みんな、顔を見たこともないって」

「お楽しみのついでに？」

グウェンは首を振った。「ただ、雇われ泥棒についての噂を追いかけてきただけ。男どもときたら、娼婦に相談をもちかければ何でも答えが得られると思ってるみたいだけど、その秘密を女の子たちが墓場まで持っていくだろうなんて、よくもまぁ期待してくれるわよね」

「話を聞いたのは？」

「チューリップよ。肌が浅黒くて訛《なまり》もあったから外国の人だろうって。カリス人かもしれないけど、わたし自身が会ったわけじゃないから、確かなことは言えないわ」

「独りで来てた？」

「お連れさんがいたとは聞いてないわね」

「ぼくの出番かな？」アルバートが訊いた。

「いや、おれが行くよ」ハドリアンが答えた。「わざわざこの界隈まで来たってことは、情報屋のあんたじゃなく、現場担当のおれたちに会いたいんだろうさ」

「そのつもりがあるんなら、アルバート、おまえはこっちの店に来る他所者《よそもの》たちを見張ってりゃいいんじゃないか？」ロイスがつけくわえた。「おれは通りに出てるよ。ちなみに、そいつ以外の新客は？」

「今日はかなり混んでるし、初めて見る顔も少なくないわ。たとえば、カウンター席にいる四人組とか」グウェンが言った。「あとは、二時間ぐらい前に帰ったけれど、五人組もいたわね」

「あぁ、あの五人でしょ」エメラルドが相槌を打つ。「あたしのお客さんだったの」

「どんな連中だった？　旅行者かい？」

グウェンは首を振った。「たぶん、兵士だと思うわ。軍服は着てなかったけれど、そんな雰囲気が感じられたから」

「傭兵かな？」ハドリアンがつっこむ。

「それらしい様子はなかったわね。傭兵なら女の子たちにちょっかいを出したり、大声で騒いだり、喧嘩したり――わかるでしょ。でも、あの人たちは静かだったし、そのうちのひとりは貴族だったんじゃないかしら。会話の中で〝男爵〟って呼ばれてたわ——えぇと、トランブール男爵かな」

「おれが昨日、ウェイウォード通りで見かけたのと同じ連中かもしれん」メイソンが意見を述べた。「そんときゃ十二人ほどもいたもんだが」

「何が起こってるんだ？」ロイスが問いかける。

一同は訝《いぶか》しげに顔を見合わせた。

「ニドウォルデン川のほうで何人も殺されたって噂を聞いたが、それと関係のあることだとは考えられないか？」ハドリアンが尋ねた。「国王があちこちの貴族に支援を要請したのかもな」

「エルフどもの仕業だそうじゃねぇか？」メイソンが訊き返す。「おれはそう聞いたぜ」

「あたしも」エメラルドが言った。「エルフが村を襲ったんだってね。村人たちは皆殺し——寝てるところをやられた人もいるとか」

「誰から聞いたんだい？　そんなこと、ありえないと思うけどね」アルバートが異論を述べる。「エルフたちは人間を襲うどころか、視線を合わせることもできやしないのに」

ロイスが自分の長靴とマントをつかみ、扉のほうへと歩き出した。「おまえだってエルフのことなんか何も知らないだろ、アルバート」彼はそう言い捨て、部屋を後にした。

「何か、まずいことでも言ったかな？」子爵はわけがわからないといった表情で、ほかの面々にむかって視線を一周させた。

エメラルドが無言で肩をすくめる。

ハドリアンはアレンダの財布を取り出し、子爵に投げ渡した。「まぁ、心配するほどのこっちゃないだろ。ロイスは気分屋だってことさ。いいから、分け前を取れよ」

「だけど、ロイスの言うとおりなのよ」エメラルドは彼らの知らないことを知っているのだという優越感をいだいているらしい。「村を襲ったエルフは純血のままの野生エルフなんだから。この界隈をうろついてる混血連中はいつも飲んだくれてるけどね」

「千年も隷属状態に置かれたままじゃ、そうならずにいられるほうが不思議だと思うわ」グウェンが指摘した。「わたしのぶんも取っておいてちょうだい、アルバート。そろそろ仕事に戻らなきゃ。司教に執政官に男爵兄弟会、〝館〟のほうが大忙しなのよ」

ハドリアンは前日の疲労がまだ抜けきらないまま、バーカウンター近くの空いているテーブルに席を取り、〈ダイアモンドの間〉に出入りする常連客たちを観察していた。もともとは酒場と娼館のあいだに空地があり、そこを繋ぐために増築された部屋で、細長く引き伸ばしたような菱形の構造がその呼び名の由来だ。室内にいるのはハドリアンの顔見知りがほとんどで、なじみのある相手も少なくない。点灯夫、御者、修理屋など、遅くまでの仕事を終えてようやく晩飯を食べに来た人々ばかりだ。汚れたままの顔にくたびれきった表情を浮かべ、テーブルにのしかかるような恰好でひたすらに空腹を満たそうとしている。作業用の粗末なシャツ、寸法が大きすぎるのを腰紐で締めこんだズボン。彼らがこの部屋を好むのは、酔客たちの喧騒をよそに、おちついて食事ができるからである。そんな場の中にあって、ひとりだけ異質な雰囲気を漂わせている人物がいた。

その男は部屋のいちばん奥の席で、壁を背にして座っている。ほかのテーブルと同じように蠟燭が立っているが、それ以外には何もない。酒も食事も注文していないということか。縁の広い帽子の一端をひねりあげ、派手な青い羽飾りで留めている。金色にきらめく繻子《しゅす》地のシャツを着て、その上にひっかけている漆黒のダブレットは肩口に赤い紋を織りこんだものだ。鋲を打った革製のガードル、それと同じ作りで丈の高い乗馬靴。そして、腰にはサーベルをぶらさげている。何者なのかは知らないが、人目を忍ぶという発想はまったくないようだ。そして、もうひとつ、その男が足元に大きな荷物を置いており、ずっと足で押さえつけたままだということも、ハドリアンは気がついていた。

ロイスがエメラルドをよこし、通りにその男の仲間らしき人影はないと伝えてきたところで、ハドリアンは立ち上がると、部屋の奥まで歩いていき、初対面の相手と向かいあわせに空いている椅子のわきで足を止めた。

「ここ、かまわないかな?」彼はさりげなく声をかける。

「きみが何者なのかによる」男の答えにはかすかなカリス訛があった。「リィリアとかいう組織の関係者と会いたい。話を通してくれるというのは、きみのことかな?」

「あんたが何を望んでるかによる」ハドリアンは口許に笑みを覗かせながら言葉を返した。

「よし、とりあえず座ってくれ」

ハドリアンはその椅子に腰をおろし、話が始まるのを待った。

「わたしはデラノ・デヴィット男爵という者で、使える人材を必要としている。金で雇える連中がこの界隈にいると聞いてきたんだ」

「使える人材ってのは、どういう方面で？」

「物盗りだ」デヴィットはためらう様子もなかった。「ある品物を、持ち主が使えないようにしてほしい。できることなら、もう二度と使えないように。期限は今夜だ」

ハドリアンはにこやかに言葉を返した。「残念だが、そこまで時間的な制約がきついと、リィリアに依頼するのは無理だと思ったほうがいいだろうな。やばすぎる。わかってもらいたいね」

「期限のことは勘弁してくれ。昨夜のうちに会えれば良かったんだが、そちらの関係者が誰もいないと言っていた。わたしの地位からすれば、危ない橋を渡るだけの甲斐はあると思うが？」

「あいにく、きびしい規則があってね」ハドリアンは席を立とうとした。

「まぁ、話だけでも聞いてくれ。せっかく、噂をたよりにここまで来たんだ。相応の報酬でこのたぐいの依頼を引き受けてくれる二人組の仕事師がいるというのは、ご当地の事情通が教えてくれたことでね。ギルド外でそんな商売をやっていけるものだろうかという疑問はあるが、とにかく、でたらめじゃなかったようだな。評判を保つための客選びがきみの役割なんだろう？　それなら、リィリアがわたしに力を貸してくれるよう、ぜひとも口添えをお願いしたい」

ハドリアンはその男をじっくりと観察した。最初に見たときの印象としては、王宮の晩餐会で話の種にできそうなことを探している目立ちたがりの貴族がひやかしに来たのかというものだった——なにしろ、そんな連中が訪ねてくるのも日常茶飯事なのである。しかし、この男の態度には変化が生じていた。言葉の端々から、必死の思いが感じ取れるようになってきたのだ。

「そんなに重要な代物なのか?」ハドリアンは椅子に座りなおしながら尋ねた。「しかも、今夜のうちでなきゃいけない理由ってのは?」

「ピッカリング伯爵を知っているかね?」

「〈銀の盾〉賞や〈金の桂冠〉賞を獲ったこともある剣の名手だろ? 奥さんが絶世の美女だそうで……名前はベリンダだっけか。彼女に良からぬ視線を向けたとかで男たちに決闘を迫り、八人ぐらい殺したとも聞いてる。まぁ、単なる都市伝説かもしれないけどな」

「ずいぶん詳しいんだな」

「これも仕事のうちだよ」ハドリアンが答える。

「伯爵が剣で誰かに負けたのは一度だけ、相手はメレンガーのブラガ大公だそうだ。それも、自分の剣を持っていないとき、模擬試合にひっぱりだされてのことだったらしい。借り物で戦うしかなかったわけだ」

「あぁ、そうか」ハドリアンは半ばひとりごちるように相槌を打った。「決闘やら何やら、本気の戦いにはいつも特別な剣を持って出るんだっけな」

「うむ！　伯爵はその剣をことさらに信頼しているようでね」デウィットはそこで言葉を切り、いたたまれないような表情をあらわにした。

「ひょっとして、あんたも伯爵夫人から目が離せなかったとか？」ハドリアンが水を向ける。

相手はうなずき、そのままうなだれてしまった。「明日の昼ということで決闘を挑まれてしまったよ」

「それで、伯爵の剣を盗み出せるのはリィリアしかいないってか」ハドリアンは問いかけたつもりもないのだが、デウィットはふたたびうなずいた。

「わたしはダガスタンのデロルカン公爵の随行団の一員でね。メドフォードに到着したのは二日前、アムラス国王との貿易交渉のためだ。王宮ではわれわれを歓迎しての晩餐会が開かれ、そこにピッカリングも来ていたのさ」男爵はおちつかなげに顔をこすった。「わたしにとって、エイヴリンは未踏の地だった――マリバーにかけて、彼のことなど何も知らなかった！　その女性が伯爵夫人だということさえ、彼の手袋を顔に叩きつけられてようやく理解したありさまだ。決闘は明日の昼だから、今夜のうちに彼の剣を盗み出してもらわないと」

ハドリアンは溜息をついた。「そりゃ、口で言うほど簡単な仕事じゃないぞ。いわくつきの剣を寝室から――」

「おっと――そこまで難しくはないはずだ」デウィットがさえぎった。「伯爵のほうも交渉事があって王宮に滞在している。その部屋というのが、うちの公爵の部屋のすぐそばでね。

今夜、ここへ来る前に、わたしは彼の部屋へ忍びこみ、剣を持ち出したのさ。しかし、そこらじゅうに人目があるので困りはててしまい、たまたま目の前にあった部屋に放りこむしかなかった。彼の剣がなくなったとわかれば、王宮内でしらみつぶしの捜索が始まるだろう。それよりも早く、発見される心配のないところまで移動する必要がある」

「で、あんたが剣を放りこんだっていう部屋はどこだ？」

「王宮の礼拝堂だよ」男爵が答える。「伯爵の部屋から廊下をまっすぐ行ったところで、衛兵はついていないし、窓もある。今夜の空模様なら誰も閉めようとはしないだろう。窓の下の外壁にはツタが茂っている。ほら、簡単だよ」

「だったら、自分でやりゃいいじゃないか？」

「泥棒たちが貴族の剣を盗んだとして捕まっても、両手を斬り落とされるだけだ。しかし、わ、わたしが捕まろうものなら、一族の名折れになってしまう！」

「あぁ、そこはおおいに心配だろうな」ハドリアンの口調は皮肉たっぷりだったが、デウィットには伝わらなかったようだ。

「もちろんだとも！　とにかく、最後の仕上げが残っているにすぎないのだから、仕事としては悪くないと思わないか？　あぁ、答えを聞く前に、これも見せておこう」

彼はいささか苦労しながら、足で押さえつけていた荷物を取り出し、テーブルの上に置いた。その瞬間、ジャラジャラという金属音が洩れた。「百テネントある」

「へぇ」ハドリアンは鞄を眺めながら、呼吸が荒くならないように自分自身を戒めなければならなかった。「前払いってことかい？」

「まさか、そこまで愚かじゃないさ。こういうときのやりかたは知っているつもりだ。これは報酬の半額として、うまく剣を盗んできてくれたら残りを渡すよ」

ハドリアンはさらに呼吸をおちつかせながら、何食わぬ態度でうなずいた。「つまり、二百テネントでの依頼だと？」

「そうだ」デウィットは懸念に満ちた表情を覗かせた。「おわかりだろうが、これはわたしにとって重大な問題なのでね」

「あんたの言うとおりに簡単な仕事なら、まぁ、悪くない話かもな」

「引き受けてもらえるだろうか？」男爵が身を乗り出した。

そんな相手と対照的に、ハドリアンは椅子にもたれかかった。デウィットの様子ときたら、まるで、殺人事件の容疑者が裁きを待っているかのようだ。

このまま依頼を受けたら、こちらもロイスに殺されてしまいかねない。リィリアを始めるにあたって決めた基本原則のひとつに、軽々しく仕事を取ってこないというのがある。背後関係を調べ、依頼人が本当のことを言っているかどうかを確かめ、狙うべき現場を下見するとなれば、それなりの時間が必要だ。しかし、今回の場合、デウィットの落ち度はただひとつ、美しい人妻に目を奪われてしまったということだけだし、そんな彼を生かすも殺すもハドリアンの胸ひとつなのだ。新たな依頼先を探すのも無理だろう。デウィット自身もわかっているようだが、泥棒ギルドのあるこの都市で独立独歩の商売ができるのは彼ら以外に存在しない。〈紅き手〉の上層部が雛《ひよ》っ子どもの引き締めに力を入れているのも、ハドリアンがこれを断わるべきだと感じているのと同じ理由からだ。もっとも、彼は根っからの泥棒ではないので、ほかの連中が何をそんなに慎重であろうとするのか不思議に思うことも少なくない。ラティバーの街角で育ったロイスは生き延びる術として掏摸《すり》の技を磨いたという。悪名高き〈黒のダイアモンド〉ギルドに所属していたこともある本物の盗賊なのだ。他方、ハドリアンは軍人で、なるべくなら公明正大に戦いたいと考えている。

貴族相手の商売について、ハドリアンはかねてから割り切れないものを感じていた。対立する別の貴族を蹴落とすとか、昔の恋人を傷つけるとか、奇々怪々なる政争を勝ち抜くとか、そんな依頼ばかりが持ちこまれてくる。上流階級の連中が彼らを雇うのは、有り余るほどの財産を使って壮大なゲームを楽しむためにすぎない。貴族たちにとっては、それが人生なのだ——本物の騎士《ナイト》、国王《キング》、歩兵《ポーン》たちを現実世界というチェス盤の上で戦わせること。そこには善悪も正邪もない。ただひたすらに政争あるのみ。まったく独自のルールの下でくりひろげられる、不毛きわまりないゲームの中のゲーム。しかし、そんな争いのおかげで、彼らはたんまりと稼ぐことができる。貴族たちは憐れむべき金持ちで、おまけに、知恵も足りない。そうでなければ、ロイスとハドリアンがチャドウィック伯の依頼を受け、アレンダ・ラナクリンからディーガン・ガウントに送られた手紙を横取りした直後、こんどは彼女の依頼でそれを盗み出し、両者から報酬をせしめるなど、おいそれとできるはずがあるまい？　とりわけ、アレンダのほうは、アルバートが彼女に接近し、問題の手紙がバレンティンの手許にあることを教え、それを取り戻す方法があると言って、やすやすと契約を成立させてしまったのだ。旨味は大きいが、卑劣な商売だ。彼らもまた現実世界におけるゲームの参加者だが、そこではもはや英雄など伝説上の存在にすぎず、名誉もただの神話と化している。

ハドリアンとしては、ロイスと組んでの仕事がそんなに恥ずべきものではないと思えるだけの理屈を求めていた。とにもかくにも、アレンダはあれだけの金をあっさりと払うことができるのだ。侯爵令嬢にとっては安いものだし、メイソンやエメラルドはその分け前をおおいに必要としている。ついでに、父である侯爵の名望や領地をないがしろにしてはいけないという教訓も与えられたはずだ。しかし、自分自身をごまかすことはできない。正しい行為だとか、少なくとも悪行をはたらいているわけではないとかいっても、良心はそれが嘘だと知っているのだから。彼は誰に対しても胸を張れる仕事がしたかった。たとえば、他人の生命を救うといったような、美徳と呼ぶにふさわしいことだ。

「まかせてくれ」彼はきっぱりと言った。

　ハドリアンが説明を終えると、〈暗室〉は不穏な沈黙に満たされた。今日の顔ぶれは男が三人だけで、話の区切りとともにハドリアンとアルバートはそろってロイスのほうへと視線を向けた。案の定、この生粋《きっすい》の盗人は渋い顔になり、ゆっくりと首を振った。「こんな仕事を拾ってきやがって、しょうのないやつだな」彼は不愉快そうに口を開いた。

「まぁ、ぶっつけでやらなきゃならないのが頭の痛いところではあるけど、依頼内容の裏は取れたんだろ？」ハドリアンが訊き返す。「やっこさんを尾《つ》けて、王宮へ戻るのを見届けたんだよな？　つまり、アムラス王の客ってことだ。途中で寄り道もしなかったんだよな？　カリスから来たってのも嘘じゃなさそうだし、店の子たちの耳に入ってる噂話とくいちがってるわけでもない。仕事自体はまともだと思うぜ」

「それにしても、開けっぱなしの窓から剣一本を盗み出すだけで二百テネントだぞ――怪しいとは思わないのか？」ロイスはあきれたように反駁した。

「むしろ、夢が叶ったと思いたいね」アルバートが言葉をはさむ。

「カリスの相場はこれぐらいなのかもな。なにしろ、はるか遠くの国だ」ハドリアンも意見を述べる。

「そこまでべらぼうに遠いわけじゃないだろ」ロイスも負けてはいない。「そもそも、デウィットがそんな大金を持ち歩いてたことについては、どう解釈すりゃいいんだ？　貿易交渉で外国を訪れるには鞄いっぱいの金貨が必要だってか？　それで納得しろってか？」

「持ち金とはかぎらないだろ。今夜、ここへ来るために大切な指輪を売ったのかもしれないし、デロルカン公爵の名前を使って借りたのかもしれない。あるいは、公爵本人に頼みこんだ可能性だってある。たった二頭のポニーにそれぞれ身体ひとつで乗ってきたとか、そんな旅じゃないことだけは確かだぜ。公爵ともなれば、かなりの規模のキャラヴァンも一緒にきまってる。千枚やそこらの金貨を持ち運んでるとしても不思議はないさ」ハドリアンはそこでひときわ真剣な口調になり、「おまえはあの場にいなかった。デウィットの話を自分の耳で聞いたわけでもない。このままじゃ、やっこさんは明日までの生命なんだぜ。死んじまったら、金なんか何の意味もないだろ？」

「おれたちは前の仕事をかたづけたばかりだ。せめて二日はのんびりできると思ってたのに、おまえときたら、さっさと次の契約を取ってきちまうんだからな」ロイスは溜息をついた。

「デウィットはびびってるように見えたって？」

「あせりまくってたな」

「ははぁ、読めたぜ。おまえ、善行のつもりで依頼に応じたんだろ。自分で自分を褒めてやれるような仕事をしたいもんだから、やばい橋を渡ろうとしてやがるな」

「ピッカリングは確実にデウィットを殺すぞ――わかるだろ。何人目の犠牲者になる？」

「最初でも最後でもないだろう」

こんどはハドリアンが溜息をつき、腕組みをして椅子にもたれかかった。「あぁ、最初でも最後でもない――毎度のことさ。だからこそ、あの物騒な剣をどうにかできないかって考えてみろよ。伯爵はもう二度とあれを使えなくなる。世間の男たちはようやく安心してベリンダに視線を向けられるようになるわけだ」

ロイスは鼻を鳴らした。「おいおい、社会奉仕ってか？」

「しかも、二百テネントのおまけつきだぜ」ハドリアンがつけくわえる。「おれたちが今年ここまでに稼ぎ出した合計額よりも多いじゃないか。そろそろ寒さもきびしくなる頃だが、それだけの手持ちがありゃ、この冬はのんびりと暮らせる」

「まぁ、理屈ではあるな。悪くない」ロイスも相槌を打った。

「ちょいと壁を越えて盗み出すだけなんだから、二時間もありゃ充分だ。エッセンドン城の警備態勢は穴だらけだって、おまえがいつも言ってるじゃないか。夜明け前には帰ってこれるさ」

ロイスは下唇を噛みながら顔をしかめ、ハドリアンとは視線を合わせようとしない。

ハドリアンはあと一押しとばかりにたたみかける。「昨夜《ゆうべ》だって、塔の上はえらく寒かったよな。二カ月もすりゃ、もっともっと寒くなるんだぜ。暖かい部屋で悠々自適、うまい料理を肴《さかな》にして大好物のワインを楽しむほうが幸せってもんさ。しかも、それだけじゃないぞ」ハドリアンは身を乗り出すようにしながら、「雪だ。おまえ、雪が苦手なんだろ？」

「わかった、わかった。装備の用意だ。路地裏で会おう」

ハドリアンは表情をほころばせた。「誠意をもって話せば、ちゃんと伝わるもんさ」

外へ出てみると、夜気はひときわ冷たさを増していた。路面にうっすらと霜が降り、足元がすべりやすくなっている。初雪も遠くなさそうだ。ハドリアンは何やら勘違いしているようだが、ロイスはべつだん雪が苦手なわけではない。白一色に包まれた裏町の装いを見るのはむしろ好きだった。もっとも、その美しさには相応の代償がついてまわる——雪の上では足跡がいつまでも残るため、彼らの仕事はおおいに難しくなってしまうのだ。ハドリアンの言うとおり、今夜の仕事をやりおおせれば冬季休業をきめこむに充分なほどの現金が手に入る。いや、それだけあったら、合法的な商売への鞍替えだって可能だろう。大きな稼ぎのたびに、ロイスはいつもそのことを考えてきた。ハドリアンと話し合ったのも一度や二度ではない。一年前、彼らはワイナリーを始めようかと本気で検討してみたものの、うまくいかなかった。いつも同じ問題にぶちあたってしまうのだ。ふたりとも、合法的でしかも自分たちにふさわしい仕事とは何なのか、思い浮かべることができないのである。

彼は〈メドフォード館〉の前で立ち止まった。〈薔薇と棘〉から分かれ出たもう一本の幹のごとく、館は酒場とほぼ同じ大きさで建っている。グウェンがそのあいだを通廊で繋いだのは、客たちがいちいち外へ出て人目に触れることなく行ったり来たりできるようにするためだった。グウェン・デランシーは天才だ。彼女ほどの人物を、ロイスはほかに知らなかった。驚くばかりの知恵と博識をかねそなえ、性格はあくまでも寛大で実直。彼にとって、彼女はまさに不可思議、決して解くことのできない謎のような存在なのだ——なぜ、あんなにもまっすぐでいられるのだろうか。

「来ると思ってたわ」グウェンが館の玄関から現われ、ケープを襟許に巻きつけながら声をかけた。「扉の小窓をとおして、あなたの姿が見えたのよ」

「良い眼をしてるんだな。ほとんどの連中は、おれが暗闇を歩いてたら何も気がつきゃしないぜ」

「じゃ、わたしに見つけてほしいって、あなた自身が期待してたのかもね。会いに来てくれたんでしょ?」

「昨夜の分け前をちゃんと受け取ったかどうか、確かめておきたかったのさ」

グウェンは笑顔でそれに応えた。そんな彼女を眺めながら、ロイスはあらためて、月光にうっすらと輝く彼女の髪の美しさに心を奪われていた。

「ロイス、わたしにまで分け前をくれる必要はないのよ。むしろ、あなたが望むすべてを与えてあげたいと思ってるのに」

「そうはいかないって」ロイスが言葉を返す。「おれたちはあんたの店を拠点にさせてもらってる。それ自体がやばいことなんだから、あんたにとっちゃ当然の権利さ。もう何度も説明したじゃないか」

彼女は歩み寄り、彼の手を取った。冷たい夜気の中にいても、心の奥底まで温かくなるような感触だった。「あなたがいなければ、わたしが〈薔薇と棘〉の開店にこぎつけられたとは思えないわ。それどころか、生きてさえいなかったんじゃないかしら」

「おっしゃっている意味がわかりませんね、お嬢さん」ロイスは芝居がかった仕種で深々と頭を下げてみせた。「その晩、おれはそもそも町にいなかったし、証拠だってあるんだぜ」

彼女は変わらぬ笑顔で視線を返した。ロイスにとっても、幸せそうな彼女を見るのは気分の良いものだったが、今この瞬間、彼女の緑色にきらめく瞳が何かを探っているように感じられたので、彼は手を離し、背を向けた。

「昨夜のやつの仕事、やることになったよ。期限は今夜だってんで、これから――」

「あなたって計り知れない人ね、ロイス・メルボーン。いつになったら、本当の意味であなたを理解できるようになるのかしら」

ロイスはその場に佇み、声を落とした。「ほかのどんな女たちよりも、あんたはおれのことを熟知してるぜ。火の粉がそっちにまで降りかかっちまうかもしれないぐらいにさ」

グウェンはあらためて彼のほうへと歩み寄る。霜で仄白《ほのじろ》くなった路面に鋭い靴音を響かせ、瞳いっぱいに懇願の色をたたえて。「気をつけてね」

「いつだって、そのつもりだよ」

彼はマントを風になびかせながら歩み去った。彼女はその背中が闇に溶けこんでしまうまで、じっと見送りつづけていた。

3 謀略

冠をかぶったハヤブサの紋章の旗がエッセンドン城のいちばん高い塔にひるがえり、国王がここにいることを世に知らしめる。メレンガー王国のみならずエイヴリン全域に君臨する宮殿で、とりたてて壮観というほどでもないし周辺への影響力がとくに大きいわけでもないにせよ、由緒正しい歴史は広く知られている。その灰色の城郭や塔がそびえているのはメドフォードの中央部で、市内を分ける四つの地区——屋敷筋、職人街、下町、裏町——が接する場所でもある。エイヴリンのほとんどの都市と同じく、メドフォードも市域を囲いこむように堅牢な街壁をめぐらせているが、城にはもうひとつ保塁があり、市中からもなお一線を画している。保塁の最上部は狭間のついた胸壁で、腕の良い弓兵たちが常時監視にあたっているが、それも全周というわけではない。城の裏側は巨大な砦、その外側は広い濠《ほり》で、王邸をしっかりと護っている。

夜が明ければ、城壁沿いに商人たちの荷馬車が処狭しと停められ、門前の両脇はたちまちテント村と化し、城に出入りする人々の需要をあてこむ物売りはもちろん、芸人や金貸しまでもが客を呼ぶ。しかし、そんな地元の経済活動も日暮れとともに波が退いていく——夜間は城壁から五十フィート以内に近寄るべからずと定められているのだ。弓兵たちは任務に忠実で、その禁を犯す不埒者《ふらち》がいれば狙撃をためらわない。また、ハヤブサの紋章のついた鉄兜と鎖帷子《くさりかたびら》に身を固めた警備兵が二人一組で城の周囲を巡回している。もっとも、こちらはさほど緊張感もなく、剣帯に親指をひっかけ、その日の出来事や次の非番の予定などをしゃべりながら歩いているが。

ロイスとハドリアンは警備兵たちが通り過ぎるまで一時間ほども待ったあと、砦の裏へ移動した。デウィットの説明どおり、怠け者の庭師たちのおかげで野放図に伸びたツタが石壁をびっしりと覆っている。ただし、残念ながら、高窓に届くまでにはなっていない。霜降る晩秋の夜とあって、濠を泳ぎ渡るのは骨も凍りそうなほどだった。それでも、ツタがしっかりと壁面にくいついているおかげで、梯子でも使うかのようにたやすく登ることができた。

「デウィットが自分でやろうとしなかったのも道理だよ」ツタに手をかけたまま、ハドリアンがロイスに囁きかける。「冷たい水の中を泳いできたもんで、身体が凍りつきそうだ――このまま落ちたら粉々に砕け散るかもな」

「そもそも、濠の中にゃ何が捨てられてるやら、わかったもんじゃないぜ」ロイスは石のブロックの継ぎ目に輪頭のついた釘を打ちこむ手を休めることなく言葉を返した。

ハドリアンは寝室とおぼしき窓の列を見上げながら、その意味するところを想像せずにいられなかった。「そんなこと、考えたくもないね」彼は鞄から固定帯を取り出し、釘の輪頭にくくりつける。

「じゃ、寒いとか何とか考えるのもやめとけよ」ロイスはそっけない態度で、さっさと次の釘にとりかかる。

手間と緊張感のともなう作業ではあったが、ふたりは驚くほどの速さでそれを終わらせ、城外を一周した警備兵たちが戻ってこないうち、もっとも低い位置にある窓へと到達した。ロイスが鎧戸に手を伸ばす。話に聞いたとおり、鍵はかかっていなかった。彼はあくまでも慎重に、ほんのわずかな隙間ができる程度まで引き開けると、中を覗きこんだ。次の瞬間、彼はそこから室内へもぐりこみ、ハドリアンを手招きした。

一方の壁の中寄りに、深紅の天幕を吊るした小さなベッド。そのかたわらに化粧台と水盆。それ以外の調度品はといえば、質素な木製の椅子がひとつだけ。向かいの壁もひかえめな雰囲気で、鹿を追う猟犬の群れを描いたタペストリーがその全面を覆っている。扉のあたりに靴はなく、椅子の背に上着がひっかけられているでもなく、ベッドにも皺ひとつない。空き部屋だ。

ハドリアンが窓辺で静かに待機しているあいだ、ロイスは部屋の反対側にある扉のほうへと忍び寄っていった。いかにも泥棒らしい足の運びで、爪先で床の状態を確かめてから体重を乗せるようにしている。ロイスも過去には屋根裏の薄板を踏み抜いてしまい、寝室の天井を突き破って落ちたことがあるという。ここの床は石敷だが、それを支えるモルタルの強度は知れたものでないし、何らかの罠《わな》や警報装置が隠してあるかもしれないのだ。ロイスはようやく扉まで行き着くと、身をかがめ、ひとしきり外の物音に聞き耳を立てた。彼はハドリアンをふりかえり、手の動きで人が歩いていることを示したあと、指折り数えてみせた。しばしの間《ま》があってから、彼はふたたび同じ仕種をくりかえす。ハドリアンも部屋をつっきり、ふたりは肩を寄せあって床に座ったまま、数分間もじっとしていた。

やがて、ロイスは手袋をはめた手で錠前を上げたものの、すぐに扉を押し開けようとはしなかった。外では石敷の廊下に硬い靴底の重い足音が響いている。一組が通り過ぎると、また一組。それが遠く離れていくのを待ってから、ロイスはわずかに扉を開け、その隙間から様子を窺った。人影はない。

廊下は狭く、松明《たいまつ》もまばらに置かれているだけで、揺れる炎が両脇の壁に陰翳を踊らせている。ふたりはそこへ足を踏み出すと、静かに扉を閉め、五十フィートほどの距離を一気に進み、箔押しの蝶番と金属製の鍵穴をそなえた両開きの扉の部屋の前で止まった。ロイスがその扉に手をかけてみたものの、無言で首を振る。彼が腰の小物入れから工具類を取り出したので、ハドリアンは反対側の壁ぎわへと引き下がった。そこに立っていれば、廊下を両方向とも見渡すことができるし、右の奥にある階段にも目が届く。厄介事を察知するには絶好の位置だが、その訪れは予想外に早かった。

ハドリアンのいる位置に対して右のほうから硬質な靴音が響き、徐々に大きくなってくる。ロイスはひざまずいたまま、なおも鍵穴をいじりつづけている。ハドリアンが剣の柄をつかもうとしたとき、ようやく扉を開けることができた。その部屋の中に誰もいないかどうか運を天にまかせ、ふたりは転がるように入りこむ。ロイスが音を立てずに扉を閉めると、靴音の主は歩調をゆるめもせずに通り過ぎていった。

ここが問題の礼拝堂だ。広々とした室内の両翼には蠟燭が何層にも並べられている。頭上にあるのは壮麗な丸天井で、部屋の中央あたりに立つ大理石の柱がそれを支えている。通路の左右には木製の会衆席がそれぞれ四列。壁面にちりばめられた五葉飾りや蛇腹状の狭間飾りはニフロン教会の定番とされる様式だ。祭壇の奥には雪花石膏《アラバスター》でこしらえたマリバーとノヴロンの像がある。ノヴロンは若さと強さに満ちた男前の姿で描かれ、剣を手にひざまずいている。マリバーのほうは堂々たる巨軀に長い髭とたなびくローブという装いでノヴロンの前に立ち、その若者の頭に冠を置こうとしているところだ。祭壇上には、薔薇色の滑らかな天板をそなえた三枚扉の木製の棚が置いてある。そこでも二本の蠟燭が燃えており、箔つきの大きな書物が一冊、開かれたままになっていた。

デウィットは剣を祭壇の陰に隠したと言っていたので、ふたりはそちらへ足を向けた。ところが、会衆席の手前にもさしかからないうち、彼らの歩みは凍りついてしまった。まだ新しい血の池のまっただなかに、うつぶせで倒れている男がいたのだ。柄に環のついた剣がその背中に突き刺さっている。ロイスがすばやくピッカリングの剣を探すあいだ、ハドリアンは男の脈を取ってみた。すでに事切れている。依頼を受けた代物も見当たらない。ロイスがハドリアンの肩をつつき、柱の先に転がっている黄金色の冠を指し示した。彼らは自分たちが重大な危機に直面していることを悟った――一刻も早く、ここから立ち去らなければ。

ふたりは扉のほうへと戻った。ロイスが一瞬だけ聞き耳を立て、廊下に誰もいないことを確かめる。彼らは礼拝堂を出ると、扉を閉め、侵入経路を引き返そうとした。

「**人殺し!**」

間近からの叫び声に、ふたりはその場でふりむきざまに武器をつかんだ。ハドリアンは片手で背中の大剣を、もう一方の手で短剣を抜いた。ロイスの手にもまばゆいばかりの白刃が握られている。

閉めたはずの礼拝堂の扉はふたたび開かれ、そこに髭面のドワーフが立っていた。

「**人殺し!**」ドワーフは同じ言葉をくりかえしたものの、その必要はなかった。すでにいくつもの靴音が聞こえており、ほどなく、武器をかまえた兵士たちが廊下の左右に立ちふさがった。

「**そいつらだ!**」ドワーフがふたりにむかって指先をつきつけている。「国王がそいつらに殺された!」

ロイスは元の寝室の扉を開けようとしたが、だめだった。押せども引けども、微動だにしない。

「武器を捨てろ、さもないと肉の塊にしてくれるぞ!」兵士のひとりが声を上げた。長身の男で、濃い口髭がひきつるほどに歯をくいしばっている。

「これで何人ぐらいかな?」ハドリアンはロイスに囁きかけた。靴音はなおも廊下に谺して、さらに多くの兵士たちが駆けつけてくる。

「何人どころじゃないだろ」ロイスが言葉を返す。

「一分ありゃ、ずいぶん少なくできると思うぜ」ハドリアンは自信ありげな口調だった。

「無駄だよ。この扉を開けることはできない——おれたちは逃げ道を封じられたのさ。おおかた、誰かが釘を打ちつけたんだろう。王宮内にいるすべての警備兵を相手にできるわけじゃない」

「早く！」班長とおぼしきその兵士が切先をかざしながら迫ってくる。

「ちくしょうめ」ハドリアンは両手の剣を投げ捨てた。ロイスもそれに倣《なら》った。

「捕えろ」班長は部下たちに号令をかけた。

アルリック・エッセンドンは騒ぎに眠りを破られ、飛び起きた。そこは彼の私室ではなかった。彼が寝ていたベッドはやたらと狭く、見慣れたビロードの天幕もない。四方に見えるのは剝き出しの石壁で、小さな化粧台と洗面台があるばかりだ。彼はベッドの上にすわったまま、寝呆け眼《まなこ》をこすっているうち、自分の居場所がどこなのかを思い出した。いつのまにか眠りに落ちてしまい、何時間もそのままだったのだろう。

彼はティリーのほうをふりかえった。キルトの布団の上に、裸のままの彼女の背中と肩が見えている。あんな叫び声が聞こえているにもかかわらず眠ったままでいられるというのが、アルリックには不思議でならなかった。彼はベッドから抜け出すと、手探りで自分の夜着を拾い上げた。暗闇の中でも、彼女の服と選り分けるのは簡単なことだ——彼女のそれは木綿、こちらは絹。

彼の身動きを感じて目を覚ましたのだろう、ティリーが眠そうな声で尋ねる。「どうかなさいましたか？」

「何でもない、寝ていればいいよ」アルリックが答える。

嵐が来ても眠りっぱなしの彼女だが、彼は一度たりとも彼女を起こさずに帰れたことがなかった。彼がここで眠りに落ちてしまったのは彼女のせいではないにせよ、当のアルリックとしては文句のひとつも言いたいところだった。そもそも、ここで目を覚ますことからして不愉快きわまりない。それどころか、ティリーに対する嫌悪感もこみあげてくるが、自分自身が矛盾しているということもわかっている。昼から夜にかけては、彼女にせがまれて悪い気はしないのに、朝になるとうんざりしてしまう。とはいえ、城内で働くメイドたちのうち、彼が現時点でいちばん可愛いと思えるのは彼女なのだ。父の招きで王宮を訪れる貴族の娘たちなど、アルリックはまるで眼中になかった。そろいもそろって尊大で、儀礼的で、王位よりも何よりも自分の純潔こそがもっとも大切だと考えている。うっとうしくて、近くにいるだけでも気分が悪い。ところが、父はそう思わないようだ。まだ十九歳のアルリックに、そろそろ花嫁候補を選べと圧力をかけてきている。

「いずれはおまえが王位を継ぐ」それがアムラス王の決まり文句だ。「おまえがこの王国において果たすべき責務として、まずは世継となる子をもうけなさい」父に言わせれば、結婚は国王職の一環なのだろうし、アルリックも頭では理解しているつもりだった。ただ、仕事と名のつくものは何であれ、できるかぎり避けて通りたい——せめて、避ける余地がなくなるまでは先送りにしておきたいというのが彼の本音だった。

「朝までご一緒していただけなくて残念ですわ、殿下」夜着に頭をつっこもうとしている彼にむかって、ティリーが言葉を投げかける。

「この時間まで添い寝したってことで満足してもらわないと」彼は爪先を床の上にさまよわせ、自分のスリッパを探し当て、温かい羊毛の内張りの中に足をすべりこませた。

「おおせのとおりに、殿下」

「おやすみ、ティリー」彼は声をかけながら扉を開け、部屋の外へ出た。

「おやす――」彼女が最後まで言い終わらないうち、アルリックは扉を閉めた。

ティリーの本来の寝場所はほかのメイドたちと同じ、厨房の近くにある大部屋だ。しかし、アルリックは人目につかないよう、城の三階にある空き部屋へと彼女を連れこんでいた。自室を使うのは都合が悪い――なにしろ、すぐ隣で父が寝ているのだ。この空き部屋は北向きで陽光が入りにくく、王族の居住区画よりも気温が低い。彼は夜着をしっかりと身体に巻きつけ、階段のあるほうへと廊下を急いだ。

「上の各階はすべて調べました、隊長。どこにも姿が見えません」すぐ上のあたりから聞こえてくる声があった。ぶっきらぼうな口調に、アルリックはその声の主が衛兵だろうと想像した。彼らと言葉を交わすことはめったにないが、まれに話しかけてみると、返事は短いほど良いといわんばかりで、受け答えも尻切れになってしまいがちだった。

「徹底的に捜せ。必要なら牢獄の中も覗いてこい。部屋という部屋はもちろん、貯蔵庫、戸棚、衣装箱にいたるまで、見落としのないようにしろ。わかったか？」

それはアルリックにも馴染みの深い声だった。ワイリン警備隊長だ。

「了解、ただちに！」

衛兵は足音を響かせながら階段を駆け降りてくると、そこにいるアルリックの顔を見てとっさに立ち止まった。「おられました！」彼は安堵を隠しきれないように叫んだ。

「どうかしたのかい、隊長？」アルリックは三名の部下とともに現われたワイリンにむかって尋ねた。

「殿下！」隊長は大急ぎでひざまずいて頭を下げたあと、またすぐに立ち上がった。「ベントン！」彼は部下のひとりに声をかけた。「王子の警護強化にあと五名ばかり呼んでこい。早く！」

「了解！」その兵士はすばやく敬礼するや、駆け足で上階へと戻っていった。

「ぼくの警護？」アルリックが訊き返す。「どういうことだ？」

「陛下が殺されました」

「父上が……何だって？」

「陛下は——アムラス国王は礼拝堂で背中を刺され、倒れているところを発見されました。すでに二名の侵入者を捕えました。ドワーフのマグヌスの証言もあります。陛下が殺される現場を目撃したものの、割って入るには無力だったと」

アルリックはワイリンの言葉を聞きながら、その意味を理解できずにいた。ありえない。

父上が死んだ？　ティリーとの逢引の直前、いつものように顔を合わせて話をして、まだ二時間ほどしか経っていないのだ。そう簡単に死ぬものか？

「警護が強化されても、殿下はここから動かず、わたしが城内の捜索を完了するまでお待ちください。賊は二名だけではないかもしれません。現在のところ――」

「待てと言われても待ってられるか、ワイリン――そこをどけ。父上に会わせろ！」アルリックは声を荒らげ、警備隊長を押しのけた。

「アムラス国王のご遺体は寝室に安置されています、殿下」

遺体だと！

アルリックはもう何も聞きたくなかった。彼は階段を駆け昇り、その途中でスリッパが脱げ落ちるのもかまわなかった。

「王子から離れるな！」ワイリンがその背後で部下たちに叫ぶ。

アルリックは王族の居住区画へと戻り着いた。廊下の人垣もたちまち彼に道を譲る。彼が礼拝堂の前にさしかかると、その扉は開かれたままになっており、室内には大臣たちが集まっていた。

「殿下！」パーシー叔父が呼びかけてきたものの、彼は足を止めようとしなかった。とにかく、父の許へ行くことが先決だ。

死ぬわけがないのに！

彼は角を曲がり、自分の部屋には見向きもせず、国王の居室へとびこんだ。ここでも両開きの扉は開かれたままになっていた。夜着の上からガウンをまとったレディたちが部屋の前に佇み、声を抑えようともせずに泣いている。室内では、ふたりの老侍女がうっすらと赤く染まった布地を洗っているところだった。

ベッドのかたわらには彼の姉のアリスタが、深紅と黄金色のガウンに身を包み、ベッドの支柱に両手でつかまったまま立っている。よほどの力をこめているのだろう、指という指が真白になっていた。マットレスの上に寝かされた人物を凝視する眼は潤んでこそいないが、恐怖に見開かれている。

そして、白いシーツの上に、国王アムラス・エッセンドンの姿があった。今夜、自室へ戻ろうとしているところをアルリックが見たのとまったく同じ服装のままだ。しかし、その顔には血の気がなく、目は閉じられ、口の端には小さな血滴の固まりがこびりついている。

「王子――いや、陛下」礼拝堂から追いかけてきた叔父がとっさに呼び方をあらためる。パーシー叔父はいつだって父王よりも老けこんだような印象で、髪の毛はすっかり灰色だし、顔も皺だらけになっていた。それでも、剣士ならではの優雅で無駄のない体軀はきっちりと保たれている。彼は肩にひっかけたローブの留め紐を結びかけのまま、国王の部屋へ足を踏み入れた。「あなたが無事だったこと、マリバーに感謝せねばなりますまい。同じような最期に遭ってしまったのだろうかと心配しておったところです」

アルリックは言葉を失っていた。父の亡骸《なきがら》しか目に入らない状態だった。

「陛下、心配はご無用ですぞ。万事、わしにおまかせあれ。心痛もさぞかしということは重々承知しております。その御歳《おんとし》で——」

「何の話です？」アルリックは彼のほうをふりかえった。「まかせるって、何を？　おまかせしなきゃならないようなことがあるんですか？」

「いくらでもございますぞ、陛下。城内警備、捜査、責任追及、葬儀、そして、もちろん、戴冠式もお忘れなきよう」

「戴冠式？」

「あなたは今や国王であらせられます。王位継承を世に知らしめるための手筈を整えなければ——とはいえ、もちろん、それよりも先にやるべきことをやってからの話ですが」

「でも、たしか——ワイリンが言ってましたが、父上を殺した連中はすでに捕まったのでしょう」

「二名については捕えました。ほかに仲間がおらんのかどうかを確認せねばなりません」

「そいつらはどうなるんです？」アルリックはもう二度と動くことのない父親のほうをふりかえった。「国王殺しという罪に対して、どんな罰が与えられますか？」

「それはあなた次第ですな、陛下。そやつらの生殺与奪の権はあなたの手の中にあります。もっとも、いずれにせよ気分の良いものではござらんでしょうから、陛下のお望みとあらば、わしがお預かりいたしますが」

アルリックは叔父に向きなおった。「死をもって償わせるべきですよ、パーシー叔父さん。たっぷりと苦しんだあげくの死、それこそがふさわしいと思います」

「なるほど、陛下、かしこまりました。おおせのとおりにいたしましょう」

エッセンドン城の牢獄は地下二階の深さにある。壁の割れ目から地下水がにじみ、石の表面はいつも濡れたままだ。壁の石材を繋ぐモルタルには黴《かび》が生え、扉や腰掛けや桶などといった木製品はすっかり苔に覆われている。空気は澱《よど》みきって臭気を漂わせ、通路に谺するのは命運の尽きた者たちの嗚咽ばかり。メドフォードの酒場でまことしやかに語られる噂話とは裏腹に、この牢獄の収容力にも限度がある。国王殺しともなれば、もちろん、看守たちは彼らをぶちこんでおく房を用意しなければならない。ほかの囚人たちを移動させて空けたところへ、ロイスとハドリアンはふたりきりで閉じこめられた。

国王の訃報がここまで伝わるのにさほど時間はかからず、囚人たちはもう何年ぶりかというほどにその話題で盛り上がった。

「おれがアムラスのおっさんよりも長生きできるなんざ、思ってもみなかったぜ」ざらついた声が呟く。その男は笑い出したものの、たちまち咳きこんでしまった。

「これがきっかけで、王子がおれたちの刑について考え直すとか、そんなことになったりしねぇかな?」若くて線の細そうな声が尋ねる。「ありえねぇわけじゃねぇだろ?」

その問いかけは長い沈黙に迎えられ、さらなる咳とくしゃみだけが響きわたった。

「衛兵から聞いた話じゃ、あのおっさんは礼拝堂で背中から刺されたんだと。信じる者は救われるんじゃねぇのか?」渋い声が問いかけた。「もっとも、神頼みが過ぎたせいで逆効果になっちまったのかもな」

「さっきまでおれが入ってた房に来たやつらの仕業だとさ。おかげで、ダニーともども追い出されちまったぜ。その途中ですれちがったんだが、でっかいのとちっこいの、二人組だったな」

「そいつらのこと、知ってるやつはいねぇのか？　ここにいる仲間のために牢破りを狙ってたのが大失敗に終わっちまったとかいう可能性は？」

「とにかく、王宮で国王殺しってのは突き抜けてやがるぜ。裁判どころか、それらしい茶番もなしだろうな。むしろ、今もまだ生きてやがること自体が信じられねぇや」

「おおかた、公開処刑のためだろ。最近はずいぶん静かだったもんな。そろそろ、見世物も必要じゃねぇのか」

「あいつらが犯人ってことで決まりだと？」

「てめぇで訊いてみろや」

「よぅ、新入り、聞こえてるか？　起きてるんだろ？　殴られすぎて頭が壊れちまったか？」

「死んでたりしてな」

ロイスもハドリアンもまだ死んではいなかったが、口を開く気にもなれなかった。ふたりは立ったまま壁の鎖に繋がれ、足枷《あしかせ》をはめられ、革製の猿轡《さるぐつわ》を嚙まされている。ここへぶちこまれて一時間も経っていないというのに、ハドリアンは早くも全身の筋肉が引き裂かれそうなほどになっていた。装備はもちろん、上着や靴も兵士たちに剝ぎ取られ、半ズボンだけでこの牢獄の湿っぽい冷気に耐えるしかないのだ。

彼らは鎖で吊るされたまま、ほかの囚人たちの粗野なやりとりを聞いていた。そこへ、重い足音が近づいてきたので、雑談はたちまち途切れた。牢獄とその外とを隔てる扉が開かれ、内壁に荒々しく叩きつけられる。

「こちらです、殿下――ではなくて、陛下」看守が早口で告げた。

金属製の鍵が鍵穴の中で回り、彼らのいる房の扉が耳障りな音とともに開いた。四名の護衛たちに先導され、王子とその叔父のパーシー・ブラガがそこへ足を踏み入れる。メランガーの宰相を務めるブラガ大公の顔はハドリアンも見たことがあったが、アルリックのほうは初めてだった。まだ若く、二十歳にもなっていないようだ。背が低く、痩せており、薄茶色の髪を肩まで伸ばした風貌はいかにも繊細そうで、それを補おうとするかのように生やしている髭も薄い。そんな容姿はいずれも母方のものだろう――なにしろ、父親である先王はまるで熊のような巨漢だったのだから。王子は絹の夜着だけを身にまとい、やたらと幅広の革ベルトにこれまた大型の剣をつけるという珍妙な恰好をしていた。

「こいつらですか？」

「はい、陛下」ブラガが答える。

「松明を」アルリックは声をかけると、兵士のひとりが近くの壁の灯架から適当な一本を取ってくるまでのあいだも待ちきれないとばかりに指を鳴らしていた。そして、兵士がそれを手渡そうとすると、そちらをにらみつける。「こいつらの頭のあたりを照らしておけ。顔を見てやりたい」アルリックはふたりのほうを覗きこんだ。「何の傷もない？　鞭打ちは？」

「しておりません、陛下」ブラガが説明する。「捕えるときに無抵抗だったので、ワイリン隊長はとりあえずこやつらの身柄だけ押さえておき、城内の徹底捜索を優先すべきだと判断したようです。わしもそれで正解だったと考えております。この二名だけによる犯行かどうか、はっきりしたことは確認できておりませぬゆえ」

「まぁ、たしかにそうですね。猿轡を噛ませておくようにという命令は誰が？」

「存じません、陛下」ブラガが答える。「外させますかな？」

「いいえ、パーシー叔父さん――あれっ、この呼び方はふさわしくないのかな？」

「あなたは今や国王であらせられます、陛下。ご自由にお呼びください」

「でも、一国の主としては威厳に欠けるし、〝大公〟だと堅苦しいような気もするし――だったら、ただのパーシーってことで良いですか？」

「陛下がそうお決めになられたのであれば、わしとしては良いも悪いもございません」

「じゃ、パーシー――猿轡を外すのはやめておきましょう。嘘を聞かされて不愉快な気分になるのが関の山です。自分たちの仕業じゃないとか何とか言い出すにきまってるじゃありませんか？　人を殺して捕まった連中はかならず潔白を主張するんです。罪を認めるわけがないでしょう？　さもなければ、冥途の土産とばかり、王の顔に唾を吐きかけようとするかもしれません。そんな隙を与えてやるつもりはありませんよ」

「こやつらだけで犯行に及んだのか、ほかにも仲間がいるのか、素直に白状する可能性もありましょう。ひょっとしたら、仲間の名前さえも」

アルリックはふたりから目を離そうとしなかった。その視線がロイスの左肩にあるMの意匠を捉える。王子は眉間に皺を寄せ、いらだたしげに兵士の手から松明をひったくると、ロイスの顔面のすぐそばにまで炎を近づけた。「これは何でしょうね？　刺青のような、そうでもないような」

「烙印です、陛下」ブラガが答える。「〈マンザントの痕〉と呼ばれるものです。どうやら、この獣はマンザント監獄に囚われた前科があるようですな」

アルリックは不思議そうな表情になった。「マンザントにぶちこまれたら二度と出してはもらえないはずだし、脱獄があったという話も聞きませんが」

今度はブラガが不思議そうな表情を浮かべる。

やがて、アルリックはハドリアンへと視線を移した。その首にかかっている小さな銀のメダイヨンに気がつくと、王子はそれをつまみあげ、裏側も一瞥してから、投げ出すように手を離した。

「埒《らち》もない」アルリックが言った。「こいつらが何かを自白するとは思えません。夜が明けたら広場へ連れ出し、拷問を始めてください。有益な情報を吐けば、その場で首を刎《は》ねてやりましょう」

「吐かない場合は？」

「ゆっくりと処刑を。日光の下で腹を裂き、そのまま生きられるだけ生かしておくよう、典医の手に預けます。あぁ、その前に、あちこちへ触書《ふれがき》を出すのも忘れないようにしないと。群衆を呼ぶためですよ。謀叛《むほん》に対する罰の重さを見せつけておく必要もありますからね」

「おおせのとおりに、陛下」

アルリックは扉のほうへ歩きかけ、途中で足を止めた。彼はそこから引き返し、手の甲でロイスの頬をひっぱたいた。「よくも父上を殺したな、この外道め！」王子が立ち去ると、ふたりは壁に吊るされたまま、あとはただ夜明けを待つばかりだった。


ここに吊るされてからどれほどの時間が経過したのか、ハドリアンは想像するしかなかった——二時間、あるいは三時間ぐらいだろうか。顔の見えない囚人たちの口数もやがて減りはじめ、ついには、飽きてしまったのか眠りについたのか、何も聞こえなくなった。唾液にまみれた猿轡の下で、呼吸をするのも容易ではない。留具をはめられた手首はすでに皮膚が破れているし、背中や脚もひどく痛い。しかも、冷気の中で筋肉がこわばり、痙攣も起こしている。彼はロイスの様子が目に入らないようにと、半ば目を閉じた状態で遠くの壁をぼんやりと眺めていた。日の出とともに何が始まるのか、彼はなるべく考えまいとしていた。そのかわりに彼の脳裏を占めていたのは自責の念だ——ほかの誰が悪いわけでもない。彼が規則を守らなかったせいで、こんな窮地におちいってしまったのだ。死を招いた張本人というわけだ。

扉がふたたび開かれ、今度は衛兵がひとりと女性がひとり、牢獄の中へと入ってきた。その女性は背が高く、ほっそりとしており、深紅と黄金色の絹でこしらえたガウンを身にまとい、松明の炎でひときわ光り輝いているかのように見える。鳶色の髪と白い肌、可憐な容姿。

「猿轡を外してあげて」彼女はためらいなく言った。

看守たちがふたりに駆け寄り、猿轡の留め紐をほどく。

「よろしい、退がりなさい」

看守たちはすぐさま出ていった。

「あんたもよ、ヒルフレッド」

「殿下、わたしはあなたの護衛です。このまま――」

「彼らは鎖で壁にくくりつけられているのよ、ヒルフレッド」彼女は鋭い口調でさえぎり、それから深呼吸で自分自身をおちつかせた。「わたしは大丈夫だから、扉の外で見張っていてちょうだい。誰にも邪魔されたくないの。わかった？」

「おおせのとおりに、殿下」衛兵は頭を下げ、牢獄から出たところで扉を閉めた。

彼女はふたりのほうへ歩み寄り、慎重に様子を窺った。腰には宝石をちりばめたクリス刀が一本。ハドリアンはその波打つような長い刃を見て、東方の神秘主義者たちが魔術の儀式に使うものだということに気がついた。ただし、今ここで鞘から抜かれることがあるとしたら、もうひとつの用途――殺傷力の高い武器としてだろう。彼女はドラゴンをかたどった柄をいじりながら、ふたりをいつ手討ちにしてやろうかと考えているかのようでもあった。

「わたしが誰か、知ってる？」

「アリスタ・エッセンドン王女ですね」ハドリアンが答えた。

「正解」彼女は笑みを浮かべた。「あんたたちの名前も聞かせなさい。嘘をついても意味はないわよ。あと四時間もすれば死ぬことに変わりはないんだから」

「ハドリアン・ブラックウォーター」

「もうひとりは？」

「ロイス・メルボーン」

「誰にそそのかされたの？」

「デウィットと名乗る男です」ハドリアンが答えた。「ダガスタンから来ているデロルカン公爵の随行者だと聞きましたが、お父上を殺せという話ではありませんでした」

「だったら、何の目的で？」彼女はきれいに塗られた爪で銀製の柄をつつきながら、まっすぐな視線をふたりに向けている。

「ピッカリング伯爵の剣を盗むためです。昨夜の宴席で、デウィットは伯爵から決闘を挑まれてしまったのだとか」

「あんたたちが礼拝堂にいた理由は？」

「デウィットがそこに伯爵の剣を隠したと言っていたので」

「そう……」彼女は言葉を切ると、石の仮面のごとく平静をとりつくろっていた表情を保ちきれなくなってしまったようだ。唇が震えはじめ、両目が涙でいっぱいになる。彼女はしばらく顔をそむけ、自分自身をおちつかせようとしていた。うなだれた後ろ姿に、ハドリアンはその小さな身体がふらついているのかとさえ思わずにいられなかった。

「聞いてください」ハドリアンは彼女に声をかけた。「信じてもらえないかもしれませんが、おれたちがお父上を殺したわけじゃありません」

「わかってる」彼女はふたりに背を向けたまま答えた。

ロイスとハドリアンは顔を見合わせた。

「あんたたちが今夜ここへ来させられたのは、国王殺しの罪をかぶせるのに都合が良かったからでしょ。ふたりとも無実なのよね」

「本当にそう――」ハドリアンは言いかけたところで口をつぐんだ。捕えられてから初めて、彼は希望の光が見えてきたように感じたものの、浅慮は禁物だ。彼はロイスのほうをふりかえった。「あれって、皮肉のつもりかね？　おまえなら聞き分けられるだろ」

「無理なこともあるさ」ロイスが顔をこわばらせている。

「とにかく、父上が亡くなったなんて信じられない」アリスタが呟いた。「おやすみなさいのキスをして――何時間も経ってないのに」彼女は大きく息をついて姿勢を正し、ふたりに向きなおった。「あんたたちをどうするか、弟はもう肚《はら》を決めてるわ。朝になったら、死ぬまで拷問よ。処刑台の設営も始まってる」

「さっき、本人もいろいろ聞かせてくれたぜ」ロイスがそっけなく言葉を返す。

「王位の継承が決まった今となっては、わたしもあの子を止められない。あんたたちの生命が尽きるまでの一部始終を見届けるんだって息巻いてるわ」

「あなたには耳を貸してくれるかも」ハドリアンが期待をこめて意見を述べた。「おれたちが無実だってこと、彼に説明してくださいませんか。デウィットの一件もありますし」

アリスタは袖口で目許を拭いた。「デウィットなんて人物はいないのよ。昨夜は宴席もなかったし、カリスから来た公爵もいないし、ピッカリング伯爵が最後にこの城を訪れたのは一カ月も前のこと。それに、そのうちのどれかが事実だとしても、アルリックは信じやしない。城内の誰だって、わたしの言うことなんか信じてくれるはずがないわ。気分屋のお姫さま――そんなふうに決めつけられてるんだから。〝頭に血が昇ってる〟とか〝自分を見失ってる〟とか。わたしが何をどうしたところで、父上を救うことはできなかったし、あんたたちの処刑をやめさせることもできない」

「国王が死ぬかもしれないのを知ってたのか？」ロイスが尋ねる。

彼女はなおもこみあげてくる涙をこらえ、うなずいた。「知ってたわ。生命を狙われてるって話を聞いてたのよ。でも、本気で信じてはいなかった」彼女は言葉を切り、ふたりの顔を覗きこんだ。「ねぇ、夜が明けるまでに城から脱出できるとしたら、何をする？」

ふたりは意表をつかれ、しばし無言で視線を交わした。

「できることなら、何だって」ハドリアンが答える。「どうだい、ロイス？」

彼の相棒もうなずいた。「好き嫌いを言える場合じゃないからな」

「処刑をやめさせるのは無理だけど」アリスタは言葉を続け、「この牢獄からは出られるようにしてあげる。服と武器はもちろん返すし、城の底を通ってる下水溝への行き方も教えるわ。たぶん、街の外まで繋がってるはずよ。もちろん、わたし自身が試したわけじゃないから、断言はできないけど」

「えっ——あぁ、そりゃそうでしょうね」ハドリアンは相槌を打ちながら、自分の耳を疑うばかりだった。

「脱獄したら、すぐに街からも離れなさい」

「それについちゃ、議論の余地はありませんね」ハドリアンが答える。「もちろん、そのつもりですよ」

「ついでに、弟もさらってちょうだい」

ふたりはとっさに返す言葉もなく、彼女の顔を凝視した。

「ちょ、ちょ、ちょっと待った。メレンガーの王子をさらうんですか？」

「じゃなくて、今やメレンガーの国王だろ」ロイスが訂正した。

「……そこにつっこむかね」ハドリアンがぼやく。

アリスタは扉に歩み寄り、覗き窓から外を一瞥したあと、ふたりのほうへ戻ってきた。

「どういうわけで、弟をさらってほしいんだ？」ロイスが尋ねる。

「父上を殺したやつは次にアルリックを狙うはずだからよ。きっと、戴冠式よりも前にね」

「なぜ？」

「エッセンドンの家系を絶やすために」

ロイスは彼女の顔を凝視した。「ってことは、あんたもやばいんじゃないか？」

「そうだけど、アルリックの生きてる可能性が否定できないかぎり、わたしは二の次でいられるはずよ。あの子は王位継承者。わたしはお気楽姫だと思われてるらしいから。それに、国政を監督するにも父上を殺した真犯人を捜すにも、誰かはここに残ってなきゃ」

「弟さんじゃ無理だと思ってるわけですか？」ハドリアンが尋ねる。

「なにしろ、あんたたちの仕業だと決めつけてるぐらいだから」

「あぁ、なるほど――呑みこみが悪くて、すみませんね。ついさっきまで処刑を覚悟してたのが、いきなり国王をさらってくれなんて言われたもんで、混乱してるんですよ」

「あんたの弟をさらって街を離れたとして、そこから先は？」ロイスが尋ねる。

「あの子を連れて、グタリア監獄へ行ってほしいの」

「聞き憶えのない名前だな」ロイスが言った。ハドリアンのほうを盗み見ると、そちらも首を振ってみせる。

「でしょうね――知ってる人のほうが珍しいわよ」アリスタが説明する。「ニフロン教会の秘密監獄なの。ウィンダーメア湖の北岸にあるわ。こう言えば場所がわかる？」

ふたりはうなずいた。

「湖が近くなったら迂回して。丘陵地帯を抜ける古い道があるわ――そっちを使うのよ。エスラハッドンという名前の囚人に弟を会わせてやってちょうだい」

「それから？」

「それ次第ね」彼女が答える。「とにかく、彼の話を聞いたアルリックが納得してくれることを期待するしかないわ」

「へぇ」ロイスが言葉を返す。「つまり、おれたちは今すぐにでも脱獄して、国王をさらって、やっこさんを連れたまま兵士たちに追い回されて、誰も知らないような別の監獄に入りこんで、そこの囚人と面会すりゃいいわけだな？」

アリスタはそんな皮肉にも表情ひとつ変えなかった。「それがいやなら、四時間後に拷問死するほうを選んでもいいのよ」

「やり甲斐がありそうで、けっこうじゃありませんか」ハドリアンが声を上げた。「どうだい、ロイス？」

「ずたぼろで殺されるのにくらべりゃ、何でも来やがれってもんさ」

「よろしい。しばらくしたら、最後の祈りという名目で、ふたりの修道士を来させるわ。鎖も足枷も外してあげるように言いふくめておくから、僧衣を奪い取って、身代わりに彼らを繋いで、猿轡も嚙ませて逃げなさい。あんたたちの装備や服はまとめて監舎を出たところに置いてあるわ。貧しい人たちへの施しに使うってことで、わたしのほうから看守に話を通しておく。それから、わたしの護衛のヒルフレッドに下の厨房まで案内させるわ。たぶん、あと一時間か二時間はまだ誰もいないはずだから、邪魔は入らないと思う。洗い場のわきにある掃き落としの格子を外せば、すぐに下水溝よ。弟のほうも、独りで厨房へ来るように呼び出しておくわね。あんたたち、腕に覚えはあるの？」

「こいつはかなりのもんだぜ」ロイスがハドリアンのほうへ顎をしゃくってみせた。

「あの子は全然だから、取り押さえるのは簡単だと思うわ。でも、怪我はさせないでね」

「くだらないことを訊くようだが」ロイスはあらたまった口調になり、「おれたちはあんたの弟を殺して、その死体を下水溝に捨てて、さっさとずらかっちまうかもしれないのに、そうはしないだろうと信じてる根拠はどこにあるんだ？」

「根拠なんか何もないわよ」彼女はあっさりと答えた。「あんたたちと同じで、ほかに選択肢がないってだけ」


修道士たちはおよそ何の問題にもならなかった。奪い取った僧衣に身を包み、フードできっちりと顔を隠し、ふたりは牢獄から抜け出した。すぐ外にヒルフレッドが待っており、彼らを厨房の前まで連れていき、そのまま姿を消した。夜目の利くロイスが先に立ち、巨大な鍋や山積みの皿がそこらじゅうに置かれた迷路のような室内を進んでいく。僧衣がゆったりとしすぎて動きづらく、周囲に少しでもひっかけてしまえば、それらが崩れる音で城全体を目覚めさせることにもなりかねない。

これまでのところ、アリスタの計画はうまくいっている。厨房は無人だった。彼らは僧衣を脱ぎ捨て、おなじみの服と装備とで身支度を整えなおした。厨房の真ん中は洗い場になっており、巨大な鉄格子がはめこまれている。かなりの重さではあったが、さほど物音を立てずに動かすことができた。下水溝へと降りる鉄の梯子があったのは嬉しい驚きだった。はるか下のほうから、かすかな水音が聞こえてくる。ハドリアンは視線をめぐらせ、野菜いっぱいの貯蔵庫に目をつけた。そこを手探りでひっかきまわしていると、ジャガイモの入っている麻袋を見つけた。彼は静かにその中をからっぽにすると、汚れを落とせるだけ落とし、それにつづいて、今度は紐状のものを探しはじめる。

自由の身にはまだ先が長いとはいえ、ほんの数分前よりもはるかに見通しの立ちそうな状況になりつつあった。ロイスは何も言おうとしなかったが、ハドリアンはあいかわらず自責の念に駆られていた。次の行動にそなえて待機しているうち、彼は罪の意識と重苦しい沈黙に耐えきれなくなってしまった。

「〝言わんこっちゃない〟って言いたいんじゃないのか？」ハドリアンは小声で尋ねた。

「何が言わんこっちゃないんだ？」

「あぁ、そうか——今はとぼけておいて、もっと効き目のありそうなところで言うつもりだろ？」

「何か知らんが、それ、言ってほしいわけか？」

彼らは厨房の扉をほんの少しだけ開いたままにしておいたので、ほどなく、松明の灯と人の声が近づいてきたのもすぐにわかった。それが合図になったかのように、ふたりはすばやく所定の位置についた。ロイスは入口に背を向ける恰好でテーブル前の椅子に腰をおろす。そして、フードを上げ、いかにも食事をしているふうに背中を丸めた。ハドリアンは扉の横に立ち、短剣を抜き、刀身をつかんで構える。

「マリバーの名にかけて、厨房でなけりゃならない理由は何なのさ？」

「そのご老体が、顔ぐらいは洗いたい、食事も恵んでくれないかとせがんできたからよ」

アルリックとアリスタの声だ――ハドリアンはそのふたりが扉のすぐむこうにまで来ていることを察した。

「それにしても、衛兵たちを遠ざけておく必要はなかったんじゃないかな、アリスタ姉さん？　まだ、安心はできないんだよ――殺し屋の残党がどこかに隠れてるかもしれない」

「だからこそ、話を聞く必要があるんでしょ。殺し屋たちを雇ったのが誰なのか、知ってるけど女には教えられないって言うんだから。あんたにしか教えない、それも、一対一で会うのが絶対条件だとかね。この状況で誰を信じればいいのか、わたしはよくわからない。あんたもそうでしょ。責任の所在がどこにあるのか、衛兵たちがまったく関与していないのかどうかさえ定かじゃない。まぁ、そんなに心配しなくても、相手はお爺さんだし、あんたは剣の使い手なんだから。とにかく、聞くだけでも聞いてみないと。まさか、知りたくないとでも？」

「そんなことはないけど、本当の話だっていう確証はあるのかい？」

「あるわけがないでしょ。ただ、お金じゃなく衣食を要求してくるあたりがそれっぽいでしょ。あぁ、それで思い出したけど、この古着を渡してあげてね」しばしの沈黙。「わたしの勘にすぎないけど、信じてみてもいいような気がするの。嘘をつくなら、いっそ金か土地ぐらいは欲しがったんじゃないかしら」

「だけど――どうも妙な感じがするんだよな。ヒルフレッドもいないし。いつもだったら、姉さんの影みたいについてまわるはずじゃないか。おちつかないの一言だね。そもそも、こんなところで姉さんと一緒にいるっていうのも――だって、ぼくたちはずっと――わかるだろ。姉弟とはいえ、めったに顔を合わせることもなかったんだからさ。ここ数年のあいだに言葉を交わしたのだって、せいぜい十回かそこらじゃないか。あとは、ドロンディル・フィールズでの祝祭を公式訪問したときぐらいかな。姉さんはめったに塔から降りてこないし、そこでこっそり何かをしてる。それが、今日にかぎって――」

「まぁ、奇妙に思われても文句は言えないわね」アリスタが答える。「それはわかってるわ。あの火事の夜もそうだった。今もまだ悪夢にうなされることがあるのよ。今夜のことも悪夢になって残るのかしら」

アルリックが声を落とす。「そんなつもりで言ったんじゃないんだ。つまり、ぼくと姉さんはそんなに仲が良かったわけじゃないだろ。でも、これでもう、残された家族はぼくたちだけになっちゃった。ぼくの口から言うのも変だとは思うけど、すごく大切なことじゃないかっていう気がしてきたのさ」

「これからはもっと仲良くしようってわけ？」

「むしろ、敵対関係を終わりにしたいんだ」

「敵対関係にあるなんて知らなかったわ」

「弟のぼくがいるかぎり、姉さんは年上でも女王になれないんだって、ずいぶん前に母さんから聞かされたことで、ぼくのことを恨んでたんだろ」

「恨んでないってば！」

「争い事は好きじゃないんだ。まぁ、仲良くできれば理想的かもしれないね。今や、ぼくは国王になったわけで、姉さんにも助けてもらわなきゃいけない。なにしろ、へたな大臣たちよりもずっと頭が切れるって、父さんがしょっちゅう言ってたよ。それに、大学教育まで受けてきたんだから、ぼくもかなわないさ」

「大丈夫よ、アルリック、わたしは誰よりもあんたのことを想ってる。姉として、あなたの役に立ってあげたい。だから、さぁ、あのご老体がどんな秘密を隠し持ってるのか、聞いてらっしゃい」

アルリックが厨房へ足を踏み入れたとたん、ハドリアンは剣の柄をその後頭部めがけて叩きつけた。王子は鈍い音とともに床へ倒れこんだ。アリスタがあわてて駆けこんでくる。

「怪我はさせないって約束したのに！」彼女は非難の言葉を投げつけた。

「これぐらいはしておかなきゃ、大声で衛兵を呼ばれちまったでしょうよ」ハドリアンが弁解した。彼は王子の口に猿轡を嚙ませ、頭の上からすっぽりと麻袋をかぶせた。ロイスもすでに席を立ち、アルリックの足首を縛っている。

「とりあえず、無事なんでしょうね？」

「死ぬほどのことじゃありませんよ」ハドリアンはそう答えながら、意識を失っている王子の手首と腕を縛った。

「おれたちを拷問のあげく殺すつもりだったことを考えりゃ、はるかに穏当なもんだぜ」ロイスがつけくわえながら、王子の足首の結び目をしっかりと固める。

「あんたたちが父上を殺したんだと確信してるからでしょ」王女が言葉を返した。「自分が同じ立場だったら、やっぱり、報復したくなるんじゃないの？」

「おれは親父の顔も知らないしなぁ」ロイスはそっけなく受け流した。

「じゃ、母親でも」

「ロイスは孤児なんですよ」王子をぐるぐる巻きにしているハドリアンが説明した。「両親のことは何もわからないままでしてね」

「あぁ、そういうことなの。じゃ、あんたたちを礼拝堂へ来させた男と再会できたとしたら？　だまされた相手を目の前にしても寛容でいられるわけがないわよね。とにかく、約束は守ってちょうだい。わたしの言ったとおりにして。それと、この子の面倒も見てあげて。今夜、わたしが助けてあげたってことを忘れないで。それとひきかえに約束を守ってもらえると信じてるわ」

彼女は弟のかたわらに落ちている包みを指し示した。「この子の身体に合いそうな服よ。執事の倅《せがれ》から譲ってもらったものだけど、アルリックと同じぐらいの体格だから。あぁ、それと、指輪を外して、失くさないように保管しておいてちょうだい。メレンガー国王の紋章が彫りこんであって、この子が何者なのかを証明できるものだから。指輪がなければ、顔見知りと会わないかぎり、そこいらの農夫と区別してもらうのも無理でしょうね。監獄に到着したら返してあげて。中へ入るのに必要なのよ」

「取引が成立したところまでは筋を通します」ハドリアンはロイスとともに縛りあげた王子の身体を洗い場のほうへと運んでいきながら、きっぱりと言った。ロイスがアルリックの指から濃紺の宝石のついたいかにも高価そうな指輪を抜き取り、自分の胸ポケットにしまいこむ。それから、彼は下水溝へと降りていった。ハドリアンはアルリックの足首の縛《いまし》めに手をかけ、頭のほうを下にしてロイスに引き渡す。そして、自分も穴の中へ入ると、格子をあるべき場所へと戻した。梯子のいちばん下まで行くと、そこは幅が五フィート、高さが四フィートほどのアーチ型のトンネルになっており、汚水が小川となって流れていた。

「忘れないで」王女が格子の隙間から囁きかける。「グタリア監獄へ行って、エスラハッドンと話すのよ。それと、後生だから、弟を護ってあげて」

ジャガイモの麻袋の中で、王子は意味の伝わらない呟きをひっきりなしに洩らしつづけていた。いや、具体的な語句としては聞き取れなかったものの、この状況が気に入らないということを声高に訴えようと最善の努力を尽くしている点だけは、ロイスやハドリアンにも充分すぎるほどに伝わっていた。

彼が目を覚ましたのは、下水溝にむかって逆流してくるゲイルウィア川の冷たい水のせいだった。悪臭はようやく薄まりつつあったが、一行は今や腰までその冷水に浸かり、身も凍ってしまうかと思うほどのありさまだった。水路の彼方に見えてきた外界はうっすらと曙光を迎えようとしており、森に覆われた地平線も空の下で輪郭を現わしはじめている。夜はたちまち透けていき、マレス寺院から早朝の勤行を告げる鐘の音が聞こえてきた。そろそろ、街全体が眠りから覚める頃だ。

ハドリアンは自分たちが屋敷筋の下あたりにさしかかったところだろうと類推した。川の流路に接している職人街もすぐそこだ。なぜ現在位置がわかるのかといえば簡単なことで、下水溝が地上に露出していないのはこの一帯だけだからである。金属製の柵が行く手をふさいでいたが、ボルトではなく蝶番と錠前で留めてあるだけだったので、ハドリアンは胸をなでおろした。ロイスが手早く錠前をいじると、錆《さび》だらけの蝶番はハドリアンの一蹴りで弾け飛んだ。出口が開かれるや、まずはロイスが偵察にかかり、ハドリアンはアルリックとともにその場で待機した。

王子は袋の中でどうにかこうにか猿轡をゆるめたのだろう、言葉が聞き取れるようになった。「きさまら、死刑にしてやるからな！　さもないと、さっさとこの紐をほどけ」

「お静かに」ハドリアンが答える。「手足を使わずに泳げるかどうか、この川で試していただくことになりますよ」

「やれるものならやってみろ！　ぼくはメレンガー国王なんだぞ、ちくしょう！」

ハドリアンがアルリックの足元を薙ぎ払うように蹴ると、王子は顔から水に落ちた。しばらく七転八倒するがままにさせたあと、ハドリアンは彼を引き起こしてやった。「さぁ、おとなしくしててください。次は手を貸さずに溺れていただきますよ」アルリックは水を吐き出し、さんざん咳きこんだものの、それ以上は何も言わなくなった。

ロイスが音もなく下水溝へ戻ってくる。「ここが川との合流点だ。漁師小屋にボートが停めてあったんで、国王陛下の名代として勝手に使わせてもらうことにした。土手下の葦原に隠しておいたぜ」

「ふざけるな！」王子がまたも声を上げ、怒りに肩を震わせる。「ぼくを解放しろ。国王だぞ！」

ハドリアンは彼の喉に手をかけ、耳許で囁いた。「もうお忘れですか？　黙ってなきゃ水泳ですって」

「そんなこと――」

ハドリアンはふたたび王子を川の中へ押し倒し、一瞬だけ引き上げて短く息を継がせると、もういっぺん押しこんだ。「お黙りなさい」ハドリアンの口調がけわしくなった。

アルリックが水を吐こうとしているあいだにも、ハドリアンはその腕を引き、先に出たロイスを追って土手のほうへと急いだ。

そのボートは川遊びの手漕ぎ舟をそのまま大きくしたような代物で、日に灼けて色も褪せ、網やら色つきの小さなブイやらを満載していた。魚の臭いもがたっぷりとしみついており、下水の悪臭をたちまち忘れさせるほどだ。漁具をしまっておくためか寝泊まりのためか、伸びきった防水布でこしらえた小さなテントが船首にかけてある。彼らは王子をその下へ寝かせ、網やブイをかぶせた。

ハドリアンはそのボートの中にあった長い棒をつかみ、岸を押しやった。ロイスが舵《かじ》を取り、ボートを川の流れに乗せる。ゲイルウィア川の上流域は水勢が強く、推進力には何の問題もない。ほどなく、彼らのボートは充分に岸から離れ、西へと進んでいった。空の色が鉛から鋼へと変わる頃には、一行はメドフォードの街の影を抜けようとしていた。川面から仰ぎ見れば、エッセンドン城の塔がそびえ、国王の死を悼んで半旗にされたハヤブサの紋章がひるがえっている。さしあたり、旗が掲げられていること自体は彼らにとって吉兆だが、王子まで行方不明になっていることが判明して降ろされてしまうまで、どれほどの猶予があるだろうか？

ゲイルウィア川はメドフォードの南縁を流れ、職人街に接している。岸辺には灰色の煉瓦造りで二階建ての巨大な倉庫が軒を並べ、木製の水車が流れを捉え、その動力によって製粉や木挽がおこなわれている。川が浅いせいで竜骨つきの船舶は入ってこられないため、埠頭という埠頭はどこも平底船が繋がれ、海沿いの小さな港町であるローから届いた貨物を運び降ろしている。また、漁業会社が設営した桟橋では大きな網を滑車で引き上げられるようになっており、加工から販売までの時間もかからない。夜明けとともに、漁師たちはそちらへ船を寄せ、カモメたちもすでに上空を飛び回りはじめている。ふたりの男が小さなボートで川を下っていくところなど、誰も見てはいないだろう。それでも、彼らはボートの中で体勢を低くしたまま、高い土手のむこうに街の景色が消えてしまうのを待った。

陽光は次第に強くなり、川の流れも勢いを増しつつあった。ところどころに岩場が現われ、場所によっては川底も深い。ロイスもハドリアンもボートの扱いに長《た》けているわけではないが、とにもかくにも岩や浅瀬を避けながら進むことはできた。ロイスがひきつづき舵を取り、中腰で構えたハドリアンがあの長い木の棒を突き出して障害物をやりすごすのだ。幾度かは水面下の岩塊を見落としてしまい、船体がいやな感じに軋んだこともある。そのたびに王子が泣きべそのような声を洩らしたものの、それ以外はおとなしかったし、船旅としてもまずまず順調だった。

やがて、日がいよいよ高く昇ったころ、川幅はすっかり広く、流れも緩やかになり、砂地の両岸のむこうには豊かな緑が見えてきた。ゲイルウィア川をはさんで、ふたつの王国が国境を接している。川の南側にあるグルーストンはウォーリック王国の北限にあたる。川の北側にあるガリリンはメレンガー王国最大の封領で、ピッカリング伯が統治している。かつては両岸の貴族が一触即発のにらみあいを演じたこともあったが、今となっては昔の話だ。おたがいに良き隣人となったおかげで、どちらの岸辺を見渡しても、干草の山と牛の群ればかりが目に映る。

いつになく暖かい日だが、一年の終わりも近いため、虫たちの姿はもうほとんど見当たらない。セミはもちろんのこと、カエルの声も聞こえない。耳に入ってくるのは、風に吹かれて揺れる草葉のこすれあう乾いた音だけだ。ハドリアンはゆったりと寝そべると、城の執事の息子のものだったという服の入った包みを枕にして、両足を船縁に預けた。外套も長靴もすでに脱ぎ、シャツの前もはだけている。ロイスもくつろいだ姿勢でのんびりと舵に片腕をひっかけている。野生のサリファンが放つ甘い香りは、今年最初の霜をしのいだからだろう、ひときわ強く鼻腔をくすぐるものになっていた。食料の持ち合わせがないことを除けば、まことにすばらしい一日だ。ほんの数時間前まで死に直面していたという事実がなかったら、なおさら最高だったにちがいない。

ハドリアンは陽光が降り注いでくるほうへと顔を向けた。「漁師になるってのも悪くないかもな」

「漁師？」ロイスが訝しげに訊き返す。

「魅力的だと思わないか、なぁ？　水がボートを撫でる音がこんなに気分をなごませてくれるなんて、知らなかったよ。こりゃいいや――トンボが飛び、ナマズが泳ぎ、岸辺がゆるやかに通り過ぎていく」

「魚は自分からボートにとびこんできてくれるわけじゃないって、わかってるか？」ロイスが指摘する。「網を打って、引き上げて、はらわたを抜いて、頭を落として、鱗《うろこ》を剥いで。悠長に流されてるわけにゃいかないんだぜ」

「そんな言い方じゃ仕事以外の何物でもなくなっちまうな」ハドリアンは片手で水をすくうと、日を浴びた顔にふりかけた。それから、濡れた手で髪をかきあげ、満悦の溜息を洩らす。

「そっちの坊やは生きてるのか？」ロイスはアルリックのほうへ顎をしゃくってみせた。

「当然だろ」ハドリアンは確かめようともせずに答えた。「眠ってるだけさ。どうして、わざわざ訊くんだ？」

「ちょっと、気になったもんでな。濡れた袋をかぶりっぱなしで窒息するってことはないのか？」

ハドリアンは上体を起こすと、微動だにしない王子のほうをふりかえった。「そりゃ……考えてもみなかったな」彼はアルリックの身体を揺さぶってみたものの、王子は何の反応も示さなかった。「もっと早く言ってくれよ！」彼は短剣を抜き、ぐるぐる巻きにしてあった紐を切り、袋をひっぺがした。

アルリックはあいかわらず静かなままだ。ハドリアンは身を乗り出し、呼吸しているかどうかを確かめようとした。まさにその瞬間、王子はありったけの力をこめてハドリアンを蹴りつけ、ロイスのいるあたりまで弾き飛ばした。アルリックは必死に足の自由を取り戻そうとしたが、最初の結び目もほどけないうち、ハドリアンが反撃に転じた。彼はアルリックを組み伏せ、両手を頭の上で押さえつけた。

「紐をくれ」ハドリアンは高処《たかみ》の見物を決めこんでいたロイスに大声で呼びかけた。ロイスは手近にあった一巻きの紐を投げ渡し、ハドリアンがそれで王子を縛りなおすと、ふたたび悠然と姿勢を崩した。

「どうだ？」ロイスが問いかける。「漁師の仕事も似たようなもんさ。まぁ、魚は蹴ったりしないけどな」

「わかった、おれの考えが足りなかったよ」ハドリアンは王子に蹴られた脇腹をさすった。

「きさま ら、不敬罪で死刑にしてやる！　その覚悟はあるんだろうな？」

「死刑宣告は一度で充分だぜ、新米国王さんよ？」ロイスが言葉を返す。「それも、今日だけで二度目ときたもんだ」

王子は横に転がりながら頭を上げ、まばゆい陽光をしのごうとするように目を細めた。「おまえたちだったか！」彼は驚きの声を上げた。「やっぱり、ぼくを恨んでたんじゃないか！　こんなことをやらかしてくれるなんて、まったく愛すべき姉だよ！　いったい、どうやって——アリスタだな！」その表情が怒りにけわしくなる。「いったい、どうやって——アリスタだな！」

あげく、ぼくも亡き者にして王位を奪うつもりなんだ！」

「先王は彼女にとっても実の父親だったんだぜ。そもそも、おれたちがおまえさんを殺す計画だとしたら、今まで待ってたはずがあるか？」ロイスがつっこんだ。「お荷物になるのは承知で、ここまで連れてきたんだぞ。さっさと喉をかっさばいて、石をくくりつけて、川に捨てちまうこともできたのにな。おまえさんがおれたちをどうするつもりだったのかを考えてみりゃ、それだって甘いぐらいだぜ」

王子はひとしきり思案をめぐらせた。「じゃ、身代金が狙いだな。ぼくに高値をつけるつもりか？　姉がそれを払うと思ってるのか？　だとしたら、おめでたい連中だよ。アリスタが応じるもんか。ぼくが死ねばいいと願ってるんだからな。それで王位は彼女のものさ。おまえたちは銅貨一枚だって手に入るはずがないんだ！」

「よく聞きやがれ、へっぽこ王子。おまえさんの父親を殺したのはおれたちじゃない。実際のところ、おれはアムラス翁のことを名君だと思ってたんだ。それに、おまえさんが売り物になるだろうなんて期待もしてないさ」

「まぁ、少しでもいい条件でぼくを売るつもりなら、豚みたいに縛って転がしておくはずがないか。そうだとすると、いったいぜんたい、おまえたちはぼくをどうするつもりなんだ？」王子は縛めの中でもがいてみたものの、きつさを思い知らされるばかりだった。

「本当に知りたいですか？」ハドリアンが言葉を返す。「にわかには信じられないでしょうが、おれたちはあんたの生命を救おうとしてるんですよ」

「ぼくの……何だって？」アルリックは呆気にとられてしまった。

「あんたのお姉さんが言うには、城内にいる何者かが王家の血を絶やそうとしてるんじゃないかってことでしてね——お父上もそいつに殺されたんでしょう。そうとなれば、次はあんたが狙われるだろうから、おれたちに城の外へ連れ去ってほしいと」

アルリックは身体をよじって体勢を変え、赤と白の縞模様に塗られたブィの山にもたれかかるようにして座った。しばらくのあいだ、彼はふたりの顔を凝視していた。「おまえたち、父上を殺す目的でアリスタに雇われたんじゃないとしたら、どうして城内にいたんだ？」

ハドリアンがデウィットとのやりとりを手短に説明するあいだ、王子はその言葉をさえぎることもなく耳を傾けていた。

「……で、牢獄に閉じこめられてるところへアリスタが来て、ぼくをさらってほしいと言ったわけか？」

「信じてくださいよ」ハドリアンが言った。「ほかに脱出する方法があったとしたら、あんたなんか連れてくるはずがありませんって」

「じゃ、姉の話を本気で信じてるわけか？　想像以上に頭の悪い連中だな」アルリックは首を振った。「少しは知恵を働かせてみたらどうなんだ？　王位簒奪《さんだつ》を狙ってるとしか考えようがないじゃないか」

「だったら、彼女がおれたちにおまえさんをさらわせる理由はどこにある？」ロイスが反問する。「父親と同じく、おまえさんも亡き者にしちまったほうが話は早いはずだろ？」

アルリックはまたも思案をめぐらせ、ボートのあちこちを眺めまわしたあげく、わかったようにうなずいた。「姉もそのつもりだったんだろうけど、たぶん、ぼくの居場所がわからなかったんだと思う」彼はふたりのほうへと視線を戻した。「昨夜は部屋にいなかったからな。お忍びで女の子と逢って、そこで眠りこんじゃって、あの騒動で目を覚ましたのさ。きっと、殺し屋もぼくの部屋を覗いてみたんだろうけど、留守だったわけだ。それ以降は警護が固くなったから、アリスタはぼくを独りにするために厨房へ誘い出した。いやはや、実の姉に裏切られるとはね」

彼は縛られたままの両脚を網の上へ投げ出した。「父上を殺すなんて冷酷にもほどがあるとは思うけど、たしかに、姉のやりそうなことではあるよ。すごく頭が良いんだ。城内に謀叛の企《くわだ》てがあるとかいう話がもっともらしく聞こえるのも、それが事実だからさ。誰の仕業かわからないってところだけは嘘だけどな。姉は自分の雇った殺し屋がぼくを始末しそこなったと知って、おまえたちを利用することを思いついた。さらってくれと話をもちかければ、おまえたちも断われる立場じゃないだろう。殺すのは城外へ出てからでも遅くない」

　ロイスは無言のまま、ハドリアンを一瞥した。

「そして、このボートだ」王子はそう言いながら、船縁に視線をひるがえす。「おあつらえむきのやつが、盗んでくださいとばかりに置いてあったはずさ」

　アルリックはかたわらの防水布に顎をしゃくってみせた。「こんな具合に、ぼくを隠れさせておくための小道具も揃ってる。川があって、ボートが使えるとなれば、まぁ、わざわざ陸路を選ぶ者は少ないだろう。ただし、街よりも上流をめざすのは不可能だ。こんなボートじゃ川を遡れやしない。海のほうへ下っていくしかないのは誰でもわかる。姉はぼくたちが通ってる場所も行先もきっちりと把握してるはずさ。ぼくをどこへ連れていくように言われた？　もちろん、下流のほうだろう？」

「ウィンダーメア湖だ」

「あぁ、ウィンズ修道院か？　この川をローまで下って、そこからあまり遠くない。わかりやすいな！　もちろん、ぼくたちが目的地に到着することはないわけだが」王子はさらに言葉を続けた。「川沿いのどこかに、姉は刺客を配置しているはずだ。そこを通りかかったが最後、ぼくたちは一巻の終わりだぞ。筋書としては、おまえたちがぼくを殺して逃げる途中、追手に討伐されたというところか。父上とぼくの葬儀はさぞかし荘厳なものになるだろう。そして、次の日にはサルデュア司教が呼ばれ、姉の戴冠式だ」

ロイスもハドリアンも口をつぐんだままだった。

「これでもまだ納得できないか？」王子がたたみかける。「デウィットとかいう男に雇われたという話だったな？　そいつはカリスの出身だそうだな？　アリスタは二カ月前までカリスにいたぞ。あちらに新しい友人もできたことだろう。ひょっとしたら、父と弟さえいなくなれば王位は自分のものだからと、メレンガーのどこかの領地をくれてやる約束になっているのかもしれない」

「川下りはあきらめるしかなさそうだな」ロイスがハドリアンに言った。

「聞いたとおりだと思うか？」ハドリアンが訊き返す。

「それが正解かどうかはさておき、ボートの持ち主は遅かれ早かれ盗まれたと訴え出るはずだ。王子が行方不明になったことも知れわたるだろうし、そのふたつの関連性に誰も気がつかないとしたら、そのほうがどうかしてるぜ」

ハドリアンは立ち上がり、下流のほうを眺めた。「おれが追う立場だったら、途中で上陸する場合にそなえて川沿いを馬で併走させ、別働隊がワイセンドの渡し場あたりでウェストフィールド街道を封鎖しておいて挟み撃ちってのが理想的だな。三時間か四時間もありゃ充分だろう」

「それじゃ、今頃はもう準備完了か」ロイスがつけくわえる。

「川下りはあきらめるしかなさそうだな」ハドリアンも相棒の言葉をなぞった。

ボートはいよいよワイセンドの渡し場へと近づき、そこからも見えるほどになっていた——このあたりでは川幅が一気に広くなり、石底を歩いて流れを横断できるほどに浅くなっている。かつて、ワイセンドという農夫が岸辺に小さな納屋を建て、そこいらを家畜たちの餌場あるいは水飲み場にしたのがその地名の由来だとか。ちなみに、景色も悪くない。土手にはヘルダベリーの茂みが連なり、ところどころに立つ柳は葉を黄色く染めて枝を垂らし、その先端が川面に触れてかすかな波紋を生んでいる。

ボートが中洲にさしかかった瞬間、弓を手に隠れていた連中が土手の上から雨あられと矢を放ちはじめた。一発が鈍い音を立てて船縁に突き刺さる。王子のローブにほどこされたハヤブサの刺繍も絶好の標的となり、たてつづけに射抜かれた相手はそのまま船底にひっくりかえった。乱射はさらに続き、舵を取っていた男は胸への一撃で水中へと転げ落ち、棒を手にしていた男もぐったりと倒れこむ。

茂みや柳の木陰から、茶と深緑と鬱金《うこん》の三色で染め分けた服に身を包んだ六人の男たちが現われた。彼らは川に入り、流れのままに漂っていこうとするボートを捕まえた。

「これで、おれたちは世の中とおさらばしたわけだ」ロイスが冗談めかして言った。「まずはアルリックが狙われたってのが興味深いな」

三人は渡し場よりもやや上流、背の高い草に覆われた丘のてっぺんに身を伏せていた。ウェストフィールド街道までは百ヤードも離れていない。その街道を川沿いに行けば、海辺にあるローが終着点だ。

「どうだ、ぼくの話を信じる気になったか？」王子が問いかける。

「おれたち以外の誰かがおまえさんを殺そうとしてるってことが証明されたにすぎないだろ。あいつらは兵士じゃないか、少なくとも軍服は着てなかったから、誰の仕業かは特定できないぜ」ロイスが反論した。

「そこまで細かく見えるものかな——矢がどこに命中したとか、服装がどうだとか？　これだけ離れてちゃ、おおまかな動きと色しかわからなかったぞ」アルリックが言葉を返す。

ハドリアンは肩をすくめてみせた。

王子はすでに執事の息子の服を身にまとっていた——ゆったりとした灰色のチュニック、よれよれになって色も褪せた毛織の半ズボン、茶色のストッキング、つぎはぎだらけで彼には丈の長すぎる外套。また、履いている靴はといえば、柔らかい革袋を足首のところで留めているにすぎないような代物だ。全身の縛めは解かれたものの、腰には紐が一本だけ残され、その端をハドリアンがつかんでいる。ついでに、剣もハドリアンが預かっていた。

「あいつら、ボートを岸につけるぞ」ロイスが告げる。

ハドリアンの目に映るのは、茂みの中で人影が動いているということだけだった。やがて、そのうちのひとりが日の当たる場所へと出てきて、ボートの舳先をつかんだ。

「束ねた枯枝に古着をかぶせてあるだけってばれちまうのも時間の問題だな」ハドリアンがロイスに声をかけた。「さっさとかたづけるか」

ロイスがうなずき、納屋のほうへと土手を駆け降りていく。

「何をしようとしてるんだ？」アルリックは愕然とした様子で尋ねた。「殺されるのが関の山だぞ！」

「さて、どうでしょうね」ハドリアンが答える。「とにかく、あわてないで」

ロイスが木陰にもぐりこむと、ハドリアンはたちまち彼の姿を見失った。「あいつ、どこにいる？」王子も呆気にとられたような表情だ。

ハドリアンはふたたび肩をすくめてみせた。

眼下では男たちがボートに乗りこみ、ほどなく、そこからの叫び声がハドリアンの耳にも届いた。何と言ったのかはわからなかったものの、そのうちのひとりがアルリックの身代わりで射抜かれた枯枝の束を持ち上げているのは見て取れた。男たちはふたりだけがボートに残り、ほかは全員が岸へ戻ろうとした。そのとき、木立の中で何かが動いたかと思うと、共繋ぎにされた馬たちがそこから飛び出し、一気に土手を駆け昇った。川辺にいる連中の驚きとも呪いともつかない罵声が響くのを尻目に、馬たちは丘のほうへと疾走してくる。

馬たちが近づいてくるにつれ、低い姿勢の二頭乗りでそれを率いてくるロイスの姿が見えた。ハドリアンは列の中から適当な二頭を捕まえるや、一頭の引き綱をもう一頭の端綱に手早く結びつけた。「乗って」彼はアルリックに声をかけた。弓矢を持った連中が彼らを発見し、憤怒の叫びを上げた。幾人かがそこから矢を放ったものの、上方への射撃は飛距離が足りず、斜面の途中に落ちるばかりだった。そいつらが迫ってくるのを待たず、三人はさっさと馬で走り去った。

ロイスの先導で、彼らは北西へ一マイルほど行き、ウェストフィールド街道とストーンミル街道の交差点に出た。ハドリアンはアルリックを連れて西へ向かった。ロイスは残りの馬たちを率いたまま、追手を攪乱するためにその近辺を行ったり来たりしたあと、北へ向かった。一時間後、彼は自分の乗る一頭を除いたすべての馬を途中で置き去りにして、ふたりに追いついた。一行はそこから街道を離れ、川に背を向け、平原へと馬を進めた。ただし、めざす方角はあくまでも西寄りだ。

馬たちはたっぷりと汗をかき、呼吸も荒くなっていた。低い木立にさしかかると、彼らは馬の走りをゆるめさせた。やがて、茂みに入ったところで、彼らは馬を休ませることにした。アルリックはちょっとした空き地を見つけると、彼が着るにはいささか大きすぎるチュニックに文句を言いながら座りこんだ。ロイスとハドリアンは馬たちを調べてみた。襲ってきた連中を特定できるような標識も印章も手紙もない。それどころか、ハドリアンが選んだ馬に予備の弩と矢が積んであった以外は、最低限の馬具が装着されているだけだった。

「普通に考えりゃ、パンぐらいは用意しておくもんだろうに。飲み水なんかも、どうするつもりだったんだろうな？」ハドリアンがぼやいた。

「長旅にはならないって確信があったんだろ」

「ぼくはいつまで腰縄をつけてなきゃいけないんだ？」王子が不愉快そうに尋ねる。「屈辱もいいところじゃないか」

「迷子にならないためのお守りですよ」ハドリアンがにやりとしながら答えた。

「こんなふうに引き回される理由は何もないはずだぞ。父上を殺したのがおまえたちじゃないってことは、ぼくも認めたんだ。すべては姉の悪知恵さ。そうにきまってる。すごく頭が良いんだからな。ぼくもすっかりだまされたよ。だから、姉が全権を掌握してぼくを国賊扱いしないうちに、一刻も早く城へ帰らないと。おまえたちふたりは、マリバーのお導きのままに、どこへでも行くがいい。無罪放免だ」

「しかし、あんたの姉上が言うには――」ハドリアンが反駁しようとする。

「ついさっき、ぼくたちは姉のせいで皆殺しにされるところだったんだぞ。もう忘れたのか？」

「彼女の仕業だっていう証拠は何もありませんよ。彼女が嘘をついてないとしたら、あんたがこのままエッセンドン城へ帰るのは自殺行為でしょう」

「だったら、姉じゃないっていう証拠はどうなんだ？　あくまでも言われたとおりに、ぼくを連れ歩くつもりか？　行く先々に罠がしかけてあるとしたら？　戻るよりも進むほうがずっと危険だと思うぞ。ぼくの生命はぼくのものだ――自分のことは自分で決めさせてくれ。そもそも、ぼくがどうなろうと、おまえたちが気にかける理由は何もないだろう？　おまえたちを処刑しようとしていた、このぼくを」

「ふむ」ロイスはわずかに言葉を切り、「一理あるな」

「彼女との約束があるだろ」ハドリアンが釘を刺す。「おれたちにとっちゃ生命の恩人なんだぜ。それを忘れるな」

アルリックが両手を上げ、天を仰いだ。「マールよ！　泥棒らしくもない発言じゃないか？　冗談には聞こえなかったぞ。だいたい、おまえたちが処刑寸前のところまで追い詰められたのも、姉の策略にはまったからだろう。そっちこそ忘れるな！」

ハドリアンは王子の抗議にかまおうとしなかった。「彼女の企みかどうかはわからない。そして、約束は約束だ」

「またぞろ、善行でも夢見てやがるのか？」ロイスがつっこんだ。「今回の面倒事だって、それが発端だったはずだぜ？」

ハドリアンは溜息をついた。「ほ～ら、本音が出た！　ここまでひっぱるとは予想以上だったよ、なぁ？　たしかに、こうなっちまった責任はおれにあるさ。しかし、次もまた同じ目に遭うとはかぎらないんだぜ。行先がウィンダーメアなら、距離は十マイルってところか？　日が暮れる頃には着くさ。修道院に泊めてもらえばいい。あてのない旅人を迎え入れるのも勤行のうちだもんな。教義だか法典だかにそう書いてある。晩飯にもありつけるはずだ、そうだろ？」

「問題の監獄についても何か教えてもらえる可能性はあるな」ロイスが意見を述べた。

「監獄って？」アルリックがおちつかなげに腰を浮かせた。

「グタリア監獄へ行けって、おまえさんの姉貴から言われてるんだよ」

「ぼくを幽閉するためか？」王子は怯えたように訊き返す。

「早合点するなっての。そこにいるやつの話をおまえさんに聞かせてやってほしいとかで、そいつの名前は――エスラ……えぇと、何だっけ？」

「ハッドン、だったと思う」ハドリアンが言った。

「まぁ、そんな感じだ。おまえさん、その監獄についちゃ何か知ってるのか？」

「いや、初耳だよ」アルリックが答える。「でも、邪魔な王族が消息を絶つとすれば、そういう場所が使われても不思議はないな。弟の王位を奪い取ろうとする姉にとっても好都合だ」

自分の乗ってきた馬がやんわりと身体を当ててきたので、ロイスはその頭を撫でてやりながら、現状について思案をめぐらせた。「くたびれすぎて頭が回らないぜ。おれだけじゃなく、おまえらも似たようなもんだろ。失う物の大きさを考えりゃ、あわてて決断するのは得策じゃない。とりあえず、修道院へ行こう。そこの坊さんたちと話してみりゃ、監獄のことも何かわかるかもしれん。その先の話はそれからだ。妥当なところだろ？」

アルリックが重い溜息を洩らす。「どうしても行かなきゃいけないんなら、せめて、自分で手綱を握るぐらいは許してくれないかな？」彼はそこでしばらく言葉を切り、「国王として約束するよ。修道院までは決して逃げようとしない」

ハドリアンがロイスのほうを一瞥すると、相手は無言でうなずいた。そこで、彼は鞍につけてあった弩を手に取った。それを地面に押しつけ、弦を引いて留金にかけ、矢を番《つが》える。

「おまえさんを信用しないわけじゃないぜ」ハドリアンの作業を横目に見ながら、ロイスが口を開いた。「ただ、長年の経験で、地位が高けりゃ高いほど低俗なやつも多いってことがわかっちまったからな。したがって、おれたちとしちゃ、もっと明確なかたちでの保証が欲しいんだよ。どうやら、おまえさんも死にたくはないようだが、全速で走らせてる馬がこけるとなりゃ死の危険があるってことは理解できるよな？　少なくとも、骨の二本や三本は折れちまうぜ」
「おまけに、馬だって死ぬかもしれませんしね」ハドリアンがつけくわえる。「おれは射撃が得意なほうですが、どんなに腕が良くても失敗はつきものです。とりあえず、さっきの質問に対する答えとしては――いいですよ、手綱を握らせてあげましょう」

その日の残り、彼らは無理のない速さで、ただし途中で止まることなく馬を進めた。ロイスが先頭に立ち、平原を越え、灌木の茂みをつっきり、森の小径を抜けていく。街道筋には近寄らず、点在する村々も迂回するうち、人里はすっかり見えなくなった。ここから先には農地もなく、メレンガーの荒漠たる高地ばかりが広がっている。山へ分け入るにつれ、森は深くなり、彼らが通れる道は少なくなる。谷を下れば沼地があり、丘の彼方には断崖がそびえている。メレンガー西部のこのあたりは荒地で、農耕に適していないため、人も住みつかない。狼、鹿、熊、無法者、そして、ウィンズ修道院の僧侶たちのように孤独を求める人々だけがここで暮らしているのだ。文化的な生活に慣れた者は誰もが敬遠するし、近隣の村人たちも迷信に囚われ、鬱蒼とした森やけわしい山に恐怖をいだく。言い伝えによれば、水の精が騎士を惑わせて溺死させるとか、狼男が迷い人を餌食にするとか、古《いにしえ》の邪悪なる霊魂が漂う光の玉となって子供たちを地下の暗い洞窟へ誘いこむとか――いや、超常的な危険はさておくとしても、自然に存在する障壁だけでさえ人々が忌避するには充分すぎるほどだった。

しかし、ハドリアンは相棒の道案内をまったく疑っていなかった。川沿いのウェストフィールド街道を通れば海辺のローまでは簡単に行けるのだが、ロイスがあえてそこから離れた理由もわかっている。ゲイルウィアの河口にぽつねんと立つローはもともと辺鄙《へんぴ》な漁村にすぎなかったが、今では港町として栄えている。食べ物や一夜の宿もすぐに確保できる無難な選択肢とはいえ、監視の眼もあるにちがいない。もうひとつ、ストーンミル街道を北上するという手もあった――ロイスがわざと馬の足跡を残し、あわよくば追手をドロンディル・フィールズへ向かわせようとしたのも、それゆえのことだ。どちらの街道も使い勝手が良く、彼らを捜している連中もまずはそこに着目するだろう。だからこそ、彼らは荒地へと足を踏み入れ、獣道ばかりをたどってきたのだ。

ひときわ深い森をやっとのことで通り抜けると、日没間近の稜線がいきなり目の前に現われた。赤い夕陽がウィンダーメアの谷筋を染め、湖に反射している。ウィンダーメア湖はアペラドーンでも屈指の深さで知られる。あまりに深くて水草も生えないため、透明度はきわめて高い。その水面はまるで鏡のように、三方を囲む丘をくっきりと映し出す。丘の低いところは森に覆われているが、上のほうは剝き出しの岩場になっている。いちばん南寄りの丘のてっぺんに石造の建物が見える。ウィンズ修道院――ロー以外ではただひとつ、この地域に文明が到達していることを示すものだ。

一行はその建物をめざして丘を降りていったが、そこから半分も進まないうちに日が暮れてしまった。それでも、幸いなことに、修道院の小さな灯が道標になってくれた。気の休まる暇もない二日間、おまけに飲まず食わずの長旅とあって、ハドリアンはすっかり疲弊していた。ロイスはさほどでもなさそうに見えるが、やはり、実際はきついにちがいない。そして、いちばん悲惨なのはアルリックだった。王子はハドリアンのすぐ前にいるのだが、馬の歩みにつれてどんどん低くうなだれていき、鞍から落ちる寸前になってようやく目を覚ますというありさまなのだ。そこでいったんは姿勢を正すのだが、すぐにまた同じことのくりかえしになってしまう。

昼間は暖かくても、夜になってからの冷えこみはきびしい。月の光にうっすらと照らされながら、肌を刺すような夜気の中、彼らも馬たちも吐く息は白い霧のように変わっていった。上空にはダイアモンドの破片をちりばめたような星々がまたたいている。どこからともなくフクロウの鳴く声が聞こえ、虫の音も谷いっぱいに広がっている。疲労と空腹がこんなにひどくなければ、この旅路の美しさを堪能できたのかもしれない。しかし、今の彼らは歯をくいしばり、まだ続く道程を進むことしか考えられない状態だった。

南の丘にさしかかると、ロイスは驚異的な視力で九十九折《つづらおり》の峠道を先導していった。執事の息子のものだったという古着はおよそ寒さを防ぐ役に立っていないようで、王子はすぐに震えはじめた。なお悪いことに、登れば登るほど気温が下がり、風も強くなってきた。木々は低く、まばらになり、地表を覆う植物も草より苔のほうが目立ちはじめる。やがて、彼らはどうにかこうにかウィンズ修道院の門前にたどりついた。

いつのまにやら、月は雲に隠れてしまっている。暗闇の中、建物から洩れてくる薄い光だけでは足元を見るのもやっとだった。彼らは馬から降り、門のほうへと歩きはじめた。身廊と一体になっている石造のアーチをくぐると、この丘のどこかで切り出してきた岩を埋めこんで踏石にしたポーチがある。虫の音もフクロウの鳴き声もすでに聞こえなくなっており、風のざわめきだけが続いていた。

「もしもーし?」ハドリアンが呼びかけた。ややあってから、もういっぺん。彼が三度目に口を開こうとしたところで、小さな灯が動くのが見えた。木々のあいだを飛びまわる蛍さながら、柱や壁に隠れてはまた現われ、そのたびにこちらへ接近してくる。ハドリアンはそれが小柄な男の持つランタンの光であることに気がついた。

「どなたですか?」その男は囁くような声で尋ねた。

「旅の者さ」ロイスが答える。「凍えそうで、くたびれきって、一夜の宿を必要としてる」

「何名様でしょう?」男は首を伸ばし、ランタンを左右にめぐらせた。彼はひとりひとりの顔を確かめるように眺めながら、「お三方だけで?」

「そうだ」ハドリアンがうなずく。「朝からずっと休みなしで、何も食べてない。マリバーに仕える修道士たちなら手厚く世話をしてくれるという評判だし、それに甘えさせてもらえないかと思ってね。空き部屋を貸してもらえないかな?」

相手はしばらく躊躇したあと、あらためて口を開いた。「え……えぇ、よろしいですよ」おもむろに、彼は門を開けた。「どうぞ、こちらへ——」

「馬もいるんだけどね」ハドリアンが言葉をさしはさむ。

「そうなのですか？　それはすばらしい」修道士は心を惹かれたようだった。「ただ、そのぅ、こんなに遅い時刻になってしまってから拝見するというのは——」

「いや、面倒を見てくれとは言わない、馬をしまっておく場所だけでいいんだ。厩舎がなけりゃ納屋でもかまわないよ」

「あぁ、なるほど」修道士は言葉を切り、思案ありげに唇をついた。「そのぅ、牛や羊や山羊のための厩舎があるにはあるのですが、今夜は使えない状態でして……それと、豚小屋のほうも、今夜はちょっと」

「じゃ、そこいらに繋いでおくとしようか？」ハドリアンが言った。「立木があるのを見たような気がするし」

修道士は話がややこしくならずに済んだのを安堵した様子でうなずいた。一行がそれぞれの鞍を玄関口に積むと、彼は先頭に立ち、中庭とおぼしき広い空間を歩いていった。

ランタンの弱々しい光だけでは、ハドリアンの目に映るのは石敷の通路のすぐ先までだった。よしんば、修道院のあちこちを案内しようかと言われたとしても、こんなに疲れていては何を見物したいとも思わない。あたりには煙の匂いがたちこめており、火の入った暖炉のそばのベッドを連想させる。

「あんたたちの眠りを破るつもりはなかったんだが、すまない」ハドリアンが声を落とした。

「いいえ、おかまいなく」修道士が答える。「そもそも、眠っていたわけではないのですよ。本に没頭しているところへ、あなたがたの声が聞こえましてね。珍しいこともあるものだと思いました。昼間でもめったに人が来るような場所ではありませんし、ましてや、こんなに暗い夜ともなれば」

いくつもの石柱が雲に覆われた夜空へと伸び、黒い造形物もそこここに置かれている。煙の匂いはいよいよ強くなってきたものの、その源といえば、修道士が手にしているランタンぐらいしかなさそうだった。やがて、彼らは短い石段を降り、石蔵とおぼしき質素な建物へと入っていった。

「こちらでお休みください」修道士が言った。

三人はその狭い空間を眺めまわした。ハドリアンが思うに、エッセンドン城の地下牢よりもなお居心地が悪そうだった。なにしろ、大小の薪がいっぱいに積み上げられ、樽がふたつ、寝室用の便器がひとつ、小さなテーブルがひとつと場所を占めており、肝心の寝床もひとつしかない。しばらくのあいだ、誰も口を開こうとはしなかった。

「こんな部屋かと思われるでしょうね」修道士がもうしわけなさそうに言った。「まことに面目もありませんが、今夜はこれでせいいっぱいなのです」

「まぁ、どうにかするよ──ありがとう」ハドリアンがうなずいてみせた。あまりに疲れているので、風の当たらないところで横になれるなら文句はなかった。「できれば、毛布だけでも貸してもらえるかな？　ごらんのとおり、何の泊まり支度もない旅路なんでね」

「毛布ですか？」修道士は困ったような表情を浮かべた。「とりあえず、一枚はそこにありますが」彼は寝床の上にたたんである薄い毛布を指し示した。「本当にもうしわけありませんが、これ以上はどうしようもないのです。よろしければ、このランタンもお使いください。わたしは暗闇の中でも歩いていけますので」彼はそれだけ言うと、さらに何かを求められるよりも先に逃げようとするかのごとく、さっさと立ち去ってしまった。

「ぼくたちの名前を尋ねることさえもしなかったな」王子が言った。

「うれしい驚きってもんさ」ロイスがそんな言葉を返しながら、ランタンをかざして室内を歩きまわっている。ハドリアンもその姿を視線で追い、ほかにはどんなものがあるかを観察した――部屋の片隅にはとっておきの代物らしきワインが十数本、藁束の下にはジャガイモが一袋、そして、長めのロープ。

「勘弁ならんな」アルリックが吐き捨てるように言った。「これほどの規模の修道院なら、こんな物置でなく、もっとましな部屋もあるはずだろうに」

ハドリアンは床に寝ようとして、そこに落ちていた古い草履を放り投げた。「言われてみりゃ、ごもっとも。この修道院はすごく親切にしてくれるって聞いてたのに、実態はこんなもんなのかね」

「何か理由があるんじゃないのか？」ロイスが疑問を提示した。「ほかの客か？　ありったけの部屋がいっぱいになるほどの大勢が押しかけてきたんだとしたら、この蔵しか空きがないってのも道理ではある。そんな大人数で動くのは貴族だけだ。ひょっとしたら、追手かもしれん。おれたちを襲ってきやがった連中の別働隊とかな」

「それはどうかな。ロー経由だったら心配しなきゃいけないところだったとは思うが」ハドリアンはそう言いながら身体をほぐし、あくびをした。「それに、ほかの客っていうのが何者であれ、単に泊まる場所が必要だったんだろうし、自分たちよりも遅く来るやつがいるとは思うまいよ」

「とにかく、明日は早起きして、様子を探ってみるさ。状況によっちゃ、さっさと出発するほうがいい」

「朝飯ぐらいは食いたいなぁ」ハドリアンは床に腰をおろすと、長靴を脱ぎ捨てた。「腹が減っては何とやらだし、この修道院の料理はなかなかのもんらしいぜ。先を急ぐんなら、ちょいと失敬してきてくれ」

「それはかまわんが、王子は好き勝手に歩きまわらせるなよ。人目につかれちゃ困るんだ」

アルリックは蔵の真ん中あたりに立ったまま、うんざりしたような表情をあらわにしていた。「こんな不当な扱いに甘んじなければならないとは」

「お忍び旅行だと思ってくださいよ」ハドリアンが声をかけた。「どうせ、遅かれ早かれ、身分を偽らなきゃならないことになるでしょうからね。農夫のふりをするか、あるいは鍛冶屋の息子か」

「そりゃ無理だ」ロイスも床の上で寝る支度をしていたが、長靴は脱いでいない。「槌を使いこなせるわけがないんだからな。いや、それ以前に、職人の手じゃないだろ。誰が見たって、すぐにわかっちまうさ」

「それを言い出したら、世の中の生業《なりわい》はたいてい手に特徴が出るもんだぞ」ハドリアンが指摘する。彼は外套を身体の上に広げ、その場で横になった。「胼胝《たこ》のできない仕事ばかりしてる農夫がいるなんて、ここの修道士だって信じてくれるもんか」

「じゃ、盗賊か男娼ってことにするさ」

ふたりがアルリックのほうへ視線を向けると、当の王子はそんな先の心配などまったく念頭にないようだった。「その寝台、ぼくが使わせてもらうぞ」それが彼の言葉だった。

4 ウィンダーメア

冷たく濡れた朝が来た。修道院の上空は鉛色の雲に覆われ、雨が降りしきっている。それが蔵への石段を流れ落ち、入口あたりに大きな水たまりができていた。そこからなおも広がった水が足を濡らすほどになってきたので、ハドリアンはそろそろ起きる頃合だと心を決めた。彼は床の上で身体を反転させ、目をこすった。良く眠れたとはお世辞にも言えない。まるで疲れが抜けていないし、朝の冷気で骨の髄まで凍ってしまいそうだ。彼は上体を起こすと、大きな掌で顔を包みこむようにさすり、周囲に視線をめぐらせた。雨の朝の鈍い光の中で見ると、昨夜の印象にもまして貧相な空間だった。彼はあとずさって水を避け、長靴のほうへと手を伸ばした。アルリックはといえば、寝台を自分のものにしたにもかかわらず、やはり安眠は望むべくもなかったようだ。しっかりと毛布にくるまっているのに、がたがたと身体を震わせている。ロイスの姿は見当たらない。

アルリックが片目をうっすらと開き、長靴を履こうとしているハドリアンを眺めた。

「おはようございます、殿下」ハドリアンは冗談めかして呼びかけた。「お休みになれましたか？」

「最悪の夜だったな」アルリックは震える歯の隙間から唸り声を洩らした。「湿っぽいわ、寒いわ、こんなにひどい目に遭ったのは生まれて初めてだ。身体じゅうが痛いし、眩暈《めまい》もする。歯の根も合わん。ぼくは今日のうちに王宮へ帰らせてもらう。だめなら殺せ——それ以外にぼくを足止めする方法は何もないぞ」

「要するに、あまり眠れなかったわけですね？」ハドリアンは両腕をさすった。それから立ち上がり、雨の具合を観察する。

「凍え死なないように火を焚くとか、建設的なこともできるだろうに」王子がぼやき、薄い毛布を頭からひっかぶり、自分も外のほうへ視線を向けた。

「蔵の中での焚火はやめておきましょう。むしろ、食堂へ行ってみませんか？　ここよりは暖かいはずですし、腹ごしらえもできますよ。修道士たちの朝は早い——もう何時間も前からパンを焼いたり、卵を集めたり、バターをこしらえたり、おれたちみたいな駆けこみの客をもてなす準備を整えてくれてるはずです。ロイスはあんたを人目に晒すなと言ってますが、こんなに寒くなったり雨が降ったりは予想してなかったでしょうからね。フードをかぶっておきゃ、正体がばれる心配はないと思いますよ」

王子もその言葉に心を惹かれたように起き上がった。「扉のある部屋に入れるだけでも、ここにいるよりはましだな」

「そいつぁ名案だ」蔵の外からロイスの声が聞こえてくる。「ただし、ここじゃ望むべくもないぜ」

戻ってきた彼はフードをはずしており、マントはぐっしょりと濡れていた。蔵の中へ入ってくるや、彼はまるで犬のように雨水を弾き飛ばした。それがハドリアンとアルリックのところまで飛び散ったので、ふたりは顔をしかめ、王子が文句を言いたげに口を開きかけたものの、声にはならなかった。そこにいるのはロイスひとりではなかったのだ。彼のすぐ後ろから姿を見せたのは昨夜の修道士だった。そちらはなおさら水浸しといったありさまで、毛織の僧衣はすっかり重くなっているようだし、髪の毛もべったりと頭に張りついている。肌は血の気を失っており、紫に変色した唇はひどく震え、指先はあまりにも長く泳いできたかのごとく皺々にふやけきっている。

「外で寝てやがったのさ」ロイスは両腕いっぱいに薪をかかえながら言った。「マイロン、脱げよ。すぐに身体を乾かしたほうがいい」

「マイロン?」ハドリアンは探るような視線になった。「マイロン・ラナクリン?」修道士がうなずいたようにも見えたが、身体の震えがひどすぎて区別がつかない。

「知り合いか?」アルリックが尋ねる。

「うんにゃ。ただ、彼の家族には会ったことがある」ロイスが答えた。「毛布を渡してやれ」

アルリックは愕然とした様子で、その毛布を固く握りしめた。

「渡せってば」ロイスがたたみかける。「持ち主が使うのは当然の権利だろ。こいつときたら、自分の居場所をおれたちに譲っちまって、吹きっさらしの回廊で凍えてやがったんだぜ」

「わけがわからないな」アルリックがそう言いながら、かぶっていた毛布をいかにも惜しそうに離す。「こんな寒い雨の夜に、わざわざ外で寝るなんて――」

「建物全体が焼け落ちてるんだよ」ロイスが説明する。「残ってるのは石造りの部分だけさ。昨夜、おれたちがここへ来るのに歩いてきたのも、中庭なんかじゃない――建物があったはずの場所なんだ。外周部分はすっかり灰と化して、天井もなくなっちまってる。まったくの廃墟だな」

僧衣を脱いだ修道士に、アルリックは毛布を手渡した。マイロンはすぐさまそれを肩にひっかけ、膝をかかえて座り、全身を包みこんだ。

「ほかの坊さんたちは？」ハドリアンが尋ねる。「どこにいるんだ？」

「な……な……中庭です。わたしが埋葬しました」マイロンは歯の根が合わずに震える声で答えた。「じ……じ……地面が柔らかいですから。たぶん、か……か……彼らもそれで良いと思ってくれるでしょう。みんな、あ……あ……あそこが大好きでしたし」

「いつのことだ？」

「一昨日の夜です」マイロンが答える。

ハドリアンは驚きのあまり、それ以上は何も言えなくなってしまった。蔵の中に重苦しい沈黙が漂った。ロイスはなおも入口の内側に薪を積み上げている。それから、彼はランタンの油をそこへ少し垂らすと、手早く火をつけた。外からの風に炎を揺らされながらも、薪は

しっかりと燃えはじめた。やがて、石壁がその熱を反射して、蔵の中は暖かくなってきた。

ずいぶん長いこと、誰も口を開こうとしなかった。ロイスは手近にあった棒で火を掻き、赤く焼けた薪をひっくりかえす。一同は微動だにせず炎を眺めたまま、炭の爆ぜる音や外の雨風の荒れ具合に聞き入っているばかりだった。ロイスはあえて修道士をふりかえらないまま、低い声で言った。「火事のとき、坊さんたちはみんな建物に閉じこめられてたんじゃないのか？」

修道士は何も答えなかった。その視線はなおも炎に向けられている。

「灰の中に、黒焦げの錠前と鎖があったよ。かかったままになってたぜ」

マイロンは両腕で膝をかかえ、ゆっくりと身体を揺らしはじめた。

「何があった？」アルリックが問いかける。

それでも、マイロンは口をつぐんだままだった。静寂の数分間が過ぎた。ようやく、修道士は炎から目を離した。とはいえ、誰かの顔を見るでもなく、雨の降りしきる外の遠い虚空の一点へと視線を移したにすぎない。「ここが謀叛者の巣窟だと言いがかりをつけてきた者たちがいました」彼は消え入りそうな声で語りはじめた。「兜ですっぽりと顔を隠した騎士たち、たぶん二十人ほどだったでしょうか。わたしたちは包囲され、建物の中へ押しこめられました。すべての扉が閉ざされました。ほどなく、火の手が上がりました。

院内はたちまち煙だらけになってしまいました。友僧たちはみんな咳きこみ、苦しげに喘いでいました。院長が率先して祈りの言葉を唱えはじめたのですが、すぐに倒れてしまいました。火の回りはあまりにも速すぎました。こんなにも多くの乾いた木材が使われていたとは知りませんでした。とても頑丈な建物だと思っていたのに。やがて、咳はだんだん弱々しく、聞き取れないほどになっていきました。その頃になると、あたりは何も見えない状態でした。目の前はすっかり涙で霞み、意識も薄れてしまいました。目が覚めたときには雨が降っていました。騎士たちはどこへともなく姿を消しており、残されたすべてのものは跡形もなくなっていました。わたしは身廊のいちばん下にあった大理石の説教台の陰にもぐりこんでいたおかげで助かったのです。その近くには友僧たちもいました。ほかにも生き残りがいるのではないかと探してみましたが、だめでした」

「誰の仕業だ？」アルリックが尋ねた。

「あの者たちの名前も、どこから来たのかもわかりませんが、チュニックに笏《しゃく》と冠の紋章がついていたことだけは憶えています」マイロンが答えた。

「帝政派だな」アルリックが断定する。「しかし、修道院を襲う動機があるか？」

マイロンはふたたび黙りこんでしまった。彼は窓ごしに降る雨を眺めた。そのまま、長い時間が流れる――やがて、ハドリアンがなだめるような口調で問いかけた。「ここが謀叛者の巣窟だと言いがかりをつけられたんだっけな。どんな根拠があるとか、そういう話は聞かなかったのか？」

修道士は無言だった。毛布をつかみ、虚空を凝視したままだ。やがて、アルリックが沈黙を破った。「わけがわからないな。ぼくはこの修道院を焼き討ちにしろなどと命じていないし、父上もそんなことはしなかったはずだ。臣下の誰かがぼくに内緒でやったことか？　何のために？」

とたんに、ロイスが鋭い視線で王子をにらみつける。

「どうかしたか？」アルリックが訊き返した。

「正体がばれるようなことはするなと釘を刺しておいたはずだぜ」

「まぁ、いいじゃないか」王子は片手をひるがえしてみせた。「ぼくが国王だと修道士ひとりに知られたぐらいで生命にかかわるはずがないだろう。しかも、こんなありさまだぞ。溺れかけのネズミだって、この男よりはまだ気概が感じられるはずだ」

「国王陛下？」マイロンが呟く。

アルリックは修道士をふりかえろうともしなかった。「あるいは、誰かに注進するとでもいうのか？　どうせ、ぼくは今日のうちにメドフォードへ帰る。裏切り者の姉に対して決着をつけなければならないし、国政の裏側にまで目を向ける必要があることもわかった。こんな事件に遭遇して、知らなかったでは済まされないからな」

「おまえさんの臣下の仕業とはかぎらないぜ」ロイスが言った。「アペラドーンの国々のどこにだって帝政派はいるんだからな。あぁ、それで思い出した──マイロン、ここにディーガン・ガウントが出入りしてたってことも関係があるんじゃないのか？」

マイロンは困ったような表情を浮かべ、おちつかなげに身体をよじった。「僧衣を乾かすなら、物干し紐をかけなければいけませんね」彼はそう言って立ち上がった。

「ディーガン・ガウント？」アルリックが訊き返す。「王政打倒などとほざく頭のいかれた輩だな？　どうして、そいつの名前が出てくる？」

「民権派の中心人物のひとりで、この界隈を拠点にしてるからですよ」ハドリアンが答える。

「民権派とは――ふん！　たかが衆愚の群れに、ごたいそうな呼び名もあったものだな」アルリックが鼻を鳴らす。「あんなもの、貧農どもが騒いでいるにすぎないだろうが。善良なる市民たちに王政への不満を広めようなど、けしからん連中だ」

「とにかく、ディーガン・ガウントにとって、この修道院は単なる逢引の場じゃなかったわけだな」ロイスが推論を述べた。「ほかの民権派、あるいは支援者たちとの会合にも使っていたのかもしれん。だとしたら、帝政派たちがここを狙う理由としては充分だろう。親父さんが命令した可能性もないとは言えないし、暗殺事件との関連性だって考えられないわけじゃない」

「朝食の支度をするので、水を汲んできます。みなさん、お腹が空いたでしょう」マイロンは僧衣を物干し紐にひっかけると、鍋をいくつか拾い上げ、雨の中へと出ていった。

アルリックはひたすらロイスとの議論に熱中しており、修道士の言葉がまったく耳に入っていなかった。「修道院の焼き討ちなどという卑劣な行為を、父上がなさるものか！　民権派どもがここを会合に使っていたと知ればさぞかし業腹だったろうが、帝政派どもがそれを理由に襲ったとあっては、決して許さなかったにちがいない。うちの一族はずっと昔から王制を何よりも大切にしてきたんだ。古代帝国の末裔とやらが実在するかどうかもわからないのに、その出現をあてにして再興をめざすというのは夢物語もいいところだし、何ができるわけでもない小悪党どもをわざわざ力で屈服させる必要もないだろう」

「要するに、物事のありようを変えたくないんだろ」ロイスが言った。「まぁ、国王なんて連中はそんな程度であたりまえか」

「その態度、いかにも民権派らしいな。王侯貴族の領地をばらばらに切り離して分け合おうと考えている連中と同じだ」アルリックが言葉を返す。「それで世の中すべての問題が解決するとでも思っているのか？　あぁ、おまえらは満足だろうさ」

「あいにくだが、おれはどんな政治思想にも肩入れしてないぜ」ロイスが言った。「仕事の邪魔になるだけだからな。貴族だろうと平民だろうと、嘘やごまかしのないやつなんかいない。どいつもこいつも汚れ仕事を押しつけてきやがる。誰が国王になっても、日はまた昇り、季節は巡り、人間たちは延々と策謀をくりかえすのさ。おれの主義主張をあえて言うとすりゃ、個人主義ってやつだな」

アルリックは溜息をつき、あきれたように首を振った。彼は立ち上がり、焚火にむかって両手をかざした。「ところで、まだ朝食はできあがらないのかな、マイロン？　ひもじくてたまらないぞ」

「残念ながら、ご満足いただけるほどのものを用意できそうにありませんが」マイロンが言った。彼は脚つきの小さな焼き網を焚火の上に立てた。「奥のほうの袋にジャガイモがいくつか入っていたと思います」

「それしかないんだろ？」ロイスが訊き返す。

「まことにもって、もうしわけありません」マイロンはその言葉どおりに心苦しそうな表情を浮かべた。

「いや、おまえさんの残りわずかな食糧なんじゃないのかって意味だよ。おれたちに食わせちまったら、おまえさんが困るだろ」

「あぁ、そんなこと」修道士は肩をすくめてみせた。「わたしは自分でどうにかします。ご心配には及びません」彼はさも簡単そうに答えた。

ハドリアンがその袋を拾い上げ、中を覗きこんでから、修道士に手渡した。「八個しかないぜ。これから先、どこかへ移るあてはあるのかい？」

マイロンはひとしきり口をつぐんだあと、誰にともなく呟いた。「どこへも行きません。ここを離れることはできません。元に戻さないと」

「元に戻すって、修道院を？　そんなの、一個人の力でどうにかできることじゃないぞ」

修道士は首を振った。「図書館の蔵書ですよ。昨夜、あなたがたがいらっしゃったときも、それをやろうとしているところだったのです」

「図書館はもうないんだぜ」ロイスが指摘する。「蔵書もすっかり焼けちまった。残ってるのは灰だけさ」

「もちろん、そのとおりです」マイロンは濡れた髪を目許から払いのけた。「だからこそ、わたしが頑張らなければ」

「どうしようというんだ？」アルリックが笑いを噛み殺しながら尋ねる。「記憶をたよりに、すべての本を書き写すつもりか？」

マイロンはうなずいた。「あのときはアントゥン・ブラードの『アペラドーン通史』五十三頁でした」彼は机がわりに使っていた台のほうへ行き、小さな箱を取り出した。その中には二十枚ほどの紙と、薄く剝いだ木の皮が入っていた。「紙が足りなくなってしまいましてね。火事で残ったのはこれだけでした。まぁ、木の皮でも充分に使えますから」

ほかの三人はその一枚一枚にすばやく目を通していった。マイロンの字は丁寧で細かく、四方の端まで余白を残さずにびっしりと書き連ねられている。ほんのわずかな無駄もない。文面も完璧を期しているようで、頁の番号は紙の末尾についているわけでなく、原典がそうなっていたのであろう位置に記されている。

労を惜しまないその写本に目を奪われたまま、ハドリアンが口を開いた。「記憶だけをたよりに、こんなことができるのか？」

マイロンはこともなげに肩をすくめた。「読んだ本はどれも完全に記憶していますよ」

「で、図書館にあった本はすべて読破したとか？」

マイロンがうなずく。「時間は充分にありましたから」

「蔵書は何冊ぐらいだったんだ？」

「書籍が三百八十二冊、巻物が五百二十四点、まとまっていない紙誌が千二百十三枚でした」

「それがそっくりそのまま頭に入ってる？」

マイロンはふたたびうなずいた。

三人はその場にへたりこみ、驚嘆もあらわに彼の顔を眺めた。

「わたしは司書ですから」マイロンはその一言だけで説明がつくとでも思っているかのような口調だった。

「なぁ、マイロン」ロイスがだしぬけに呼びかけた。「おまえさんがこれまでに読んだ本で、グタリア監獄だの、そこにいるエスラ……ハッドンとかいう囚人だのについて記述したものはなかったか？」

マイロンは首を振った。

「まぁ、秘密の監獄ってんだから、誰も書くわきゃないよな」ロイスはがっかりしたように声を落とした。

「いいえ、いくつかの巻物と紙片一枚にはその名称が載っていましたよ。もっとも、紙片のほうでは、エスラハッドンはただ〝囚人〟とだけ呼ばれ、グタリアは帝立監獄に分類されていましたが」

「マリバーの髭にかけて！」ハドリアンが感に堪えないといった表情で叫んだ。「図書館の蔵書がありったけ頭に入ってるって、嘘じゃなかったんだな！」

「帝立監獄ってのは、どういうことだ？」ロイスが尋ねる。「アリスタの話じゃ、教会関係の施設だそうだが」

マイロンは肩をすくめた。「おそらく、帝政時代にはニフロン教会と帝国とが一体の関係にあったからでしょう。〝ニフロン〟は古語で〝皇帝〟を意味します――初代皇帝だったノヴロンがその語源です。したがって、ニフロン教会はまさに皇帝を信奉する人々の集合体であり、帝国の支配はそのまま教会の権勢と結びついていたとも考えられるのです」

「だから、ニフロン教会の連中はいつまでも皇帝の末裔を探してるんだな」ロイスがつけくわえた。「あいつらにしてみりゃ、単なる統治者どころか、神も同然の存在ってわけだ」

「皇帝の末裔については、興味深い記述のある本が何冊もありました」マイロンが興奮したように言葉を続けた。「その生い立ちにまつわる物語も――」

「監獄のほうは？」ロイスがさえぎった。

「それが、ほとんど何の記録も残されていないのです。『ディオイリオン書簡集』という貴重な巻物がほぼ唯一の史料ではないかと。二十年ほど前、その原本が一時的にここへ来たことがありました。瀕死の重傷を負って助けを求めてきた司祭が持っていたもので、わたしはまだ十五歳でしたが、司書見習いを務めていました。やはり、こんな感じで雨が降っていました。友僧たちは彼を治癒室へと担ぎこみ、わたしは所持品の管理を任されました。すっかり雨に濡れた荷袋の中に、さまざまな巻物が入っていました。濡れっぱなしでは巻物が傷んでしまいそうだったので、わたしは広げて乾かすことにしました。そうこうしているうち、何が書いてあるのか読まずにはいられなくなってしまったのです。わたしはどんな文字にでも目を惹かれてしまう性分でしてね。

二日後、その司祭はまだ回復も遠い状態でしたが、それらの巻物を持って立ち去りました。友僧たちは滞在を勧めたのですが、彼は聞き入れようとしませんでした。どうも、何かを怖れているようでした。ちなみに、それらの巻物というのは、帝国崩壊当時のニフロン教会の最高指導者だったヴェンリン大司教によるさまざまな通達をまとめたものでした。そのうちのひとつが、崩壊後に公布された監獄建設令です。だからこそ、わたしはそれが高い歴史的価値を有するものにちがいないと考えるにいたったわけです。帝国消滅という事態を受けて、教会がすみやかにその政治権力を引き継いだことが示されています。まさしく注目に値します。しかも、世の中は混乱のまっただなかだったはずなのに、監獄の建設を優先するとは、いささか奇異に思えます。今になってみれば、あの巻物はきわめて貴重な史料だったと断言できますが、もちろん、若かりし日のわたしはそんなことなど知る由もありませんでした」

「ちょっと待った」アルリックが声を上げる。「ということは、その監獄は――えぇと、九百年ほども前に建てられ、それ以来ずっと我が王国の領内にありつづけたのに、ぼくは何も知らずにいたわけか？」

「巻物に記された日付によれば――建設が始まったのは九百九十六年と二百五十四日前です。一大事業だったようですね。世界各地から腕の良い設計技師や職人たちを集めることを指示した手紙もありました。往時における知識と技術の粋を尽くさなければならないほど重要な監獄だったのでしょう。湖のすぐ北にある岩山を掘り抜いたもので、金属材や石材や木材はもちろんのこと、古代の強力な呪法《じゅほう》による護りも張り巡らされているのだとか。完成したときには、世界でもっとも堅牢な監獄と謳われたそうです」

「そりゃ、さぞかし厄介な犯罪者どもがごっそりと囚われてたんだろうな」ハドリアンが言った。

「いいえ」マイロンはこともなげに否定した。「ひとりだけですよ」

「ひとりだけ？」アルリックが訊き返す。「たったひとりのために建てられた監獄だというのか？」

「そのひとりがエスラハッドンという名前なのです」

ハドリアンとロイスとアルリックはそろって驚きの表情をあらわにした。

「いったいぜんたい、何をやらかしたやつなんだ？」ハドリアンが尋ねる。

「多くの本によれば、帝国が崩壊したのは彼のせいだったそうです。まさにその大罪を償わせるための監獄なのだと」

三人は信じられないといった面持ちで修道士の顔を凝視した。

「無双と讃えられたほどの帝国を消滅させたといっても、具体的にはどんな咎《とが》があったのだ？」アルリックが尋ねる。

「かつて、エスラハッドンは皇帝の忠実なる顧問でしたが、やがてその信を裏切り、皇族のほとんどを殺害したのです。生き延びたのは、奇跡的に逃げ出すことのできた皇太子ただひとりだけでした。さらに、帝都パーセプリキスを壊滅させたのも彼だったとする説もあります。皇帝の死後、帝国は混沌状態におちいり、内戦が始まりました。エスラハッドンは逮捕され、裁判にかけられ、投獄されました」

「すぐに処刑してしまうほうが良かったんじゃないのか？」アルリックが疑問を投げかけ、とたんに二人組の冷たい視線を浴びた。

「おまえってやつは、ほかの解決法を知らないようだな？」ロイスが鼻を鳴らす。

「場合によっては、それが最善の策ということもあるぞ」アルリックが反論する。

マイロンは外に置いてあった鍋をすべて取ってくると、貯めた雨水をひとつにまとめた。そこへジャガイモを入れ、焚火にかける。

「つまり、アリスタが弟を会わせてやってくれと言ってた囚人は千年以上も生きてるってわけだな。よし、問題点を挙げてみようか？」ハドリアンが言った。

「わかりきったことだ！」アルリックが叫ぶ。「アリスタの嘘にきまっている。シェリダン大学にいるあいだにエスラハッドンという名前を知ったのだろうが、どの時代の人物かまではわからなかったにちがいない。今もまだ生きているなんて、そんなことがあるものか」

「いやぁ、それはどうでしょうね」マイロンが鍋の中身をかきまわしながら、やんわりと言葉を返す。

「何だと？」アルリックが訊き返した。

「だって、相手は魔術師ですよ」

「魔術師だからっても、なぁ」ハドリアンが異を唱える。「博識が売りだとか、手品で人を驚かすのが得意だとか、催眠術を操るとか、いろいろあるだろ。おれとロイスの知り合いにもその三つで稼いでるやつがいるけど、そこまでの長生きは望めそうにないぜ」

「古文書によれば、昔の魔術師は現代人の想像をはるかに超える存在だったようなのです」マイロンが説明する。「かつて、魔術は〝至藝〟と呼ばれていたそうです。帝国の崩壊により、往時の知識はその多くが失われてしまいました。たとえば、戦士をどこまでも強くするというテシュラー格闘術もそうですし、巨大なドームを建てるのも、岩石さえ切り裂ける剣を作るのも、今となっては不可能なことです。それらと同じく、真の魔術についても、すぐれた魔術師たちの消滅とともに忘れ去られてしまいました。さまざまな史料によれば、ノヴロンの時代のセンツァーたちは——〝魔術師〟という意味の古語ですが——おそるべき力をそなえていたのだとか。地震を起こしたり、嵐を呼んだり、太陽を暗くしたりといった逸話も残っています。そんな魔術師のなかでも卓越した実力者たちの集まりが〈大センツァー評議会〉でした。彼らは政治中枢の一翼を担っていたのです」

「知らなかったな」アルリックが思案ありげに呟いた。

「監獄がどこにあったのか、正確な場所がわかるような史料を見たことは？」ロイスが尋ねる。

「いいえ。ただ、マンテューアの『ノヴロン帝国時代の建築における表象学』にちょっとだけ記述がありました。さきほど申し上げた、エスラハッドンがただ〝囚人〟とだけ呼ばれるようになった巻物がそれです。図書館の古文書を整理したとき、奥の棚に眠っていたのを発見したのです。保存状態はひどいありさまでしたが、監獄が完成した日も、その建設に大きく寄与した人々の名前も、それで知ることができました。とはいえ、先に『ディオイリオン書簡集』を読んでいなかったら、両者の関連性を見出すのは無理だったでしょう――なにしろ、監獄についても囚人についても、具体的な名前が書かれていないのですからね」

「メレンガーにある監獄なのに、ぼくが聞いたこともなかったというのはおもしろくないな」アルリックが首を振った。「アリスタだけが知っていたなんて、どういうわけだ？　しかも、ぼくをそこへ行かせようとしている理由は何なんだ？」

「そこで幽閉するか殺すかしたがってるんだろうって、あんた自身はそう思ってたんですよね」ハドリアンが指摘した。

「齢《よわい》千年の老魔術師がどうのっていう与太話より、そっちのほうがはるかに現実的だと思うぜ」ロイスが言った。

「まぁ、それはそうなんだが」アルリックが声を落とした。「しかし……」王子は答えがどこかに落ちていないかとばかりに地面を眺めまわし、指先で唇をつついた。「姉が本当にぼくを抹殺したがっているとして、なぜ、どこにあるかもわからない監獄へ行かせる必要があるんだ？　行先をこの修道院にしておいて大軍を先回りさせても良かったはずだ。どうせ、ぼくたちの悲鳴は誰の耳にも届かないだろうからな。知る者もいないような場所を指定するなんて、必要以上に話がややこしくなるだけじゃないか。エスラハッドンとかグタリアとか、わざわざ具体的な名前まで挙げているんだぞ？」

「彼女の言うことを信じるつもりになったか？」ロイスが尋ねる。「齢千年の爺さんから話を聞いてみようってか？」

「いや、そこまでは——まぁ、その魔術師が今も生きているという可能性ぐらいは考えてみるべきだろう。最後の皇帝の側近だった人物なら、学ぶところも少なくないはずだ」

その一言にハドリアンが笑い声を洩らす。「へぇ、国王らしいことを言えるようになったじゃありませんか」

「焚火で身体が暖まったとか、茹でたジャガイモの匂いとか、そんなこんなで気分が良くなったおかげかもしれないな。とにかく、行けるところまで行ってみるのが得策じゃないかと思えるようになってきたよ。それに、ほら、嵐もそろそろ収まりそうだ。もうじき雨もやむだろう。アリスタがぼくを亡き者にしようとしているわけではないとしたら？　父上が殺されたのと何か関係のあることがわかるかもしれないとしたら？」

「お父上は殺されてしまったのですか？」マイロンが訊き返す。「ご心痛のほど、お察しいたします」

アルリックは修道士のそんな言葉など聞いていなかった。「とにかく、我が王国の領内に未知の監獄が存在するというのは気に入らん。父上やお祖父《じい》さまはご存知だったのだろうか？　いや、エッセンドン一族の誰も知らずにいたとしても不思議はない。千年前といえば、メレンガー建国をさらに数世紀も遡ることになる。この地の統治者がまだ決まっていない内戦時代に完成した監獄というわけだ。生身の人間が千年も生きていられるものなら、そして、エスラハッドンとやらが最後の皇帝の側近だったというのが本当なら、会って話す価値は充分にあるだろう。そんな機会が得られるとあらば、アペラドーンのどんな貴族だって自分の左眼を差し出すにちがいない。この修道士の言うとおり、帝国の崩壊とともに多くの知識が失われ、その事実さえも忘れ去られてしまった。彼は何を教えてくれるだろうな？　若き国王にとって、それはどんな意義をもたらしてくれるだろうな？」

「今はもう幽霊になってました、とかだったら？」ロイスが反問する。「齢千年の爺さんが監獄に閉じこめられて、ずっと元気なままだとは考えにくいぜ」

「幽霊だとしても、言葉が通じれば何も変わりはしないだろう？」

「ところがどっこい、変わるんだよ。おまえさんが行くのを渋ってた頃に想像してたのは的外れだったんだからな」ロイスが言った。「親父さんが流刑に処した男爵か何かがエスラハッドンで、そいつの血を分けたおまえさんを養子に迎えたとかいう筋書だろうと思ってたのさ。あるいは、妾腹から生まれた世を忍ぶ兄弟がいて、王位継承権でごたつかないようにするために話をつける必要がある、ってな。しかし、老魔術師だと？　ありえないっての！」

「きみたちは姉と約束したんだよな」アルリックは笑みを浮かべた。「さぁ、まずは朝食といこう。ジャガイモも充分に茹であがった頃だ。ぼくひとりでも平らげられるぐらい腹が減ったぞ」

これでまたもや、王子はロイスの冷たい視線を浴びた。

「ジャガイモのことなら、ご心配なく」マイロンがとりなすように言った。「中庭へ行けば、いくらでも転がっていますよ。穴を掘っていたときも——」彼はそこで絶句した。

「心配はしていないとも、修道士くん。あなたもぼくたちと一緒に来るのだからな」アルリックが宣言した。

「な……何ですって？」

「どうやら、あなたはとても知識が豊富なようだ。この先でわれわれを待ち受けているにちがいない多くの難題に対し、力を貸していただきたい。国王の助言者というわけだ」

マイロンは目を丸くした。そして、二回たてつづけに瞬きをくりかえした後、顔色を失ってしまう。「もうしわけありませんが、む……無理です」

「いや、一緒に来るのが最善の策だと思うぜ」ハドリアンが説得する。「ここに残ってどうなる？　本格的な冬が来たら凍死するだけだ」

「おわかりいただけないでしょうね」マイロンはますます不安そうな口調になり、聞く耳を持たないとばかりに首を振った。「わ……わたしはここを離れることができないのです」

「そうだろう、そうだろうとも」アルリックが反論を受け流すように片手をひるがえしてみせる。「ここで失われてしまった貴重な本をすべて書き写さなければならないということだな。まことに有益かつ高尚な務めだ。ぼくも全面的に協力させてもらおうじゃないか。今や、より多くの人々が本を読みたがっている。父上はシェリダン大学への後援に力を入れておられた。それで、アリスタ姉さんもあそこへ留学した。信じられるかい？　女が大学へ行くなんて？　いや、ぼくも父上の教育観はすばらしいものだったと思っているよ。それはともかく、ここのありさまを見てみたまえ！　紙はない、インクも残りわずかだろう。それに、書き写したものを置いておく場所はあるのか？　この蔵の中か？　四大元素《エレメンツ》にどれほど耐えられるものやら。ぼろぼろになって風に吹き散らされるのが関の山だ。監獄での用件が済んだら、あなたも一緒にメドフォードへ来て、その務めを続けてくれたまえ。書写室の設置はもちろん、必要なだけの人員も用意してあげよう」

「まことにかたじけないお話とは思いますが、無理です。もうしわけありません。本当に、おわかりいただけないでしょうが――」

「重々承知しているとも。あなたはラナクリン侯の三男で、封領分割という面倒を避けるために修道院へ入れられた。なかなかに稀有な人物だ――学才に恵まれた修道士で、直観力もあり、おまけに、貴族の血を引いている。お父上はあなたを厄介払いしたのだろうが、ぼくは喜んで迎えさせてもらうよ」

「いいえ」マイロンはなおも応じようとしなかった。「そういうことではないのです」

「じゃ、何が問題なんだ？」ハドリアンがつっこんだ。「冷たく湿った石と泥だらけの半地下に座りこんで、一枚きりの薄い毛布にくるまって、食事といえば茹でたジャガイモがたったふたつ。そんな窮状に国王が救いの手をさしのべてるのに、断わる理由があるかい？」

「身に余る光栄だとは思いますが、そのぅ――修道院の外へ出たことがありませんので」

「そりゃ、どういうことだ？」ハドリアンが訊き返す。

「外へ出たことがない、その言葉どおりですよ。わたしは四歳のときにここへ入れられました。それ以来、一度たりとも――外へ出てはいません」

「おいおい、ローぐらいは行ったことがあるんじゃないのか？　そんなに遠くない港町だぜ」ロイスの問いかけにも、マイロンは首を振るばかり。「メドフォードも知らないのか？　すぐそこの湖まで散歩するとか、釣りに行くとかは？」

マイロンはひたすら首を振りつづけた。「ここの敷地から一歩も踏み出したことはありません。丘の下までも行ったことはありません。ここを離れる自信がないのです。ちょっと考えるだけでも眩暈に襲われてしまうほどです」マイロンは僧衣の乾き具合を確かめた。ハドリアンが見たところ、その手は震えているようだった。悪寒はすでに収まったはずなのだが。

「馬に興味を示したのも、そのせいか」ハドリアンは訊くともなしに呟いた。「しかし、馬を見たこともないってわけじゃないだろ？」

「まれに修道院を訪れるお客人があれば、遠目に眺めることはできました。実際に触れたことは一度もありません。その背の上に座るというのは、どんな感じなのでしょうね。いろいろな本を読むたびに、馬のこと、馬上槍試合のこと、騎兵戦のこと、競馬のことが書かれていました。馬はおおいに人々から好まれているのですね。かつて、ベザミー王は遺言によって愛馬を共に埋葬させたのだとか。ほかにも、本で読んだとはいえ自分の目で見たことのないものがたくさんあります。たとえば、女性もそうですね。本や詩の題材としては普遍的ですが」

ハドリアンが目を見開いた。「女に会ったこともないって？」

マイロンは首を振る。「まぁ、本の挿絵でなら見たこともありますが――」

ハドリアンはアルリックのほうを指し示しながら、「こっちの王子さまもたいがい箱入りだと思ってたが、それどころじゃないな」

「だけど、妹と会ったことぐらいはあるはずだぜ」ロイスが言った。「ここへ出入りしてたんだからな」

マイロンは何も言わなかった。彼は視線をそむけ、焚火から鍋を降ろすと、ジャガイモを皿に取り分けはじめた。

「ひょっとして、アレンダはここでガウントと会ってたくせに、あんたにゃ顔を見せようともしなかったのか？」ハドリアンが尋ねた。

マイロンは肩をすくめた。「一年ほど前、父が会いに来たことはありました。もっとも、それが誰なのか、院長から聞かせていただくまでは知らなかったのですが」

「つまり、あのふたりの密会について、あんたは何も関与してなかったわけか？」ロイスがたたみかける。「もてなしたこともないし、とりついだこともないんだな？」

「やめてください！」マイロンは大声を上げ、からっぽになった鍋のひとつを蔵の奥へと蹴飛ばした。「**ガウントがどうの！　妹がどうの！　わたしは何も知らないんだ!!**」彼は壁にもたれかかり、両目から大粒の涙を溢れさせ、激しく息を弾ませた。毛布を握りしめて立ちつくしたまま視線を落とす彼の姿を見て、ほかの三人は言葉を失った。

「ご……ごめんなさい。取り乱してしまいました。ご勘弁を」マイロンは涙を拭《ぬぐ》いながら謝った。「とにかく、妹とは会ったこともありませんし、父が来たのもその一度だけです。何があろうとも黙っているようにと釘を刺されました。何を意図していたのかはわかりません。ガウント——アレンダ——民権派——帝政派——わたしにとっては、まったく無縁の人々ばかりです。いずれも、ここへ来たことはありません。この近辺のどこかへという可能性はあるかもしれませんが、実際のところは知りません。ガウントという名前など、修道院が焼かれてしまうときまでは聞いたこともありませんでした」彼の口調は心ここにあらずといった感じで、苦悩のあまり茫漠としていた。

「マイロン」ロイスが口を開く。「あんたが生き残ったのは、説教台の陰にもぐりこんでたからじゃないだろ?」

修道士はふたたび目を潤ませ、唇を震わせた。彼は首を振った。「あの男たちはわたしに一部始終を見せつけたのです」マイロンは喉を詰まらせそうになりながら声を絞り出した。「彼らはアレンダとガウントのことを知りたがっていました。そして、わたしたちの目の前で、院長を棍棒で殴りつけました。めった打ちにしたのです。とうとう、院長はその責苦に負け、妹からガウントへの恋文に暗号が隠されていたことを白状しました。わたしの父が来たことも。そこで、わたしが尋問を受ける番になったのです」マイロンはひとつ大きく息をついた。「とはいえ、彼らはわたしを痛めつけようとはしませんでした。手を触れることさえありませんでした。訊かれたのは、わたしの父が民権派の味方かどうか、ほかに誰が関与しているのかということでした。わたしは黙っていました。何も知らなかったからです。本当に、何も知らなかったのです。でも、答える気があれば答えられたはずです。でたらめだったとしても。そう、〝父は民権派で、妹は叛逆者です〟とでも何とでも、言えば言えたのに！　わたしは黙っていました。堅く口を閉ざしたままでした。その理由がおわかりですか？」

マイロンは涙で頬を濡らしながら、三人をふりかえった。「黙っているようにと父に言われたからですよ」マイロンは樽のそばで座りこんだ。「彼らがすべての扉を塞いでいくあいだ、わたしは黙ったまま見ていました。彼らが火を放つところも、黙ったまま見ていました。そして、友僧たちの悲鳴さえも、黙ったまま聞いていました。こんなことになってしまったのは、わたしの責任です。赤の他人も同然、まだ四歳だったわたしを放り出した相手にあんな約束を押しつけられたあげく、友僧たちを見殺しにしてしまったのです」マイロンは堰が切れたように泣きはじめた。壁にもたれかかったまま崩れ落ち、身体を小さく丸め、両手で顔を覆う。

「どっちにしても、坊さんたちが殺されることに変わりはなかったと思うぜ」ロイスが言った。「あんたが答えたら答えたで、ガウントに手を貸したとか何とか難癖をつけられて一巻の終わり、その運命は決まってたのさ」

ハドリアンはジャガイモをそれぞれに取り分けたが、マイロンは食べようとしなかった。彼が後で食べたくなったら食べられるようにと、ハドリアンは二個を残しておいた。

わびしい食事が終わる頃には僧衣もすっかり乾いたので、修道士は身支度を整えなおした。ハドリアンがそちらへ歩み寄り、マイロンの肩に手をかける。「聞きたくないって気持はわかるが、王子の言うとおりだぜ。おれたちと一緒に来てくれ。ここに残っても、死が待つばかりなんだからな」

「でも……」マイロンは怯えたような表情になった。「ここがわたしの家なのです。住み慣れた場所で、友僧たちもいますし」

「亡骸があるだけじゃないか」アルリックが無遠慮に指摘する。

ハドリアンは王子に顔をしかめてみせると、マイロンに向きなおった。「いいか、今は生きるために一歩を踏み出さなきゃならないときなんだ。本を置いて、外の世界も見てみろよ。あんたの興味を惹くものに出会えるかもしれないぜ。だいたい、やんごとなき陛下が――」

彼は皮肉たっぷりの口調で、「――あんたを必要としてるんだからな」

マイロンは重い溜息をつくと、ひとつ深呼吸をしてから、受諾のしるしにうなずいた。

雨は小降りになり、昼頃にはすっかり止んだ。彼らはマイロンの写本のほか、修道院の瓦《が》礫《れき》の中から拾い出した使えそうな品々をまとめて荷造りすると、いつでも出発できる状態になった。ロイスとハドリアンとアルリックは門の前で待っていたのだが、マイロンはなかなか現われなかった。やがて、ハドリアンが探しに戻り、焦土と化した中庭で修道士を発見した。真黒になった石柱が立ち並んでいるのを見れば、そこが建物に囲まれていたときの様子も想像がつく。あるいは、やはり焼き尽くされてしまったが、縦横に敷石を組んだ通路に沿うように花壇や生垣があったことも。そして、敷地の中央部には、石造の大きな日時計が鎮座していた。ハドリアンは人里離れたこの修道院の在りし日の姿を思い浮かべてみた——さぞかし美しい場所だったにちがいない。

「気分がおちつかなくて」マイロンは歩み寄ろうとするハドリアンに言った。修道士は煤けた石のベンチに座りこみ、両膝の上で頬杖をついたまま、炎に晒された芝生を眺めている。

「あなたがたには奇妙に思われるかもしれませんね。でも、ここのすべてに深い愛着があるものですから。この通路にせよ書写室にせよ、何枚の敷石が使われていたかを正確に憶えているほどです。あるいは、修道院全体の窓の数もそうですし、太陽が建物のちょうど真上を通る日時もそうです。ブラザー・ギンリンは決して刃物に手を触れないという誓いを立てていたので、いつも二本のフォークで食事をしていました。ブラザー・ヘスロンは誰よりも朝早く起き出すのですが、晩禱のたびに居眠りをしていたものです」

マイロンは黒焦げになった切株を指し示した。「ブラザー・レニアンとわたしは十歳のとき、死んだリスをあそこに埋めてやりました。一週間もしないうちに芽生えてきた、それがあの木です。やがて、春になると白い花が咲いたのですが、何という種類の植物なのか、院長もご存知ではありませんでした。修道院の誰もが、あれを〝リスの木〟と呼ぶようになりました。みんな、そこに奇跡を見たと考えていたのです。あのリスがマリバーの使いで、手厚く葬られたことへの感謝を示してくれたのではないかと」

マイロンは言葉を切り、そちらを眺めたまま、僧衣の袖口で顔を拭いた。それから、意を決したように視線をひるがえし、ハドリアンに向きなおる。「冬になれば、雪は二階の窓の高さにまで積もります。わたしたちは巣穴にもぐりこんだリスのように、建物に護られて暖かく安全に春を待つことができました。友僧たちはそれぞれにすばらしい特技がありました。ギンリンが仕込んだワインはとても口当たりが軽くて、その雫が舌に触れた瞬間にはもう芳醇な風味しか残らないほどでした。フェンティリアンが作る靴は暖かさも柔らかさも抜群でした。それを履いて雪の上を歩いても、建物の中にいるときとまったく区別がつかないので

す。ヘスロンをただの料理好きと言ったりしたら、彼に対して失礼です。炒り卵をこしらえてチーズや胡椒や玉葱やベーコンと合わせ、あっさりと香味を効かせたクリームソースをからめるのが得意でした。蜂蜜とシナモンをまぶした甘いパン、豚肉の燻製、香草入りソーセージ、粉砂糖たっぷりの焼き菓子、作りたての甘いバター、陶製のポットで淹れた濃いミントティー。たとえば、それがある日の朝食の献立になるわけです」

マイロンは夢見心地で目をつぶり、うっとりと笑みを浮かべた。

「それじゃ——レニアンだっけか？」ハドリアンが問いかける。「一緒にリスを埋めてやったとかいう坊さんは？　どんな特技があったんだい？」

マイロンは口を開いたものの、すぐには答えようとしなかった。彼はふたたび切株のほうへ視線を戻し、囁くような声になった。「レニアンは十二歳のときに世を去りました。高熱で倒れたのです。わたしたちはリスの木のすぐわきに彼を葬りました。あそこが彼のいちばん好きな場所だったからです」そこでいったん言葉を切り、喉を震わせながら深呼吸をひとつ。そして、口許に皺が寄るほどにきつく唇を噛みしめる。「以来、あそこで彼に〝おはよ

〝と挨拶するのを、わたしは一日たりとも欠かしたことがありません。彼が育てたリスの木がどうなっているか、芽吹きから落葉まで、彼に伝え聞かせてきたのです。でも、あれが切り倒されてしまったという事実をうちあけることができず、昨日今日は嘘をつくしかありませんでした」

マイロンはまたも涙にくれ、唇を震わせた。「昨日も今日も、彼に別れを告げようとしてはみたのです。してはみたのですが……」彼は言葉が続かなくなり、目許を拭った。「ここを去らなければならない理由を説明しようとしてはみたのですが、なにしろ、レニアンは十二歳のままですし、どこまで理解できるものやら」マイロンは両手で顔を覆い、さめざめと泣いた。

ハドリアンはそんなマイロンの肩をつかんだ。「門のところで待ってるよ。どれだけ時間がかかってもかまわない、気持の整理をつけてから来いよ」

ハドリアンがひとりで戻ったのを見て、アルリックが声を荒らげた。「いったいぜんたい、いつまで待たせるつもりなんだ？　そんなにも離れにくいなら、連れていくのはやめるべきかもしれないぞ」

「いや、連れていきますよ。彼が納得するまで待ってあげてください」ハドリアンが答える。ロイスとアルリックは顔を見合わせたものの、それ以上は何も言わなかった。

それから何分もしないうち、マイロンは自分の持ち物すべてを小さな鞄ひとつにまとめ、彼らの前へと現われた。おちついたと言えるほどの様子ではなかったが、馬たちの姿にいくぶん心が浮き立ったようだ。「おぉ、すごい！」彼は歓声を上げた。ハドリアンがまるで子供をあやすようにマイロンの手を引き、自分の乗る斑《ふ》入りの白い牝馬のほうへと連れていく。馬は巨体を前後左右に揺らして脚にかかる体重を移しながら、大きな黒い眼でマイロンを見下ろした。

「噛んだりしませんか？」

「めったにないさ」ハドリアンが答える。「ほら、首を撫でてやるといいぜ」

「すごく……大きいんですね」マイロンはいささか怖気《おじけ》づいてしまったらしい。気分が悪いのを堪えるかのように、口許を手で覆っている。

「お願いだから、さっさと馬に乗ってくれないかな」アルリックがいらついた口調で言った。

「聞こえない、聞こえない」ハドリアンはあっさりと受け流す。「あんたはおれの後ろだ。おれが先に乗って、引き上げてやるよ。大丈夫だよな？」

マイロンはうなずいたものの、その表情はまったくもって大丈夫そうには見えなかった。ハドリアンが鞍にまたがり、手をさしのべる。マイロンが目をつぶって腕を伸ばすと、ハドリアンはたやすく引き上げた。修道士は彼にしがみつき、広い背中に顔を埋めた。

「息をするのを忘れるなよ、マイロン」ハドリアンはそう言いながら馬の向きを変えさせ、九十九折の峠道をたどりはじめた。

朝のうちは寒かったものの、時間が経つにつれていくらか暖かくなってきた。それでも、前日ほどの陽気ではない。一行は深い谷筋へと入っていき、湖をめざした。雨の雫があらゆるところに残っており、晩秋を迎えて茶色くなった背の高い草が馬上の彼らの足元を濡らす。北からの風が彼らの顔に吹きつける。頭上には灰色の空が広がり、V字型に並ぶ雁の群れのけたたましい鳴き声が響く。もうじき冬だ。マイロンは当初の不安もどこへやら、顔を上げて景色を眺めた。

「おぉ、マリバーよ、草がここまで伸びるものだとは知りませんでした。木々もこれほど高いとは！　もちろん、絵でこんなふうに描かれた木を見たことはありますが、画家の目か手に何か問題があるのだろうと思っていたのです」

修道士はきょろきょろと四方を見回しはじめた。ハドリアンが笑い声を洩らす。「マイロン、それじゃ子犬みたいだぜ」

荒漠とした丘陵地帯の狭間にあるウィンダーメア湖はさながら鉛で満たされているかのような色合だった。エイヴリンでは最大級の湖なのだが、あちこちから伸びる尾根筋にさえぎられ、視界に入ってくるのはほんのわずかな部分にすぎない。広い湖面はどんよりとした曇り空を映し、それ自体も寒々しく見える。周囲の崖には数羽の鳥がいるばかりで、ほかに動物がいるような気配は感じられない。あらゆるものが不穏な雰囲気を漂わせている。

一行は湖の西岸に出た。浜を埋め尽くす拳ほどの大きさの石は、湖水にゆっくりと濯《あら》われたことで滑らかに丸くなっており、彼らはその上を歩いて水辺へ近寄ると、静かな波の音に耳をかたむけた。そうしているあいだにも、時雨が通り過ぎていく。その飛沫が湖面を舞い、遠い山々の輪郭は細かい雨粒に烟《けぶ》り、しばらくすると、雲の塊はふと気が変わったかのように逆巻き、それでまた雨が止むのだ。

あいかわらず、先頭に立っているのはロイスだった。彼は湖の北側をめざすうち、久しく使われていないであろう古い道の痕跡が山の彼方へ伸びているのを発見した。

ようやく、マイロンのあわただしい視線の動きもおさまったようだった。ハドリアンの後ろに座ったまま、すっかりおとなしくなっている。「マイロン、具合が悪くなったりしてないか？」ハドリアンが声をかけた。

「えっ？　あぁ、大丈夫です。ごめんなさい。馬の歩き方を観察していたところでして。この何マイルか、すっかり目を奪われてしまっていました。まことに興味深い動物ですね。後足を動かすとき、その直前まで前足があったのとまったく同じ位置を踏んでいるように見受けられます。でも、足ではないのでしたっけね？　蹄《ひづめ》！　そう、蹄です！　古語では〝エニユリナ〟と呼ばれていました」

「古語？」

「帝国時代のものです。今となっては、聖職者以外でそれを知る人はほとんどいないでしょう。まぁ、死語ですね。その当時でさえ、教会内部でしか使われないも同然だったようですし、世の移ろいとともにすっかり忘れ去られてしまいました」

それだけ言うと、マイロンはふたたび沈黙した。

一行は湖畔を離れ、幅のある岩だらけの峡谷を登っていった。進むにつれ、ロイスはそこがかつての道であったにちがいないことをいよいよ強く確信した。長い歳月のあいだに落石がくりかえされ、小さな割れ目から生える雑草によって亀裂も広がっているが、自然のままというには路面が滑らかなのだ。過去の遺物であることは否定できないにせよ、現代にはない往時の雰囲気がうっすらと感じられる。

ロイスとアルリックはさほど離れずに馬を進めていた。ハドリアンとマイロンはやや遅れ気味だ——二人乗りなので、馬の歩みもそのぶん重くなってしまう。やがて、登り坂が終わり、彼らは平坦なところへ出た。ロイスが自分の馬の手綱を締めた。

「どうして止まるんだ?」アルリックが尋ねる。

「この旅は罠かもしれないって、忘れちまったかい?」

「忘れるものか。今もはっきりと意識しているさ」

「よし——じゃ、幸運を祈ってるぜ、国王陛下」ロイスがそんな言葉を投げかけた。

「一緒に来てくれるんじゃないのか?」

「あんたの姉さんから頼まれたのは、あんたをここまで連れてくることさ。この先、あんたが死線を越えるかどうか、あんた自身が決めな。おれたちの任務は完了だ」

「そういうことなら、今この瞬間をもって、きみとハドリアンを国王警護官に任命しようじゃないか。きみたちがぼくを殺すつもりでないことはよくわかった。これからは、国王たるぼくをしっかりと護るという責任を負ってもらいたい」

「へぇ、そうかい? なかなかの名案を思いついたもんだな、殿下」ロイスがにんまりとしてみせる。「そういうことなら、こっちもはっきりさせてもらうぜ。おれは国王を名乗る連中なんぞに仕えるつもりはないんだよ——金の話をしてからでなけりゃ、な」

「ほぅ？」アルリックも負けじと笑みに口許をゆがめた。「だったら、言い方を変えてみようか。ぼくが生きてエッセンドン城へ戻ることができれば、きみたちの処刑命令をただちに撤回し、不法侵入の咎についても不問に付すとしよう。しかし、ぼくがここで死ぬか、あるいは獄内に閉じこめられて二度と出られないとなれば、きみたちは決してメドフォードへ戻れなくなるぞ。パーシー叔父さんはきみたちが何者なのかを絶対確実につきとめるだろう。いや、すでにつきとめたかもしれない。もちろん、国王殺しの重罪人としてだ。きっと、捜査も進んでいるにちがいない。王宮での叔父は鷹揚な老紳士と思われているようだが、ぼくは別の一面も見てきたし、そんなときの彼はとても怖ろしい。彼がメレンガー最強の剣士だということは知っているかな？　さぁ、国王に仕えるという栄誉だけでは不足なら、ぼくを生かしておく実際的な意義を考えてみたまえ」

「ほかの誰よりも自分がいちばん重要な存在だってことを思い知らせる弁舌の才は、国王になるための必要不可欠な条件らしいな」

「必要不可欠というわけじゃないが、これがあれば何かと便利だな」アルリックが満面の笑みで答える。

「とにかく、報酬は払ってもらうぜ」ロイスが言葉を返すと、王子の笑みが消えた。「百テネントでどうだ」

「百だと⁉」アルリックが異議ありげに声を上げる。

「デウィットのもちかけてきた金額がそれだったし、妥当なところだと思うぜ。もうひとつ、おれたちに護ってほしけりゃ、こっちの言うとおりにしろよ。好き勝手ばかりしてるやつは護ろうにも護れるもんか。お気楽なおまえの生命だけの問題じゃない、こっちも道連れってことになるんだから、その一線は譲れないぜ」

アルリックは憤然と彼をにらみつけたが、最終的にはうなずいた。「すぐれた統治者とは、専門家の忠告に従うべき場面をわきまえているものだ。ただし、ぼくが何者なのか、メドフォードへ戻れば何者になるのか、そこのところは忘れないでくれ」

戦士と修道士が追いついてくるのを待って、ロイスが声をかけた。「ハドリアン、おれたちはついさっき国王警護官の肩書をもらっちまったぜ」

「それって、金になるのか？」

「あぁ、悪くない。ついでに、お荷物は少しばかり軽くなるって寸法だ。剣を返してやれよ」

ハドリアンが保管していたアムラスの大剣をアルリックに手渡すと、王子は革製の飾帯を肩にくぐらせて固定した。まともな恰好で馬に乗っているおかげでさほど珍妙な感じはしなくなったが、ロイスが見たところ、その剣はやはり彼には大きすぎるようだった。

「ワイリンが父上の亡骸からこれを取って、ぼくに渡してくれたんだったな――まだ二日しか経っていないのか？　もともとはトリン・エッセンドンの剣で、国王から王子へ、七百年にわたって引き継がれてきたものだ。我が一族はエイヴリンでもっとも古い家系のひとつだよ」

ロイスが馬を降り、ハドリアンに手綱を預けた。「罠が張られてないかどうか、偵察に行ってくる」そう言い残すや、彼は姿勢を低くしているとは思えないほどの速さで走り出し、あっというまに岩場の陰へと消えた。

「どうして、あんなことができるんだ?」アルリックが疑問を口にする。

「あいつは尋常じゃないから、ねぇ?」ハドリアンが相槌を打つ。

「どんなことができるんですって?」マイロンがそう訊き返したのは、湖畔を離れぎわに引き抜いてきた蒲《がま》の穂ばかりを観察していたせいだった。「いやぁ、これはとても興味深いものですよ」

数分も待ったところへ鳥の歌声が聞こえてきたので、ハドリアンは彼らをうながして先へ進んだ。でこぼこだらけの曲がりくねった道をかなり行ったところで、湖がふたたび眼下に見えるようになってくる。この高さから眺める湖面は大きな水溜まりのようだ。道はだんだん幅が狭まり、やがて、行き止まりにぶつかった。左右にはなだらかな丘が連なっている。真正面にそびえている岩壁は高さが数百フィートもありそうだ。

「この道じゃなかったのかな?」ハドリアンが言った。

「隠された監獄という話だったはずだぞ」アルリックが指摘する。

「まぁ、そりゃそうなんですがね」ハドリアンが答える。「人目につかない場所に建ってるのが〝隠された〟の意味だと思ってたんですよ。そもそも、ここに監獄があると知らなきゃ、誰がこんなところまで来ますかね？」

「帝国の智の遺産を結集して建てられたそうじゃないか」アルリックが言う。「目の前にあっても気がつかない、入り方がわかるはずもない、それで当然至極だろう」

「言い伝えによれば、大半はドワーフたちの手によるものだったとか」マイロンがつけくわえる。

「いいねぇ」ロイスはうんざりしたように言った。「ドルミンダーの二の舞ってわけだ」

「何年か前、仕事の都合でトゥール・デル・フュールにある砦を開けなきゃならなかったんだが、そこもやっぱりドワーフが建てたもんでね」ハドリアンが説明する。「あれには苦心惨憺させられたよ。みんな、楽にしてくれ——長丁場になるだろうからな」

ロイスは岩壁を調べてみた。道に面している側はごく最近になって表層を削り落としたように見える。それ以外のところでは亀裂という亀裂にびっしりと苔や小さな植物が生えているのに、そこだけが何もないのだ。

「このへんのどこかに入口があるはずなんだがな」彼は岩の表面を軽く撫でた。「いまいましいドワーフめ。蝶番はおろか、割れ目も継ぎ目もないのかよ」

「マイロン」アルリックが声をかける。「監獄への扉を開ける方法について、何か読んだことはないのか？　物語だったら、謎かけの好きなドワーフがいたりとか、合い言葉を唱えると錠が解けたりとか、そういうのもあるだろう」

マイロンは馬を降りながら首を振った。

「合い言葉で錠が解けるって？」ロイスが疑わしげに王子をふりかえる。「お伽の国じゃあるまいし」

「不可視の扉といえば、お伽の国も同然だと思うぞ」アルリックが言葉を返す。「だとしたら、対策もそれなりのことを考えてみるほうがいい」

「不可視なもんか。岩壁そのものは見えてるんだぜ？　巧妙に隠してあるだけさ。ドワーフが切り出した石はそうとわからないほど合わせ目がぴったりだからな」

「つまり、ドワーフの石工としての技のすばらしさは、ロイスも認めるしかないほどなのさ」ハドリアンがつけくわえる。

ロイスは肩越しに彼をにらみつけた。「黙ってろ」

ハドリアンは笑顔でそれを受け流す。「あの寸足らずな連中とは相性が悪いんだよな」

「ノヴロンの名のもとに、扉よ開け！」だしぬけにアルリックが命令口調で叫び、その声が丘から丘へと谺した。

ロイスはとっさに視線をひるがえし、王子に噛みつかんばかりの形相になった。「それ、二度とやるんじゃねぇぞ！」

「しかし、きみだって何の進展もないままじゃないか。これが教会所有の監獄だったとすれば――いや、今もそうなのかもしれないが、信仰心に訴えかける命令が有効かもしれないと思ったんだよ。マイロン、当世の教会では扉を開くときにどんな定句が唱えられている？

きみなら何か知っているだろう。そういうものはあるのか？」

「わたしはニフロン僧ではありません。ウィンズ修道院はマリバー教会に属しておりますから」

「あぁ、言われてみれば」アルリックは落胆の表情をあらわにした。

「とりあえず、ニフロン教会について一応のことは知っているつもりですが」マイロンが言葉を続け、「あちらの宗派の当事者でなければ、秘儀や詠唱などの詳細に触れることはできません」

「それにしても、わからんな」ハドリアンが馬を降り、近くの木に繋ぎ留めながら、「アリスタはおれたちが中へ入れないと知ってたのに、ここまで来させたってのか？」

日没とともに風が増してくる。今夜もまた荒れ模様になりそうだ。ハドリアンは慎重を期して、嵐のせいで馬たちが逃げ出してしまわないように結び目を固くした。アルリックはそのへんを歩きまわりながら、鞍ずれで痛む脚をさすっている。マイロンはまだ馬というものを見飽きないようで、ありったけの勇気をふりしぼっては首を撫でてやっていた。

「鞍を外すのを手伝ってくれるか？」そんな彼にハドリアンが呼びかける。「どうせ、すぐにまた乗るってわけじゃなさそうだからな」

「いいですとも」修道士が声を弾ませた。「やりかたを教えていただけますか？」

ハドリアンとマイロンは力を合わせて馬たちの背から鞍と荷袋を降ろし、それらを小さな岩の陰にしまいこんだ。つづいて、ハドリアンは飼葉がわりの草を集めてくるようマイロンに指示を与え、自分はそのあいだに相棒のほうへと歩み寄った。ロイスは岩壁の気になるところを観察したり、道端にしゃがみこんで独り言を呟いたり、それをくりかえしている。

「どうだ？　いけそうか？」

「ドワーフなんざ大嫌いだぜ」それがロイスの返事だった。

「たいていの人間はそう思ってるだろ」

「そりゃそうだが、おれには理由もあるからな。この手で開けられない箱を作りやがって、とんでもない連中だ」

「開けられるさ。手間も暇もかかるだろうが、おまえならやれるはずだよ」

ロイスはその場にへたりこんだまま、頭からマントをひっかぶった。瞳には意志が宿っているが、表情からは鬱憤が感じられる。「さっぱりわからん。一ヵ所でも見分けがつきゃ何とかなるかもしれんが、扉自体も把握できないのに、その錠前をどうやって開けろってんだ？」

「まずは情報を仕入れることが先決か」ハドリアンは視線をめぐらせ、両手いっぱいに引き抜いてきた雑草を馬たちのほうへ持ち帰ってくるマイロンの姿を捉えた。「マイロン、ちょっと訊くが、あんたらとニフロン僧たちと、何がどう違うんだ？」

「その前に、宗教全般についてはどれぐらいご存知ですか？」

ロイスがこっそりと忍び笑いを洩らす。ハドリアンはそれを無視した。「初歩から頼むよ、マイロン。ずぶの素人《しろうと》を相手にしてると考えてくれ」

「はぁ」修道士はうなずいた。「わかりました」彼はあたかも丸暗記した祈禱書をなぞるような調子で語りはじめた。「エレバスがエランを創造しました――すなわち、わたしたちの目の前に広がる空と大地、ありとあらゆるもの、この世界のことです。彼は自分の子供たちを各所に配して統治させました。三男一女の子供たちです。長男のフェロルは魔術にすぐれ、エルフを創造しました。次男のドロームは工芸にすぐれ、ドワーフを創造しました。三男のマリバーが人間を創造しました。娘のミュリエルは動物や鳥や魚を創造しました。

さて、フェロルが長男だったことから、彼の生みの子らであるエルフたちがまず地上に君臨しました。つづいて、ドロームの生みの子らであるドワーフたちもおおいに栄え、地下を我が物としました。マリバーの生みの子らである人間たちのための場所は残されていませんでした。わたしたちの祖先は世界の片隅でひっそりと生き延びなければならなかったのです。

やがて、エレバスが泥酔してミュリエルに襲いかかるという事件が起こりました。その交わりによって、闇の存在であるウバーリンが誕生しました。彼もまたエランに自分の子らを創造したのですが、それはグァゼルやダッカなどといった翳《かげ》の種族ばかりでした。この蛮行に憤慨したフェロルとドロームとマリバーは父に戦いを挑み、殺してしまいました。父を護ろうとしたウバーリンも三兄弟の敵となりました。彼らはウバーリンをも殺そうとしたのですが、すでに父の死で苦しみの底にあったミュリエルが慈悲を求めました。そこで、彼らはエランの地中深くにウバーリンを閉じこめたのです。

ところが、ウバーリンの生みの子らはそのまま数を殖やし、マリバーの子らがやっとのことで手に入れた居場所を侵すようになりました。ささやかな領分さえも失いかけた人間たちはマリバーに助けを求め、彼もその願いに応えました。彼は次兄であるドロームを言いくるめ、大剣レーラカンを──いくつかの古文書には〝巨大なラッパ〟と記されていますが──こしらえさせました。つづいて、長兄であるフェロルを説き伏せ、その剣に魔法をかけさせました。それから、マリバーは正体を隠してエランを訪れ、とある生身の女性と一夜を過ごしました。こうして、ノヴロン大帝が生を授かったのです。レーラカンという武器を持つノヴロンに率いられた人間たちは、エルフやドワーフや翳の種族との全面戦争に突入しました。何年もしないうち、人間たちはそれらの敵すべてを蹴散らしました。

自分たちの生みの子らが弟神の分身に叩きのめされてしまったフェロルとドロームは怒り心頭に発し、ウバーリンを解き放ち、ノヴロンを倒すことができれば恒久の自由を与えようと約束しました。暗黒の中での長きにわたる幽閉によって異形と化したウバーリンはノヴロンの前に立ちはだかりました。三日間にわたる戦いはエラン全域を揺るがせました。ウバーリンは深傷を負った身体をひきずり、地中深くへと戻っていきました。しかし、命運が尽きたのはノヴロンのほうでした。マリバーの息子とはいえ生身の彼は心臓を貫かれて息絶え、その魂だけが父の許へと還ったのです。

ノヴロンの息子が帝位を継ぎ、ほどなく、ニフロン教会はマリバーの息子であったノヴロンを神に列することで敬意を示しました。これを機に、ニフロン教会が帝政下における国教となったわけですが、帝都パーセプリキスから遠く離れた地方に暮らす人々は従来どおりのマリバー信仰を守りつづけました。旧教を奉じる巡礼僧たちは〝マリバーの修道士〟と呼ばれました。やがて、帝国が崩壊すると、勢力を増した彼らは各地に修道院を建設しました。まぁ、このほかにも逸話はいろいろとあるのですが、大筋はこんな感じです」マイロンは説明をしめくくった。

「要するに、あんたらがマリバーを信じてるのに対して、ニフロンの連中はノヴロンを信じてるってことかい？」

「そう限られているわけではありません」修道士が答える。「ニフロン教会でもマリバーは信仰の対象となっています。ただ、ノヴロンこそがもっとも重要な神だということです。相違点として、まず第一に、信仰のありかたを挙げておきましょう。ニフロン教会は公的なかたちでの信仰に主眼を置いています。ノヴロンが生を授かったのは人間たちの自己決定権をマリバーが認めたからであるという解釈にもとづいて、彼らは社会全般に対する教導を旨としています。必然的に、政治や戦争にも深く関与しています。一方、わたしたち修道士にとって、マリバーへの信仰はあくまでも個人としての献身です。わたしたちは静寂の中に身を置き、古来の典礼をとおして神意に触れようとしています――そして、彼もわたしたちの胸の中に答えかけてくださいます。わたしたちはマリバーが望んでおられるであろうことの代行者になりたいわけではなく、ひとえに、彼をより深く知りたいと願っているのです」

「つまり、扉を開く呪文はないんだな」ハドリアンが言った。

修道士の物語を聞いているあいだに、彼はアルリックのすぐ隣に座り心地の良い場所を見つけ、岩壁にもたれかかっていた。マイロンも馬たちの様子を確かめたところで、そこへ歩み寄ってきた。ロイスはなおも岩壁の様子を探っている。仲間たちもそれを邪魔しようとはしなかった。

黒々とした雨雲が空を覆い、峡谷はすっかり暗くなってしまった。わずかな残光は妖しいほどの色合いを見せ、あたりの風景をひときわ非現実的なものに変えている。たちまち風が荒れはじめ、土埃を巻き上げた。遠くからは鈍い雷鳴も聞こえてくる。

「扉はどうにかなりそうか、ロイス?」ハドリアンが問いかけた。彼は両脚をゆったりと伸ばし、長靴を履いたままの爪先を軽く当てるように動かしていた。「今夜も冷たい雨になりそうだが、このままじゃ濡れ放題だぜ」

ロイスはほかの三人が聞き取れないほどの声で何かを呟いた。

見下ろせば、稜線に切り取られた視界の先に、湖面がうっすらと光っているのがわかる。冷たい灰色はあいかわらずだが、空模様を鏡のように映して明滅をくりかえしていた。はるか彼方で稲妻が走るたび、湖面もまばゆいばかりに輝くのだ。

ロイスがまたも低い声を洩らした。

「どうかしたのか?」ハドリアンが訊き返す。

「おまえがさっき言ったことを考えてたのさ。入れないとわかってたら、彼女はおれたちをこんなところまで来させるか? つまり、入れるってことを確信してたんじゃないかってな。それも、彼女にしてみりゃごく簡単なはずなんだ」

「魔術とか？」アルリックが口を開き、外套の縁を引き寄せた。

「呪文のことはもう忘れろよ」ロイスが釘を刺す。「錠前ってのは機構がすべてなんだ。言っておくが、おれはそっち方面にかけちゃ詳しいもんでね。ドワーフは悪知恵も働くし、手先もえらく器用な連中だが、音に反応して開く扉を作ったりはしないぜ」

「姉さんには簡単だと思えるようなことって何があるだろうと考えてみたのさ」

「それで？」ハドリアンが水を向ける。

「魔術だってば」

「姉姫さまは魔女なのですか？」マイロンが当惑もあらわに尋ねた。

アルリックが笑う。「そう呼んでも間違いじゃないが、魔術の能力については何も言わないでおくよ。シェリダン大学で二年ほど魔術理論を勉強してきたんだ。初歩のまた初歩という程度にすぎないらしいが、ひとつふたつは術を使うことができる。自分の部屋の扉にいつも術をかけて開かないようにしているし、あとは、エイムリル伯爵令嬢との内緒話で、とある従士に好意をいだいていると打ち明けたのを勝手に暴露されたことに腹を立て、彼女に呪いをかけたりもしたはずだ。かわいそうなエイムリルは一週間かそこらも腫れ物だらけで苦しんだものさ」

ロイスはアルリックをふりかえった。「扉に術をかけて開かないようにするって？」

「錠前がついていないのに、姉さん以外は誰も入れないんだ」

「その術とやらを使うところを見たことはあるか？」

アルリックは首を振った。「願って叶うなら、見せてほしいものだよ」

「マイロン」ロイスは修道士のほうへと視線を移し、「世間並みの代物じゃない錠前や鍵について書かれた本を読んだことはあるか？　ドワーフに関連のありそうなものは？」

「物語ですが、『イベリウスと巨人』ですね――イベリウスが巨人の宝箱を開けるための鍵をドワーフに作らせたという筋書です。ただし、それは魔術によるものでなく、寸法が特大だというだけでした。ほかには、『忘れられし神話』に出てくる〈リエムの首輪〉で、その首輪を巻いた人物が死ぬまではどうやっても外せないというものでした。どちらも、お役には立ちそうもありませんね。それ以外に考えられるとすれば、玉錠でしょうか」

「何だ、そりゃ？」

「これも魔術に関係するものではないのですが、ドワーフの発明品です。宝石類はほんのわずかな振動によって別の石と共鳴します。個別の鍵をこしらえるのが実用的でないと考えられるとき――たとえば、同じ鍵を持つ必要のある人々が非常に多かったり、鍵の使い分けが煩雑になりすぎたりといった場合ですね――玉錠が役に立つのです。適合する宝石を持っていれば開けられます。裕福な人々はそれを組みこんだ箱に手紙を入れて送ります。宝石は高価なものばかりですから、貧乏な配達人に中を覗かれてしまう心配はありません。また、さらに細工を凝らし、石の形状にちょっとした特徴を与えることで振動を微調整したものもあります。腕の良い技師なら、適合のしかたを季節ごとに変えておき、それに応じた石を用意させることもできます。どんな石でも振動のひときわ強くなる時期があり、毎月の誕生石もそこから決められているわけですが、その応用です」

「あるじゃん」ロイスがさえぎった。

「あるって、何が?」アルリックが尋ねる。ロイスは胸ポケットに手をつっこむと、濃紺の石のついた指輪を取り出した。とたんに、アルリックは跳び上がった。「父上の指輪じゃないか！ 返せ！」

「そのつもりだよ」ロイスはそれを王子に投げ渡した。「監獄に着いたら返してやれって、おまえの姉さんから言われてたのさ」

「本当に?」アルリックは驚きの表情になった。彼はそれを自分の指に通したものの、剣と同じく、いささか大きすぎるようだった。隙間があるため、宝石の重みでくるりと回ってしまうのだ。「姉さんに横取りされたとばかり思っていたよ。国王の印璽になっていて、貴族たちを召集するにも、法律を制定するにも、即位を宣言するにも、これが必要なんだ。これを持っていれば、姉さんはすべて思いのままにできたはずなのに」

「やっぱり、彼女は嘘をついていないってことだろ」ハドリアンが意見を述べる。

「結論を急ぐなよ」ロイスがたしなめた。「まずは、その指輪を試してみようぜ。おまえの姉さんの話じゃ、中へ入るのに必要だってことだった。おれはてっきり、国王である証《あかし》を看守に見せるんだろうと思ってたんだが、そうじゃなく、まさに文字どおりの意味だったらしいな。おれの読みが正しけりゃ、指輪についてる宝石で扉が開くはずだ」

全員が岩壁へと歩み寄り、大役に挑もうとしているアルリックを囲む。

「いいぞ、アルリック——やってみろ」

王子は宝石が上になるように指輪を回すと、拳を握り、それで岩壁に触れてみた。彼の手はそのまま岩の中へ消えた。アルリックはとっさに身体をこわばらせ、叫び声とともに跳びすさった。

「どうした？」ロイスが尋ねる。「痛かったか？」

「全然。ひんやりとした感触があるだけで、実際に当たってはいないんだ」

「もういっぺん試してみてくれ」ハドリアンが言った。

アルリックはいかにも気乗りのしない表情でうなずいた。彼が最初よりも深く押しこむと、手首のあたりまで岩の中へ消えていく様子を全員が目撃した。彼はその手をすぐに引き抜いた。

「驚いたな」ロイスが声を洩らし、自分の手で岩壁の堅さを確かめる。「こんなのがあるとは知らなかったぜ」

「指輪の持ち主ひとりで入るしかないのか？」ハドリアンが尋ねた。

「それは願い下げにしたいところだな」アルリックの声には恐怖感がにじんでいる。

「そうだとしたら、ほかに選択肢はないだろ」ロイスが言葉を返す。「その魔術師にどうしても会いたければの話だけどな。しかし、あきらめるのは早いぞ。ちょっと指輪を貸してみろ」

一目見たときの高揚感もどこへやら、アルリックはあっさりと手渡した。ロイスがそれを指に滑りこませ、岩壁に触れると、王子がやったのと同様にたやすく山塊の中へ呑みこまれていく。ロイスはその手を引き抜き、いったん指輪をはずし、左の掌に置いた状態でふたたび右手を突き出した。それでも、岩壁はすんなりと彼の手を受け入れた。

「なるほど——王子本人である必要はないし、指輪そのもので触れる必要もないんだな。マイロン、宝石には振動があるとか言ってたっけか？」

修道士がうなずいた。「石の種類ごとに特有の振動があり、それらがうまく合えば共鳴するのです」

「手を繋いでみろよ」ハドリアンが提案する。

アルリックとロイスがそれを試すと、ふたりとも岩の中へ入ることができた。

「期待どおりだな」ロイスの声に力がこもる。「最後にもうひとつ。全員で手を繋ぐぞ。四人でもうまくいくかどうか、確かめてみよう」彼らが繋ぎあわせた手もそろって岩壁をくぐることができた。「みんな、完全に抜け出るまでは手を放すなよ。さて、ここから先へ進む前に、いくつか決めておかなきゃならんことがある。おれもいろいろと奇妙な経験をしてきたもんだが、これはさすがに未知の領域だ。中の様子がどうなってるやら、想像もつかないぜ。なぁ、ハドリアン、おまえの意見は？」

ハドリアンは顎をさすった。「絶対安全ってことはありえないよな。最近のおれが外しまくってることとから考えて、おまえにまかせるよ。おまえが行くべきだと思うなら、異論はないさ」

「あるとすりゃ、好奇心だな」ロイスが言った。「アルリック、おまえさんが行くつもりなら、つきあわせてもらうぜ」

「ひとりで行くしかないとしたら、あきらめようかと思っていたところだよ」アルリックが答える。「まぁ、ぼくも好奇心はあるんだがね」

「マイロンは？」ロイスが問いかけた。

「馬たちはどうしましょう？　このままで大丈夫ですか？」

「あぁ、何も問題はないだろ」

「でも、わたしたちが戻ってこられないとしたら？　飢えてしまうのでは？」

ロイスは溜息をついた。「おれたちか馬か、好きなほうを選べよ」

マイロンはためらっていた。稲妻と雷鳴が彼らの頭上で荒れ狂っており、雨も降りはじめた。「今のうちに留め綱をほどいておいてあげれば、わたしたちに万一のことがあっても——」

「おれたちが死ぬ前提で話を進めてもらっちゃ困るぜ。無事に戻ってきたときには馬が必要だろうよ。こいつらはここに繋いだままにしておく。おまえさんも残って世話をするのか？」

一陣の風が叩きつけてくる雨粒を顔に受けながら、修道士は別れを惜しむように馬たちをふりかえった。「わたしも行きます」彼はようやく明言した。「このまま元気に待っていてくれることを祈るばかりです」

「よし」ロイスが話をとりまとめる。「ここから先の方針はこうだ。おれが指輪をはめて、先頭で入る。次がアルリック、三番目がマイロンで、ハドリアンは最後尾についてくれ。中へ抜けたら、後ろのやつから手を放せ――ハドリアン、マイロン、アルリックの順番だ。どこへ行くにしても、おれと同じ場所にいろ。それと、おれを追い越すなよ。どんな罠があるやら、わかったもんじゃないからな。質問は？」

マイロン以外のふたりは無言で首を振った。「しばしお待ちを」修道士は一行の荷物をしまいこんだ岩陰へ駆け寄ると、自分が修道院から持ってきたランタンと火口《ほくち》をひとそろえ取り出し、それから、馬たちの前でしばらく足を止め、その濡れた鼻をもういっぺん撫でてやった。「備えあれば、ですね」戻ってきた彼はそう言った。

「よし、つっこむぞ――ちゃんとついてこいよ」ロイスはあらためて手を繋いだ面々に声をかけ、足を踏み出した。ひとり、またひとり、彼らは岩壁を突き抜けていった。そして、最後尾のハドリアンにも順番がまわってくる。肩のあたりまで入ったところで、彼は泳ぐ直前のように深く息を吸い、一気に頭をつっこんだ。

5 エスラハッドン

一行が入りこんだ先は漆黒の闇だった。空気は乾き、澱み、饐《す》えている。雨に濡れた彼らの服から雫が落ちる音だけが響く。ハドリアンは何も見えないところを探るように足を動かし、岩壁を完全に通り抜けたことを確かめてから、マイロンの手を放した。「ロイス、どんな様子だ?」彼は相棒の耳に届くか届かないかというほどの囁き声で尋ねた。「いや、さっぱりわからん。マイロンが灯を用意するあいだ、誰もそこを動くなよ」

暗闇の中でマイロンが手許をもつれさせている様子が、物音として伝わってくる。ハドリアンは首を傾け、そちらに目を凝らしてみたものの、何も見えるはずがない。あらゆるものが消失してしまったかのようだ。目を開いていようと閉じようと、まったく同じことだろう。マイロンが鉄片を燧石《すいせき》に打ちつけると、その膝許から火花がほとばしった。一瞬のまばゆさの中で、ハドリアンは暗闇の中で彼らをにらみつけてくる顔が並んでいることに気がついた。しかし、閃光はすぐに衰え、それらの顔もふたたび闇に包まれた。

マイロンがその作業をくりかえすあいだ、ほかの三人はじっとしたまま、口を開こうともしなかった。二度目には火口《ほくち》がうまく燃えはじめたので、修道士はそれをランタンの芯に移した。通路がうっすらと明るくなる——幅はわずか五フィートにすぎないが、天井はとても高いところにあるのだろう、薄闇にぼやけて確かめることができない。左右の壁面には人の顔が無数に彫りこまれており、あたかも、灰色のカーテンのむこうから鼻先をつっこんできているかのようだ。苦悶にゆがむ表情をそのまま刻み取ったものだろうか、目も口も大きく開かれている。

「ランタンをよこせ」ロイスが低い声で命令した。

それがマイロンから彼のほうへと運ばれていくあいだにも、さらに多くの顔が照らし出された。侵入者に対する警告を叫んでいるのかもしれないというのがハドリアンの印象だったが、もちろん、通路は静寂に包まれていた。目玉が飛び出しそうになっているものもあり、恐怖に耐えかねて固く目をつぶっているものもある。

「よっぽど悪趣味なやつが装飾を担当したんだな」ランタンを受け取りながら、ロイスが感想を述べた。

「ただの彫刻で良かったよ。実在の人間たちがこんなふうに叫んでいたらと想像してみるといい」アルリックが相槌を打つ。

「本当にただの彫刻ですかね？」ハドリアンが言葉を返し、金壺眼《かなつぼまなこ》をした女性の鼻先におずおずと触れてみた。人肌かという予期も半ばあったものの、石の冷たさだったことに安堵を覚える。「玉錠から手を放すのが早すぎた連中かもしれませんよ」

ロイスがランタンを高々と揚げた。「通路はずっと先まで続いてるようだぜ」

「顔も？」アルリックが尋ねる。

「顔も」ロイスがうなずく。

「これでもう雨に濡れずに済むだけでも良しとしようか」ハドリアンはことさらに明るい口調をとりつくろった。「戻るつもりになれば……」彼はそう言いかけながら視線をひるがえし、愕然とした。彼らの背後にも通路がはてしなく伸びているではないか。「おれたちが入ってきた壁はどこだ？」彼はそのあたりの空間をまさぐってみた。「こりゃ、目の錯覚じゃないぞ。通路になっちまった」ふりかえってみると、ロイスが壁面に手を押しつけている。外側からとちがって、貫通してはいなかった。

「こりゃ、厄介なことになりそうだな」盗人が呟いた。

「どこかに出口があるはずさ、当然だろう？」アルリックが言ったものの、その声はかすかに震えていた。

ロイスは後ろを見て、前を見て、溜息をついた。「とりあえず、入ってきたままの方向へ行ってみるべきだろうな。ほれ、アルリック、指輪は返しておくぜ。もっとも、この先まだ役に立つ機会があるかどうかは知らんが」

彼はあらためて先頭を進んでいった。怪しげな場所はないかと目を光らせ、あれば仔細に探りを入れる。その通路はどこまで続くのかと思うほど長かった。一直線で起伏もないように感じられるが、意識に捉えられないほどの緩やかさで元へ戻る円弧を描いているのではないかという疑念がハドリアンの脳裏をよぎった。マイロンのランタンに入っている油の残量も心配だ。この調子では、いずれまた暗闇に覆われてしまうだろう。

どこまで行っても周囲の風景がまったく変わらないので、どれぐらいの距離を歩いたのかは見当もつかない。しかし、やがて、遠くに小さな光が見えてきた。上下左右に揺れている。それが近くなるにつれ、鋭い響きの足音も聞こえはじめる。そうこうしているうち、灯をたよりに歩く人影が現われた。背が高く均整のとれた男で、フードのついた長い鎖帷子に身を包んでいる。その上にまとった陣羽織は真紅と金に彩られ、うっすらときらめいている。陣羽織には十字状に四分割された盾型紋がついており、その両脇をライオンが支え、天空冠と宝笏が上部を飾るという仰々しいものだ。男の腰には華やかな細工をあしらった剣が一点の曇りもなく光っており、頭にかぶっている兜も銀地に金の唐草模様が刻みこんである。その兜に半ば隠れた瞳は黒く、暗い光をたたえていた。

「おぬしら、何のつもりで来た？」衛兵の口調はいかにも非難がましく、居丈高だった。

しばしの沈黙があってから、ロイスが答える。「囚人に会わせてもらいたい」

「それは許されておらん」衛兵はきっぱりと言った。

「ということは、エスラハッドンは今も存命なのだな？」アルリックが尋ねる。

「**その名前を口にするな！**」衛兵が大声を上げた。彼は肩越しにふりかえり、鋭い視線で闇の彼方をにらみつけた。「ここではいかん、ぜったいにいかん。そもそも、おぬしらのような者どもが来るべき場所ではないぞ」

「用があるから来たのさ。エスラ――いや、囚人に会わなきゃならないんだ」ロイスが言葉を返す。

「叶わん望みだな」

「叶えてもらうぞ」アルリックが凛とした命令口調で言い放つ。彼は隊列の中から足を踏み出した。「わたしはメレンガー国王アルリック、そなたが今まさに立っている地の統治者だ。我が王国の領内でわたしの望みが叶えられないなど、そなたごときに決めつけられる筋合はない」

衛兵は一歩後退し、アルリックの姿をためつすがめつ観察した。「国王を名乗りながら、冠をかぶっておらんではないか」

アルリックが剣を抜いた。その大きさにもかかわらず、彼は滑らかな動きで切先をひるがえし、相手の眼前につきつけた。「冠はかぶっていなくとも、この剣がある」

「武器など何の意味もない。ここにいる者はみな、死を怖れておらんからな」衛兵の言葉の重みに圧倒されたか、剣の重さを支えきれなくなったか、アルリックはおとなしく剣をおろした。「身分を証明できるものは？」

アルリックは拳を突き出した。「これはメレンガーの国章、エッセンドン家の印璽にして玉座の象徴だ」

衛兵はじっくりと指輪を観察し、うなずいた。「なるほど、おぬしはこの地の統治者として立ち入る権利があるわけだ。ただし、ここでは魔術が使われているということを肝に銘じておきたまえ。では、わたしについてくるがいい」彼は踵を返し、来た道を戻っていった。

「やっこさんがつけてる紋章を知ってるかい？」ハドリアンがマイロンに囁きかける。

「ええ、あれはノヴロン帝国のものです。パーセプリキス帝都防衛隊で使われていました。とても古い歴史がありますね」

やがて、男は顔また顔の通路から離れたので、ハドリアンは胸をなでおろした。彼らが連れていかれた先は巨大な洞窟で、頭上には天然石の柱に支えられた丸天井もある。壁には無数の松明が並び、その空間の広さを見せつける。メドフォードの街全体がすっぽりと収まってしまうのではないかと思うほどだ。岩壁の割れ目から割れ目へと渡された細い橋はさながら巨木の枝のようで、天蓋の下をまっすぐ通り抜けられるようになっていた。

どちらに目を向けても、木や布や皮革といった建材はなさそうだった。椅子、ベンチ、机、テーブル、棚、扉、ありとあらゆるものが石で造られていた。岩場の一角にある巨大な噴水が鈍い音を響かせ、隠れた源泉からの流れを吐き出しつづけている。タペストリーや絨毯はどこにもない。そのかわり、岩の表面には細密な模様がびっしりと彫りこんであった——さまざまな曲線が組み合わさった、見たこともないような図像ばかりだ。鑿《のみ》でざっくりと刻んだままのものもあれば、滑らかに研削を施したものもある。ハドリアンは通りすがりにそれらを横目で眺めながら、角度によって柄が変わっているような印象を受けた。彼はじっくりと観察して、単なる錯覚ではないことを確かめた。その変わり具合は人の動きでかすかに揺れる蜘蛛の巣さながら、注視しなければ気がつかないほどのものだった。

彼らはいよいよ奥へと入っていくが、先導の男は歩みを緩める様子もない。ずっと早足のままだったので、いちばん脚の短いマイロンは小走りでないと間に合わないありさまだった。岩壁に挟まれた通路いっぱいに靴音が谺する。ほかに聞こえてくるのは遠いひそひそ声だけで、それも、あまりに小さすぎて内容までは捉えられない。ちょっと先の角を曲がったところに声の主がいるのか、あるいはまったく別の場所から伝わってきたのか、どちらともつかない。

さらに進むと、衛兵の姿が増えはじめた。大半は先導の男と同じ恰好だったが、監獄のずっと奥のほうには、壊れた冠の白紋をつけた黒い鎧という装いの者たちもいた。不気味な形状の兜で顔を隠し、まるで棒を呑んだかのような姿勢で立っている。微動だにせず、口を開くこともない。

ハドリアンはその紋章についてもマイロンに尋ねてみた。

「かつてのセレット騎士団が使っていたものです」修道士は囁くように答えた。「八百年前、ヴェンリン教皇の命令によってノヴロンの末裔を捜すことになったダリウス・セレット卿がその創設者です。壊れた冠は帝国の終焉を示しており、復興の夢がこめられているそうです」

ようやく、彼らは最終目的地とおぼしき場所へたどりついた。足を踏み入れた空間は楕円形で、反対側の壁にはとてつもなく背の高い扉が立ちはだかっている。石造で、蜘蛛の巣さながらの美しい意匠に飾られているが、それも何らかの有機性をそなえたものにちがいない。扉の枠は上下とも翳《かげ》に溶けこむほど遠くまで達しており、葉脈のような、あるいは根を覆う毛のような細かい筋目が走っている。扉の左右には壮大なオベリスクが並び、その表面には古代文字がびっしりと深く刻みこまれている。扉とオベリスクのあいだには高い台座の上に火鉢が置かれ、そこから青い炎が上がっている。

さまざまな渦巻模様をほどこした高さ六フィートほどの石机のむこうにやはり高脚の椅子があり、ひとりの男が座っていた。机の両端で燃えている蠟燭はそれぞれ人の背丈の倍ほども高く、樽のように太いものだ。その側面に垂れ固まっている蠟の量もとにかく多いので、ハドリアンが想像するに、かつてはあの扉と同じぐらいの高さがあったにちがいない。

「客が来たぞ」先導の男が書記に声をかける。書記は巨大な机の上で走らせていた黒い羽ペンを止め、視線を上げた。床まで届きそうなほどに伸びた灰色の髭。そして、皺だらけの顔はまるで古木の幹のようだった。

「お名前は？」書記が尋ねた。

「わたしはアルリック・ブレンドン・エッセンドン、アムラス・エッセンドンの息子にしてメレンガー国王だ。この地の統治者として、ここにいる四人との面会を求める」

「そちらは？」書記は残りの面々へと視線をめぐらせた。

「わたしに仕えてくれている警護官と司祭だ」

書記は立ち上がると、身をのりだすようにして、彼らの顔をじっくりと観察した。ひとりひとりの瞳の奥まで覗きこんでから、ふたたび腰をおろす。羽ペンをインク壺に浸し、新しいページを開き、ひとしきり何かを書きこんだところで、書記はさらに尋ねた。「四人との面会の目的は？」彼は羽ペンを止め、返答を待った。

「誰にも口をはさんでほしくない事情とだけ言っておこう」アルリックはいかにも国王らしい声音を響かせた。

「ここの囚人に関係することなら、口をはさまないわけにはいきません。こちらにもこちらの事情があるのです。目的がはっきりしないかぎり、国王だろうと誰だろうと、お通しすることはできません」

アルリックはしばらく書記の顔を眺めていたが、ほどなく、態度を軟化させた。「我が父上の死について、いくつか質問があるのだ」

書記はひとしきり思案をめぐらせたあと、巨大な帳面に羽ペンを走らせた。「よろしい。お入りください。ただし、こちらの規則を遵守していただかなければなりませんよ。ご自身の安全のためです。あなたがたが会おうとしている相手は只者ではありません。魔性の存在、太古の悪の化身、ここに幽閉しておくべき怪物なのです。わたしたちの責務は、あやつに何の自由も与えない、その一点に尽きます。ご想像はつくでしょうが、あやつは脱獄を企んでいます。狡猾なやつで、油断も隙もありません。どこかに警備の弱点はないか、どうすれば防衛線をかいくぐれるか、あるいはこの岩山に穴を穿《うが》つことができるかと狙いつづけているのです。

第一に、あやつの独房へ直行してください――途中でもたついてはいけません。第二に、独房の上の回廊で止まってください――そこから先へ降りようとしてはいけません。第三に、これがもっとも重要なことですが、あやつの求めには応じないでください。どれほど些細に思われる事柄であろうとも厳禁です。口車に乗せられてはいけません。とんでもない悪知恵の持ち主ですからね。質問に対する答えが得られたら、ただちに面会を終了してください。これらの規則を破ってはいけません。おわかりいただけましたか？」アルリックが無言でうなずく。「では、あなたがたにノヴロンのご加護がありますように」

まさにその瞬間、巨大な扉が中央の合わせ目から左右に分かれ、ゆっくりと開きはじめた。石のこすれる耳障りな音が響きわたり、やがて、全開になったところで止まる。そこから先は石橋になっており、どこまでも長く伸びている。幅は三フィートほど、ガラスのように表面が滑らかで、紙を敷いただけなのかと思いたくなるほどに薄く見えた。はるか彼方の反対端には黒い石柱が立っている。離れ小島のような塔で、いかにも華奢そうなこの橋だけが世界との接点になっているかのようだ。

「ランタンはお持ちにならなくても大丈夫ですよ。使う必要はないと思います」書記がつけくわえた。ロイスはうなずいたものの、ランタンを置いていこうとはしなかった。

扉を抜けるやいなや、ハドリアンはかすかな歌声が聞こえてくることに気がついた。千の声がどこかで挽歌を合唱しているかのような、悲嘆を感じさせる旋律だ。暗澹たる雰囲気をたたえたその音楽は彼のこれまでの人生で最悪の記憶を蘇らせ、先へ進もうとする意欲を萎えさせる。足はたちまち重くなり、心も凍ってしまいそうだ。次の一歩を踏み出すのも容易ではない。

彼らが中へ入ると、巨大な扉はふたたび動きはじめ、地鳴りのような鈍い音を残して完全に閉じた。とても明るい空間だが、光源がどこにあるのかはわからない。天井の高さや底の深さも見当がつかない。上下いずれにも無限の虚空が続いているかのようだ。

「どこの監獄もこういうものなのですか？」マイロンはおそるおそる橋の上へと足を乗せながら、震える声で尋ねた。

「たぶん、これはかなり珍しいと思うぞ」アルリックが答えた。

「監獄のことならおれに訊けよ」ロイスが言った。「珍しいどころか、こんなのは唯一無二だぜ」

橋を渡っていくにつれ、彼らは黙りこくってしまった。ハドリアンはまたも最後尾を預かり、足元に神経を集中していた。ふと、彼は歩みを緩めて視線を上げ、ほかの面々の様子を眺めた。マイロンは綱渡りでもしているかのように両腕を大きく広げている。アルリックはへっぴり腰で、万一の場合には手近なものにしがみつこうと身構えている。しかし、ロイスだけは平然と、左右にも目を配りながら進んでいく。

見た目の印象とちがって、この橋は堅固なものだった。彼らは無事に黒い塔へと渡り、小さなアーチをくぐった。ロイスはそこですかさずアルリックをふりかえった。「えらく簡単に自分の正体をばらしちまったもんだな、陛下」彼は責めるような口調で言い放った。「どこのどいつともわからん相手と顔を合わせるなり〝やぁ、ぼくが新しい国王だ、いつでも生命を狙ってくれ〟なんて話になるような計画を立てたつもりはないぞ」

「ここに殺し屋がいるとでも思っているのか？　たしかに、これが罠かもしれないと思いこんでいたのは否定できないが、見たまえ！　どこをどう見ても、アリスタ姉さんにできることじゃない。ましてや、ほかの誰かがぼくたちと同じように岩壁を通り抜けてくる可能性があるとでも思っているのか？」

「おれとしちゃ、無用の危険を冒したくないと思ってるんだよ」

「無用の危険？　冗談だろう？　狭くて滑りやすい橋、どれほどの高さなのか見当もつかないところを渡るよりも危険なことがあるか？　殺し屋なんて心配するには及ぶまいさ」

「ふだんから、そんなふうに警護の連中を困らせてるわけか？」

アルリックはうんざりしたような表情ひとつでそれに応えた。アーチの先は狭いトンネル状の通路になっており、そこを抜けると丸い空間が広がっていた。円形劇場さながらの階段席には石のベンチがぐるりと並べられ、中央部に近いところほど低くなっている。最前列はバルコニー席で、二十フィート下の丸舞台を一望できる。ただし、実際に見てみると、そこには椅子がひとつ、男がひとりで座っているだけだった。

頭上はるかに高くから、まばゆいばかりの光がその人影を照らしている。肩まで伸びた髪はところどころ灰色になりかかっているものの全体としては黒々としており、さほど年老いているようには見えない。張り出した額《ひたい》の下にある瞳も黒く、いかにも思慮深そうだ。頬骨あたりを覆う髭が見当たらないので、ハドリアンはいささか驚いた——彼の知っている魔術師や手品師たちは、その方面の専門家であることを誇示するための長い髭をたくわえているのが常だったからである。かわりに、眼下の男は何色とも形容しがたい彩りのマントをまとっていた。それは濃紺のようでもあり、煤色のようでもありながら、折れ曲がったところでは翡翠か碧玉かという輝きを放つのだ。男はそのマントにすっぽりと身を包んでおり、両手も膝の上に置いたまま隠しているのだろう、とりたてて何かをやっている様子もない。彫像のごとく微動だにせず、彼らの存在に気がついているのかどうかさえ判然としなかった。

「で、どうしたら？」アルリックが囁いた。

「話しかけてみりゃいいだろ」ロイスが答える。

王子は思案ありげに視線をめぐらせた。「あの風体を見るかぎり、齢千年というのは眉唾のような気がしないか？」

「どうでしょうかね。ここなら、どんな可能性もありそうですが」ハドリアンが言った。

マイロンも視線をめぐらせ、目の届かない天井を仰ぎながら、苦悩の表情をあらわにした。

「この歌声——修道院の火事を思い出してしまいます。友僧たちの……叫びを」そんな彼に、ハドリアンはそっと肩を抱いてやった。

「聞こえないふりをしておけよ」ロイスは修道士にそう忠告すると、アルリックをにらみつけた。「話してみろってば。おまえさんの用件が済むまでは帰れないんだぞ。ぐずぐずしてないで、さっさと質問をぶつけてこい」

「でも、何から始めれば？　つまり、彼が本当に、そのぅ、古代帝国の魔術師として最後の皇帝に仕えていたんだとしたら、挨拶ぐらいは必要だろう？」

けだった。

「今の気分を訊いてみるとか？」ハドリアンが提案したものの、アルリックは鼻を鳴らすだけだった。「いや、ちゃんと観察してごらんなさい。彼はただ椅子に座ってるだけです。本とかカードとか、ほかには何もないんです。去年の冬、大雪で〈薔薇と棘〉から出られなくなっちまったとき、おれたちは退屈すぎて頭がおかしくなりそうでしたよ。千年ものあいだ、やることもなしに座ってるしかないなんて、どんなもんですかね？」

「しかも、この歌声をずっと聴かされつづけながら正気を保っているのです」マイロンがつけくわえる。

「ふむ、なるほど」アルリックは魔術師にむかって呼びかけた。「もしもし、そこのあなた」相手がゆっくりと顔を上げ、まぶしそうに目を細める。その表情には疲労感が漂っていた。「いきなりで失礼とは思うが、しばしのお時間をいただきたい。わたしはアルリック・エッセ――」

「汝《な》が名は存じておるよ」エスラハッドンがさえぎった。柔らかで静かな声、おっとりと丁寧な口調。彼は片腕を目の上にかざし、新来の客たちを眺めた。「姉御前はいずこに？」

「アネゴゼ？」

「アリスタ姫とは汝が姉御前にあらせられよう？」

「あぁ、姉さんのことか」

「ネ……サン」魔術師は訥々《とつとつ》とくりかえし、溜息とともに首を振る。

「一緒ではないのだ」

「おいでにならぬと?」

アルリックはとっさにロイスをふりかえり、それからハドリアンへ視線を移す。

「おれたちが代役を頼まれたんだよ」ロイスが口を開いた。

魔術師は盗人の顔を眺めた。「して、そちらは?」

「おれかい? 名乗るほどの者じゃないさ」それがロイスの返事だった。

エスラハッドンは目を細め、片眉を上げた。「さようか、さにあらずか」

「あなたと会って話すようにと、姉さんから言われている」アルリックは魔術師の注意を自分のほうへ引き戻した。「理由はご存知か?」

「そも、我が意を彼女に託しておいたゆえ」

「閉じこめられてるってのに、どんな策を弄したんだか」ハドリアンが疑問を口にする。

「〝策を弄す〟?」エスラハッドンが訊き返した。「正道を外れるべからずとの懸念か? 否《いな》、いかなる穢《けが》れにも触れてはおらぬ」そんな言葉に、対する四人は当惑の表情を隠しきれなかった。「閉じこめられていようと、さしたる問題ではない。一年あまり前であったか、日の巡りを確かめておらぬゆえ定かではないが、アリスタ姫はここへおいでになった。至藝を志すも、当世の学び舎では用が足りぬとて、我が教えを求めてこられたのだ。すでに忘れ去られてしまった遠き昔の秘術を会得せねばならんそうな。我が身はこの岩屋に封じられ、過ぎ去りゆく時を指先に感じることさえ叶わぬ。独り呟いてはわずかな慰めを得るしかない。無聊の極に、姫の求めを拒むべくもなかった。新たな世の隆盛ぶりを伝え聞くにも、今様の語りロからして驚くばかりであった。その返礼にと、我が智をいくばくか分かち与えてさしあげたものだ」

「智？」アルリックが不安そうに尋ねる。「具体的には、どのような？」

「たわいもない。近年、汝が父王は病に臥せておられたとな。姫にお教えしたのは、ヘンツ＝ビュリンの処方だ」聞き手の四人はそろって理解できないという表情をあらわにした。エスラハッドンは視線をさまよわせた。何かを思い出そうとしているようだ。「姫も何ぞと呼んでおられたな。むぅ……」彼は眉間に皺を寄せ、しきりに考えこんでいたものの、やがて、憮然と首を振った。

「癒しの妙薬ですか？」マイロンが言った。

魔術師はしげしげと修道士の顔を眺めた。「いかにも！」

「姉さんが父上に服《の》ませていた薬の処方は、あなたから教わったものだと？」

「恐怖か、さもありなん？　汝が父王のための薬を、あろうことか悪魔の化身がもたらしたとは。しかし、毒を混ぜてはおらぬよ。姫もただちに信じられようかと異を唱えられたゆえ、同じ杯をともに飲み、悪しき薬ではないことを確かめあったのだ。暗殺を企んだわけでなく、汝が父王にめでたくあれかしと」

「そう言われても、わたしがここへ来させられたことの説明にはなっていないが」

「汝が家にて落命せし者はおらぬか？」

「父上が殺された」アルリックが答える。

魔術師は溜息をつき、うなずいた。「汝が家にいずれ呪わしき翳がかかるであろうことをご忠告したのだが、姫には聞き流されてしまった。それでもなお、エッセンドン王朝を揺るがせにする死や凶事があらば世継の君をここへ連れて来られよと申し上げておいたのだ」

エスラハッドンはあらためてロイスとハドリアンとマイロンに視線を向けた。「濡衣を着せられたか？　よろしい、姫はご理解くださったようだ――大罪を犯したと呼ばわれる者たちこそ信ずべしと」

「ひょっとして、父上を殺した真犯人もわかっているのか？」

「千里眼にあらずして、名は知らぬ。しかし、矢の飛び来たる方角にこそ弓はある。汝が父王を死に至らしめたるは、この獄門の主らと繫がりを持つ者にほかなるまい」

「ニフロン教会」マイロンが呟いた声はとても小さかったが、魔術師はそれを聞きつけ、修道士にむかって目を細めた。

「なぜ、ニフロン教会が父上を殺さなければならんのだ？」

「熱情に駆られる人々は目も耳も曇り、ただ匂いに誘われるのみ。教会は用心深く、つねに壁越しの声を聞いている。仁と善を実践してみせつつも、そこから与えられる薬には毒が潜む。あやつらは我が手がもはや道を指し示さぬことを知っており、汝が父王をノヴロンの末裔かと信じていたのであろう」

「ちょっと待った」アルリックがさえぎった。「教会が末裔の死を望んでいるはずがない。帝国を再興するには、その誰かを玉座に据える必要がある――それが彼らの一大目標だろうに」

「一千年を経たからとて、虚実が変わることはない。死は神の血を渇望する。我が身の自由を奪われた真相もまさに同じく」

「どういうことだ？」

「独り、口を封じられ地中深くに埋められ、岩を連ねた墓に縛りつけられたまま、長き人生の残りを過ごす。それも、欺瞞の裏を知るがゆえのことだ。終わりなき夜を照らす唯一の灯。教会は信仰の砦と称しつつ、狡猾な蛇のごとく、皇帝陛下とそのご親族にむかって牙を剝いた——生き延びたのはただひとりのみ。やがて末裔の君が現われたなら、かならずや真実を明らかにする証拠を示し、汚名を濯がねばならぬ。帝政を護るべく力を尽くした者ぞここに在ると」

「しかし、おれたちが聞いてる話はその逆で、あ、あ、あんたが皇帝一族を殺したってことなんですがね。帝国崩壊の責任もあんたにあるとか」ハドリアンが言葉を返す。

「そのような作り話はいかにして流布された？」「これまた毒蛇の二本舌か？　そなたら、人間ひとりにそれほどの力があると思うのか？」

「あなたこそ、教会が皇帝を殺したと決めつける根拠は？」アルリックがつっこんだ。

「嫌疑にあらず、推量にあらず、何の由もなき独断にあらず、瞼の裏に灼きついた記憶——昨日の出来事のごとく鮮明なままであるよ。惨劇の中、ただひとりの皇子を連れ、信心篤き人々へとその御身を託したゆえ」

「なるほど、帝政時代から生きてるってのは本当だと言いたいわけか。しかし、あんたが九百歳を超えてるとか何とか、おれたちが簡単に信じると思うかい？」ロイスが尋ねた。

「疑われようとも疑わぬ。今はただ問われ答えるのみ」

「そりゃ、答えは答えだろうさ。だったら、こんなところでも監獄は監獄ってわけだ」ロイスが言葉を返す。

「まずもって、それと父上との関係がさっぱり理解できない。教会はなぜ父上を殺すことにしたのだ？」

「刮目《かつもく》すべき人物であったゆえ。我が身はこのとおり呪文にて生き永らえさせられ、末裔の君を見出すという余人に叶わぬ務めを全うせねばならぬ。蛇どもは我が背後にて隙を待ち、やがてノヴロンの実り生じたれば奪い去るべく狙っておろう。汝が父王にはただ快癒を願って薬を処方したにすぎぬが、それさえも軽率であったか、王を教会に弑《しい》せられてしまった。さらなる血に手を汚すも厭《いと》わぬか。浅慮の誹《そし》りもあろうが、あやつらの貪婪《どんらん》なるを懸念すればこそ、危難の翳あるやもとアリスタ姫にご忠告さしあげたのだ」

「わたしをここへ来させた理由はそれか？　こういう事情だから納得してくれと言いたいわけか？」

「我が意にあらず、汝が姉姫の導きたることぞ。否！　そなたの訪れを切望せしは真ながら、新たな道も開かれようかと願ったのだ」

「いったい、何の話だ？」

魔術師は彼らにむかって視線を上げると、かすかな愉悦の表情を浮かべた。「ここは居心地が悪いゆえ」

しばし、誰も口を開こうとはしなかった。マイロンはその一瞬を利して、すぐ後ろにあった石のベンチに腰をおろすと、ハドリアンに囁きかけた。「あなたのおっしゃったとおりですね。修道院の外には、本を読むよりもずっと刺激的なことがたしかにあります」

「脱獄に手を貸せってか？」ロイスがあきれたように尋ねた。彼は両腕を大きく広げ、黒々とした石の砦を眺めまわした。「ここから？」

「やらねばならんのだ」

「無理なもんは無理だぜ。おれもいろいろと難局を乗り越えてきたが、こんなのは先例がないぞ」

「まず、そなたが知るはわずかにすぎぬ。些事しか見えておるまい。岩壁も、衛兵たちも、外界からの隔たりも、所詮は飾り物。しかし、我が身を捕えて離さぬこの魔術たるや！　扉はみな魔術にて封じられ、通り過ぎたれば煙か夢かのごとく消え失せる。橋もまた同じく、萎れ縮んでいる頃であろう。その眼で確かめてみるがよい――何も見えぬはずだ」

ロイスは疑わしげに片眉を上げた。「アルリック、指輪を貸してくれ」王子がそれを手渡すと、彼は石段を昇り、トンネルへと姿を消した。数分後、彼は戻ってきて、指輪を王子に返した。彼が小さく首を振ってみせたので、ハドリアンはかねてからの懸念が現実のものになったことを知った。

ハドリアンがふたたびエッセンドンをふりかえると、魔術師は言葉を続けた。「ひときわ難儀にして悩ましきは、壁という壁を埋め尽くす古代文字。その魔力は大軍で攻めようとも破れず、いかなる法術にても解くこと叶わぬ。奇怪なる調べは嘆き叫ぶがごとく、我が耳を痛めつける。これらの号は呪縛の陣を成し、ほかの呪文の働きを妨げる。そして、もっとも希望を砕き心を挫くは、時の流れさえ止められて久しいということだ。いかほどの歳月が経とうとも、この窖《あなぐら》の中にはそれが及ばぬ。ここに留まるかぎり、そなたらもまた一刻たりとて老いることなく、飢えや渇きも感じまい。おぉ、おそるべき妙術ぞ、巧緻の極ぞ、ただひとりを封じるのみに使われたるものよ」

「おいそれと信じるわけにはいかないぞ」アルリックが反駁する。

「胸に手を当て、脈を探ってみるがよい」

マイロンがおずおずと自分の胸に触れ、かすかな悲鳴を洩らした。

「そこまで徹底的な脱獄対策が整ってるのに、おれたちに何ができるってんだい？」ハドリアンが尋ねる。

魔術師は悪戯っぽい笑みを返すばかりだった。

「できるかどうかも問題ではあるけどな」ロイスが言った。「それ以前に、おれたちが手を貸してやらなきゃならん理由は何なんだ？　あんたがこんなにも厳重に閉じこめられてるのは、あちらさんとのあいだの問題だろ。おれたちはあんたから聞くべき話を聞いた。こっちの用件は終わったわけだ。それでまた他人の厄介事に首をつっこむなんて、頭が悪すぎるよな?」

「選り好みの余地はなかろうよ」

「こちらの選択肢はいくらでもあるぞ」アルリックが敢然と反駁する。「わたしは国王として当地を治めているのだ——力なき者にそんなことを言われる筋合はない」

「おや、そなたらの行く手を遮るは我が所業にござらぬよ、殿下。しかとご理解あれ、そなたらも今や囚われの身となりたるを。異議あらば獄吏どもに糾すがよい。ただし、ここでたがいに語り交わせしは片言隻句にいたるまで書き記されたとて、そなたらが帰途の案内を求めて叫べども沈黙のみぞ応えよう。いざ、声を上げたまえ、ただ谺ばかりが走るを聞きたまえ。我が獄友となるか、さもなくば死か」

「しかし、ここでの話を盗み聞いていたのなら、わたしが皇帝の末裔でないことも納得できるだろうに」アルリックの口調にはそれまでの勇ましさがすっかり影をひそめていた。

「試みに叫べば、たちまち確かめられよう」

アルリックはひどく心配そうな表情になり、ハドリアンとロイスの顔を見比べた。

「やっこさんの言うとおりかもな」ロイスは淡々と告げた。

心配から恐怖へと、王子はあらんかぎりの声で退出の用意を命じた。答えはない。あの巨大な扉が開く響きも、誘導してくれる衛兵たちの靴音も聞こえてこない。魔術師を除く全員が不安をあらわにしている。アルリックは両手をこすりあわせているし、マイロンはバルコニーの柵にしがみつき、それを放せば世界から置き去りにされてしまうのではないかと怯えているかのようだ。

「結局のところ、罠だったわけか」アルリックはロイスをふりかえった。「きみの被害妄想にすぎないと疑っていたこと、もうしわけない」

「いや、おれもこんなのは考えてなかった。どこかに別の出口があるかもしれんが」ロイスは手近なベンチに腰をおろすと、この監獄へ入りこむ方法を模索していたときと同じ黙考にふけりはじめた。

しばらくのあいだ、ほかの面々も黙りこくったままだった。やがて、ハドリアンがロイスに歩み寄り、低い声で話しかけた。「なぁ、相棒、そろそろお得意のびっくり作戦を聞かせてくれよ」

「とりあえず、ひとつあるにはある。ただし、やばいことにゃ変わりないぜ」

「てぇと？」

「あの魔術師の言うとおりにするのさ」

ふたりは眼下に鎮座している男の姿を眺めた。そのマントは最初に見たときよりもわずかに影の青さを増しているようだった。ハドリアンはほかの仲間を手招きすると、ロイスの策について説明した。

「あいつに幻惑されているという可能性はないのか？」アルリックが静かに尋ねた。「どんな頼みにも従うなと、書記が言っていたぞ」

「おれたちに橋を渡らせておきながら帰り道は教えてくれない、あのご親切な書記のことか？」ロイスが訊き返す。「おれの頭じゃこれ以上は無理だが、ほかに名案があるってんなら、喜んで聞かせてもらうぜ」

「とにかく、鼓動を感じられる状態に戻りたいですよ」マイロンは掌を自分の胸に押し当て、おぞましげな表情をあらわにした。「気味が悪くてたまりません。生きたまま死体になったような感じで」

「国王さんよ、どうかしたかい？」

アルリックは盗人にむかって顔をしかめた。「率直に言わせてもらうが、きみたちの国王警護官としての働きには満足できないな」

「初日から期待しすぎるなよ」ロイスがそっけなく言葉を返す。

「任命早々、時を断つ監獄に閉じこめられてしまったんだぞ。この調子で一週間もしたら何が起こるか、想像するのも怖ろしい」

「まぁ、おれたちに選択肢はないってことさ」ロイスはきっぱりと宣言した。「魔術師の言うとおりにして希望を託すか、さもなきゃ、ここで永遠に耳の腐っちまいそうな歌を聴きつづけるかだ」

その陰鬱な旋律はどうしようもないほどの絶望感に満ちており、正気を保っていられなくなるのも時間の問題にちがいなかった。ハドリアンはそれを意識から追い出そうとしたものの、マイロンも訴えていたように、思い出したくない過去の記憶を呼び覚まされてしまうのだ。ハドリアンにとって、それは軍人として身を立てるべく家を出たときに見た父の落胆の表情だった。あるいは、血にまみれた虎がゆっくりと息絶えていく姿と、その周囲を埋め尽くした何千もの観衆が唱和する〝ガランティ！〟という大歓声も。彼はそこで肚をくった。このままでいるよりは、どんなことでもやってみるほうがましだ。

ロイスがベンチを離れ、バルコニーへ進み出て、下で悠然と返事を待っている魔術師に呼びかけた。「あんたの脱獄に手を貸しゃ、おれたちも一緒に出してもらえるってことだよな？」

「さよう」

「あんたが嘘をついてないと証明する手段はないのか？」

魔術師は笑みを浮かべた。「あいにくだが、何もない」

ロイスは重い溜息をついた。「どうすりゃいいんだ？」

「たわいもない。王子よ、もとい、依怙地《いこじ》なる新王よ、一篇の詩を唱えたまえ」

「詩？」アルリックはハドリアンを押しのけ、ロイスのかたわらへ出た。「どんな詩だ？」

魔術師が立ち上がり、椅子を蹴り倒すと、その下の床板に乱雑な文字で書きつけてある四行聯《れん》が現われた。

「時を経てこそ認められよう名句なり」魔術師は誇らしげに言った。「声を上げよ、されば叶うべし」

ハドリアンは頭上からのまばゆい光に照らされたその詩を黙読してみた。

此地に王在り鍵を守れり、
法定まれば臣従《したが》へり。

不実と云はむや、時に非ずや、
門未《いま》だ開かず御魂も翔《かけ》る能《あた》はず。

我が徳の与えられたる道理とは、
血筋正しく、国治めよと。

今こそ我が言を勅令と聞くべし、
誡《いまし》めは了《おわ》りぬ、魔術師エスラハッドン。

「そんなことができるものか?」アルリックが尋ねる。「どんな呪文も役に立たないと、あなた自身が言ったはずだぞ」

「いかにも。ましてや、そなたは呪術の何たるかさえ知らぬ。ただ、当地の正統なる王と法が認めたればこそ――メレンガー建国以前より法は定められ、かりそめにも権力を委ねるに足る者を名指すべく法は用いられ――今ここで誰かと問うなら、そなたしかおるまい。そなたはまごうかたなく当地の正統なる王ゆえ、鍵を開くもそなたの業というわけだ。ここでは錠前であれ門であれ呪文にて造られたもの――ただし、それらの詩句が今もなお同じ語義を保っていようとは思えんが。

この獄を築きたるは帝国の力なれど、皇帝陛下はすでに弑せられ、誰もが教皇の前にひざまずいた。内なる岩は一粒の砂も落とさぬまま今を迎えたが、外界は戦に乱れた。群雄割拠、四分五裂、諸侯の放埒により帝国は滅びた。やがて、血で血を洗うがごとき争闘のいつしか、この丘のいずこにか、威望すぐれし王を開祖としてメレンガーの歴史が始まった。かくして、かつては高僧ひとりのものであった大権が今やそなたに託されたのだ。メレンガーの善き王として、永らく後顧されぬままの誤りを正すこともできよう。九世紀もの歳月は塵芥のごとく人智を埋め去った――ここの獄吏どもめ、先達の刻みたる古代文字の呪文さえも読むことができぬとは！」

遠くのほうから、石と石のこすれあう音が響いてきた。独房の外のどこかで、巨大な扉が開かれているにちがいない。「我が王よ、唱えたまえ、九百年余におよぶ罪なき罰を終わらせたまえ」

「唱えたところで、どうなると？」アルリックが反問する。「どこもかしこも衛兵だらけだぞ。逃げ出せるとは思えないのだが？」

魔術師は満面の笑みを浮かべてみせた。「汝が詠唱こそ封印の術を破り、我が自由と至藝とを取り戻させてくれるゆえ」

「魔術を使えるようになるのか。自分だけ姿をくらますつもりだな！」

いつのまにか橋がふたたび現われたのだろう、雷鳴のような無数の靴音が迫ってくる。ハドリアンは回廊まで一気に駆け上がり、トンネルを覗きこんだ。「衛兵どもがおいでなすったぜ！　どう見ても、おれたちを迎えに来たって雰囲気じゃないな」

「やるつもりがあるんなら、さっさとやれってんだよ」ロイスがアルリックに言った。

「あいつら、剣を抜いたぜ」ハドリアンが叫ぶ。「こりゃ、いよいよやばそうだ」

アルリックは眼下の魔術師をにらみつけた。「われわれを置き去りにはしないと約束してもらいたい」

「喜んでお約束いたそう、陛下」魔術師は丁重に頭を下げた。

ロイスはすでにトンネルの手前で立ちはだかっている相棒のかたわらへ駆け寄った。トンネルを利用して衛兵たちの攻め手を狭めるのがハドリアンの狙いなのだ。この大柄な戦士がしっかりと足を踏みしめた背後で、ロイスも自分の位置を取る。ふたりはそろって武器を手にすると、敵の襲来を待ちかまえた。少なくとも二十名ほどの衛兵が回廊へとなだれこんできた。ハドリアンは彼らの眼を見て、その奥にぎらついているものが何なのかを悟った。幾多の戦いを経験する中で、彼はさまざまな表情と向かいあってきた。恐怖、焦燥、憎悪、狂気。そして、今回のそれは憤怒――盲目的なまでに荒々しい怒りだった。ハドリアンは先鋒の衛兵を観察し、そいつの走り方から、どちらの足で自分の間合に踏みこんでくるかを予測した。さらに、二番手の衛兵についても。彼がそこまでの流れを計算したうえで剣を構えたとたん、衛兵たちの足が止まった。ハドリアンはそれでも油断を見せなかったが、敵はもはや一歩たりとも進む様子がない。

「いざ行かん」背後からエスラハッドンの声が聞こえた。ハドリアンがふりかえると、ついさっきまで下の舞台にいたはずの魔術師が彼を追い越し、そのまま、動かなくなってしまった衛兵たちのあいだを通り抜けていった。「さぁさぁ、遅れまいぞ」エスラハッドンが呼びかけてくる。

一行は何も言わず、急ぎ足で魔術師についていった。導かれるままにトンネルをくぐり、ふたたび現われた橋を渡る。獄中は奇妙なほどに静かだった。気がつけば、あの音楽も聴こえない。耳に入ってくるのは自分たちの靴音だけだ。

「危機の過ぎ去りしゆえ焦るには及ばぬが、たゆまず我が背を追いたまえ」エスラハッドンは彼らを元気づけるように呼びかけた。

彼らは無言のまま、魔術師の指示に従った。書記の机の前を通り過ぎるときには、相手が腰を浮かせて巨大な扉の奥を覗きこむような姿勢になっていたので、不安を漂わせたそのすぐ鼻先をかすめるほどだった。ハドリアンはそこへぶつかるまいと間隔を目測して、ふと、男の眼が動いたように感じた。彼はとっさに身体をこわばらせた。「おれたちの動き、あちらさんにも見えたり聞こえたりしてるのかな？」

「否。こやつらが感じるは幽霊の吐息のごとき冷気のみ」

魔術師は躊躇なく角を曲がり、橋を渡り、階段を昇り、自信満々の様子で先へ進んでいった。

「みんな、死んでしまったのでしょうか？」マイロンが囁き、そこいらで凍りついたようになっている衛兵たちの姿を見比べる。「ひょっとしたら、わたしたちも死んでいるのかもしれません。霊魂だけで動いているとか」

ハドリアンとしても、それは当たらずとも遠からずなのではないかと思えてきた。どこもかしこも、不自然なほどの静謐と空疎感が漂っている。魔術師の流麗な身のこなしに、彼のマントは今や淡い銀色を帯び、それはランタンや松明よりもはるかに明るく、非現実的な雰囲気をきわだたせていた。

「わけがわからないな。こんなことがありうるなんて、どういうわけだ？」アルリックは三本目の橋を監視したまま動かなくなった黒衣の衛兵たちをかわしながら、疑問を口にした。そのうちのひとりの目の前で手を振ってみても、反応はまったくない。「あなたがやったのか？」

「これぞイティナルなり」

「んぁ？」

「魔力の函《はこ》。そも、時の移ろいは広大無辺ゆえ、人の手には余るもの。それゆえ、閉鎖空間を築くことで効果を得てきたのだ。ここにある岩壁のいずれにも、かつて我が同輩たる魔術師たちがさまざまな呪文を張り巡らせた。魔術と時間をともに操るべく編み出された呪文なれば、糸目のわずかな変化にも用を失うであろうよ」

「おかげで、おれたちが衛兵の目に触れることはなくなった――そこまではいいとしても、こいつらが立ち尽くしたままなのは理解できないね」ハドリアンが言葉を返す。「おれたちが姿を消し、あんたも脱獄した。それなのに、どうして捜索が始まらないんだ？　せめて、扉を閉めるぐらいは当然のはずだろ？」

「今や、岩壁の内なる時間はあやつらのために一粒の砂も落とさぬ」

「効果を逆転させたのですね！」マイロンが叫んだ。

エスラハッドンは肩越しにふりかえり、修道士への賞賛をこめて目を見開いた。「そなたに驚かされるはこれで三度か。汝が名を思い出せぬは何ゆえぞ？」

「紹介してなかったからな」ロイスが答える。

「黒布をかぶる我が友よ、そなたは容易に他人を信じぬようだな？　賢明なことだ。賢者や魔術師との交わりは慎重であらねばならぬ」エスラハッドンは盗人にむかって片目をつぶってみせた。

「〝効果を逆転させた〟とは、どういう意味だ？」アルリックが尋ねる。「あの連中の時間が止まり、われわれの時間がふたたび動き出したと？」

「いかにも。ただし、完全に止まったわけでなく、今もゆっくりと動いてはいるのだが。あやつらは何も知らぬまま、瞬刻のうちに封じられた」

「あなたが怖れられてきた理由がわかったような気がするよ」アルリックが言った。

「九百年余におよぶ我が身の幽閉は、かつて誰もが仕え護ると誓い奉りし御方の血筋をなおざりにするも同然の所業であった。この程度の報いはむしろ温情のごときもの――永遠に囚われる折のさほど悪しからぬよう斟酌してやったゆえ」

一行は大階段にさしかかり、出口への通路をめざして延々とそこを昇っていった。「あんた、どうやって正気を保つことができたんだ？」ハドリアンが尋ねる。「もっと単純に、時間を一足飛びにしちまったのか？　あいつらもそうなのか？」

「時の超越には相違ないが、何世紀という長きをわずかな瞬刻に収めることはできぬ。まさしく苦闘の日々であった。至藝の道には忍耐が求められるもの。とはいえ、かくも……正気か否かの別など、誰がつけられよう？」

顔だらけの通路にさしかかったところで、エスラハッドンはその遠くまで視線を馳せ、立ち止まった。ハドリアンは魔術師が身をこわばらせていることに気がついた。「どうかしたかい？」

「顔また顔、この監獄を築きし者らがここに留まれるか。我が幽閉の始まりし頃、工事はなお最終段階の途中であった。何百という職人が家族ともども集まり、亡き皇帝陛下のために持てる力を捧げようとしていた。それもまた陛下の人徳の為せる業ぞ。誰もがその死を悼み、帝国広しといえど身を惜しむ臣民はいなかった。謀叛の咎をかけられたる者への視線は憎悪に満ちていた。我が墓陵を築くとなれば、さぞかし誇らしかったであろう」

魔術師は壁面の顔をひとつひとつ覗きこんだ。「いくばくかは見知りたる者らよ——石工、彫刻師、料理人、その妻子までも。教会は罪なき口より秘密の洩れるやもと怖れ、ここに封じこめたのであろう。見るがいい、もろともに虚言の贄とされた人々を。死者の数はいかほどか？　千年を経てもなお消すことのできぬ愚かしい嘘ひとつを隠すべく、幾多の生命が奪われたにちがいあるまい？」

「どこを探してみても扉はないぞ」アルリックが魔術師に言った。

エスラハッドンは夢から覚めたかのような表情でアルリックをふりかえった。「たわけたことを。そなたらも入り来たであろうに」そんな言葉を返し、すたすたと通路を進んでいく。「見るべきところさえも見えておらぬとは」

このあたりは監獄のどこよりも暗く、エスラハッドンのマントばかりがひときわ輝いており、魔術師の姿はさながら巨大な蛍のようだった。やがて、堅固な岩壁が目の前に現われたが、彼はためらうことなく直進し、そこを突き抜けていった。ほかの面々も遅れじとそれに倣った。

外へ出てみれば、晩秋の朝の透明感に満ちた陽光が彼らの目を眩ませる。青い空も、さわやかな涼気も、それまでとはうってかわって心地良い。ハドリアンは深呼吸をして、草や落葉の匂いを嗅ぎ取った——監獄へ入る前には何も感じなかったのだが。「どうなってるんだ、こりゃ？　雨の夜だったはずだぜ。あれから三時間も経ってないよな？」

エスラハッドンは肩をすくめ、太陽のほうへと顔を向けた。彼も深呼吸をくりかえし、そのたびに満足そうな溜息をついた。「時の移ろいは計り知れぬもの。いかにして日を数えられよう？　昨日のことか、一昨日か。はたまた何十日、何百日とて驚くにはあたるまい」魔術師は彼らの顔に浮かんだ驚愕の色を見て、愉悦をあらわにした。「心配ご無用、たかだか数時間のことゆえ」

「何にしても、良い気分はしないな」アルリックが言った。「こんなふうに自分の時間を失ってしまうとは」

「まこと、我が九百年の失われたるもまた然り。旧知の者はもはや誰もおらず、帝国も滅びて久しく、今の世はいかなるものかを知る由もない。汝が姉姫より伝え聞くとおりならば、異界もかくやというほどの様変わりであろうよ」

「そりゃそうだ」ロイスが口をはさむ。「あんたの言葉を聞けば、誰だってそう思うぜ」

魔術師はひとしきり思案をめぐらせ、おもむろにうなずいた。「元来、人の語り口とはそのままに身分を示すものであった。すなわち、そなたらはさぞかし下賤なるや、王といえども智を欠きたるやと」

アルリックが彼をにらみつける。「当世のわれわれから言わせてもらえば、話し方が奇妙なのはあなたのほうだ」

「たしかに。では、これより――きみたちのように話さねばなるまい。たとえ――どんなに粗野で低俗という印象があろうとも」

ハドリアンとロイスとマイロンは隠しておいた鞍が無事なのを確かめると、それを馬たちにつける作業にとりかかった。マイロンはふたたびこの動物たちに触れることができて嬉しいのだろう、満面の笑みを浮かべている。彼は鞍帯の締め方を教わるあいだにも、しきりに毛並を撫でてやっていた。

「余分な馬は連れてきていないし、ハドリアンはすでに二人乗りと決まっている」アルリックが言った。彼はロイスのほうを盗み見たものの、もちろん、相手は知らんふりを決めこんでいる。「つまり、エスラハッドンにはわたしの後ろに乗ってもらうしかないというわけだな」

「その必要はない。行かねばならぬ場所があるゆえ」

「いや、それは困る。わたしと一緒に城へ来てくれ。いろいろと相談に乗ってもらいたい。皇帝の顧問だったのだから、きわめて優秀な人材にきまっている。その能力をわたしにも貸してくれないか。正式な国王顧問として迎えよう」

「否、そなた――」魔術師はひとつ溜息をつくと、最初から言い直した。「いや、きみには残念至極だろうが、獄を出る必要があったのは、べつだん、きみのささやかな悩みを解決するためではない。それよりもはるかに火急の問題をどうにかせねばならんし、ここからの道程も遠いゆえ」

王子は呆気にとられたようだった。「囚われの身のまま九百年も経ってしまったのに、何を急いでいるのだ？　とりあえず、復職の可能性はありえないな。かわりの勤め先を探すなら、我が国において、できるかぎりの贅沢な暮らしを約束しよう。もっと条件の良い仕事があるはずだと思っているのかもしれないが、せいぜいウォリックのエセルレッド王がわたしと同等の待遇を提示するぐらいだろうし、まずもって、あの国の連中とうまくやっていくのは無理だと思うぞ。エセルレッド本人からして絵に描いたような帝政派だし、教会の熱烈な支持者だからな」

「宮仕えなど望んではおらぬよ」

「そうか？　今の自分を見てみるがいい。着のみ着のまま、食うや食わず、寝る場所もない。わたしを拒むよりも先に、状況を考えるべきだろう。そもそも、感謝のしるしということで力を貸すぐらいの配慮はないのかな」

「感謝？　その語義さえも変わってしまったか？　かつて、それは何らかの恩義に対して示すものであったが」

「それは今も変わっていない。わたしがあなたを救ったのだ。あなたがあの監獄から出てこられたのは、わたしのおかげということさ」

エスラハッドンは片眉を上げた。「我が為にあえて脱獄を敢行したとな？　まさか。そなた――きみはただきみ自身を救ったにすぎぬ。そこには何の貸借もない。よしんば、多少の借りはあったにせよ、ここまで先導したのだから相殺ということで文句はなかろう」

「しかし、あなたの協力が必要だからこそ、わたしはここまで来たのだ。父上の血に濡れた玉座を継ぐことになろうとは！　わたし自身も、王となったばかりの二日間、この盗賊たちに城から連れ出され、国土横断の旅を余儀なくされてしまった。父上を殺した犯人は誰なのか、どうすれば捕えることができるのか、さっぱりわからん。力を借りられるものなら何であれ借りたいという状況だ。あなたの知性はおそらく千般に通じ、当世の人間たちが及びもつかないほどの――」

「そこは千よりも万で数えるがふさわしかろう——いずれにせよ、きみと行くことはできぬ。王国を導くはきみの務め、我が道とは遠く離れて」

アルリックはもどかしげに顔を紅潮させた。「あなたにはわたしの許で顧問を務めてもらわなければならない。あなたを野放しになどしておけるものか。このままでは、どんな悶着の種を蒔くことになるやら。それぐらい危険な存在というわけだ」

「わきまえておいでのようだな、殿下よ」魔術師は真剣な口調になった。「よろしい、ささやかな忠告をしてさしあげよう——我が力を借りたくとも、〝ねばならぬ〟は禁物だ。水の滴はやがて岩をも穿つが、堰を切っては埒もあるまい」

アルリックは返す言葉もなくなってしまった。

「教会からの追手がかかるまで、そんなに余裕があると思うかい？」ハドリアンがさりげなく尋ねた。

「にわしくも……」魔術師はそこで溜息をつき、「いきなりそのような問いをぶつけてくるとは、何の肚がある？」

「あんたが監獄の中の時間を止めたおかげで、当分のあいだ通報される心配はない。ただし、おれたちが地元に戻ってこの体験談を誰かに話せば、捜査の開始が早まるかもしれないってことさ」

魔術師はハドリアンを注視した。「脅し文句か？」

「そんなふうに聞こえちまったかい？　あんたもわかってるだろうが、おれには何の関係もないんだ。ましてや、魔術師を脅そうなんて、よっぽど頭のいかれたやつでなきゃ考えもしないさ。とはいえ、ここにいらっしゃる国王陛下は、ぶっちゃけた話、ちょいと抜けてるところがあってね。帰りがけにどこかの酒場へ立ち寄って、そこで酔っ払って、あることないこと吹聴しちまうかもしれん——貴族連中がしょっちゅう同じ失敗をやらかしてるよ」そんな言葉に、エスラハッドンがアルリックを一瞥する。今の今まで真赤だった王子の顔がたちまち蒼白になった。「要するに、おれたちはアルリックの親父さんを殺した犯人をつきとめるために遠路はるばる来たんだから、その答えを得られないままじゃ帰るに帰れないのさ」

エスラハッドンは小さく笑った。「なるほど。では訊くが、きみの父上はいかにして殺されたと？」

「背中を刃物で刺されたのだ」アルリックが説明する。

「刃物とは？」

「我が軍の兵士たちが着用している短剣だ」アルリックは両手を一フットほどの幅に広げてみせた。「長さはこんなものか。片刃で、丸い柄頭がついている」

エスラハッドンがうなずいた。「刺されたところは？」

「身の丈のいずこを？」

「王宮の礼拝堂だ」

「あぁ、そっちか——背中の左上あたりだったな」

「礼拝堂に別の出入口や窓はあるのかね？」

「ない」

「遺体の発見者は？」

「このふたりだ」アルリックはロイスとハドリアンを指し示した。

魔術師はにこやかに首を振ってみせる。「否、彼らでなく、王の死を伝えた者は？　異変を叫んだ者は？」

「たぶん、ワイリン警備隊長だと思う。事件直後に現場へ駆けつけ、このふたりを捕えたのだ」

ハドリアンはアムラス国王が殺された晩のことを思い出してみた。「いや、そうじゃない。ドワーフがいたぞ。おれたちが礼拝堂を出たところへ、廊下の角のむこうから現われたんだ。あいつが死体を発見して、叫び声を上げたんじゃなかったか。それからすぐに兵士たちが来た――まさに〝打てば響く〟ってぐらいの速さで、びっくりしちまったよ」

「あぁ、それはマグヌスだろう」アルリックが言った。「何カ月も前から、城の石工として働いてくれている」

「そなたら――いや、きみたち、そのドワーフが廊下から来るところを見たのかね？」魔術師が尋ねる。

「うんにゃ」ハドリアンが答え、ロイスも首を振ってみせた。

「では、礼拝堂の入口から見て、王の亡骸はそれとわかる状態であったかね？」

ハドリアンとロイスはそろって首を振る。

「謎は解けたな」魔術師はさも当然とばかりに言った。ほかの面々はわけがわからないという表情でそちらへ視線を返す。エスラハッドンは溜息をついた。「アムラスを殺したのはそのドワーフだ」

「それはありえない」アルリックが反論する。「大柄な父上に対して、短剣は振り下ろされたような状態で突き刺さっていた。どんなドワーフでも、そんなことができるものか」

「敬虔な国王が礼拝堂へ足を運ぶとなれば、まずは祈りにひざまずくにちがいあるまい。そこを狙えば、ドワーフでも彼を殺すは容易なことだ」

「しかし、おれたちが行ったとき、扉には鍵がかかってたぜ」ハドリアンが言った。「室内には死体のほかに誰もいなかった」

「きみたちには見えなかったと言いたまえ。礼拝堂の祭壇に棚はついておらんかね？」

「あぁ、ついてたっけな」

「一千年も前からのことだ。宗教はおいそれと変わりゆくものではない。棚の大きさを考えるに、人間が隠れるのは無理でも、ドワーフならば充分であろう。そやつは王を殺し、扉に鍵をかけ、きみたちふたりが亡骸を発見するのを隠れ待った」エスラハッドンはそこでしばらく言葉を切った。「きみたち——ふたり——ではなかったのかね？」彼は天を仰いで首を振った。「慣れぬ語り口では、話が伝わっているか否かさえ怪しいものだな。

ともあれ、扉に鍵がかかっていたとなれば、夜勤の衛兵にせよ掃除夫にせよ、ただちに亡骸を発見することはあるまい。そこへ入れるのは腕利きの盗人のみ。きみたちの少なくとも一方はそう呼ぶにふさわしかろう」彼はそう言いながら、ロイスを直視した。「きみたちが現場を離れた直後、ドワーフは棚から忍び出て、扉を開け、注進に及んだというわけだ」

「つまり、そのドワーフは教会の手先ってことか？」

「いいや」魔術師はうんざりしたような溜息をついた。「いかなるドワーフであれ、人間の使う刃物に手を触れることはない。ドワーフの伝統は宗教にもまして変化に乏しいものだ。おそらく、短剣の持ち主に雇われたのであろう。その者こそ真犯人にほかならぬ」

彼らは目を丸くするばかりだった。「すばらしい推理だな」アルリックが声を洩らした。

「否、冷静に考えれば造作もなかろうよ」魔術師は岩壁にもたれかかった。「脱獄は難《かた》し。当世の語り口もまた難し。だが、アムラス王を弑せる者の謎を解くは――や……や……柔らか？」

「何だい、そりゃ？」ハドリアンが訊き返す。「そこは〝易《やす》し〟だろ」

「謎ひとつ解きたるのみにて何を安らかと言えようぞ？　犯人を捕えねば本末転倒であろうに」

ハドリアンは肩をすくめてみせた。「言葉の組み合わせがそうなってるんだっての」

エスラハッドンはどうにも釈然としない様子だった。「いやはや。ともあれ、その事件について手を貸せるのはここまでだ。そろそろ、二途に分かれ往くとしよう。何度も言うようだが、やらねばならぬことがあるのだ。いずこかで口を滑らせてしまわない程度には満足していただけたかな？」

「合意のしるしに、こうしよう」アルリックが片手をさしのべた。

魔術師はその掌を一瞥しただけで笑みを浮かべた。「汝が言、しかと聞いた」彼は別れの挨拶もなしに踵を返すと、坂を下りはじめた。

「歩きで大丈夫なのかい？　どこへ行くにしても、楽な道程じゃないと思うぜ」ハドリアンが彼の背中にむかって叫ぶ。

「長旅もまた愉快であろうよ」魔術師はふりかえりもせずに答えると、曲がりくねった古道にたちまち姿を消してしまった。

残された面々は馬にまたがった。マイロンもこの動物たちにかなり慣れたようで、ハドリアンの後ろに乗っても平然としていられるようになっていた。ふたたび峡谷にさしかかるまでは彼の背中にしがみつこうともしなかった。彼らは遠からずエスラハッドンを追い越すことになるだろうと思っていたのだが、どこまで行っても魔術師の姿は見えなかった。

「只者じゃなかったと認めるしかなさそうだな、えぇ？」ハドリアンはそう言いながら、なおも周囲に視線をめぐらせている。

「そもそも、あんなにあっさり脱獄できるんなら、おれたちが手を貸すまでもなかったんじゃないかって気がするぜ」ロイスが相槌を打つ。

「彼がいたからこそ、皇帝の名もひときわ高まったにちがいない」アルリックが顔をしかめ、手綱の端に結び目をつけた。「とはいえ、反感を買うことも多かったんじゃないかな。ぼくだって、自分から他人に握手を求めるのは珍しいんだが、応えてもらえると思ったからこそ手をさしのべたんだ。それを無視するとは礼儀に反するだろう」

「陛下はご不満かもしれませんが、他意があってのことではないかもしれませんよ。おそらく、やむにやまれぬ事情によるものでしょう」マイロンが意見を述べた。「握手をしたくないのではなく、できないという意味です」

「なぜ？」

「やはり『ディオイリオン書簡集』の中で、エスラハッドンに対する刑罰が記されています。彼が二度と自在に術を操ることのできないよう、教会は彼の両手を切り落としたそうです」

「おぉ」アルリックが声を洩らした。

「ところで、ディオイリオンさんとやらが無事に天寿を全うしたと思えないのは、おれの気のせいかな？」ハドリアンが尋ねる。

「おおかた、あの通路にあった顔のどれかだろうさ」ロイスは馬の脚を速めた。

6　月下に明かされる真相

「わたしをお探しだと聞きましたが、叔父さま？」アリスタ王女は静かに彼の執務室へと足を踏み入れた。彼女の護衛であるヒルフレッドも一緒で、これも任務のひとつとばかり、扉のすぐ内側で直立不動の姿勢を取る。アリスタはあいかわらず喪服姿で、銀鼠色のボディスの上に漆黒のガウンをまとっていた。しっかりと胸を張って、一国の統治者にふさわしい堂々とした雰囲気を漂わせている。

パーシー・ブラガ大公が立ち上がって彼女を迎えた。「うむ、いくつか訊いておきたいことがあってね」彼はふたたび執務机の後ろの椅子に腰をおろす。彼の服装もまだ黒一色だった。ダブレット、ケープ、帽子までも天鵞絨《びろうど》で仕立てたもので、宰相の証である金鎖がひときわ目立っている。睡眠不足がたたって両眼はすっかり充血し、頬から顎にかけての無精髭も伸びっぱなしだった。

「いったい、どういうつもりですか？」彼女の表情がけわしくなった。「今や女王も同然のわたしを呼びつけるなんて、宰相の権限とは思えませんけれど？」

ブラガは顔を上げ、彼女の視線をまっすぐに捉えた。「きみの弟が亡くなったという確証はまだ何もないぞ、アリスタ。女王を名乗るのはまだ早い」

「確証がないですって？」彼女は国内各地の地図がいっぱいに広げ並べられているテーブルへと歩み寄った。そこかしこに突き立ててある無数の小旗は、哨戒隊や守備隊や歩兵中隊などの位置を示すものだ。その片隅に置いてある泥まみれのローブを拾い上げると、エッセンドン家のハヤブサの紋章がついている。彼女はその後ろ身頃にぽっかりと開いている穴を指でひっかけ、叔父の執務机の上に放り投げた。「だったら、これは何だとおっしゃるの？」

「ローブだな」大公はただ見たとおりに答えた。

「このローブは弟のもので、剣か矢で貫かれたとしか思えない穴が開いているんです。父上を殺した二人組がアルリックも殺したにちがいありません。そして、死体を川に捨てた。弟はもう生きていないでしょう！　わたしが戴冠を自重しているのは、まだ喪中だからという理由でしかありません。だけど、それも時間の問題ですから、叔父さま、わたしと話すときには言葉を選んでくださいね。さもなければ、親戚だろうが何だろうが知ったことではなくなりますわよ」

「死体が発見されないかぎり、きみの弟は生きていると考えておかねばならん。したがって、彼こそがこの国の正統なる王だということに変わりはないし、きみがどんなに異議を唱えようと、わしは彼をここへ連れ戻すために全力を尽くすのみだ。きみたちのお父上はわしを信頼して宰相職を任せてくださったのだから、わしにはそれに応える義務がある」

「お忘れかもしれませんけれど、父上はすでに世を去りました。目の前の現実に重きを置いていただけないようでは、メレンガーの宰相にはふさわしくありません」

ブラガもあやうく売り言葉に買い言葉となりかかったものの、それをかろうじて呑みこみ、深呼吸で自分自身をおちつかせた。「とりあえず、わしの質問に答えてくれるつもりはあるのかね？」

「伺うだけは伺いましょう。答えるかどうかは内容次第ということで」彼女は地図で埋まっているテーブルのほうへ悠然と戻り、その縁に腰をおろした。長い脚を伸ばし、左右の足首を軽く交差させ、自分の爪を見るともなしに眺める。

「ワイリン隊長から、獄吏への事情聴取が完了したとの報告が届いた」ブラガは席を立ち、執務机の前を離れ、アリスタのいるほうへと歩み寄った。片手には一枚の書面を持っており、それを確かめながら言葉を続ける。「アルリックとわしが例の囚人どもに接見したあと、きみもあそこへ行ったそうだね。そして、あやつらを縛りあげておいたはずの場所でそっくり身代わりにされていた二名の修道士だが、彼らもきみと一緒だったとか。事実のほどは？」

「ええ」彼女は短く答えた。大公がその顔を凝視したままの状態で、しばしの沈黙があった。

「迷信深い性分なので、犯人たちを処刑するなら最後の秘蹟を与えるべきだと思ったんです。城内に彼らの幽霊がうろつくようになっては困るでしょう」

「きみの命令であやつらの縛め《いまし》を解いたという報告もあるのだが？」ブラガはもう一歩、彼女との距離を詰めた。

「修道士の前にひざまずかせる必要がありましたから。あんなことになってしまうとは考えてもみませんでした。独房のすぐ外には衛兵たちが待機していたわけですし」

「しかし、修道士ともども独房に入ってすぐ、きみはわざわざ扉を閉めさせたとか」大公はさらに一歩、いささか近すぎるほどのところから、彼女の態度や表情をじっくりと観察する。

「そこまで詳しくご存知なら、わたしが修道士たちをその場に残して帰ったという報告もありませんでしたか？　彼らが犯人たちに自由を奪われてしまうよりも前ですよ？」アリスタは座っていたテーブルを後ろ手に押しやるようにして降り立ち、叔父をわずかに引き下がらせた。彼女はそのまま大公をかわして窓辺へと歩み寄り、城の中庭を眺めた。下働きの男がまもなくの冬にそなえて薪を割り、小分けに束ねている。「もちろん、今になってみれば、自分が愚かなことをしたと認めるしかありませんけど、あの連中が逃げ出せるわけはないと信じて疑わなかったんです。だって、たったふたりじゃありませんか！」彼女はなおも窓の外に視線をさまよわせた。薪材でなくとも、木々の枝に葉はまったく残っていない。「お訊きになりたいことはそれだけですかしら？　宰相閣下のお許しをいただけるなら、そろそろ、女王としての職務に戻りたいのですけれど？」

「もちろんだとも、我が姪よ」ブラガの口調がやわらいだ。そして、王女が窓辺を離れ、部屋から出ようと扉を開けかけたところへ、「おぉ、いかん、もうひとつだけ」

アリスタはその場で肩越しにふりかえった。「何でしょう？」

「これもワイリンからの報告で、お父上を殺すのに使われた短剣が管理庫から消えてしまったそうだ。何か知らないかね？」

彼女はあらためて大公に向きなおった。「今度は盗みの疑いですか？」

「単なる質問だよ、アリスタ」彼もいらだたしげに喉を鳴らす。「そこまで喧嘩腰になる必要はあるまいに。職務の都合上と考えてくれたまえ」

「職務？　わたしに言わせれば、むしろ職権濫用です。とにかく、短剣のことは何も知りませんから、尋問同然の物言いはやめてください。次にやったら、誰がこの国の主なのかをはっきりさせてあげます！」

アリスタはすさまじい剣幕でブラガの執務室を離れた。ヒルフレッドが駆け足で彼女を追いかける。彼女はそのまま脇目もふらずに城内をつっきり、自分の塔へと戻った。そこでヒルフレッドを歩哨に立たせ、てっぺんまで一気に階段を駆け昇る。そして、部屋に入るや、叩きつけるように扉を閉め、首飾りの宝石で封じた。

彼女は荒い息を弾ませ、扉にもたれかかったまま、しばらく動かずにいた。おちつかなければ。微風にたなびく若木さながら、部屋全体がかすかに揺れているように感じられる。最近はいつもこんなありさまだ。身辺があわただしいせいだろう。しかし、ここは彼女の聖域、うっとうしい世間からの避難所なのだ。ここにいるかぎり、彼女は安心していられるし、秘密も守れるし、魔術も試せるし、夢見る乙女に戻ることもできる。

もっとも、王女の部屋としては質素の一言に尽きるだろう。伯爵家や男爵家でさえ、令嬢たちはずっと豪奢な空間で暮らしているものだ。どこと比べてみても、この部屋はとにかく手狭で、飾り気もない。とはいえ、それは彼女自身が選んだことだった。王族の居住区画には広くて華やかな寝室がいくつもあるが、塔なら独りになれるし、三面の窓から城外の遠景も一望にできる。とりあえず、床までの丈がある分厚い真紅のドレープのおかげで、石の壁は隠されていた。彼女としては室内の保温効果への期待もあったのだが、残念ながら、そこまでの役には立っていなかった。冬の夜などはあまりにも寒く、小さな暖炉でめいっぱい薪を燃やしても追いつかない。それでも、ドレープが柔らかさの演出になり、気分だけは多少なりとも温かいのだ。小さいながらも天蓋つきのベッドには特大のクッションが四つ。ちなみに、これよりも大きなベッドを入れる余地はなかった。ベッドのすぐ横には小さなテーブルがあり、水差しの入った盥《たらい》が置いてある。その隣の箪笥は母から譲られたものだ。しっかりと鍵をかけてベッドの下にしまいこんだ結婚支度の荷箱も同じ。そして、ほかに家具と呼べるものは、化粧台と鏡と小さな椅子があるだけだった。

彼女は部屋の奥にある化粧台の前に座った。かたわらの鏡はちょっとした骨董品だ。表面の硝子板はそこいらの代物よりも透明度が高く、優美な白鳥がおたがいに背を向けあって泳ぐ姿をかたどった飾り枠もついている。これもかつては母が使っていたものだ。毎晩、母はこの鏡の前で髪を梳《と》かし、幼い頃のアリスタはそこに映る彼女の姿を飽きることなく眺めつづけていた――そんな記憶さえも懐かしい。そして、テーブルの上に並べられたブラシの数々。いずれも、父が公務で諸王国を訪れるたびに買ってきてくれたものばかりだ。真珠の柄がついているのはウェズバーデンから、黒檀の軸に魚の骨でこしらえた歯を埋めこんであるのはトゥール・デル・フールの異国情緒に満ちた貿易都市から。それらを見ていると、旅先から帰ってくるときはいつも片手を背後に隠して目を輝かせていた父の姿が思い出される。今となっては、白鳥の鏡とさまざまなブラシだけが両親の形見というわけだ。アリスタはだしぬけに片手をひるがえし、それらのブラシを薙ぎ払った。なぜ、こんなことになってしまったの？　彼女はかすかな嗚咽を洩らした。いや、考えるべきはそこではない——まだ、やるべきことが残っているのだ。自分で口火を切ったからには自分で決着をつけてみせる。しかし、ブラガは日を追うごとに疑い深くなりつつあった。残されている時間はわずかしかない。

彼女は荷箱の鍵をはずし、蓋を開けた。そして、紫色の布にくるんで隠してあったものを取り出す。この布をこんなふうに使うとは、皮肉なこともあったものだ——彼女はそう思わずにいられなかった。なにしろ、父が最後に買ってきてくれたブラシの包みだったのだから。彼女はベッドの上にそれを置くと、慎重に折り目をほどいた。その中から現われたのは、丸い柄頭のついた短剣だった。刃はまだ父の血で汚れている。

「もう一仕事だけ、お願いね」彼女は短剣に囁きかけた。

〈銀の盃〉亭はガリリン地方のはずれに一軒だけぽつねんと建っていた。基礎部分は石材とモルタルで造られ、草葺きの屋根を支える梁は白塗りの樫材だが、長年のうちに煤けてしまったのだろう、今では灰色になっている。窓はいかにも安物とおぼしき硝子板を菱形の枠にはめこんだもので、ヘルダベリーの生垣がそれと同じ高さにまで伸びていた。正面口のすぐ外には杭が並び、かなりの数の馬たちが繫がれているし、建物の脇にある小さな厩舎もいっぱいだった。

「こんな場所のわりには繁盛してるみたいだな」ロイスが言った。

彼らはひたすら東向きに馬を走らせ、一日でここまで来た。この旅路の前半もそうだったが、人里離れた土地ばかりを駆け抜けるというのは疲労が大きいものだ。夕陽がほとんど消えた頃になって、彼らはようやくガリリンの田園地帯にさしかかった。刈り取りの終わった畑や牧草地を左右に見ながら進むうち、一本の田舎道に出た。四人のうちの誰も自分たちの位置を正確に把握できていなかったので、彼らはとりあえず目印になりそうなものがある場所までその道をたどってみることにした。そんなこんなで、最初に見えてきた建物が〈銀の盃〉だったのは、彼ら全員にとって望外の喜びとなった。

「良かったですね、陛下」ハドリアンが声をかける。「城へお戻りになりたければ、ここで道を確かめることができると思いますよ」

「いつまでも留守にしてはおけないからな」アルリックが答える。「ただし、腹が減っては何とやらだ。この店にまともな料理はあるのか？」

「そこまで気にしてられますかって」ハドリアンが小さく笑った。「今なら、死んで三日の野ネズミだって食えそうな気がします。とにかく、この四人で同じテーブルを囲む機会はこれっきりですし、あんたは手持ちの金もないでしょうから、ここの払いは任せてください。まぁ、そのぶんだけ税金を軽くしてもらえると大助かりなんですがね」

「そんな必要もないだろ。今回の仕事はそれなりの稼ぎになるはずなんだからな」ロイスが言葉をさしはさみ、アルリックをふりかえる。「百テネントの貸しがあるってこと、忘れてないよな？」

「心配しなくていい。パーシー叔父にはぼくのほうから話を通しておこう。受け渡しは城へ来てもらうことになると思うが」

「できれば何日か様子を見たいんだが、かまわないか？」

「もちろん」王子がうなずく。

「ちなみに、代理人を送るってのは？」その質問に、アルリックはただ彼の顔を眺めるばかりだった。「そいつを逮捕したところで、おれたちの居場所をたぐるのは無理だぜ」

「おいおい――そんなにも警戒しなければならないものなのか？」

「これぐらいは当然だぜ」ロイスが言葉を返す。

「うわっ！」厩舎を見ていたマイロンがだしぬけに叫んだ。

ほかの三人はびっくりして跳び上がった。

「茶色だ！」修道士は感激もあらわに言葉を続けた。「茶色の馬なんて、初めて見ましたよ！」

「マールの名にかけて、勘弁してくれ！」アルリックが信じられないとばかりに首を振り、ロイスとハドリアンも同じような表情を浮かべている。

「でも、知らなかったんですってば」マイロンはおたついてしまったものの、興奮はまだ冷めていないようだった。「ほかにはどんな色があるのでしょう？　緑？　青？　青い馬というのは心を惹かれますね」

ロイスが店内へ入り、二分ほどで戻ってきた。「これといって問題はなさそうだ。かなりの混み具合だが、いかにも怪しげなやつはいない。アルリック、ちゃんとフードをかぶって、指輪も紋章を掌のほうに回しておけよ。いっそのこと、城に戻るまでは外しておくほうが安心かもな」

入口のすぐ先には石壁に囲まれた小さなホワイエがあり、いくつものマントやコートが掛釘にぶらさがっている。片隅の台には長さも形もまちまちな杖が置いてある。そして、上のほうの吊棚にはつぎはぎだらけの帽子や手袋。

マイロンは足を踏み入れるやいなや、その場の様子に目を丸くした。「こういう店のことも本に書いてはありました。『巡礼百話』――放浪の旅人たちがたまたま同じ宿に泊まりあわせ、それぞれの遍歴を語るという内容です。そして、最高の語り手にはみんなで賞金を出そうと。わたしはその本が大好きだったのですが、院長はあまり良い顔をなさいませんでした。下品だと感じておられたのでしょう。女性にまつわる物語が多く、不健全なところもありましたから」彼は店内の喧騒ぶりに目を輝かせた。「ここにも女性はいますか？」

「うんにゃ」ハドリアンが悲しげに答える。

「おぉ、それは残念です。会ってみたいと思ってはいるのですが。ひょっとして、宝石と同じく箱の中で大切にされるべき存在なのでしょうか？」

ハドリアンはもちろんのこと、ほかのふたりも笑わずにいられなかった。

マイロンは不思議そうに彼らの顔を眺めたあと、肩をすくめた。「とにかく、ここは心を惹かれる場所ですね。珍しいものばかりで！　この匂いは何でしょう？　食べ物ではなさそうですが？」

「煙草だよ」ハドリアンが説明する。「そんなもん、修道院じゃ誰も吸わないか」

狭い店内はテーブルが六つでいっぱいだった。石の積み具合がいくぶん曲がっている暖炉の棚のまわりには銀製のタンカードがそこらじゅうに飾りつけてある。暖炉の隣はカウンター席で、樹皮を剝がずに上面を削っただけの丸太であつらえたものだ。店内にいる客は十五人ほどだろうか、そのうちの幾人かは新顔の彼らをそれとなく観察している。ごろつき、樵、日雇い、旅の鋳掛け屋、そんな連中ばかりらしい。紫煙の発生源はカウンター近くのテーブルを囲んでいる荒くれ者たちで、雲のようなそれが店内全体に低く漂っており、暖炉にくべられた薪の燃える匂いや焼きたてのパンの甘い香りをその雑臭で濁らせている。ロイスは一行の先頭に立ち、窓辺の丸テーブルに席を取った——外に繫いである馬たちの様子がよく見える。

「じゃ、何か適当に注文してくるぜ」ハドリアンがふたたびテーブルを離れた。

「まことに興味深い場所ですね」マイロンはしきりに店内を眺めまわしている。「と、とても活気があって、誰もがおしゃべりに興じています。修道院では食事中に言葉を発することが禁じられていたので、いつも静寂に包まれていました。もちろん、その規則をかいくぐるため、小さな合図をいろいろと決めてあったわけですが。マリバーにひたすら感謝しなければいけない一刻ですから、院長はご立腹でした。でも、塩が欲しいけれど手の届かないところにあるとか、そういうことも珍しくないわけですし」

カウンターへと歩み寄ったハドリアンは、ほどなく、わざと背中を押してくるやつがいるのを感じ取った。

「気ぃつけてくれや、兄ちゃん」緑色のフードをかぶっている男が低い声で言った。

ハドリアンはゆっくりとふりかえり、相手を見たとたんに忍び笑いを洩らす。「そんな必要があるかよ、アルバート。この背中にゃ誰かさんの目がついてるんだぜ」ハドリアンがわずかに視線を動かすと、ロイスは早くもウィンズロウ子爵のすぐ後ろに立っていた。薄汚れて穴だらけの外套に身を包んだアルバートがふりかえり、渋い表情のロイスに向き合った。「ほんの冗談だってば」

「おまえ、こんなところで何をやってるんだ?」ロイスが囁く。

「身を隠し――」アルバートは言いかけたものの、泡がこぼれそうになっているエールの甕とジョッキ四つを持った店員がすぐそばを通りかかったので、とっさに口をつぐんだ。

「何か食ったのかい?」ハドリアンが尋ねた。

「いや、全然」アルバートは運ばれていく甕をうらやましげに眺めている。

「同じ料理とジョッキ、もうひとつずつ」ハドリアンはカウンターのむこうにいる太った男に声をかけた。

「あいよ」その店員が答え、ジョッキを手渡した。「料理はできあがったら持ってきますんでね」

ふたりは自分たちのテーブルへと戻り、アルバートも彼らについていった。マイロンとアルリックの顔を見て、子爵はささやかな好奇心を覗かせた。

「こいつはアルバート・ウィンズロウ、おれたちとは旧知の仲でね」ハドリアンの紹介にあわせて、アルバートは手近な空き椅子を彼らのテーブルへと移動してきた。「で、こっちのふたりは――」

「依頼人だ」ロイスがすばやく言葉をさしはさむ。「ってことで、商売の話は自重してくれ、アルバート」

「おれたち、しばらく街を離れてたんだよ――ちょいと旅に出てたもんでね」ハドリアンが言った。「メドフォードで何かあったのかい？」

「そりゃもう」子爵はハドリアンにエールを注いでもらいながら声をひそめた。「アムラス王が死んだよ」

「本当かい」ハドリアンがわざとらしく驚いてみせる。

「〈薔薇と棘〉は営業停止だ。裏町はどこもかしこも兵士たちの監視下に置かれてる。しょっぴかれた住民も少なくない。エッセンドン城の周辺や市の大門あたりには部隊が展開してるよ」

「城の周辺に部隊が展開？　どうして？」アルリックが尋ねた。

ロイスは手振りひとつで彼を黙らせた。「グウェンは？」

「無事——だと思う」アルバートは答えながら、アルリックのほうを盗み見た。「とりあえず、ぼくが逃げ出してきた時点では無事だったよ。あいつらは彼女を尋問して、店の子たちをどやしつけたりもしてたけど、それ以上の悶着には発展しなかった。彼女、きみのことを心配してたぜ。もう何日も前に、その——旅から帰ってくるはずだと思ってたんじゃないかな」

「あいつらってのは誰のことだ？」ロイスはたちまち氷のような口調になった。

「あぁ、主力は近衛隊の連中だけど、ほかの手も借りてるようだね。このあいだ、他所者が出没してるって話が出たのを憶えてるかい？　あいつらも関与してるぜ。近衛兵たちと一緒に歩いてるところも見たよ。おそらく、王子に雇われたんじゃないかな」またもや、アルバートはアルリックの顔を一瞥した。「あいつら、市内全域をしらみつぶしに、裏町界隈を拠点にしてる二人組の盗賊のことを嗅ぎまわってる。そうとわかって、ぼくも身の危険を感じたのさ。すぐに街を出て、西へ西へと来たわけだ。とはいえ、状況はどこも同じだよ。行く先々で兵士たちが目を光らせてる。宿屋や酒場にかたっぱしから強制捜査をかけて、店員だろうと客だろうと誰彼かまわず追いたてるんだ。そのたびに、ぼくは間一髪のところで難を逃れてきたんだけどね。最新の噂じゃ、メドフォードに夜間外出禁止令が発せられたとか」

「ひたすら西をめざしてきたんだな？」ハドリアンが念を押した。

「ここまでは一直線だよ。とにもかくにも状況がおちついてるのは、この村が初めてさ」

「ごったがえしてる理由もそれで説明がつくぜ」ハドリアンが言った。「沈む船から逃げ出したネズミの群れってわけだ」

「そういうこと――みんな、住み心地の良かったメドフォードはおしまいだと言ってる」アルバートがつけくわえた。「ぼくはもう何日かここで様子を窺って、戻れそうなら戻ってみようかと思う」

「王子や王女はどうなったんだろうか？」アルリックが尋ねる。

「これといった噂は聞こえてきませんね」子爵が答えた。彼はジョッキに口をつけながら、なおも王子の顔を観察している。

店の裏口が開いて、ほっそりとした人影が現われた。薄汚れた風体の男で、ぼろぼろの服をまとい、袋のような帽子をかぶっている。そいつは胸許にしっかりと財布を握りしめており、ほんの一瞬だけ立ち止まると、おちつかない様子で店内に視線を走らせた。それから、すばやくカウンターをくぐり、財布の中身とひきかえに店主から袋いっぱいの野菜を受け取る。

「何だ、こいつぁ？」近くのテーブル席から、いかつい男が立ち上がった。「帽子を脱げよ、このエルフが。ごりっぱな耳を隠してやがるんだろ」

貧相な物乞いは両腕で袋をかかえ、裏口へ急ごうとした。そのとたん、カウンター席にいた別の男がその行く手をふさぐ。

「脱ぎやがれってんだよ！」テーブル席の男が声を荒らげた。

「やめろ、ドレイク」店主が言った。「食料を買いに来ただけじゃないか。ここで食べようとしてるわけじゃなし、かまうことはないだろ」

「だいたい、おめぇがこいつら相手に商売してることからして信じられねぇよ、ホール。ダンモアで人殺しがあったのを知らねぇのか？　こいつらの仲間がやらかしたんだぜ」ドレイクは片手を伸ばして帽子をひったくろうとしたものの、物乞いはすばやく身をかわした。

「ほれ、見たかよ？　こいつら、こんだけ身軽なくせに、仕事となると動こうともしやがらねぇ。いつだって悶着の種さ。お情けで店に入れてやったら、いずれ、何から何まで盗まれちまうのが関の山だぞ」

「盗みをはたらくようなやつじゃない」ホールが反駁する。「週に一度、ここで食料やら雑貨やらを買って、それで家族を養ってるんだ。嫁さんと子供だよ。かわいそうに、生きていくのもやっとなんだぞ。ふだんは森から出てくることもない。メドフォードの警備がきびしくなっちまったせいで、一ヵ月ほど前にこのあたりへ流れてきたんだとさ」

「へぇ、そうかよ？」ドレイクも負けじと言葉を返す。「森にひっこんでるやつが、どこでその金を手に入れたんだ？　盗んだにきまってるよな、えぇ？　人間さまの懐を狙ったか？　農場にでも押し入ったか？　そんな連中だからこそ、どこの街でも追い立てられることになるのさ。手癖も酒癖も悪いときたもんだ。メドフォードにいられなくなったからって、この村に来てもらっちゃ迷惑千万だぜ！」

さらに別の男が物乞いの背後へと忍び寄り、帽子を剝ぎ取った。黒々とした髪の毛と長く尖った耳があらわになる。

「腐れエルフめ」ドレイクが罵った。「てめぇ、この金の出処《でどころ》はどこだ？」

「やめろってんだよ、ドレイク」ホールがくりかえす。

「盗んだ金としか思えねぇぜ」ドレイクはベルトから短剣を抜いた。

丸腰のエルフは震えながら立ち尽くし、男たちの包囲網と店の裏口とを交互に眺めるばかりだった。

「おい、ドレイク」ホールはひときわ声を落とした。「それぐらいにしとけ。さもないと、おまえのほうこそ二度とうちの店で飲み食いできなくなるぞ」

ドレイクはホールをふりかえった。店主のほうが身体も大きいし、その手には肉切り包丁も握られている。

「今後、おまえが森でエルフ狩りをするつもりだとしても、そんなのはおれの知ったこっちゃない。だが、うちの店での乱暴狼藉は許さん」その言葉に、さすがのドレイクも短剣を鞘に戻す。「ほら、さっさと帰んな」ホールがエルフに声をかけると、そいつは用心深く男たちのあいだを通り抜け、裏口から出ていった。

「本物のエルフだったのでしょうか？」マイロンが驚嘆したように尋ねる。

「まぁ、混血だろうけどな」ハドリアンが答えた。「純血のエルフはもう生き残ってないだろうってのが世間の通説さ」

「まったく、かわいそうな連中ですよ」アルバートが言った。「帝国時代は奴隷として扱われてましたからね。ご存知でしたか？」

「それは——」マイロンが口を開きかけたものの、ロイスが渋い表情で首を振ったのを見て、とっさに言葉の続きを呑みこんだ。

「かわいそう……かな？」アルリックが反問する。「当世でも、農奴や小作人がいるじゃないか。それに、エルフたちはもう解放されたわけで、彼らよりもずっとましな立場だろう」

「いや、小作人は移動の自由がないにしても、奴隷と同列には語れないでしょう」アルバートが異を唱える。「売買の対象じゃないし、家族同士が引き裂かれることもないし、家畜みたいに胤《たね》をしこまれたり、小屋に閉じこめられたり、余興で殺されたりもしない。でも、エルフはそういう目に遭ってるようですし、解放されたとはいえ、社会の一員とは認められないままです。まともな仕事も与えてもらえず、食料を手に入れようとするだけで……さっきみたいなことになる」

ロイスがいつにもまして無表情になっていたので、ハドリアンはそろそろ話題を変えることにした。「見た目からは想像もつかないだろうが、アルバートは貴族のはしくれなんだぜ。子爵位を持ってる」

「ウィンズロウ子爵？」アルリックが言った。「封領はどのあたりに？」

「残念ながら、土地なしですよ」アルバートはあっさりと答え、エールを呷った。「爺さんのハーラン・ウィンズロウが当主だった頃、ウォリック王室とのあいだに悶着があって、家督をつぶす羽目になりましてね。もっとも、実際のところ、自慢できるほどの場所じゃなかったようですが。なにしろ、バーナム川沿いにある岩だらけの荒地ですよ。そんなところでも、何年か前、ウォリックの今の国王のエセルレッドが直轄領に組み入れたとか。

まぁ、爺さんが裁判にかけられて土地なし貴族に身を落とすまでの一部始終は、うちの親父からさんざん聞かされたもんです。親父はなけなしの遺産を相続したんですが、裕福だった頃と同じように体面を保とうとして、最後はすっかり素寒貧《すかんぴん》でした。ぼくは自分の腹を満たすことが最優先なんで、名誉だの何だのは気にしちゃいません」アルバートはおもむろに目を細め、アルリックの顔を覗きこんだ。「あなたには見憶えがあるような気がするんですが、どこかでお会いしませんでしたかね？」

「通りすがりにという程度ではないかと思うが」アルリックが答える。

料理が運ばれてきたので、彼らは話すよりも食べることに没頭した。特別な何かが皿に盛られているわけではない——うっすらと焦げたハム、茹でたジャガイモ、キャベツ、タマネギ、ぱさぱさに乾いてしまった古いパン。それでも、この二日間で食べたものが少量のジャガイモだけとあって、ハドリアンにとっては充分にご馳走だった。窓の外が暗くなると、下働きの小僧がそれぞれのテーブルの蠟燭に火をともしていく。彼らはその少年に声をかけ、エールのおかわりを注文した。

ハドリアンはゆったりと座っていたが、ふと、ロイスがちらちらと窓の外を眺めていることに気がついた。三度目になって、何をそこまで気にしているのだろうかと、彼も相棒の視線を追ってみた。夜の闇を背景にした窓は鏡のようで、ハドリアンには自分の顔が見えるばかりだった。

「〈薔薇と棘〉が襲われたのはいつだった？」ロイスが尋ねる。

アルバートは肩をすくめた。「二日か三日ばかり前だね」

「じゃなくて、時間帯は？」

「あぁ、夜だよ。日が暮れる頃か、その直後だったかもしれないな。晩飯の客を一網打尽にしたかったんだろうさ」アルバートはそこで言葉を切ると、身をこわばらせ、それまでの満足そうな表情をたちまち曇らせた。「うっ——えぇと……食い逃げみたいで気が引けるんだけど、きみたちも無事だとわかったことだし、そろそろ、お先に失礼させてもらうよ」彼はそのまま席を立ち、さっさと裏口から出ていった。ロイスはまたしても窓の外を眺め、けわしい表情になった。

「どうかしたのか？」アルリックが尋ねる。

「招かれざる客がおいでなすったぜ。風向きがはっきりするまで、みんな、おとなしくしてろよ」

〈銀の盃〉の正面入口が蹴り開かれ、ハヤブサの徽章つきの陣羽織に身を包んだ八名の兵士たちが駆けこんでくる。扉に近いテーブルがひっくりかえり、その上にあった料理や酒がそこらじゅうに飛び散った。そいつらは剣の刃をちらつかせ、客たちを威嚇した。誰も動こうとはしなかった。

「国王陛下の御名において、店内の一切合財を調べさせてもらう。抵抗や逃亡を試みた者は処刑する！」

兵士たちは三班に分かれた。一班が客たちを立たせ、壁ぎわへ整列させる。あとの二班はそれぞれ二階席と地下の酒蔵へ急いだ。

「後ろ暗い商売なんかしてませんよ！」ほかの面々と同じく店の片隅へ追いやられたホールが必死に訴える。

「黙っていろ、さもないと店ごと燃やすぞ」先頭に立っていた男が言った。ひとりだけ鎖帷子をつけておらず、メレンガーの国章もない。かわりに、地味だが上等そうな灰色の服を着ている。

「ここまで世話になったね、きみたち」アルリックは同席の面々に告げた。「どうやら、あれはぼくを迎えに来てくれた者たちのようだ」

「お気をつけて」ハドリアンは席を立った王子に声をかけた。

アルリックは店の中央に立つと、かぶっていたフードを脱ぎ、胸を張った。「善良なるメレンガー軍の諸君、何をお探しかな？」彼は凛とした声を響かせ、全員の注目を惹いた。

灰色の男がすばやくふりかえり、アルリックの顔を見たとたん、驚いたような笑顔を浮かべた。「おぉ！あなたを探しておったのですよ、殿下」男は丁重に頭を下げた。「何者かに誘拐され、生死さえも定かではないとのことでしたが」

「このとおり、ぴんぴんしているよ。さぁ、何の罪もない人々を解放してあげたまえ」

兵士たちはわずかに躊躇を見せたものの、灰色の男がうなずくと、たちまち直立不動の姿勢になった。灰色の男は早足でアルリックに歩み寄った。そして、王子を頭のてっぺんから爪先まで観察し、怪訝そうな表情を浮かべる。「いささか珍妙な恰好をなさっておられるようですが？」

「ぼくがどんな服を着たところで、あなたには何の関係もないだろう……えぇと？」

「おぉ、わたしはトランブール男爵と申します。パーシー・ブラガ大公殿下からのご命令により、われわれがご案内いたします。なにとぞ、陛下にはエッセンドン城へお戻りいただきたく存じます。昨今の事件続きで、大公殿下もおおいに陛下の御身を案じておられます」

「うむ、ぼくもちょうど城へ戻ろうとしていたところだ。よし、叔父上からもご配慮をいただいたということなら、ありがたく案内を頼むとしよう」

「身に余る光栄でございます。旅路はおひとりで？」トランブールは同じテーブルを囲んでいる面々の顔を眺めた。

「いや」アルリックが答える。「こちらの修道士どのが同道してくれたよ。彼もまたメドフォードへ戻ろうとしているところでね。さぁ、マイロン、親切なおふたりに別れを告げるとしようか」その言葉に、マイロンも席を立ち、ロイスとハドリアンに笑顔で手を振った。

「この者だけでございますか？　ほかには？」男爵はテーブルに残ったままのふたりを注視している。

「うむ、彼だけだ」

「何かお忘れになっておられるということは？　噂によれば、あなたは二人組の賊に連れ去られたそうですが」

「男爵どの」アルリックは断固とした口調になり、「それが事実だったら、ぼくが忘れるはずもないだろう。国王の言葉をまだ疑うとなれば、あなたの立場が困ったことになりかねないぞ。ただ、幸いなことに、今のぼくは腹を満たしたばかりで気分が良いし、難しい話よりもまずは疲れを癒したいところでね。何はさておき、ぼくの食事代ときみたちの迷惑料をあわせて一テネント、店主どのに払っておいてくれたまえ」

誰もすぐには動こうとしない。やがて、男爵がゆっくりと口を開いた。「おおせのとおりに、陛下。ご無礼があったことをお赦しください」彼が部下のひとりにうなずいてみせると、その兵士は自分の財布から金貨一枚を取り出し、ホールに投げ渡した。「では、そろそろ出発してもよろしゅうございますか？」

「うむ」アルリックが答える。「馬車があると嬉しいのだが。ここまではずっと鞍の上だったし、少し眠る時間も欲しい」

「もうしわけございません、馬車は用意してまいりませんでした。次の村でただちに調達させていただきます。あわせて、陛下にふさわしい服も」

「まぁ、それならそれで」

アルリックとマイロンはトランブールと兵士たちにともなわれて店から出ていった。誰も閉じようとしない扉のむこうから、誰がどの馬に乗るかを相談する声が聞こえてくる。ほどなく、一群の蹄の音が轟いたかと思うと、闇の中をたちまち遠く離れていった。

「あれがアルリック・エッセンドン王子だって？」ホールが彼らのテーブルに歩み寄ってきて、何も見えない窓の外を眺めようとする。ロイスもハドリアンもその問いかけに答えようとはしなかった。

ホールがカウンターへ戻ったところで、ハドリアンはそっと相棒に尋ねた。「追いかけるべきだと思うかい？」

「なぁ、勘弁してくれよ。デウィットの件とこれと、今月はもう二回も善行とやらを頑張っちまったんだぞ。せめて今夜だけでも、ここでのんびりさせろっての」

ハドリアンはうなずくと、自分のエールを飲み干した。ふたりは無言で座っていたが、そのあいだも彼はおちつかない様子で窓の外を眺め、指先をテーブルの上に躍らせつづけた。

「……何なんだよ？」

「あの兵士たちが持ってた剣のこと、気にならなかったか？」

「どういう意味だ？」ロイスはいらだたしげに訊き返す。

「メドフォード近衛隊の標準装備品になってる刃幅の広いやつじゃなく、細身のティリナーだったぜ。刀心《なかご》には鋼が使われてるし、柄頭についてるはずの紋章もない。新たに制式採用された可能性もないわけじゃないが、むしろ、傭兵と考えるほうが妥当だろうな。それも、おそらくはウォリック東部から来た連中だ。王党派を標榜してる国の君主が行方不明になったのを捜すにしちゃ適材とは思えないね。それに、おれの記憶が正しけりゃ、王殺しがあった前の晩に〈薔薇と棘〉で集まったとき、怪しげな一団が入りこんでるって話の中でグウェンが挙げた名前もトランブールだったはずだぜ」

「またかよ」ロイスがいまいましげに声を洩らす。「おまえの〝善行〟にも困ったもんだ――かならず次がついてくるんだからな」


月が昇りはじめると、アリスタは短剣を窓辺に置いた。月の光がそこへ届くにはもう少し時間がかかるが、それ以外は準備完了だ。この術のために、彼女はまるまる一日を費やした。必要な薬草を揃えるべく、朝も早くから厨房へ忍びこみ、庭園を這いまわってきたのだ。ちょうどいい大きさのマンドレイクの根を掘り当てるには二時間もかかってしまった。しかし、何よりも難儀だったのは、霊安室にある父の亡骸から一房の髪を取ってくることだった。日が暮れるまで、彼女は乳鉢と乳棒でそれらすべてを細かく挽きながら、そこに含まれる元素を正しく混ぜ合わせるための呪文を唱えつづけた。そして、できあがった粉末を血に汚れたままの短剣にふりかけ、結句でしめくくる。あとは、月の光を待つばかりというわけだ。

扉を叩く音に、彼女は文字どおり跳び上がってしまった。「王女殿下？　アリスタ？」大公の声が聞こえてくる。

「何でしょうか、叔父さま？」

「話したいことがあってね」

「わかりました――しばらくお待ちを」アリスタはカーテンを閉め、窓辺の短剣を隠した。乳鉢と乳棒も荷箱の底へしまいこみ、しっかりと鍵をかける。両手についた粉を払い落とし、鏡の前で髪型を整えてから、首飾りの宝石をつついて封印を解き、扉を開く。

部屋へ足を踏み入れた大公はあいかわらず黒のダブレットに身を包んでおり、両手の親指を軽くベルトにひっかけていた。宰相の証の鎖はずっしりと重そうで、暖炉の炎を反射して赤く輝いている。彼は批判がましい表情を隠さずにアリスタの私室を眺めた。「お父上にとって、愛娘がこんなところで寝起きしているというのは不本意だったらしい。家族そろって暮らしたいものだと、わしも愚痴を聞かされたものだよ。きみがこうして距離を置こうとしていることに、彼はずいぶん胸を痛めていた。しかし、きみはきみで、あまり社交的な性分ではないようだね？」

「さっさと本題をおっしゃっていただけませんか？」彼女はいらついた口調で尋ねながら、ベッドに腰をおろした。

「ここしばらく、きみはわしに対してずいぶん喧嘩腰だという感じがするな。何か、機嫌を損ねるようなことでもしてしまったかな？　叔父と姪という間柄だし、きみにしてみれば、お父上を亡くしたばかりか、弟も消息不明のありさまだ。そんなきみの力になってあげたいと願うわしの気持をわかってはもらえないかね？　今こそ心の平安が必要だろうと思うのだが？　人は誰しも、悲しみや怒りのまま……予想だにしないことをしてしまいかねん」

「わたしは充分に心の平安を保っています」

「そうかな？」彼は片眉を上げた。「数日来、きみはもっぱらこの部屋に閉じこもりっぱなしだろう。若い娘が父親と死別したばかりでも、健全とは思えんよ。家族とともに過ごすことが大切だ」

「家族なんて、わたしにはもういません」彼女はきっぱりと言葉を返す。

「わしがいるじゃないか、アリスタ。きみの叔父だぞ？　今のきみは、まるで、自分から敵を求めているかのようだ。まぁ、そうすることで苦悩がまぎれるのかもしれんがね。きみはずっとこの塔の中にいて、たまに砦から出てきたかと思えば、わしに何かと難癖をつけ、弟を捜させまいとする。どうにも理解できんよ。しかも、お父上を亡くした悲しみに涙を流すわけでもない。親子の仲はとても良かったのだろうに？」

ブラガは白鳥の鏡や簞笥の置かれているほうへと歩きかけ、何かを踏んだことに気がついて足を止めた。彼は身をかがめ、そこに落ちていた銀のブラシを拾い上げた。「お父上から贈られたものだね。これを買ったとき、わしも一緒だったよ。従僕に任せようとせず、ダガスタンの店という店をかたっぱしから訪れ、きみにぴったりだと思える一本を探しまわったものさ。まるで、旅のいちばんの目的はそこにあるといわんばかりの風情でね。かけがえのない逸品なのだから、もっと大切にしないと」彼はそれをテーブルの上にあるほかのブラシと並べ置いた。

彼はあらためて王女の顔を注視した。「アリスタ、きみがお父上の命令でどこかの偏屈な老王と結婚させられるのではないかと怖れていたことは重々承知しているとも。そんな結婚は目に見えない牢獄にひとしいと思えば、さぞかし不安だったはずだ。しかし、きみの脳裏に何があったのかはさておき、お父上は誰よりもきみを大切に想っていた。彼のために流す涙は湧いてこないのかね?」

「とにかく、わたしは大丈夫です、叔父さま。あれこれ考えずに済むよう、忙しくしているだけのことですから」

ブラガはなおも小さな部屋の中を歩きまわっては視線をめぐらせている。「そう、それも気にかかっていたところだ」彼は言葉を続けた。「きみはずいぶん忙しそうだが、お父上を殺した犯人をつきとめようとはしていないね? わしが同じ立場だったら、そこから始めるところだ」

「だって、それは叔父さまのお仕事でしょう?」

「さよう。おかげで、もう何日も寝ておらんよ。ただし、目下のところは、アルリックの安否を確認し、生きているなら無事に連れ戻すことのほうが重要でね。そちらを優先しなければならんという点はきみにも理解できるだろう。となれば、きみの言う〝女王としての職務〟とは何だろうかと考えるところなのだが、それがどうにも見えてこない」

「つまり、わたしが怠け者だとおっしゃりたいのかしら?」アリスタが反問する。

「怠け者? まさか。ここ数日、あるいは数週間、きみが大忙しだったことは知っているよ」

「わたしが父上を殺したとでも? あえてお訊きしますけれど、そんな憶測がとても危険なものだということはご存知ですわよね?」

「憶測も何もないよ、姫。ただ、きみがお父上の死も弟の消息もおよそ眼中にない様子なのが不思議でならん。たとえば、今日の午後、雑木林から何かを籠に隠し持ってきたようだが、そのあたりの事情を知りたいということだ。あとは、厨房にも出入りしていたらしいね」

「わたしを監視させているの？」

「きみ自身のためだ」彼はなだめるような口調になり、彼女の肩に手を置いた。「何度も言っているとおり、きみのことが心配なのだよ。今のきみと同じような境遇に置かれ、失意の底でみずから生命を絶ってしまう者たちも少なくないと聞く。だからこそ、きみから目を離すわけにはいかんのさ。もっとも、その心配は無用だったかな？　さしあたり、死を望んでいるわけではなさそうだからね」

「何を根拠に？」アリスタが尋ねる。

「厨房にあった木の根やら薬草やらを持ち出したのは、それらを調合して何かを作るためにきまっている。まずもって、きみがシェリダンへの留学をお父上から許されたとき、わしはどうにも感心できなかった。ましてや、アルカディウスとかいう魔術師なんぞに教わって、世間はきみが魔女になってしまったかと思うだろう。民衆は自分たちに理解できない物事をむやみやたらと怖れるものだし、敬愛すべき姫が魔女であるなどと囁かれたりすれば、国難の危機さえ招きかねん。お父上には留学の是非をご再考くださるよう具申したのだが、結局、彼の判断が変わることはなかった」

大公はベッドの周りを歩きながら、上掛けの皺を伸ばすでもなしに指先でなぞった。

「わたしにとっては、父上がそんな言葉に耳を貸さなくて幸いでしたわ」

「そうかな？　まぁ、そうかもしれん。いずれにせよ、それだけなら何も言うことはなかった。とりたてて深刻な懸案だったわけでもない。アルカディウスは人畜無害な存在なのでね。あの男から何を学んだかな？　カードの手品？　おできの治し方？　せいぜい、その程度でおしまいだろう。ただし、最近になって気がついた——いや、気になりはじめたことがあってね。何か、有用な知識を与えられたのでは？　たとえば……エスラハッドンという名前とか？」

アリスタはとっさに表情をこわばらせ、あわてて驚きを隠そうとした。

「ほら、図星だ。きみはもっと多くのことを学びたかった。アルカディウスごときには及びもつかないような、真の魔術を求めていた。あの男はそれを教えることができなくとも、きみの望みに応えられる人物を紹介することはできた。エスラハッドン、古代の邪悪なる魔術師——森羅万象の秘密を解く鍵を持ち、力の源泉を自在に操ることもできるのだとか。そんな魔術師が自国の領内で囚われの身となっていると知って、きみはさぞかし欣喜雀躍《きんきじゃくやく》したことだろう。そして、王女という立場を利用し、監獄を訪ねた。お父上には何も相談しなかったね？　却下されてしまうにちがいないとわかっていたからこそ、黙っていたのだろう。悪い娘だ、アリスタ。正直に言っていれば、あの監獄には誰も足を運ぶべきでないと釘を刺されたはずだ。彼自身もかつて戴冠式当日に教会から釘を刺された、まさにそのとおりの言葉でね。それほどまでに、エスラハッドンは危険きわまる存在なのだよ。きみのような無垢の人はひとたまりもあるまい。あの怪物から真の魔術を教わったのだろう、アリスタ？　実際のところ、黒魔術だったのでは？」大公はそれまでの穏和そうな態度もどこへやら、けわしい表情をあらわにした。

アリスタは答えようとせず、無言で座ったままだった。

「さぁ、どういったことを教わってきたのかね？　もちろん、いかさま手品などであろうはずもない。稲妻を呼ぶ、大地を引き裂くなどの荒業も考えにくい。おそらく、もっと簡単な何かだろうな。簡単で、しかも役に立つ——といえば？」

「何をおっしゃりたいのか、わかりませんわね」彼女は立ち上がった。言葉とは裏腹に、その口調にはわずかな不安がにじんでいる。とにかく、少しでも間合を遠くしておきたかった。彼女は部屋を横切って化粧台へと歩み寄り、どれとはなしにブラシをつかむと、髪を梳かしはじめた。

「ほぅ？　それなら、お父上の生命を奪い、まだその血も残っている短剣はどこへ消えたのだろうな？」

「前にも訊かれましたけど、何も知らないとお答えしたでしょう」彼女は鏡に映る相手の姿を注視した。

「もちろん、忘れてはおらんさ。ただ、おいそれと信じられないのだよ。あの短剣に執着する理由のありそうな人物といえば、きみ以外には考えにくい——それも、善き目的かどうかさえ定かではない。ひどく邪悪な目的かもしれない」

アリスタは血相を変えてふりかえったが、彼女が口を開くよりも早く、ブラガはたたみかけるように言葉を続けた。「きみはお父上を裏切った。弟を裏切った。そして、次はわしを裏切り、同じ短剣をまた使うつもりだ！　そんなこともわからないほど、わしの眼が節穴だと思っているのかね？」

アリスタは窓のほうを一瞥して、分厚いカーテン越しとはいえ、ようやく月光がそこへ届いたことを察した。ブラガもその視線を追い、怪訝そうな表情を浮かべた。「なぜ、その窓だけカーテンを閉めてあるのかな？」

彼がそちらへ手を伸ばし、襞状の布をつかみ、一気に引き開けると、月光を浴びている短剣が現われた。驚いたようによろめく彼の姿を見て、アリスタは呪文が発動したことを悟った。

彼らはまだ何マイルも進んでいなかった。道行きは遅々としており、寝不足のところへ腹を満たしたばかりのアルリックは鞍の上でどうしようもないほどの眠気に襲われ、このままでは落馬してしまうのではないかと不安になった。マイロンも似たり寄ったりの状態で、衛兵のひとりに同乗させてもらいながら、しきりに頭をふらつかせている。一行が通っているのは未舗装の裏道で、農場はところどころに点在するだけ、橋も馬車では渡れないような幅員の狭いものばかりだった。左に見えるのはトウモロコシ畑で、収穫を終えて茶色く立ち枯れた茎だけが残されている。右に見えるのは広葉樹と針葉樹のいりまじった林で、すっかり丸裸になった枝がいたるところで彼らの頭上に張り出している。

今夜もずいぶん冷えこんできた。アルリックはこれから先の人生でもう二度と夜の乗馬などするものかと心に誓った。暖炉に火を入れ、甘味をつけて温めたワインでも飲みながら、自分のベッドにもぐりこみたい——そんな夢想にふけっているうち、だしぬけに男爵が隊列を止めた。

トランブールと近くにいた五名の兵士がアルリックのかたわらへ馬を寄せた。そのうちの二名が馬から降り、王子とマイロンがそれぞれに乗ってきた馬の手綱を押さえた。残りの兵士たちも四名が前方へ馬を走らせて視界から消え、あとの三名は来た道を引き返していく。

「なぜ、こんなところで止まったのだ？」アルリックはあくびまじりに尋ねた。「部下たちを散開させた理由は？」

「この道は油断禁物ですよ、陛下」トランブールが説明する。「用心が過ぎることはありません。昨今のような時節柄、あなたほどの要人をご案内するとなれば、前後の警備は不可欠です。夜はさまざまな危険がついてまわります。追い剝ぎ、ゴブリン、狼——何でもござれというわけですよ。首なし幽霊が出るなんて話も聞きますが、はてさて、どんなもんでしょうかね？」

「ぼくは聞いていないぞ」王子は言葉を返しながら、男爵がぞんざいな口調になったことが意識の片隅にひっかかった。

「まぁ、要するに、まさにここで死んだ王がいまして、幽霊になったんだとか。いや、厳密には王じゃなかったそうですがね。即位間近の王子でした。勇敢なる兵士たちに護られて城をめざしていたところ、そのうちのひとりが背後からばっさりと首を刎《は》ね、それを袋に入れて持ち帰ったと」トランブールはそこでいったん言葉を切り、自分の馬にひっかけてある麻袋を持ち上げてみせた。「まさにこんな感じの袋で」

「それは何の冗談だ、トランブール？」アルリックはおちつかなげに尋ねる。

「冗談じゃないんですよ、やんごとなき王子さま。あんたを城まで送り届ける契約とはいえ、五体満足って条件はついてないのを思い出したもんでね。頭ひとつで充分でしょう。そのほうが馬の負担も軽くなります。わたしの性分として、馬にはできるだけ苦労をかけたくないんですよ」

アルリックはとっさに鐙《あぶみ》を蹴ったものの、しっかりと手綱を押さえられてしまっているせいで、彼を乗せた馬はただ前脚を跳ね上げるばかりだった。トランブールは棒立ちになった馬の背から王子を払い落とした。アルリックが剣を抜こうとしたとたん、トランブールの爪先が彼の腹にめりこんだ。王子はつんのめるような恰好で地面に倒れこみ、絶息寸前のありさまで喘ぐしかなかった。

トランブールはおもむろに視線をひるがえし、驚愕のあまり鞍の上で動けなくなっているマイロンのほうへと歩み寄った。

「どこかで見た顔だな」トランブールは腕ずくでマイロンを引き降ろすと、髪をつかんで月光を仰がせる。「あぁ、なるほど、おまえだったたか。あの修道院を焼き討ちにしてやったとき、何を訊いても口を割らなかった坊さんだ。こっちのことはわからないだろ？　全員が兜をかぶり、庇《ひさし》も下げておいたからな。顔は隠しとけってのが雇い主の意向だったもんでね」

そんな言葉に、修道士の目がたちまち潤みはじめる。「おまえもここで始末すべきかどうか、判断のつきかねるところだな。前回はおまえの父親に話が伝わるようにってことで生かしておいたんだが、どうも、こっちの期待どおりには動いてくれなかったらしい。そもそも、生かしておく必要があったのは前回だけで、おまえには不運なことに、成功報酬をもらった時点であの契約は満了してるのさ。つまり、今のおまえを生かすも殺すも思いのままってわけだ」

マイロンは一言も発さずに男爵の膝を蹴りつけた。渾身の力をこめた反撃によって男爵の指がわずかに開いたとたん、修道士は脱兎のごとく、道端に倒れている朽木を跳び越えて林の中へと姿を消した。夜闇をとおして、枯れ枝の折れる乾いた音が聞こえてくる。男爵は苦悶の叫びを洩らし、地面にひっくりかえった。「逃がすな！」彼がわめきたてるや、二名の兵士がマイロンを追いかけていく。

木々のむこうから争う物音が聞こえてきた。マイロンが助けを求め、剣の鞘が払われる。さらなる悲鳴はすぐ消えた。あたりはふたたび静まりかえった。トランブールはまだ膝を押さえたまま、修道士に対する呪いの言葉を吐いた。「いまいましい田舎坊主め、少しは思い知ったか！」

「大丈夫っすか、トランブールさん？」アルリックの馬を押さえている兵士が声をかけた。

「どうってことはない、じきに治まる。ちくしょう、坊主ごときの蹴りにやられるとは」

「まぁ、次はないでしょうよ」別の兵士も会話に加わる。

男爵はのろのろと立ち上がると、脚の動きを確かめた。それから、アルリックが倒れているところへ戻り、剣を抜く。「両腕をしっかり押さえておけ。こいつにまで手を焼かされたくはないからな」

マイロンを同乗させてきた兵士が馬から降り、アルリックの左腕をつかむ。さらに別の兵士が右腕を押さえつけた。「手許が狂ってとばっちり、なんてのはごめんですよ」そいつが軽口を叩く。

トランブールは月下に暗い笑みを浮かべた。「そんな失敗はしないさ。この刃がおまえに向くとしたら、おまえがそれ相応のことをやらかしたときだ」

「ぼくを殺せば、叔父がきさまらを世界の涯《はて》までも追いかけるぞ！」

トランブールは若い王子にむかって鼻を鳴らした。「その叔父上こそ、あんたの首を獲ってこいとおっしゃる雇い主なんですがね。あんたが生きてちゃ困るんだそうで」

「何だと？　**嘘をつくな！**」

「信じようが信じまいが、あんたの自由ですよ」男爵が笑う。「うつぶせになっていただいて、首の後ろをすっぱりといきましょうか。どうせなら、切り口も美しくないと。終わってみたら傷だらけってことじゃ興を殺《そ》がれてしまいます」

アルリックは必死にもがいたものの、二名の兵士が相手では力で勝てるわけもない。腕を背後にひねりあげられ、ひざまずかされ、そのまま顔を地面に押しつけられてしまう。

林の中から、枯れ枝を踏む音が聞こえた。「おぉ、かたづけたか」トランブールは修道士を殺しに行っていた兵士たちに声をかけた。「ちょうど、今夜いちばんの見せ場が始まるところだぞ」

アルリックの両腕をつかんでいる兵士たちはいよいよがっちりと彼の動きを封じた。王子は渾身の力をふりしぼり、地面にむかって叫んだ。「よせ！　やめろ！　だめだってば！　**やめてくれ！**」しかし、無駄な努力というものだった。剣と盾とを自在に使いこなす百戦錬磨の男たちの腕はまさしく鋼のようで、王子など相手にもなりはしない。

アルリックはもはや剣が振り下ろされるのを待つしかなかった。しかし、刃が夜気を裂く乾いた音はいつになっても聞こえず、そのかわり、ゴボゴボ……ドサッという奇妙な鈍い音があった。彼を押さえつけていた兵士たちの圧力が弱まった。ひとりは完全に手を放し、あわただしく走り去っていった。もうひとりがアルリックを引き起こし、背後から締めつけにかかる。男爵は地面に倒れ、すでに息絶えていた。男がふたり、その左右に立ちはだかっていた。暗闇の中、アルリックが彼らの風体に目を凝らしてみると、林へ逃げこんだマイロンを追いかけていった兵士たちとは別人のようだ。男爵のすぐ近くにいるほうはナイフを手にしており、その刃が月光を浴びて不気味に輝いている。もうひとりは長身で逞しく、二刀の構えを見せていた。

「総員、戻れ！」アルリックを盾にした兵士が叫んだ。

馬たちを押さえていた二名があわてて手綱を放し、それぞれの剣を抜いた。しかし、その表情には恐怖の色が浮かんでいる。

「仲間を呼んでも無駄だぜ」アルリックの耳に届いたその声はロイスのものだった。「もう死んじまってるんだからな」

剣を手にした二名の兵士はおたがいに顔を見合わせ、〈銀の盃〉のほうへと走り去った。残るはアルリックを締めあげている兵士だけとなり、そいつは取り乱したように視線をめぐらせた。そして、ロイスとハドリアンがそちらへ足を踏み出したとたん、呪いの言葉を吐きながら王子を突き飛ばし、林へ逃げこもうとする。しかし、ハドリアンが追いすがるよりも早く、そいつは悲鳴を上げた。その直後、マイロンがそこから現われた。顔面蒼白、生きた心地もしないといったような表情で、血に濡れた剣をひきずっている。彼は仲間たちの許へたどりつくと、剣を落とし、さめざめと泣きはじめた。

アルリックも涙と泥で汚れてしまった顔を拭きながら、身体の震えを止めることができなかった。ハドリアンとロイスが手を貸し、彼を立ち上がらせる。彼はよろめきながらもどうにか地面を踏みしめ、周囲の人影を眺めまわした。

「こいつら、ぼくを殺そうとした」彼は声を洩らした。「ぼくを、こ、殺そうと！」その声がたちまち叫びに変わる。

彼はやおらロイスとハドリアンを押しのけると、父王から受け継いだ剣を抜き、トランブールの死体めがけて深々と突き立てた。足元をふらつかせ、荒い息をつきながら、目の前の死体をにらみつける。男爵の背中に刺さったままの剣も揺れている。

ほどなく、道の上り下りから大勢の男たちが集まってきた。ほとんどは〈銀の盃〉にいた面々で、誰もが即席の武器を手にしている。服を血に染めた者もいるが、当人が傷を負っているわけではないようだ。そのうちのふたりが牽いている三頭の馬は、ワイセンドの渡し場からずっとロイスとハドリアンとアルリックが乗ってきたものだ。そして、男たちにまぎれるように、ぼろぼろの服と袋のような帽子に身を包むほっそりとした人影も見え隠れしている。彼はただの太い棒を持っているだけだった。

「完全にくいとめたぞ」小集団を率いているホールが宣言した。「かいくぐろうとしたやつもいたが、混血野郎のおかげで見逃さずに済んだぜ。こいつにも手伝わせろって、あんたらの言ってた意味がわかったよ。フクロウよりも夜目が利くんだな」

「約束どおり、あの連中が残した馬と荷物はそっくりそのまま進呈しよう」ハドリアンが言った。「ただし、夜が明けるまでにすべての死体を埋めておいてくれ。さもないと、いろいろと面倒なことになりかねないからな」

「本当に王子さまなのかい？」近くにいた男のひとりがアルリックの顔をしげしげと眺めながら尋ねる。

「それどころか、メレンガーの王位を継承したばかりのおかたさ」ハドリアンが答えた。

男たちはかすかにざわめき、そのうちの幾人かはうやうやしく頭を下げたが、当のアルリックは気がついていないようだった。彼はようやくトランブールの死体から剣を引き抜くと、懐の中を調べはじめた。

男たちも回収したばかりの馬や武器や装備品を路上の一カ所に集め、検分にとりかかっていた。ホールがその輪の中心になり、それなりにうまく案分しているようだ。

「混血エルフにも馬を一頭くれてやれよ」ロイスが声をかけた。

「んぁ？」酒場の主は驚いたように訊き返した。「こいつに馬だって？　冗談だろ？　おれたち人間でさえ、この界隈でまともな馬を持ってるやつは少ないってのに」

ドレイクがそこへ割って入る。「いいか、おれたちゃ平等に戦った。こいつに分け前をやらねぇとは言わねぇが、腐れエルフが馬を持ち帰るなんざ認めるわけにゃいかねぇ」

「殺すなよ、ロイス」ハドリアンがとっさに囁いた。

アルリックがそちらを見てみると、ロイスがわずかに足を踏み出し、ドレイクのほうは逆に一歩後退したところだった。盗賊は不気味なほど冷静な表情を保っていたが、その眼には怒りの炎がくすぶっていた。

「王さまにお伺いを立ててみようじゃねぇか？」ドレイクはあわてて言った。「ほれ――せっかく、ここにいらっしゃるんだもんな？　理屈からすりゃ、この馬だって王さまの所有物だろ？　兵隊どもが乗ってたんだからさ。王さまに決めていただこうぜ――どうよ？」

しばしの沈黙の中、アルリックは立ち上がり、男たちをふりかえった。彼はひどく気分が悪かった。脚は萎えたままだし、腕は痛いし、擦り傷だらけの顔には血がにじんでいる。おまけに、頭のてっぺんから爪先まで泥だらけのありさまだ。間一髪で死をまぬがれたばかりで、その恐怖がまだ心を蝕《むしば》みつづけている。視界の端で、ハドリアンがマイロンのほうへ歩み寄っていくのが見えた。修道士はあいかわらず泣きじゃくっている。アルリック自身もやっとのことで涙をこらえている状態ではあったが、国王としての矜持《きょうじ》を失うわけにはいかなかった。彼は歯をくいしばり、男たちに向きなおった。返り血と泥とで汚れた顔がそろって視線を返す。彼はどうにも考えをまとめることができなかった。トランブールのことで頭の中がいっぱいなのだ。怒りと屈辱感がおさまらない。アルリックは横目でロイスとハドリアンを一瞥してから、あらためて男たちを直視した。

「何であれ、このふたりの言うとおりにせよ」彼はゆっくりと、はっきりと、冷たい声を絞り出した。「両名とも我が警護官である。従わない者は処罰の対象となる」周囲はひときわ静まりかえった。アルリックは重苦しい雰囲気をかきわけるようにして、自分の馬にまたがった。「行くぞ、諸君」

ハドリアンとロイスは驚きの表情で視線を交わし、それから、マイロンを立ち上がらせた。修道士はどうにか泣きやみ、茫然自失といった様子で歩いている。もはや、物珍しげに世の中を観察してはいない――血にまみれた自分自身の手だけを凝視している。ハドリアンがそんな彼を自分の後ろにまたがらせた。

いざ出発というところで、ロイスはホールとドレイクの近くへ馬を寄せ、低い声で釘を刺した。「混血エルフに馬を一頭、忘れるなよ。そのうちに奪い取ろうなんてことも考えるんじゃないぜ。さもなきゃ、おれが次にこの界隈へ来たとき、おまえら全員に連帯責任を負わせてやるからな」

四人は馬を進めていきながら、かなり長いあいだ誰も口を開こうとしなかった。やがて、とうとう、アルリックが嘆息まじりに呟いた。「よりによって、叔父上が」こらえきれなくなった彼の目が潤みはじめる。

「それなんですが、ひっかかってることがありましてね」ハドリアンが言った。「王位継承権の順位を見るかぎり、大公はあんたやアリスタ王女よりも下です。しかし、王族の一員としての立場はあんたと同等かそれ以上だろうと思うんですが、エッセンドン姓じゃなくブラガ姓を名乗ってるのは、外戚ってことですよね？」

「母上の妹と結婚したのさ」

「その叔母さんはご存命なんですか？」

「いいや、もう何年も前に亡くなった。詳しい話は憶えていないが、焼死だったそうだ」アルリックは鞍の前縁に拳を叩きつけた。「剣を教えてくれた！　乗馬も教えてくれた！　そもそも、叔父と甥の間柄だ！　それなのに、ぼくを殺そうとしているなんて！」

そこから先はもう会話が続かなかった。ややあってから、ハドリアンが尋ねる。「行先はどうします？」

アルリックは夢から醒めたように首を振った。「何だって？　あぁ、めざすはドロンディル・フィールズ、ピッカリング伯の居城だ。彼はかねてから父上が全幅の信頼を寄せていた貴族のひとりで、筋金入りの王党派で、王国屈指の指導力もそなえている人物でね。今もなお忠義を誓ってくれるなら、ぼくはあそこで戦力を整え、一週間以内にメドフォードをめざして出陣するつもりだ。叔父だろうと何だろうと、あの裏切者がぼくを阻止しようとするのなら、マリバーにでも祈るがいい！」

「こんなものが見たかったのかね？」大公はその短剣を手にしながら、アリスタに問いかけた。彼が刃をひるがえしたので、そこに残されている父の血が綴《つづ》り出した〝パーシー・ブラガ〟という文字を、彼女も自分の目で確かめることができた。「なるほど、エスラハッドンから教えを受けたというのは事実のようだな。しかし、これだけでは何の証明にもならんだろうに。わしがお父上を刺したわけでないことは誰の目にも明らかだ。彼が殺されたとき、礼拝堂からは遠く離れた場所にいたのだから」

「でも、あんたが黒幕でしょ。誰かにやらせたんでしょ。自分の手でその剣を父上の身体に突き立てはしなかったでしょうけれど、父上の生命を奪った張本人よ！」アリスタはこぼれる涙を拭った。「父上はあんたを信頼していたわ。わたしも弟もあんたを信頼していたわ。同じ家族の一員として！」

「いいかね、世の中には家族よりも大切なものがあるのだよ――それは秘密、すべてを犠牲にしようとも守らなければならない秘密だ。今となっては信じたくもないだろうが、わしは本当にきみたち姉弟のため――」

「そんなこと、よくも言えたものね！」彼女は声を荒らげた。「父上を殺したくせに！」

「そうせざるをえなかったのさ。知らない者にはわかるまい。鼎《かなえ》の軽重というやつだ」

「エスラハッドンがすべてを話してくれたわ」

「エスラハッドンが話したのは、きみに知恵をつけておきたいことだけだ。あの老いぼれ魔術師への親近感でも湧いたかね？　きみは利用されているにすぎんよ。われわれの誰もが、あやつに利用されてしまいかねない。それがあやつの常套手段だ。お父上の死も遠因はあやつにあるし、アルリックが死ぬとなれば、その遠因もあやつにある」

「わたしは？」

「たてつづけに三人も不慮の死を遂げては疑惑を招く。王殺しはそれとして、アルリックが行方不明になったのはむしろ好都合だったよ。どこかで人知れず生命を失うということになるはずだ。しかし、きみまでもが変死体で発見されたら、まぁ、難しい説明を迫られるにちがいない。もっとも、きみは意外なかたちでわしに手を貸してくれた。きみがあの二人組にお父上と弟の殺害を依頼したとする説が広まれば、信じる者は多いだろう。期待どおりに事が運ばなかった場合にそなえ、いろいろと種も蒔いてある。わしがワイリンの近衛隊に特別警戒を指示したのと同じ晩、お父上が殺された。もうひとりの標的をどうすることもできず、きみは囚われの身となっていた賊どもを逃がして次の一手を打った。あの晩のきみの動きについては大勢の証人がいる。侍女のひとりを捨て駒に使うこともできたはずだが、きみはそうしなかったというわけだ。やがて、どこかでアルリックの死体が発見され、いずれの罪もきみが負うことになる。アルリックの生死がわからないうちに裁判を始めてしまうのは早計かと考えていたが、こうなると……」彼は短剣に視線を落とし、光沢をたたえた刃に浮かぶ自分の名を眺めながら、「当初の予定よりも前倒しで物事を進める必要がありそうだな。ただちに開廷を宣言し、全貴族を召集する。きみの陰謀を、背信を、悪行を、彼らの耳に入れるとしよう。留学先で魔術を学んだことが王殺しを招いてしまったと知らしめなければならん」

「できるわけがないわね！　わたしを貴族たちの前に立たせれば、この口で真実を明らかにするまでよ！」

「それは至難の業だと思うぞ。彼らに万一のことがあってはいかん、きみの呪文を封じるための猿轡を嚙ませておくつもりだからな。いっそ、その舌を切り落としてやりたいところだが、裁判も始まらないうちにそんなことをしては怪しまれるか」

ブラガはあらためて室内に視線をめぐらせ、うなずいた。「わしの考えが足りなかったよ。この部屋はすばらしいと言わなければいかんな。この塔の用途もいろいろとありそうだが、まずは、開廷まできみを拘禁しておくのにうってつけだ。かねてから独りで魔女ごっこを楽しんできたことだし、傍目には何も変わらんだろうさ」

大公は短剣を手にしたまま踵を返した。彼が部屋を出ようとする瞬間、すぐ外に立っている髭面のドワーフの姿が彼女の目に映った。ふたたび閉ざされた扉のむこうから槌音が響いてくると、彼女は自由を奪われたことを悟った。

7 ドロンディル・フィールズ

四人はほとんど夜を徹して馬を進めつづけた。ハドリアンに同乗していたマイロンが眠りこけて転げ落ちたところで、ようやく少しだけ休むことにする。馬たちの背から鞍を外す手間もかけずに、茂みの陰でちょっと一眠りしたのだ。しばらくすると、彼らはふたたび馬上に戻り、果樹園に挟まれた道を抜けていく。そして、通りすがりの手近な枝にぶらさがっているリンゴをひとつふたつ失敬し、その甘い実をかじりながら先を急いだ。日が昇るまでは景色も何もあったものではない。それでも、やがて空が白みはじめると、働く人々の姿が見えはじめた。乳やチーズを満載した荷車を牛に牽かせる老人。あるいは、大きな籠を持った卵売りの娘。マイロンはすれちがいざまに目を奪われてしまい、彼女もはにかんだような笑みで応えた。

「視線がきつすぎるぜ、マイロン」ハドリアンが言った。「何か企んでるんじゃないかと誤解されちまう」

「馬よりもずっと魅力的だったものですから」修道士はなおも肩越しにふりかえり、その娘の後ろ姿を眺めている。

ハドリアンは思わず吹き出した。「あぁ、そうとも。ただし、当人がそれを褒め言葉と受け取ってくれるかどうかは知らんが」

彼らは小高い丘にさしかかり、そのてっぺんに城が見えてきた。エッセンドン城とはまったく異なる造りである——貴族の館というよりは砦のようだ。

「あれがドロンディル・フィールズだ」アルリックが告げた。九死に一生を得た前夜の事件以来、王子はすっかり口数が少なくなっていた。長時間の乗馬にも夜気の冷たさにもまったく文句を言わず、行く手にまっすぐな視線を据えたまま黙然としているばかりだった。しかし、城が近くなると、彼は誇りと情熱を感じさせる声になった。「メレンガー最古にして難攻不落の砦だよ。花崗岩を積んだ分厚い保塁は五芒星形を描き、どこにも死角がない。帝国崩壊直後の戦乱期にブロディック・エッセンドンが建てたものだ。やがて、豪傑ロトマドを倒してメレンガー建国という偉業を成し遂げたのが彼の息子のトリン、のちに太祖と呼ばれることになる人物だったというわけさ」

「それにしても、あまり城の名前らしくありませんね」ハドリアンが感想を述べる。

「丘の左側に広がっている平原がその決戦の場だった。当時、ドロンディルという人物がそのあたり一帯に農園を所有していたので、土地も城もひっくるめてドロンディル・フィールズとして知られるようになった——とかいう話が伝わっているよ」

「ちなみに、エッセンドン家がメドフォードへ移ったのは？」

「戦いの日々が終わると、トリンは薄暗い砦の中で暮らすのが息苦しくなってしまったらしい。そこで、メドフォードにエッセンドドン城を建て、いちばんの忠臣であるセアドリック・ピッキラーリノン将軍にガリリン地方を託すことにした。セアドリックの息子がその姓を簡略化してピッカリングと名乗るようになったわけだ」

ハドリアンがアルリックの横顔を眺めると、王子は遠くを望むような表情で、郷愁にも似た笑みを口許に浮かべていた。

「エッセンドドン家とピッカリング家はつねに親密な関係を保ちつづけてきた。ぼくたちも冬に夏にと当地を訪れては、寝食を共にさせてもらっている。直接の血縁ではないが、そう思わせるほどに深く結ばれているのさ。ぼくはピッカリング伯爵の息子たちと一緒に育ち、兄弟も同然という間柄だ。もちろん、ほかの貴族たちにしてみれば、あまり愉快なことではないらしい。本当の血縁がある親戚筋はなおさらだろう。もっとも、ピッカリング家をあからさまに悪く言うだけの度胸は誰も持ちあわせていないようだね。なにしろ、剣の一族として名を馳せているし」

「そこのところは重々承知」ハドリアンがこっそりと呟いたが、もちろん、王子の弁舌をさえぎるものではない。

「一説によれば、セアドリックはフォールド騎士団の最後の生き残りを師と仰ぎ、テク＝チンという古代剣術を習ったらしい。フォールド騎士団もやはり戦乱期に結成され、もはや伝説に名を残すのみとなったテシュラーの騎士たちの奥義をわずかながらも受け継いでいこうとしていたのだとか。史上最強の戦闘集団とも称されるテシュラーは皇帝の警護を務めた時期もあったという。もちろん、帝国の崩壊にともなって、彼らもまた姿を消してしまった。フォールド騎士団からセアドリックへと授けられたテシュラーの奥義のうち初歩も初歩にすぎなかったが、後世の子孫もその教えを正しく守り、ピッカリング歴代の剣豪たちが育つ秘訣となったわけだ。

かつて、この丘はこんな風景ではなかった」アルリックはさらに言葉を続けながら、城壁まで続く斜面に立ち並んでいる木々を指し示した。「奇襲を防ぐため、草の一本にいたるまで刈り倒していたらしい。ピッカリング家が果樹栽培を始めたのは二代前の当主の時代だそうだ。バラやシャクナゲなどの花壇も同じだろう。ドロンディル・フィールズが戦火を経験したのは五百年も前のことだ。甘い果物、涼しい木陰、美しい花――それらに隠されているかもしれない危険など、昨今の伯爵はもう眼中にないようだ。セアドリック・ピッキラーリノンの堅固な砦も時の流れには勝てなかったか」アルリックはそこでひとつ溜息をつくと、「世間では、何の変哲もない片田舎の古城と思われているにちがいない」

「そこの一行、止まれ！」いささか太りすぎの門番が声を上げた。片手に菓子パン、もう一方の手には牛乳をなみなみと満たした甕を持っている。大切な武器はといえば、かたわらに置いたままだ。「負け戦から帰ってきたかのような恰好だが、こんなところで何をしている？」

アルリックが無言でフードをめくると、門番はパンも甕も落としてしまった。「し……失礼いたしました、殿下」あわてふためいて謝り、直立不動の姿勢になる。「本日のお運びとは存じておりませんでした。当直の通達事項に含まれていなかったものですから」彼は手を拭き、制服にこぼれているパン屑を払った。「ほかの王族がたもご一緒であらせられますか？」アルリックはその問いに答えようともせず、まっすぐに門を抜け、跳ね橋を渡り、敷地内へと入っていった。同行の面々もただ黙然と王子のあとに続き、呆気にとられた門番は彼らの後ろ姿を見送るばかりだった。

周辺の景色と同じく、中庭もまた砦の時代を感じさせるところは皆無にひとしかった。手入れのいきとどいた生け垣、きれいに枝を揃えた小さな木立。柱廊の両側には華やかな緑色と金色の幟《のぼり》が並び、朝風に揺れている。芝生は冬の寒さに色を失っているが、これもきれいに刈りこんである。荷車はいずれも果実の収穫などに使いそうな大籠の置き場所となっており、緑色の覆いをかぶせてある。そんな籠のひとつに、取り忘れのリンゴが二個。厩舎に隣接している牛舎では、乳搾りを待つ牛たちがひっきりなしに鳴いている。野天掘りの井戸のわきに白黒まだらの犬が座りこみ、骨をかじっている。アヒルの親子が一列縦隊でそこらじゅうを歩きまわり、のどかにクワックワッとやりあっている。城で働く人々は水を汲んだり、薪を割ったり、家畜たちの世話をしたり、誰もが朝の仕事で忙しく、そこかしこでアヒルたちとぶつかりそうになっていた。

いかつい男が赤く灼けた鉄材を打っている鍛冶場のすぐ先、いくらか広さのある空地で、ふたりの若者が剣の練習試合のまっただなかだった。どちらも兜と小盾を使っている。さらに、もうひとりが城館につながる外階段にもたれかかり、石板と白墨のかけらで両者の対戦成績を記録していた。「もっと盾を上げろ、ファネン！」背の高いほうが叫ぶ。「足元が心配なんだけど？」

「誰がそんなところを狙うか。そのために切先を下げるなんて、こっちが隙を見せることになるだけだ。おまえはあくまでも盾を高く構えて、上段からの攻めに対処しろ。急所があるんだからな。強烈な一撃をくらって体勢を崩されたら、膝の防御がお留守になるぞ。足元がどうとか言ってる場合じゃないだろ？」

「ちゃんと聞いておいたほうがいいぞ、ファネン」アルリックが声高に呼びかけた。「モーヴィンはふざけたやつだが、剣の扱いだけは上手だからな」

「アルリック！」背の高いほうが兜を脱ぎ捨て、馬から降りようとしている王子に駆け寄った。その名前を聞きつけた従僕たちも驚きの表情でふりかえる。

モーヴィンは年齢こそアルリックとほぼ同じだが、背は高く、肩幅もはるかに広い。黒髪を伸び放題にしており、旧友と再会できた喜びの笑みに白い歯並びをきらめかせる。

「いきなりのご登場じゃないか。しかも、マールの名にかけて、その恰好はいったい何なんだ？　みっともないどころじゃないぞ。徹夜でここまで来たのか？　おまけに、顔も傷だらけで——落馬か？」

「悪い報せがある。すぐにでもお父上と話したい」

「まだ寝てるんじゃないかな。無理に起こすと機嫌を悪くするし」

「一刻を争う問題なんだ」

王子を注視するモーヴィンの顔から笑みが消えた。「ってことは、ただの表敬訪問じゃないのか？」

「あぁ、そうだったらどんなに良かったか」

モーヴィンは末弟をふりかえった。「デネク、親父を起こしてこい」

石板を持っている少年が首を振る。「ぼくに言わないでよ」

モーヴィンはそちらへ詰め寄った。「いいから、さっさと行け！」彼は弟をどやしつけ、城館の中へと追いやった。

「何なんだい？　何があったんだい？」ファネンも兜と盾を芝生の上に放り出し、アルリックと挨拶の抱擁を交わそうと歩み寄ってくる。

「ここ数日のうちにメドフォードからの連絡はなかったか？」

「おれの知るかぎり、来てないはずだ」モーヴィンの表情がひときわ曇る。

「早馬は？　伯爵への急使は？」アルリックがたたみかけた。

「なぁ、アルリック、どうしたっていうんだ？」

「父上が亡くなった。城内で裏切者に殺された」

「何だと！」モーヴィンが息を呑み、よろめいた。耳を疑ったというより、とっさに出た一言にほかならなかった。

「まさか、そんな！」ファネンも声をうわずらせる。「アムラス王が死んだ？　いつ？」

「正直なところ、あれからの時間の流れをきっちりと把握できていなくてね。父上の死をきっかけに事態がめまぐるしく変わりすぎて、正確な日付がわからなくなってしまった。とりあえず、現時点でここへ何の情報も伝わっていないということは、せいぜい三日か四日だろう」

中庭で働いていた人々もすっかり手を止め、彼らのやりとりに聞き入っている。鍛冶場で響きつづけていた槌音も消え、残る物音はといえば牛やアヒルの声だけだった。

「まったく、何だというのだ？」ピッカリング伯爵がまばゆい朝日を片手でさえぎり、まだ眠い目をしばたかせながら現われた。「デネクがすっとんできて、毛布をひっぺがしてくれおったぞ」

伯爵は中年にさしかかった細身の男で、鉤鼻は高く、灰色の髭は手入れがいきとどいており、寝間着の上に金色と紫色のローブをひっかけている。妻のベリンダも彼の後ろから顔を出し、やはりローブに身を包み、おちつかなげに中庭の様子を眺めた。ピッカリングが太陽に目を細めているあいだ、ハドリアンは彼女の姿をじっくりと拝むことができた。なるほど、噂に聞くとおりの美人である。夫よりもいくらか若く、すらりとして均整のとれた肢体も、長い金髪をゆったりと下ろしたところも、公の場では決して人目に触れることのないものだ。これなら、ほかの男たちを彼女に寄せつけまいと躍起になる伯爵の気持もわからないではない。

「おぉ」ハドリアンの背後で、マイロンが首を伸ばしながら声を洩らした。「あの女性の姿を目の前にしては、もはや馬と比べようとも思いませんね」

ハドリアンは馬から降り、マイロンにも手を貸してやった。「まったく同感だが、彼女に、だけはまじまじと視線を向けちゃいけないぜ」

「アルリック？」伯爵が呼びかけた。「訪ねてくれるのは嬉しいが、朝も早すぎるとは思わんかね？」

「アムラス王が殺されたという話なんですよ、父上」モーヴィンが震える声で説明する。

驚愕のあまり、ピッカリングの表情が凍りついた。彼はゆっくりと腕を下げ、王子の顔を覗きこんだ。「本当か？」

アルリックは厳然とうなずいた。「数日前のことです。裏切り者の策謀により、祈りを捧げていたところを背後から一突きされて」

「裏切者？　誰だ？」

「我が叔父にして大公にして宰相――パーシー・ブラガです」

アルリックとピッカリング伯爵が内密に話すために場所を移したので、ロイスとハドリアンとマイロンは匂いをたどって厨房をめざした。エラという白髪の料理人が彼らを迎え、たっぷりとした朝食とひきかえに最新の風聞を求めてきた。ドロンディル・フィールズでの食事は〈銀の盃〉よりもずっと上等だった。卵、柔らかいパン、新鮮でまろやかなバター、ステーキ、ベーコン、ビスケット、胡椒をまぶしたジャガイモなどが惜しみなく供され、そこにグレーヴィソースやサイダーも並び、最後はメープルシロップを添えたアップルパイという具合なのだ。

彼らは厨房の中のいくぶん静かな一角で腹を満たした。エラの話し相手はもっぱらハドリアンで、アルリックが中庭で言った内容をくりかえす程度にとどめておいたが、マイロンがこれまでの人生のほとんどを修道院の中だけで送ってきたということだけは余談につけくわえた。エラはそんな修道士に興味をそそられたようで、容赦せずに質問をぶつけてくる。

「あんた、今日まで女を見たこともなかったって、本当なの？」彼女はパイの最後の一切れを口に入れたばかりのマイロンに尋ねた。彼もその味を堪能したようで、口のまわりにリンゴの切れ端とパイ生地の屑とが輪を描いている。

「こうして言葉を交わしたのは、あなたが初めてです」マイロンはまるで自分が長足の進歩を遂げたかのように胸を張って答えた。

「あら、すごい」エラはにっこりとして、照れたような仕種を演じてみせた。「そりゃ光栄だわ。男の初めてのお相手だなんて、もう何十年ぶりになるかねぇ」彼女は笑い声を響かせたものの、当のマイロンはわけがわからないという表情のままだった。

「それはそうと、すばらしい家をお持ちなのですね」マイロンが言った。「とても……しっかりと建ててあります」

彼女はまたも笑った。「あたしのもんじゃないわよ。使用人として住みこんでるだけ。持ち主は貴族さまにきまってるでしょ。ここだけじゃなく、お城ってのはそういうもんなの。あたしたち平民は小屋暮らしがあたりまえ、お恵みを奪いあって食いつなぐしかない。要するに、犬と似たようなもんでしょ？　べつに、文句を言ってるわけじゃないわ。ピッカリングさまの一家に悪い人はいないから。どこぞの貴族なんか、太陽が昇っては沈むのも自分たちを楽しませるためだと信じて疑わないそうだけど、そんな傲慢さはこれっぽっちもないし。伯爵さまは侍女のひとりも置いてらっしゃらないのよ。お着替えをなさるにも、誰かを呼びつけたりしない。水を飲みたくなったら、ご自分で汲みに来られる。どう考えても珍しいわよね。ぼっちゃまたちも同じ。馬に鞍をつけるのもご自分たちの手でなさるし、いつだったか、ファネンさまが鍛冶場で槌を握ってらっしゃるところを見たこともあるわ。剣の修理はどうするもんなのか教えてほしいって、ヴァーンがせがまれたそうよ。鍛冶職人の仕事を習いたがる貴族さまなんか、ほかにいると思う？　サイダーのおかわりはいかが？」

三人はそろって首を振り、それぞれにあくびをした。

「レネアお嬢さまは奥さまにそっくり。まさに母娘って感じでね。バラの花みたいに美しくて、甘い香りもするけど、ちゃんと棘もある。ふたりとも、癇癪《かんしゃく》を起こしたらもう大変。まぁ、奥さまのほうが多少はましな感じかもしれないわね。お嬢さまなんか、昔は弟がたとご一緒に剣の稽古をなさってたし、それでファネンさまを痣《あざ》だらけにしてしまわれたこともあったっけ。そのうち、貴族令嬢はそんなことをするもんじゃないとおわかりになったようだけどね」

マイロンはいつのまにか瞼がふさがり、頭がふらふらと揺れはじめ、やがて、椅子ごとひっくりかえった。彼はびっくりして目を覚まし、もがきながら起き上がった。「おぉ、まことに失礼をば……せっかくのお話の途中で……」

エラは大笑いで言葉が出てこなくなり、手を振ってみせた。「あんたたち、夜もずっと走りどおしだったんでしょ」彼女はようやく声を取り戻すと、「また椅子を倒しちゃわないうち、裏のほうに寝床を用意してあげるわ」

マイロンはうなだれながら静かに言った。「馬に乗っているときも同じことをやらかしたものです」

アルリックはピッカリング父子と朝食を共にしながら事の次第を語った。彼の話が終わると、伯爵は三兄弟に席を外させ、参謀たちを召集し、ガリリン地方の全戦力の配置状況についての検討にとりかかった。ピッカリングがあれこれと命令を下しているあいだに、アルリックは大広間を出て、城内をあてどもなく歩きはじめた。父の死後、彼が独りの時間をもったのはこれが初めてだった。いろいろなことがありすぎて、思案をまとめるだけの暇もなかった。急流に呑まれてしまったかのような感じで、次から次へと新たな事態が押し寄せてくるのだ。このあたりで、なすがままの運命をおちつかせなければ。

廊下にはおよそ人影がない。ところどころに甲冑や絵画が飾られている以外は、思索を妨げるようなものもない。ドロンディル・フィールズはエッセンドン城よりも小さいが、平屋造りゆえに敷地面積は広く、丘の頂上付近をほぼ完全に占めている。エッセンドン城がいくつもの塔やら吹き抜け天井の部屋やらで高さを誇示しているのと対照的に、ドロンディル・

フィールズはいちばん高い部分でさえ四階建にすぎない。砦は火に強くなければいけないということで、屋根には木でなく石が使われ、それを支えるための壁もひときわ分厚くなっている。窓は小さく、しかも、内寄りにとりつけてあるため、陽光が入りにくく、どこもかしこも洞窟のように薄暗い。

子供の頃、モーヴィンやファネンとの追いかけっこで城内を走りまわったものだ。戦争ごっこをすれば、いつだってピッカリング兄弟の勝ちだった。そのたびに、アルリックは自分こそ未来の国王なのだからと主張して、彼らを平伏させた。十二歳の少年にしてみれば、遊び友達にむかって「いいか、ぼくはこの国の王になるんだぞ。誰だってぼくに頭を下げなきゃいけないし、ぼくの言うとおりにしなきゃいけないんだ」とふんぞりかえるのは快感だった。自分が王位を継ぐには父の死を避けて通れないなど、当時の彼はこれっぽっちも念頭になかった。そもそも、国王としての心得さえも知らなかった。

いいか、ぼくはこの国の王になったんだぞ。

王位を継ぐのはまだ遠い将来のことだと思っていた。彼の父は強壮だったし、年齢もピッカリングと似たようなものだ。アルリックは王子としての暮らしを存分に満喫するつもりだった。ほんの数カ月前、当地の夏祭を訪れてモーヴィンと会ったときも、一年がかりでアペラドーンを一周しようという大旅行の計画を練っていたところである。デルゴス、カリス、トレントなどを巡るのはもちろん、パーセプリキスの遺跡を探してみたいという願望もあった。ノヴロン古代帝国の首府を発見し調査することができれば、子供の頃からの夢がひとつ叶うのだ。失われた都市に眠る財宝を掘り当てるも良し、ただ冒険を楽しむも良し。モーヴィンにとってはテシュラーの騎士たちの奥義に触れる機会になるかもしれないし、アルリックも太古の昔にノヴロンが戴いていた冠を手にすることができるかもしれない。それぞれの父親にも計画の概要は話してあったが、パーセプリキスの名前はあえて出さなかった。そこまで足を延ばしたいと言えば旅行自体がおじゃんになってしまうとわかっていたからだ。アペラドーンの若者は誰であれ、伝説は残るが実際に見た者はいないパーセプリキスの宮殿を歩いてみたいと夢見たことがあるのではないだろうか。しかし、アルリックの少年時代はもはや過ぎ去ってしまった。

ぼくはこの国の王になった。

むこうみずな冒険、辺境の地で飲む安っぽいエール、大空を仰ぎながらの草枕、名も知らぬ娘たちとの短い逢瀬——すべては雲散霧消した。それにかわって瞼の裏に映るのは、石造りの部屋を埋め尽くす不愉快そうな表情の老臣たちだ。父の御前会議に同席したことは数えるほどしかなかったが、書記や貴族たちは税が重すぎるの封領が狭すぎるのと文句を言うばかりだった。とある伯爵など、牛一頭が死んだことを近隣の男爵のせいにして相手の処刑を求め、封領も接収したうえで自分への損害賠償にあてるべきだと主張したものだ。秘書官が厖大な量の訴状をかたっぱしから読みあげ、国王の裁決を仰ぐあいだ、アルリックは鎮座したまま聞いている父のやるせなさを感じ取ってしまったような気がした。しかし、幼い頃の彼にとって、国王とはどんなことでも自分の好きにできる存在のはずだった。しかし、歳を重ねるにつれ、その実情がわかってきた——妥協と譲歩。国王が統治者でいられるのは貴族たちの支持があればこそだが、貴族たちはいつだって不平不満をかかえているのだ。そして、国王にさまざまな要求をぶつけてくる。

この国の王に。

今のアルリックにとって、国王になるというのは有罪判決を受けるようなものだった。彼のこれからの人生はひたすら民衆のため、貴族たちのため、家族のために費やさなければならないのだ。父がそうしてきたのと同様に。アムラスもまた自分の父を亡くしたときはこんな気分にさいなまれたのだろうか。息子として、そこまで想像をめぐらせてみたことは一度たりともなかった。アムラスも一個人としての夢を捨てなければならなかったとは、まるで思い当たるふしがない。父は幸せだったのだろうか。あらためて脳裏をよぎるのは、髭面と明るい笑みをたたえた瞳だ。父は笑顔の人だった。国王であることの喜びによるものか、息子と一緒にいるときだけは職務の疲れを癒すことができたからなのか、どちらとも見当がつかないが。ふと、アルリックはもういっぺん父に会いたくなってしまった。男同士、じっくりと肚を割って話し、王位継承のための忠告も与えてほしかった。しかし、今の彼はひとりぼっちで、国王の重責に耐えていけるのかどうかさえも定かではない。逃げ出せるものなら逃げ出してしまいたいところだ。

金属のぶつかりあう鋭い音に、ハドリアンは目を覚ました。エラの朝食を堪能したあと、彼は中庭へ出てみた。外気はずいぶん冷たくなっていたものの、柔らかい芝生でちょっとした陽だまりになっている場所があった。彼はうたた寝のつもりで横になったのだが、ふたたび瞼を開いてみると、すっかり昼を過ぎている。中庭の反対端のほうではピッカリング家の息子たちが練習試合を再開していた。

「どんどんかかってこい、ファネン」モーヴィンが兜の中からくぐもった声で呼びかける。

「何のために？　こっちが痛い目に遭わされるだけじゃないか！」

「それも修練のうちだぞ」

「意味がないよ」ファネンが言葉を返す。「ぼくは軍人になるわけじゃないし、どこかの大会に出場するわけでもない。次男坊なんだから、どこかの修道院で本に囲まれて暮らすのさ」

「修道士になるのは次男坊じゃない、三男坊のほうさ」モーヴィンは庇を上げ、デネクに笑いかけた。「次男坊ってのは代役なんだよ。充分に訓練を積んで、おれが病気か何かで死んじまった場合にそなえておくんだ。まぁ、おれがこのままなら、流浪の騎士として自分を売り歩くしかないけどな。つまり、傭兵になるか、あちこちの大会をまわって賞金を稼ぐかってことだ。あとは、運によりけりだが、どこかの貴族の目にとまって、警察隊だか守備隊だか近衛隊だかに入れてもらえるかもしれないぜ。最近のご時世を考えりゃ、そんな定職にありつけるのは、封領つきの爵位を持つのと同じぐらい幸せなことだぞ。ただし、満足に戦えないやつは稼ぎを得られないどころか、すぐに生命を落とすのが関の山だ。ほら、かかってこいよ。反転から一歩移動して斬りこめ」

ハドリアンはそちらのほうへと歩み寄り、デネクのいる近くの芝生に座りこんだ。まだ十二歳のデネクが興味を惹かれたようにふりかえる。「どちらさま？」

「ハドリアンだ」彼は名乗り、片手をさしのべた。少年もそれに応え、必要以上に強く握り返してくる。「きみがデネクかな？　三番目の息子さんだね？　マイロンという修道士も一緒にこちらへお邪魔してるんで、どんなところなのか、話を聞いてみるといい」

「いやだなぁ！」少年が声を上げげた。「ぼくが修道士になるなんて、ねぇ。ファネンと同じぐらいには戦えるのに」

「だろうね」ハドリアンが言った。「ファネンは爪先を使いきれていないし、重心も傾いてる。そこを修正しようとしても、モーヴィンに教わってるかぎりは多くを望めないだろう。なにしろ、モーヴィン自身が右を意識しすぎて、左の動きが硬くなってる」

デネクはにんまりとしながら、兄たちにむかって叫んだ。「ハドリアンが言うには、女の子がじゃれあってるみたいだってさ！」

「何か言ったか？」モーヴィンがファネンのいいかげんな攻めを払いのけながら訊き返す。

「あぁ、いや、何でもない」ハドリアンはとっさにごまかし、にんまりしたままのデネクをにらみつけた。「そこまでは言ってないだろ」彼は少年に囁きかけた。

「なんなら、お相手してもらおうか？」モーヴィンがつっこんだ。

「そんな、滅相もない――デネクが修道士になる必要はないんじゃないかって話をしてただけのことだよ」

「女の子みたいだからってね」ファネンがつけくわえる。

「だから、そうじゃないってのに」

「剣を貸してやれ」モーヴィンがファネンに言った。

ファネンは自分の剣をハドリアンのほうへ投げた。それは彼の足元まで一フィートたらずの地面に切先から突き刺さり、その柄が馬の首のように揺れる。

「アルリックが言ってた盗賊の片割れだな？」モーヴィンは弟との練習試合とうってかわって難度の高い素振りを披露した。「胸の躍るような冒険だったらしいが、あんたの剣の腕前のことなんか、アルリックは何も言ってなかったぜ」

「些細なことだから憶えてないんだろうな」ハドリアンは冗談半分に受け流そうとした。

「ピッカリング一族にまつわる伝説を聞いたことは？」

「みなさん、剣の達人ばかりだそうで」

「あぁ、知ってるんだな？　ちなみに、うちの親父はエイヴリン第二の使い手でね」

「本当は最強なんだぞ」デネクが言葉をさしはさむ。「自分の剣があれば、大公なんか簡単にやっつけたはずさ。でも、たまたま持ってないときで、重くて使いにくいやつを借りなきゃならなかったんだ」

「デネク、何度も同じことを言わせるな――どんな屁理屈を並べてみても負けは負け、みっともないだけだ。あの試合は大公の勝ちだった。事実はひとつ、認めるしかない」モーヴィンは末弟をたしなめた。それから、ハドリアンに視線を戻し、「そう、試合だ。その剣を取るがいい。テク＝チンの何たるかを見せてやろう」

ハドリアンは言われたとおりに剣を取り、ファネンにかわって戦いの輪の中へと足を踏み入れた。そして、まずは軽く切先を一閃させるが、モーヴィンはあっさりとかわした。

「それだけってことはないよな」モーヴィンがけしかけた。

ハドリアンはいくぶん複雑な技を試してみた。右から攻めると見せかけておいて左へ反転し、そこからモーヴィンの太腿を狙ったのだ。モーヴィンはこれにも的確に対処した。牽制が入るだろうことを予測して、ハドリアンの切先をふたたび払いのける。

「街のごろつきみたいな剣さばきじゃないか」モーヴィンが感想を述べた。

「まさにそれだもんな」城館のある方向から現われたロイスがつけくわえる。「図体がでかくて頭の悪い街のごろつきってわけさ。どこぞの婆さんにバター壺でぶちのめされちまったこともあるんだぜ」それから、彼はハドリアンに視線を移した。「おまえ、今度は何を始めようってんだ？　子供の玩具になってやろうってのかよ」

モーヴィンが表情をこわばらせ、ロイスをにらみつけた。「おれが伯爵家の跡取りだってことを忘れないでもらいたいな。〝若さま〟とか、せめて〝ぼっちゃま〟ぐらいは許せるが、子供呼ばわりはごめんだ」

「言葉に気をつけたほうが身のためだぜ、ロイス。おれと同じ目に遭わされるぞ」ハドリアンは弧を描くように位置を変えながら、相手の隙を探った。そして、次の一手をしかけたも

のの、これも簡単に阻止されてしまう。

　そこからモーヴィンが攻勢に転じた。鍔《つば》ぜりあいにもちこんでハドリアンの動きを抑え、足払いで薙ぎ倒す。

「いやはや、降参だ」ハドリアンは助け起こそうと手をさしのべるモーヴィンに言った。

「意地を見せてみろよ」ロイスが叫ぶ。

　ハドリアンはうっとうしげに顔をしかめてみせ、そのとたん、中庭へ出てきた若い女性の姿を視界に捉えた。レネア嬢だ。母親に負けず劣らずの美人で、身を包むふんわりとした金色のガウンが髪の毛とよく調和している。彼女は一同のいるほうへと歩み寄った。

「どなた?」彼女はハドリアンにむかって首をかしげてみせた。

「ハドリアン・ブラックウォーターと申します」彼は会釈とともに答えた。

「そう、ブラックウォーターさん——うちの弟にすっかりやられてしまったようですね」

「えぇ、まぁ、ぶざまなもので」ハドリアンはしきりに土埃を払い落としながら相槌を打った。

「何も恥じることはありませんよ。弟はたいそう腕の良い剣士ですから——やりすぎてしまうこともありますけれど。わたくしのそばへいらっしゃる殿方には災難です」

「だって、姉貴にはふさわしくない連中ばかりじゃないか」モーヴィンが言った。

「ほら、意地を見せてみろってば」ロイスが同じ台詞をくりかえす。その声には悪戯っぽい響きがあった。

「あらためて、お相手を願えるかな？」モーヴィンが丁重に尋ねた。

「ねぇ、頑張っていただきたいわ」レネアも楽しげに手を叩く。「心配なさらないで。生命にかかわるようなことはありませんから。本当に相手を傷つけるようなことは父が許しません」

ハドリアンは邪悪な笑みをロイスに向けてから、ふたたびモーヴィンと対峙した。

彼はあえて防御の構えをとらなかった。剣を垂らし、ただ静かに立っている。その視線も涼やかで、モーヴィンの眼をまっすぐに捉えていた。

「防御を捨てたか、愚かな」モーヴィンがつっこむ。「せめて、それらしい恰好だけでもしておけよ」

ハドリアンはゆっくりと切先を上げたものの、守りを固めるわけでなく、モーヴィンの言葉を軽くあしらう程度にすぎなかった。すかさず、モーヴィンが鋭い突きで機先を制し、ハドリアンの体勢を崩そうとした。さらに、その背後へと回りこみ、ふたたび足払いをしかける。しかし、ハドリアンもすばやく反転しながら片脚をひるがえし、モーヴィンの膝の裏に当てて、少年を地面に這いつくばらせた。

モーヴィンは不思議そうな表情になり、手をさしのべるハドリアンの顔をしげしげと眺めた。「街のごろつきも意外とやるもんだな」少年は笑みを浮かべながら呟いた。

つづいて、モーヴィンは早手の切り返しを見せたが、ハドリアンは軽々と身をかわし、ほとんど剣で受けるまでもなかった。モーヴィンは一気呵成《いっきかせい》に攻めかかり、目にもとまらぬ早業で躍動した。鋼同士のぶつかりあう鋭い音が響き、ハドリアンがそれをはねのける。

「モーヴィン、気をつけて！」レネアが叫んだ。

練習試合はいつしか真剣勝負の様相を呈していた。攻めも守りもひたすら鋭く、激しく、肉迫している。けたたましい金属音が中庭の隅々にまで響きわたる。両者の唸り声や雑言も荒々しさを増すばかりだ。双方互角の長丁場。だしぬけに、モーヴィンが目を奪うほどの妙技をくりだした。左からの攻めと見せかけて右へ大きく剣を振り、その勢いのままハドリアンに背を向ける恰好で旋回する。ハドリアンは当然のように隙を狙ったものの、モーヴィンは心眼を開いたか、ふりかえりもせずに刃を合わせた。そして、そこからふたたび反転するや、ハドリアンの逆をつく。ところが、その一撃が届くまでの刹那にハドリアンが間合を詰めたので、モーヴィンの剣は彼の背後であえなく空を切った。ハドリアンは少年の利き腕を自分の脇で押さえこみ、喉許に切先をつきつけた。モーヴィンの弟たちが息を呑んだ。ロイスがしてやったりと笑いを洩らす。ハドリアンはすぐにモーヴィンの腕を放した。

「何がどうなったんだ？」モーヴィンが尋ねる。「完璧な〈ヴィ＝シンの疾風《はやて》〉だったとは思うが、本来は捨て身の戦法だぞ！」

ハドリアンは肩をすくめた。「案外、そうでもなかったりするんだな」彼はファネンのほうへ剣を投げ返した。その切先が少年の両足のあいだ、わずかに見えている地面に突き刺さる。少年が投げたときとちがって、刃が縦方向になっており、柄は寸分たりとも揺れなかった。

畏敬の表情もあらわにハドリアンを凝視していたデネクがロイスをふりかえる。「よっぽど凄腕のお婆さんがいて、特大のバター壺を使いこなすってことだね」

「アルリック？」

王子は城内倉庫のひとつに入りこみ、樽を並べた窓辺に座り、西の丘を眺めているところだった。親友の声で現実に引き戻され、そこでようやく、彼は自分が涙を流していたことを悟った。

「邪魔しちゃ悪いかと思ったんだが」モーヴィンが言葉を続ける。「親父が呼んでる。近隣の貴族たちがそろそろ集まりはじめたんで、何か演説しろってことじゃないかな」

「あぁ、わかった」アルリックは頬を拭き、窓の外の夕陽に最後の一瞥を送った。「いつのまにか、ずいぶん時間が経ってたんだな。ぼんやりしてたんで、気がつかなかったよ」「ここにいれば、よくあることとさ」モーヴィンは室内をそぞろ歩き、籠の中にあるワインの壜を手に取った。「いつだったか、ふたりでここへ忍びこんで、三本かそこらも飲んじまったことがあったよな？」

アルリックがうなずく。「で、みごとに宿酔《ふつかよい》ってわけさ」

「おたがい、ひどいありさまだったっけ。それでも、次の日はとにかく鹿狩りに行った」

「勝手に飲んだことがばれちゃ困るし」

「途中で死ぬんじゃないかってぐらい気分が悪かった。しかも、帰ってきたところで、アリスタとレネアとファネンが前の晩のうちに告げ口してたってことを知らされた」

「そうそう」

モーヴィンはじっくりと親友の顔を覗きこんだ。「おまえなら名君になれるよ、アルリック。亡くなった親父さんだって、おまえを誇りに思うだろうぜ」

アルリックはひとしきり黙りこくったままだった。彼もまた籠から墨を取り、その重さを確かめる。「そろそろ、戻らなきゃいけないな。いろんな責任を負う立場になったんだから。昔とちがって、ここに隠れて飲んだくれるようなわけにはいかないだろ」

「できるもんなら、そうしたいところだけどな」モーヴィンが悪戯っぽく笑う。

アルリックも笑みを浮かべ、しっかりと彼を抱きしめた。「おまえは最高の友達だよ。パーセプリキス行きが叶わなくなっちゃって、ごめん」

「気にするな——それに、先々のことは誰にもわからないんだぜ。いつか実現するかもしれないじゃないか」

倉庫を出ようとしたところで、アルリックはモーヴィンを抱きしめたとき彼の背中から自分の手に付着した土埃を払い落とした。「ファネンに一本取られたのか？　あいつ、そこまで腕を上げたのか？」

「いや、おまえが連れてきた泥棒の片割れ、でかいほうのやつだよ。どこで拾ったんだ？　見たこともない技を使ってたぞ。認めたくはないが、凄腕だな」

「本当かい？　ピッカリング家の人間が言うんだから、さぞかしってことか」

「ピッカリング家の伝説もそろそろ終わりかな——親父がパーシー・ブラガに負け、今日はおれが通りすがりの無法者に一本取られちまった。どこかの貴族がその気になって爵位と封領を賭けろと挑んでくるようになったとしても、不思議はないんじゃないか？」

「あのとき、伯爵の手許にいつもの剣があったら……」アルリックが言葉を濁す。「なぜ、持っていなかったんだ？」

「行方不明だったんだ」モーヴィンが説明する。「前の晩、自分の部屋に置いたのは確からしいんだが、起きてみたら消えてたんだと。その日も遅くなってから、従僕がまったく別の場所で発見した」

「まぁ、剣のことはさておき、きみのお父上は今でも国内最強の剣士だと思うよ」

ロイスとハドリアンとマイロンは昼食も夕食もエラの厨房でたっぷりと堪能させてもらった。一日のほとんどを寝たり起きたりで過ごし、ここ数日間の睡眠不足も解消できた。日が暮れる頃には、三人とも本来の自分自身をようやく取り戻すことができたように感じていた。

ハドリアンにはデネクがついてまわるようになっていた。夕食後、デネクはハドリアンたち三人に声をかけ、挙兵の準備を見物するのにおあつらえむきの場所があるからと誘った。少年が彼らを案内したのは、正門の上にある胸壁だった。そこなら、関係者たちの邪魔にならずに城の内外を見渡すことができる。

宵もまだ早いうちから、徐々に人が集まりはじめた。騎士、男爵、従者、兵士、近隣の村の保安官などが三々五々、城のすぐ外で野営の準備を整えている。中庭にはそこかしこに高い柱が立てられ、貴族たちの紋章をあしらった幟《のぼり》がひるがえり、それぞれの忠義の固さを誇示している。月が昇る頃になると、幟の数は八本、男たちも三百人ほどが焚火を囲んでいた。テントの群れは丘の斜面を埋め尽くし、果樹園の中にまで広がっていた。

ヴァーンはこちらも近隣の村から来た鍛冶職人たちと肩を並べ、鞴《ふいご》も金床も共用して、この時間もまだ仕事にかかりきりだった。土壇場だが決められてしまったことなのだから、やるしかないというわけだ。中庭のあちらもこちらも同じような忙しさで、灯という灯にすべて火が入り、各分野の職人たちが力を尽くしている。鞍紐や兜の緒を調整する革職人たち。厩舎の裏で矢束をこしらえ、薪の山さながらに積み上げていく矢羽職人たち。弓兵隊のために大きな長方形の遮蔽板を用意する樵たち。厨房でも肉切り職人は肉を燻《いぶ》し、パン職人はパンを焼き、それ以外にもタマネギやカブなどを使った携行食糧の準備が大急ぎで進められている。

「金槌の図案がついた緑色の幟はジャール卿だね」デネクが説明する。今夜もすっかり冷えこみ、少年の吐く息は白くなっていた。「二年前の夏、遊びに行ったよ。ランカスターの森のすぐそばが封領で、みんな、狩りが大好きなんだ。国内でいちばん優秀な部類の猟犬を二十頭ぐらいも飼ってる。ぼくも弓矢を教えてもらった。ハドリアンは弓矢も得意なんでしょ?」

「ずっと遠くの木を狙って、運が良けりゃ当たるって程度だな」

「ジャール卿のところの男の子たちよりも上手だったりして。六人いるんだけど、みんな、自分がいちばんだと思ってるよ。でも、うちの父さんに言わせれば、ぼくたち兄弟が弓矢を使えるようになる必要はないんだって。隊列の中で戦う立場じゃないから。剣しか教わったことはないよ。でも、修道院で暮らすことになるんじゃ、ぼくにはどっちも無意味だろうね。ひたすら本を読むだけの生活なんて」

「いやいや、それ以外にもやることはたくさんありますよ」マイロンがそう言いながら、肩にひっかけた毛布をしっかりと巻きつける。「春はまず花壇の手入れ。秋になれば農作物の収穫と保存、それからエールの仕込みも。冬のあいだも掃除や修繕は欠かせません。そして、詠唱にしても黙禱にしても、祈りを捧げるのに長い時間をかけるというのは、言うまでもないでしょう。あとは――」

「歩兵隊のほうがましかも」デネクは顔をしかめ、溜息をついた。「いっそのこと、おふたりの仲間に入れてもらうとか！　国王陛下や同胞たちのために危険な任務を引き受け、全世界を駆けまわるなんて、わくわくするね」

「そう思ってられるうちが華だよなぁ？」ハドリアンが低い声でぼやく。

彼らの眼下で、単行の騎馬が正門へと駆け寄ってきた。

「おい、エッセンドンの幟じゃないか？」ロイスが馬上の人物の掲げているハヤブサの旗を指し示す。

「うん」デネクも驚いたようだ。「国王陛下の紋章だね。メドフォードからの使者かな」

不思議に思った彼らが顔を見合わせているあいだに、使者は城内へ入り、すぐに戻ってくる様子もなかった。マイロンだけは修道院での生活についてデネクを説得しようと無駄な努力を続けていたので、彼らも適当に相槌を打っていたが、ほどなく、ファネンが胸壁につながる狭い通路をすっとんできた。

「ここだったか！」彼は声を上げた。「親父が呼んでる。手の空いてる連中みんなで捜しまわったんだぞ」

「おれたちを？」ハドリアンが訊き返す。

「あぁ」ファネンがうなずいてみせる。「二人組の盗賊をさっさと連れてこいってさ」

「手癖の悪さが出たんじゃないのか、ロイス？」ハドリアンがつっこんだ。

「おまえこそ、昼間のチャンバラごっこのとき、レネアに色目を使ったあげくモーヴィン相手に腕自慢をしてみせたよな」ロイスも負けてはいない。

「それだって、おまえが軽口を叩いたせいだろ」ハドリアンは相棒に指先をつきつけた。

「どっちでもないってば」ファネンが割って入った。「アリスタ王女が叛逆罪で明日の朝にも処刑されそうなんだよ！」

かつて、ドロンディル・フィールズの大広間はメレンガー王政の中枢だった。太祖トリンがドロンディル憲章に署名し、建国を宣言したのも、まさにこの部屋だった。長い歳月を経て紙もインクも色褪せたとはいえ、それは現在もなお変わらぬ栄光の証として壁面に飾られている。その左右には金色の吊紐と絹の房をあしらった巨大な幕がかかっている。今日、大広間はピッカリング伯爵が召集した会議の場となっていた。ロイスとハドリアンはおずおずと足を踏み入れた。

部屋の中央に細長いテーブルが置かれ、礼装に身を包んだ十二名の貴族たちがそこを囲んでいる。ハドリアンは大半の顔に見憶えがあったし、それ以外の面々についても誰が誰なのかという程度はたやすく想像がついた。伯爵、男爵、地方長官、軍司令官――メレンガー東部における重鎮たちが揃っている。上座にはアルリックがおさまり、ピッカリング伯爵はその右隣だ。モーヴィンは父親の後ろに立っている。ハドリアンとロイスをここまで案内したファネンもすぐに兄と肩を並べた。アルリックはピッカリング家の誰かに服を借りたようで、すっかり身綺麗になっていた。ハドリアンもその日の朝までは王子と一緒にいたはずなのだが、それからしばらく彼の姿を見ていないうちに、ずいぶんと老成してしまったような感じがする。

「呼びつけた理由は説明したか？」ピッカリング伯爵が次男に尋ねた。

「王女が処刑されそうだということだけです」ファネンが答える。「それ以上は何も」

「パーシー・ブラガ大公から召喚状が届いた」ピッカリング伯爵は手許の書面をかざしてみせた。「アリスタ王女の魔術濫用、謀叛、殺人の咎をめぐる緊急裁判がエッセンドン城で開かれるため、陪席せよとのことだ。アムラス国王だけでなくアルリック王子も彼女に殺されたと書いてある」彼はテーブルに召喚状を放り出すと、そこへ憤然と拳を振り下ろした。

「あの外道め、王国を奪い取ろうとしているぞ！」

「ぼくが怖れていた以上にまずい状況だ」アルリックが二人組のために説明をつけくわえる。

「叔父は最初から、ぼくと父上を殺して、その罪をアリスタ姉さんになすりつけるつもりだったんだろう。姉さんを処刑すれば、残るは自分だけだからな。とんでもない悪知恵だ。国の安寧を護るためと言われたら、誰もが納得してしまうだろう。万全の計画にちがいない。ぼくだって、ほんの何日か前までは姉さんを疑っていたんだ」

「いかにも。アリスタが魔術に手を染めているという噂が広まったのは最近のことではないからな」ピッカリングがつけくわえる。「彼女の有罪はすでに決まったも同然だ。人々は自分たちの理解できない物事に対して恐怖心をいだく。魔力を持つ女がいるというだけで、地位の高さに安閑としている老いぼれ連中はさぞかし不安に駆られるだろうよ。そもそも、魔術がどうのという以前に、女王による統治さえも心の底では忌避したいはずだ。こんな裁判は茶番劇にひとしい。即決で極刑が言い渡されるにちがいない」

「しかし、王子がおられます」エニルド男爵が意見を述べた。「ご無事な姿をお見せになれば──」

「それこそ、ブラガの思う壺でしょう」エクトン卿が反駁する。「現在にいたるまで、大公はアルリック殿下を発見できずにいます。だからこそ、殿下が挙兵しないうちに誘い出そうとしているのです。殿下がまだ若く、こういった駆引の経験も少ないところにつけこむつもりです。道理でなく感情によって動きを見せるにちがいないと。発見できなければ、自分から出てこさせる——あの男の考えそうなことです」

「こちらの軍勢はまだ半分も集結していない」ピッカリングが悔しそうに唸る。彼は席を立ち、古い憲章の反対側の壁に貼ってある巨大なメレンガー全図の前まで歩いていくと、西寄りの地域を叩いた。「腕の立つ騎士たちはこの方面に多く、充分に話が伝わるだけでもかなりの時間がかかってしまうだろう。八時間といったところか、十六時間か。

ガリリンの軍勢が集結した時点で動き出すとしても、実際に攻撃を始めることができるのは、どんなに早くとも明晩になる。アリスタの処刑には間に合わん。あるいは、現有戦力をただちに先行させ、残りは順次追随せよと命令したところで、個別撃破されてしまえば一巻の終わりだ。たとえ王女といえど、たったひとりのために厖大な犠牲を払うわけにはいくまい」

「あの酒場に現われたのは傭兵だったな」アルリックが二人組に確かめた。「大公はこうして抵抗を受けるだろうという前提で、自分の言うことだけを聞く戦力を金で買っておいたにちがいない」

「道中に斥候や奇襲部隊も配置されているものと考えられます」エクトンが言った。「われわれが動き出すやいなや、アリスタ王女の謀叛への加担と決めつけられ、裁判にそなえてエッセンドン城に集まっている貴族たちを敵に回すことになるでしょう。こちらとしては、時機を待つしかないのではないかと」

「待ってどうなる」アルリックは悲しげに言った。「アリスタ姉さんが生きたまま焼かれようとしているんだぞ。ただでさえ、今のぼくは姉さんへの罪の意識でいっぱいなんだ。姉さんはぼくの生命を救ってくれた。その姉さんが死を目前にしているのに、ぼくは何もできないなんて」彼はハドリアンとロイスに向きなおった。「このまま姉さんを死なせるわけにはいかない！　とはいえ、今すぐに動き出しても勝ち目はない」

王子は立ち上がり、盗賊たちのほうへと歩み寄った。「ここへ来てから、きみたちふたりのことを調べてみたよ。ただの泥棒だろうとばかり思っていたら、ぼくが何も知らないだけだったんだな。超がつくほどの有名人だとわかって、本当にびっくりだ」彼は室内の貴族たちに視線をめぐらせた。「聞けば、きみたちはどちらも異能の持ち主で、無理難題としか思えないような仕事をいろいろと引き受けてきたそうじゃないか——窃盗はもちろんのこと、破壊工作、諜報活動、ときには暗殺までも。否定しようとするなよ。この場にいる面々の多くが、過去にきみたちを雇ったことがあると言っているんだ」

ハドリアンはロイスの横顔を一瞥してから、テーブルを囲んでいる面々を眺めやった。彼はいたたまれない気分でうなずいた。このうちの幾人かは雇い主だったというだけでなく、標的だったこともあるのだ。

「どこのギルドにも所属せず、自分たちの判断で仕事を選んでいるとも聞いた。そこまでの自由があるというのは稀有なことだ。何日間もきみたちと一緒に馬で走りまわったわけだが、この数時間でそれ以上にいろいろと知ることができたよ。ともあれ、疑う余地もないのは——ぼく自身の経験にもとづいて——きみたちが二度もぼくの生命を救ってくれたという事実だ。一度目は姉さんとの約束を守るためだったそうだが、二度目については理由がわからない。昨夜、きみたちが駆けつけてくれたおかげで、ぼくはメレンガーの宰相の息がかかった殺し屋どもの魔手をどうにか逃れることができた。しかし、そんな依頼を受けていた様子はなかったし、ぼくを見殺しにしたところで何の問題もなかったはずだ。損得勘定そっちのけで助けに来てくれたんだな。どうして？」

ハドリアンはロイスをふりかえったが、その相棒は口を開こうともしない。「そりゃ、まぁ……」ハドリアンは床に視線を落としながら、「たぶん──一緒にいるうち、あんたのことが気に入ったとか、そんなところですよ」

アルリックは笑みを浮かべ、同席の貴族たちにむかって凛とした声を響かせる。「メレンガーの王子が──いや、次代の王と言っておこうか──今も生きていられるのは、軍のおかげでなく、忠実なる護衛たちのおかげでもなく、堅固な砦のおかげでもなく──悪名高い二人組の盗賊がとんでもない引きの悪さを露呈してくれたおかげだったというわけだ」

王子はさらに歩を進め、彼らの肩に手を置いた。「きみたちにはすでに大きな借りがあるし、これ以上はもう何を頼む資格もないと重々承知しているが、願わくは、もういっぺん気の迷いを起こして、姉さんを救い出してはくれないだろうか？　ブラガに囚われている姉さんを奪い返すことができたら、報酬はいくらでも払う」

「またぞろ、最後の最後になって善行を思い出しやがって」ロイスは自分の鞍袋に装備品を詰めこみながら愚痴をこぼした。

「それは否定しないさ」ハドリアンが大剣の吊り帯に片腕をぐらせる。「だが、せめて、儲け仕事ってことぐらいは認めてくれよ」

「あいつをトランブールに殺されちゃ困る本当の理由が何だったか、正直に言ってやるべきだったんだ——さっさと百テネントを払えってな」

「そんなの、おまえがそう思ってるだけだろ。だいたい、王族からの依頼なんて、めったにあるもんじゃないぜ？　評判が広まりゃ、たちまち高給取りになれるぞ」

「評判が広まりゃ、たちまち絞首刑さ」

「おっと、それもあったか。しかし、忘れちゃいけないのは、おれたちも一度はアリスタに救われてるってことだ。彼女があの地下牢から出してくれなかったら、メドフォードの秋祭で晒し首だったにちがいないぜ」

ロイスは手を止め、溜息をついた。「やらないとは言ってないぞ。言ったか？　言ってないよな？　そういうことさ。王子にも約束しちまったしな。ただ、喜び勇んでとか、そんなのは期待しないでくれって話だ」

「だから、少しぐらいは気分を盛り上げてやろうと思ったんじゃないか」ハドリアンが言葉を返す。ロイスは彼をにらみつけた。「わかった、おれが悪かったってば。馬たちの様子を見ておくよ」彼は自分の装備品をつかむと、雪の舞いはじめた中庭へ出た。

ピッカリング伯爵の計らいにより、ふたりはこの城内でもっとも脚の速い牡馬二頭と、思いつくかぎりの必需品を提供されていた。さらに、エラが夜食とたっぷりの弁当まで用意してくれた。ふたりとも分厚い毛織のマントで寒さを防ぎ、風除けのために黒いスカーフで顔の下半分を覆っている。

「また近いうちにお会いしたいものです」出発しようとしている彼らに、マイロンが声をかける。「あなたがたはわたしが知っている人々のうちでいちばん魅力的です——まぁ、わたしの交友関係はそんなに広くもないのですが」

「そう思ってくれること自体が嬉しいよ」ハドリアンはそう答えると、修道士を力強く抱きしめ、小柄な相手を驚かせた。ふたりが鞍にまたがったところで、マイロンは頭を垂れ、祈りの言葉を呟いた。

「どうだい」ハドリアンがロイスをふりかえる。「マリバーのご加護があるんだぜ。少しは気楽に行こうや」

「あのぅ、これは……」マイロンは困ったような口調になり、「馬たちのためです。でも、かならずや、あなたがたのぶんも祈っておきますから」彼は急いで言い添えた。

アルリックとピッカリング家の面々も見送りに出てきた。白い毛皮のケープに身を包んだレネアの姿もあった。彼女はふわふわの襟巻に顔の下半分が埋もれており、目許だけを覗かせている。

「救出は無理だとしても、われわれの到着まで処刑が引き延ばされるように頑張ってみてくれ」伯爵が言った。「敵の戦力を分散させたところで敢行だ。おそらく、ブラガは意地でも彼女を殺そうとするにちがいない。あぁ、もうひとつ、ブラガとやりあうのは禁物だ。なにしろ、あの男はメレンガー最強の剣士だからな。わたしに任せてもらおう」彼は腰につけている細身の剣を叩いてみせた。「今回こそは、大公にこいつの切れ味を実感してもらうさ」

「ぼくは先頭に立ってエッセンドン城へ進軍するぞ」アルリックが宣言する。「統治者として当然の責務だ。きみたちの救いの手が姉さんに届き、ぼくが志《こころざし》半ばで斃《たお》れたら、疑ってしまって悪かったと伝えてほしい。それと……」彼はひとしきり絶句して、「ぼくが姉さんを大好きだったことも、すばらしい女王になってくれるだろうと期待していることも」

「そういうのは自分の口から言うもんですよ、陛下」ハドリアンがきっぱりとつきはなす。

アルリックはうなずき、つけくわえた。「きみたちへの無礼な発言も謝っておかないとな。ふたりとも、これ以上は望むべくもないほどの国王警護官だ。さぁ、行ってくれ。姉さんを救い出せなかったら、地下牢へ逆戻りだぞ!」

彼らは馬上から深々と頭を下げると、手綱を回し、すぐさま全速力で走らせた。正門の先に広がる冷たい闇のはるか彼方をめざして。

8 裁判

アリスタ・エッセンドンの裁判の日は初雪とともに朝を迎えた。パーシー・ブラガは一睡もしていなかったものの、疲労感は皆無だった。開廷を予告した昨日の朝からずっと物事が進んでおり、彼は三桁におよぶ案件について自分自身の目を通してきた。ようやく証人名簿の再確認も終わろうかというとき、執務室の扉をノックする音が聞こえ、従僕のひとりが顔を覗かせた。

「お忙しいところを失礼いたします、閣下」従僕は一礼しながら言った。「サルデュア司教さまがお見えになりました。閣下がお呼びしたそうですが？」

「うむ、そうだ、入っていただきなさい」大公が答える。

ほどなく、黒と赤の正装に身を包んだ年配の聖職者が現われた。ブラガは部屋をつっきって彼を出迎え、深々と頭を下げてその指輪に唇を寄せる。「朝も早くからご足労をいただいてしまって恐縮至極に存じます、猊下《げいか》。ご朝食がまだなのでは？　何か用意させましょうか？」

「いや、おかまいなく、済ませてきました。この歳になると、好むと好まざるとにかかわらず、目覚めも早いものでしてな。それはさておき、どういったご用件で?」

「本日の宣誓証言について、いかなる疑問もお持ちでないことを確かめておきたかったのですよ。何かおありなら、今のうちに解消しておきましょう。それぐらいの時間的余裕は確保してありますのでね」

「あぁ、なるほど」司教はゆっくりとうなずいた。「その必要はありますまい。自分に求められているのが何なのか、正しく理解しておりますのでな」

「ありがたや——それなら、すべては順調です」

「すばらしきかな」司教も相槌を打ち、部屋の奥にあるデキャンタを眺めた。「あれに見えるはブランディですかな?」

「えぇ、お飲みになりますか?」

「ふだんは朝から一杯気分など許されませんが、今日は特別ということで」

「おおせのとおりに、猊下」

ブラガがふたつのグラスにブランディを注ぐあいだ、司教は暖炉のそばの椅子に腰をおろした。大公もそちらへ歩み寄り、片方を手渡す。「新たなるメレンガーに」大公の言葉とともに、グラス同士が澄んだ音を響かせる。ふたりはゆったりと杯を傾けた。

「雪の日のブランディはまた格別ですな」サルデュアが満悦の声を洩らす。髪は白く、目許には柔和な雰囲気を漂わせ、皺だらけの手でグラスを包みこむようにしながら暖炉の前に座っている姿を見るかぎり、典型的な好々爺《こうこうや》としか思えない。だが、ブラガはよく知っていた。

この老人が現在の地位にまで到達できたのは、無慈悲であるがゆえなのだ。サルデュア司教はニフロン教会の首脳陣のひとりで、メレンガー王国における筆頭聖職者でもある。彼の職場であり住居でもあるマレス大聖堂といえば、エッセンドン城にも匹敵するほどの規模を誇り、はるかに篤《あつ》い敬愛を集めている場所だ。そして、彼の影響力はといえば、総勢十九名の司教のうち、おそらく三傑に数えられるだろう。

「まだしばらくは開廷しませんかな？」サルデュアが尋ねる。

「あと一時間ほどです」

「きみは非常にうまくやっている——その一言に尽きますよ、パーシー」サルデュアが笑みを浮かべてみせた。「教会もおおいに満足しています。きみへの投資はかなりの額になりましたが、どうやら、われわれの選択は正しかったようですな。これほどまでに長期的な視野が求められるとなると、適材適所を実践できているかどうかの確信はなかなか得られません。付加的な状況のひとつひとつを慎重に扱う必要があるのです。われわれとしては、実態がどうあれ、不正工作を疑われるわけにはいきません。まだ先のことではありますが、すべての王国が自発的に新帝国への統合を受け入れるという体裁を整えておかないと。それゆえ、きみに対しても、いくばくかの疑念をいだいておったものです」

ブラガは片眉を上げた。「そんな告白をなさるとは意外な気もしますが」

「なにしろ、アムラスの妹との結婚話をまとめた頃のきみは、どこをどう見ても国王の器とは思えませんでな。痩せぎすで、虚栄心の塊で、そのくせ——」

「二十年もあれば、人は変わりますよ」ブラガが反駁する。

「いかにも。しかし、当時のきみに何を期待できたかといえば、剣の腕前と帝政派への傾倒ぐらいなものでしてな。それさえも、若さゆえのことではあるまいかと——ほれ、志を枉《ま》げるもたやすい年頃でしょう。だが、きみについて言えば、わしの眼が及ばなかったようです。今のきみは高い実務能力をそなえ、予期せぬ事態にあわてふためくこともない。アリスタ姫のせいで前倒しになった計画をすばやく調整してくれたのも一例ですが、とにかく、きみに任せておけば大丈夫と思えるようになりました」

「いや、実際のところ、計画の狂いを完全に収めきれているわけではありません。アルリックの出奔はまったくの想定外でした。あの姉姫を甘く見てはいけませんでしたね。しかし、だからこそ、彼女を始末する絶好の口実も得られたわけですが」

「それはそうと、アリスタ姫の弟はどのようにしますかな？　今の居場所もつかんでいるのでしょう？」

「えぇ、ドロンディル・フィールズだそうですよ。ガリリンの複数の関係筋から情報が入ってきています。ピッカリングともども挙兵の準備にとりかかっているとか」

「それでも心配することはないと？」

「あえて言うなら、あの小童《こわっぱ》がピッカリングの許へ転がりこむよりも前に捕えることができれば万々歳だったのですがね。しかし、まぁ、姉姫をかたづけてからでも遅くはないでしょう。あやつへの支援があまり拡大しないうちに決着をつけたいものです。ここまで逃げ隠れが上手だとは思いませんでした。ワイセンドの渡し場では、まさに指の隙間をかいくぐられてしまいましたよ。しかも、身ひとつで逃げるどころか、こちらの兵士たちの馬をごっそりと奪っていきましたからね。それでも、街道沿いや峠や村々に見張りを配置してあったので、さほど時間もかからずに発見できるはずだと考えていたのですが、あやつは数日にわたって完全に姿を消していました」

「それがいきなりピッカリングの許へ現われたと？」

「いや、そうでなく」ブラガが答える。「捕える機会はもう一度あったのですよ。〈銀の盃〉という田舎酒場で、巡察中の兵士たちがあやつを発見しましてね」

「どうにも合点がいきませんな。王子をここへ連れ戻さなかったのですか？」

「その兵士たちが行方不明なのです。アルリックを捕まえたという第一報だけは早馬で届いたのですが、肝心の連中はどこへ消えてしまったのやら。詳しく調査してみたところ、いささか興味深い噂がありました。王子の旅に同行していたとおぼしき二人組が地元の住民たちに呼びかけ、アルリックを連れ戻そうとしている兵士たちを襲撃したのだとか」

「その二人組とは？」

「名前はわかりませんが、王子はそやつらを〝国王警護官〟と称していたようです。おそらく、アムラス殺しの濡衣をかぶせてやった盗賊どもにちがいないでしょう。王子は多額の報酬をもちかけたか、ひょっとしたら、爵位や封領さえ約束したかもしれません。あの小童にそんな知恵があったとは。しかし、いずれにせよ、すでに対策は講じてあります。メレンガー軍の指揮官たちには数週間前から粉をかけ、傭兵も集めておきました。アムラスは何も知らなかったでしょう。宰相という地位の役得といえば、まずもって、玉璽を手許に置いたままで誰からも怪しまれない点です」

　ふたたび扉がノックされた。今回もあの従僕だ。「チャドウィック伯がいらっしゃいました、閣下」

「アーチボルド・バレンティンだと？　何のつもりだ？　さっさと追い返せ」

「いや、待ちなさい」司教がさえぎった。「わしが呼んだのですよ。入っていただきましょうか」その言葉に、従僕は深々と頭を下げ、後ろ手に扉を閉め、執務室をあとにした。

「事前にお聞かせいただくわけにはいきませんでしたかね」ブラガがぼやいた。「失礼を承知で申し上げますが、本日ばかりは貴族同士の近所づきあいになど時間を割いておれないのです」

「たしかに、たしかに。きみが多忙を極めていることは重々承知しています。しかし、教会には教会の都合というものがありましてな。おわかりでしょうが、われわれの管理下にある王国はここだけではないのです。われわれにとって、チャドウィック伯はたいそう興味を惹かれる人物でしてな。若くて、野心的で、成功を求めている。良き友人を得た彼がどうなっていくか、将来が楽しみですよ。また、きみにとっても、南の国境のむこうに意を通じた相手がいれば損はないでしょう」

「エセルレッド王の臣下を抱きこんでしまえと？」

「もちろん、エセルレッドも帝国再建になくてはならない同志ではありますが、皇帝はひとりで充分なのですよ。これまでの働きを見れば、きみがそのひとりになれない理由は何もありません。そういう意味からしても、バレンティンはいろいろと役に立ってくれそうです」

「まだ王位さえも得ておりませんのに、もう皇帝候補ですか？」

「先見の明がなければ、教会が三千年余にわたって存続してこられたはずもありません。おぉ、来たようですな。さぁ、お入りなさい、アーチボルド」その言葉に導かれて、マントについた雪を払い落とし、靴底も軽くしようと足を踏み鳴らしながら、アーチボルド・バレンティンが入ってくる。「マントはそのへんに置いて、暖炉の近くへおいでなさい。ほれ、まずは身体を温めて。馬車での旅はさぞかし寒かったでしょう」

アーチボルドは部屋をつっきり、座ったままの司教の指輪に唇を寄せた。「おはようございます、猊下」つづいて、大公にも深々と頭を下げ、「おはようございます、閣下」

彼はマントを脱ぎ、静かに振った。それから、戸惑ったような表情で室内を眺めまわす。

「従僕がさっさと行ってしまっては、マントをどうしたものでしょうね」

「どこでも適当なところに置いておけばいい」ブラガが声をかけた。

伯爵はおぞましげに目を見開いた。「ダマスク織に金糸の刺繍をあしらった舶来品ですよ」ちょうどそのとき、従僕が戻ってきて、大きな安楽椅子を運びこんだ。「あぁ、きみ。これを頼む。マリバーの名にかけて、釘にひっかけるような真似はしないでくれたまえ」彼がマントを預けると、従僕は一礼とともに退出した。

「ブランディは？」ブラガが尋ねる。

「おぉ、ありがとうございます、いただきます」アーチボルドが答えた。ブラガは深い琥珀色の液体が躍るグラスを手渡した。

「よく来てくれましたね、アーチボルド」司教が言った。「メレンガー王国の一大事ということで、長話をするほどの時間はありません。ただ、ちょうどブラガにも説明していたところなのですが、この三者会談は短くとも有益なものになるだろうと思いましてな」

「もちろん、おおせのとおりにさせていただきますとも、猊下。メレンガーの新王も交えてお話しできるとあらば、この機会を逃すわけにはまいりません」アーチボルドは当然至極とばかりに言った。サルデュアとブラガが顔を見合わせる。「おぉ、ことさらに隠さなければならないわけでもありますまい。あなたは大公にして宰相でいらっしゃる。アムラス王もアルリック王子も亡くなり、アリスタ姫が処刑されたら、ほかの誰が王冠をかぶるというのですか。いや、おみごとです。感服するしかありません。真昼の太陽の下、貴族たちを前にして公然と政敵を葬り——しかも、簒奪者のほうが拍手喝采を浴びるとは」

ブラガが表情をこわばらせた。「あらぬ疑いをかけられて——」

「何をおっしゃいますやら」伯爵がさえぎった。「何の疑いもかけてはおりませんよ。メレンガーの国内事情について、わたしが言えることなどありましょうか？　わたしの主君はウォリックのエセルレッド王です。こちらの王国で何が起ころうと、わたしの関知するところではございません。ただ、衷心からの賛辞をお送りしているだけです」彼はグラスをかざし、司教にむかって小さく会釈しながら、「おふたりとも、おめでとうございます」

「きみも一枚嚙みたいのかね、バレンティン？」ブラガは探りを入れるような口調で尋ね、サルデュアとともに若い伯爵の顔を覗きこんだ。

アーチボルドはふたたび笑みを浮かべた。「いやいや、そんなつもりは毛頭ございませんよ。感嘆の念を率直に示したまでのことです。それというのも、わたし自身はしばらく前にひどく落胆させられる出来事がありましてね。つまり、地歩をさらに固めようと賭けに打って出たわけですが、失敗に終わってしまったのですよ」

ブラガはこの洒落者の伯爵が気に入りはじめていた。司教が興味を惹かれたというのも理解できるような気がするし、彼自身もいつしか話にひきこまれていた。「それは残念だったね。いったい、どんな企みだったのかな？」

「えぇ、グルーストン候をいわくつきの手紙で脅し、娘との結婚を認めさせ、リラン渓谷をせしめようとしたのです。手紙は塔のてっぺんにある私室の金庫に入れて錠をかけ、ヴィクトールが来たところで披露するばかりでした。すべては完璧だったはずなのですが、そのときになってみると——パァ」アーチボルドは片手を上向きに広げてみせた。「そこにあるのはただの白紙でした。まるで手品か何かのように」

「何が起こったのですかな？」サルデュアが尋ねる。

「盗まれてしまったのです。賊どもは塔の屋根に穴を開け、わたしがほんのしばらく席を外した隙にやってくれましたよ」

「それはまた鮮烈な」サルデュアが感想を述べた。

「わたしにとっては痛烈でしたが。面目も何もあったものではありません」

「犯人を捕えることはできたのかね？」ブラガが尋ねる。

アーチボルドは首を振った。「いいえ、残念ながら。しかし、何者なのかは見当がついています。数日も思案をめぐらせての推論です。わたしは誰にも手紙のことを話しておりませんでした。知っていたのは、最初にわたしがそれを盗んでくるよう依頼した盗賊だけです。悪知恵のはたらく連中ですよ。リィリアと名乗っています。わたしが盗ませたものをまた盗み出していった理由はわかりません。ひょっとしたら、買い取れと言ってくるつもりかもしれません。もちろん、そんな要求に応じるつもりはありませんがね。次にウィンズ修道院からの手紙を狙うときには、ほかの誰かを雇うことにしますよ」

「その手紙というのは、察するに、グルーストン侯と民権派どもがやりとりしていたものですかな？」サルデュアがつっこんだ。

アーチボルドは驚いたような表情になった。「さすがは猊下、なかなかに鋭いお見立てを。当たらずとも遠からずといったところです。いや、アレンダが民権派のガウントに綴った恋文でしてね。愛娘がろくでもない平民と密通している証拠をつきつければ、ヴィクトールは家名を汚さないよう、彼女をわたしに嫁がせてくれるだろうと期待したのですが」

サルデュアが忍び笑いを洩らした。

「わたし、何かおかしなことを申しましたでしょうか？」

「きみは自分の手にしていたものの価値を充分に理解していなかったようですな」サルデュアが説明する。「それは恋文などではありませんよ。ヴィクトール・ラナクリンが娘の名を借りてガウントに送っていた暗号通信です。グルーストン侯は彼の仕えるべき王室を裏切り、帝国の再建をも阻止しようとしています。きみがその宝物を持っていたら、グルーストン家のすべてを掌中に収めるばかりか、華燭の典にヴィクトールの首級を飾ることもできたでしように」

アーチボルドは言葉もなく、ブランディの残りを飲み干した。

「しかし、そのような手紙はもうありません。ウィンズ修道院が民権派のやつらの会合に使われることも。あんな連中に手を貸したらどうなるか、不本意ながらも教訓を与えなければなりませんでしたからな。大公にお願いして、修道士もろとも焼き討ちにしたのですよ」

「猊下と同じくマリバーに仕える僧侶たちを殺してしまわれたのですか？」アーチボルドが訊き返す。

「マリバーによって人々の前へ遣わされたノヴロンはまさに敵を倒さんとする戦士でした。たとえ多くの血が流れることになろうとも、神は決して逡巡なさいません。あるいは、樹木を強く育てるために細枝を切り落とす必要もあるのです。あの修道士たちの死は不可欠でした。もっとも、ただひとり、ラナクリンの息子だけは生かしておき、家へ戻って警告を与えてくれることを期待したのですが。王党派と民権派が結びつくなど、許しておくわけにはいきますまい？」サルデュアは笑顔で問いかけ、ゆったりとグラスに口をつけた。好々爺のような雰囲気がふたたび感じられるようになった。

「きみの狙いはグルーストンだったというわけか、アーチボルド？」ブラガが伯爵におかわりを注ぎながら尋ねた。「どうやら、わしの誤解だったようだな。ちなみに、きみが心を痛めているのは、アレンダと結婚できなかったことかね、封領の拡大が叶わなかったことかね？」

アーチボルドは蠅でも追い払うかのように片手をひるがえしてみせた。「彼女はおまけにすぎません。封領こそが第一の望みです」

「なるほど」ブラガがサルデュアをふりかえると、司教もにこやかにうなずいた。「まだ、それを手に入れる方法はあるかもしれんよ」大公は伯爵への言葉を続けた。「わしがメレンガーの王位を継げば、ウォリックとの国境地帯の安寧を護るべく、同じ帝国主義を奉じる強力な朋友と手を結ぶ必要が生じるだろう」

「エセルレッド王からすれば裏切りということになりますが」

「では、きみからすれば？」

アーチボルドは笑顔になり、美しい細工のほどこされたグラスを指先で弾き、澄んだ音を響かせた。「好機とでも申せましょうか」

ブラガが椅子にひときわ身を沈め、暖炉のほうへ脚を伸ばす。「きみがラナクリン家の封領を手に入れ、わしと組んでくれるなら、メレンガーはウォリックにかわってエイヴリン随一の王国となる。そして、統合されたばかりの大チャドウィック地方はたちまち我が国の主要な封領に躍り出るというわけだ」

「あくまでも、エセルレッドが宣戦布告しなければの話ですが」アーチボルドがつけくわえた。「どこの国王であれ、版図をごっそりと削り取られたら憤慨するのも当然でしょうし、ましてや、エセルレッドは〝やられたらやりかえせ〟という性分です。好戦的で、しかも戦い方をよく知っています。ただでさえ、彼の軍隊はエイヴリン最強という評判ですし」

「たしかに」ブラガが言った。「ただし、その軍隊を率いる将軍たちの器はさほどでもない。優秀な人材といえば、きみのところのブレックトン卿ぐらいなものだ。軍師としての彼はすばらしい。きみがウォリックを離れることになっても、彼は変わらぬ忠誠を誓ってくれるだろうかね？」

「ブレックトンのわたしに対する忠誠心は微動だにしません。父親であるベルストラッド卿は昔気質《かたぎ》の義侠心に満ちた騎士で、息子たちもその教えをしっかりと受け継いでいます。ブレックトンとその弟――名前は何だったかな、海に出たというベルストラッドの次男坊――そう、ウェズレイ、彼らも誓いを破れば名誉を損なうと自覚しています。もっとも、名誉がむしろ邪魔になることもありましてね。いつだったか、うちの従僕のひとりがわたしの真新しいパイル織の帽子を泥の中に落としてしまったので、わたしが罰としてその役立たずの手を斬ってしまえとブレックトンに言ったところ、彼はそれを拒絶しました。そして、騎士道の何たるかを二十分も説きつづけたのです。ええ、おっしゃるとおり、彼はバレンティン家への忠誠を貫いてくれるでしょうが、忠誠心はいささか薄くとも無条件に命令を聞く者が欲しいと思うこともありますよ。わたしがウォリックを離れるとなれば、ブレックトンは出撃そのものを拒否するかもしれません。もちろん、わたしに刃《やいば》を向けるような真似はしないと確信していますがね。私見としては、ほかの誰よりもエセルレッドがいちばん危険な存在なのではないかと思います。彼もまた卓越した軍師です」

「そうだな」ブラガがうなずく。「しかし、それはわしも同じだ。彼が戦いを挑んでくるなら、受けて立とうじゃないか。常備軍はもちろん、傭兵部隊もすでに配置した。必要に応じて、さらなる戦力も準備できるぞ。実際にぶつかりあえば、最終的には彼がウォリック全土を失い、我が国がそこを併合してエイヴリン統一への端緒を得ることになるだろう——いや、アペラドーン統一さえ夢ではないかもしれんな」

これにはアーチボルドも笑いを誘われた。「いやはや、わたしなど及びもつかないほどの広い視野をお持ちでいらっしゃる。なるほど、あなたと組むのは得策にちがいありませんね。皇帝の称号も考えておられるのでは？」

「さて、どうかな？　わしが全世界を掌中に収めれば、かつて教会がグレンモーガンの強い味方となったときのように、教皇もわしを支援してくださるにあたって迷いはあるまい。教会との良好な関係を約束できれば、彼の後継者に指名される可能性も出てくるだろう。そうなったら、もはや誰もわしの敵ではない。とはいえ、まだ遠い未来の話だ。先を急ぎすぎてしまったな」ブラガは司教に向きなおった。「ありがとうございました、猊下。まことに有益な会談でした。とはいえ、そろそろ時間になりましたので、アリスタの裁判を始めたいと思います。よろしければ、アーチボルド、きみもしばらく待っていてくれたまえ。どうやら、メレンガーの新たなる友人にふさわしい贈り物を進呈できそうなのでね」

「光栄至極に存じます、閣下。ご一緒できるだけでも幸せなことですし、何を頂戴できるのであれ、さぞかしすばらしいものでしょう」

「さきほどの話、きみがヴィクトール・ラナクリンを陥れようとしたところへ横槍を入れた盗賊はリィリアと名乗っていたそうだね？」

「はい。それが何か？」

「うむ、われわれは同じ二人組に悩まされているらしい。わしもいささか……な。きみも経験したとおり、あやつらは依頼人にまるで敬意を示さず、次の依頼でそこを標的にすることさえ平然とやってのける。わしもかつての依頼人なのだが、今は邪魔されてばかりだ。しかし、わけあって、あやつらは今日という日にかならずこの城へ来るにちがいないのだよ。すでに、捕えるための手筈も整えた。姿を見せたが最後、アリスタともども裁判にかけてやる。夕方には三人まとめて焚刑《ふんけい》に処すことができるだろう」

「それはそれは、まことにすばらしい見世物となりそうですね、閣下」アーチボルドがうなずき、口許を笑みにゆがめる。

「喜んでもらえると思っていたよ。きみはここへ来てすぐ、アルリックの死でわしの即位は決まったも同然と言ってくれたな。残念ながら、話はそんなに簡単ではない——もうしばらくの辛抱が必要だ。アムラスが死んだ晩、アリスタはまちがいなくあの二人組と取引し、アルリックを城外へ連れ去らせた。そして、今度はあやつが依頼人となり、姉姫を救出させるつもりなのだろう。下水溝が脱出に使われたという確証にもとづき、そこからの侵入には万全の対策を講じてある。厨房の格子はがっちりと固定したし、川との合流点にはワイリン警備隊長と精鋭の部下たちが待ち伏せている。さらに、賊どもの油断を誘うべく、そのあたりの警備をわざと手薄にしておいた。アルリックが子供じみた蛮勇を発揮して、二人組と一緒に来てくれたら、もう何も言うことはない。あっというまに——一網打尽だ！」

アーチボルドも喜悦の表情でうなずいている。「まさに完璧というわけですね」

ブラガは自賛するようにグラスをかざした。「我が幸運に乾杯」

「御身に」アーチボルドが唱和し、酒杯を傾ける。

そのとき、扉を殴りつけるかのようなノックの音が響いた。「入れ！」ブラガがいらだたしげに声を上げた。

「宰相閣下！」駆けこんできたのはブラガの傭兵のひとりだった。頬も鼻も真赤になり、甲冑からは雫《しずく》が垂れている。頭と両肩にはうっすらと雪が積もっていた。

「何だ？　どうした？」

「下水溝の出口付近をめざす足跡が雪の上に残されているのを発見したと、城外警備からの報告です」

「案の定だな」ブラガが答え、グラスを空けた。「八名ほど、ワイリンのところの増援にまわしておけ。ぜったいに取り逃がすなよ。いいか、王子が一緒だったら、その場で殺せ。ワイリンが制止しようとするかもしれんが、かまうことはない。ただし、賊どもは生け捕りにしろ。前回と同じく、地下牢で猿轡だ。あやつらの存在をもってアリスタの有罪が確定したら、一列に並ばせて火をかける」傭兵は敬礼もそこそこに走り去った。

「では、おふたりとも、判事やほかの貴族がたの待つ法廷へどうぞ。待ちに待ったお楽しみの始まりですよ」彼らは席を立つと、両開きの大きな扉からそろって部屋を出た。

積雪でひときわ明るさを増した朝日はまばゆいばかりに白く、川面から格子をとおして下水溝の中にさしこんだ。その光は天井にも届き、歳月を経た石材にへばりついている苔や黴《かび》をうっすらと照らす。壁のあちこちで凍った水滴がきらめき、乱雑な光がいくぶん奥のほうまで拡散するが、さらに深いところまでは及ばず、漆黒の闇に包まれている。そこに一団の兵士たちが身を隠し、中腰のまま寒さに耐えている。城から排出された冷たい汚水の流れに足首まで浸かっているのだ。無言の待機を始めてからおよそ四時間、ついに何者かが近づいてきた。一歩ごとに汚水のはねる音が聞こえ、壁や天井に躍る影も見える。

ワイリンは片手で部下たちを制し、それまでどおりの待機を続けさせた。別働隊がきっちりと獲物の背後をふさぐことが先決だ。やがて、ただの影ではない人の姿が彼らの視界に入ってきた。下水溝には大人ふたりぐらい簡単に逃げこめそうな枝管がいくつもある。迷路の中であのネズミどもを追い回すというのは得策ではない。そもそも居心地の良い空間ではないし、それにもまして、今日の午餐の余興にと考えておられる大公閣下のことだ、あまり遅くなっては機嫌を損ねてしまいかねない。

ほどなく、その二人組は彼らのすぐ目の前まで進んできた。背が高くて胸板も厚い男と、小柄でほっそりとした男。どちらも冬用の厚いマントに身を包み、すっぽりとフードをかぶっている。しきりに周囲の様子を窺っている。

「陛下はこの下水溝がずいぶんご自慢だったっけな」ひとりが皮肉まじりに言った。

「とりあえず、川の流れよりゃ汚水のほうが温《ぬる》いんで助かるぜ」もうひとりが応える。

「だとしても、いちばん寒い時期にこれはやっぱり大変だ。真夏のほうがましだと思わないか？」

「こんなに冷たくはないだろうが、臭いはどうする？」

「臭いといえば——おれたち、そろそろ厨房の近くまで来たのかな？」

「おまえが案内役だろ。夜目が利くんだから」

ワイリンが腕を振り下ろした。「**かかれ！　逮捕だ！**」

たちまち、王宮の警備兵たちはその二人組めがけて突進した。反対方向からも別の一隊が現われ、包囲網を形成する。全員が剣と盾とを構え、じりじりと輪を縮めていった。「油断するな」ワイリンが声をかける。「大公がおっしゃるには、何をしてくるか予測もつかん連中だそうだ」

「先手を取ったほうの勝ちですよ」別働隊のひとりがそう言いながら剣の柄頭をひるがえし、背の高いほうの男をあっさりと殴り倒した。小柄なほうの男もほかのひとりに盾でぶちのめされ、ひとたまりもなく意識を失う。

ワイリンは溜息をつき、その部下たちをにらみつけたあと、肩をすくめた。「こいつらにも自分の足で歩かせるつもりだったんだが、まぁ、これはこれでというわけか。鎖と猿轡をつけたら、地下牢まで引きずっていくぞ。ただし、マリバーの名にかけて、顔が沈まないようにしろよ。溺死させたりしたら、大公の逆鱗《げきりん》に触れることになるからな」兵士たちはうなずき、作業にとりかかった。

「パーシー・ブラガ大公がアリスタ・エッセンドン王女を告発した案件をめぐり、メレンガー高等法院はここに証人尋問を実施する」主席判事の太い声が響きわたった。「アリスタ王女には国家叛逆罪、父と弟に対する尊属殺人罪、魔術濫用罪の嫌疑がかけられている」

メレンガー大法廷はエッセンドン城でもっとも広い空間を占め、カテドラル型天井とステンドグラスの窓をそなえており、壁面には国内すべての貴族たちの紋章と盾が飾られている。傍聴席のベンチはもちろんのこと、バルコニーまで大入り満員だった。貴族ばかりでなく、市内の裕福な商人たちも王女の裁判には高い関心をいだいているということか。門外にも夜明けとともに大勢の平民が集まり、降りやまぬ雪をものともせず、城勤めの小使が伝えてくる時々刻々の状況を聞き逃すまいと待ちかまえている。そんな彼らをおとなしくさせておくのは、甲冑に身を包んだ兵士たちの役割だ。

法廷の壇上には四方を囲むように貴賓席があり、上級貴族たちのための安楽椅子が並んでいる。そこかしこに空席もあったが、ブラガの目的を叶えるには充分な人数がすでに揃っていた。巨大な暖炉に火が入っているとはいえ、朝の空気はまだ冷たく、彼らのほとんどは毛皮の外套にすっぽりと身を包んだままだった。正面に置かれた玉座はもちろん無人で、その主がいないという事実ゆえ、廷内にはひどく剣呑な気配が漂っていた。そこに目を向けているだけで、この裁判がどれほど重要であり、黒白《こくびゃく》ひとつで王国の将来がいかに左右されるかということも痛感せずにいられない。判決にともなって、王位継承権の行方も変わってくるのだ。

「本日の陳述および証人尋問では、善良かつ賢明なる紳士諸君にも陪審をお願いする。マリバーよ、彼らの分別を祝福したまえ」

主席判事が腰をおろすと、口の周囲に短い髭を生やした恰幅の良い男性が立ち上がった。いかにも高価そうなローブの裾をはためかせながら裁きの場へと進み出た彼は、ひとりひとりの顔をじっくりと眺めた。

「皆さま」法務官とおぼしきその男性は芝居がかった仕種で腕をひるがえした。「すでにお聞き及びでしょうが、七日前、まさにこの城内で、アムラス王は何者かに殺害されました。さらに、ごらんのとおり、アルリック王子も行方不明となっており、やはり誘拐され殺害されたのではないかと思われます。しかし、よりによって陛下ご自身の居城がそのような凶行の場となってしまうなど、ありうることなのでしょうか？　王殺しはなきにしもあらず、王子の誘拐はなきにしもあらず――ですが、一夜のうちに連続してというのは？　そんなことがありうるのでしょうか？」

彼の言葉をわずかでも聞き洩らすまいと、傍聴席は静まりかえった。

「二人組の暗殺者が誰の目にも留まらずに城内へ侵入し、王を刺殺し、一度は囚われの身となったにもかかわらず脱走する――なぜ、そんなことが可能だったのでしょうか？　最後の一点だけを見ても、およそ信じられません。なにしろ、犯人たちは牢内に閉じこめられ、精鋭の兵士たちの監視下にあったのです。いや、ただ単に閉じこめられていたどころか、手足に鎖をかけられ、壁に縛りつけられていたのです。しかも、さらに驚くべきは、この犯人たちは奇跡的に牢から逃げ出したあと、すぐに城外へ去ったわけではないということです！　そうなのです！　罪の重さゆえ、夜が明ければ広場で四つ裂きにされると牢内で聞かされていたはずなのに――この処刑方法はきわめて長い苦しみをともなうのですが――何百という兵士たちが配置されている城内から一刻も早く離れようとするかわり、よりによって、厳重な警護がついている王子に狙いを移し、誘拐したのです！　くどいようですが、なぜ、そんなことが可能だったのでしょうか？　兵士たちの目が節穴だった？　手も足も出なかった？

あるいは、内通者がいたから？

そうだとしても、ひとりふたりの兵士にできることでしょうか？　他国の密偵？　まさか、王の篤い信頼を受けてきた男爵ないし伯爵が？　いいえ！　誰であれ、王殺しの犯人たちに会いたいからといって地下牢の扉を開けさせることはできませんし、まして、縛《いまし》めを解くなど論外です。あの晩、たやすく地下牢へ入りこめるほど絶大なる権限を持っていた人物がいたとすれば、ただひとり——アリスタ王女だけです！　殺された王の娘とあらば、お父上の生命を奪った犯人たちの顔に唾を吐きかけてやりたいと願ったとしても、誰がそれを却下できましょう？　ただし、真の目的は犯人たちへの意趣返しでなく、彼女自身の企みの片棒を担がせることにありました！」

傍聴席がざわめいた。

「何たる無礼！」貴賓席にいる年配の男性が抗議した。「父を亡くした哀れな少女をそんなふうに責めるとは、恥を知らんやつめ！　そもそも、その当人はどこにおられるのだ？　嫌疑がかかっているなら、反論の機会が与えられるべきだろうに？」

「ヴァリン卿」法務官が呼びかける。「本日はようこそおいでくださいました。もうしばらくしたら、王女にもご出廷いただく予定となっております。ただし、まずは煩雑で不愉快な手続をかたづけてしまう必要があり、王女にそこまでのご辛抱を求めるのは忍びないと判断してのことです。それに、無実であれば近い将来にも女王となる人物がこの場におられないほうが、証人たちも萎縮せずに言うべきことを言えるはずです。また、いささか厄介な理由もあるのですが、これについては審理を進めるあいだにご説明できるでしょう」

ヴァリン卿はなおも憤然たる表情をあらわにしていたが、それ以上は異議を唱えることなく着席した。

「リューベン・ヒルフレッドの証言を求めます」

法務官はそこで言葉を切り、環鎧の上にハヤブサ紋の陣羽織をひっかけた大柄な兵士が壇上へ現われるのを待った。ヒルフレッドは足の運びこそ堂々としていたが、その表情は曇っていた。

「ヒルフレッドくん」法務官が呼びかける。「エッセンドン城において、きみはいかなる役務を与えられていますか？」

「アリスタ王女の身辺警護です」彼は大きな声できっぱりと答えた。

「ところで、リューベン、きみの地位は？」

「守衛官です」

「かなり高い地位にあると考えてよろしいですか？」

「周囲の人々はそう言ってくれます」

「守衛官になることができた理由を説明してもらえますか？」

「特段の理由ではないと思います」

「特段の理由ではない？　特段の理由ではない？」法務官はその一言をくりかえし、呵々と笑った。「きみが王室への揺るがぬ忠誠心をずっと示しつづけてきたからこそ、ワイリン隊長から昇進の口添えをもらうことができたのでは？　さらに言うなら、王妃が亡くなられたあの火災の折、きみが危険もかえりみずアリスタ王女を救い出したことがきっかけで、きみに王女の身辺警護を託すという勅命が下されたのでは？　のみならず、その勲功に対する褒賞もあったのでは？　違いますか？」

「おっしゃるとおりです」

「ずいぶん居心地が悪そうですね、リューベン。そうでしょう?」

「おっしゃるとおりです」

「それは、きみが王女に忠誠を誓っており、王女の危機をもたらしかねない法廷に立つのは不本意だからですね。とても見上げた心根だと思います。とはいえ、きみは実直な人物でもあるでしょう。したがって、法廷では真実だけを証言してください。さて、リューベン、陛下が殺された晩のことを話してくれますか?」

ヒルフレッドはいたたまれない様子で重心を左右させていたが、やがて、ひとつ深呼吸をしてから口を開いた。「深夜のことだったので、王女はすでにお休みでした。陛下のご遺体が発見された時刻、わたしは塔の階段で警備にあたっていました。その第一報とともに、まずは王女のご無事を確認せよというワイリン隊長の命令がありました。しかし、わたしがノックするよりも早く、騒ぎを聞きつけた王女が出てこられました」

「そのとき、王女はどんな恰好でしたか?」法務官が尋ねる。

「ガウンを着ておられましたが、具体的にどれということまでは憶えていません」

「ガウン? そうですか? ローブや寝間着ではありませんか?」

「はい、その点は確かです」

「きみは長年にわたってアリスタ王女の身辺警護を務めてきました。王女がお休みになるときもガウン姿だったのを見たことはありますか?」

「ありません」

「一度たりとも？」

「一度たりとも」

「しかし、会食や旅行でお召替のとき、きみは扉の外で見張りについているしかないでしょう。手伝いの侍女がいるのですか？」

「はい」

「何名？」

「三名です」

「所要時間は？」

「計ったことがないので、わかりません」

「正確なところは無理でも、おおまかな見当をつけてみてください」

「まぁ、二十分ぐらいでしょうか」

「侍女三名の手を借りて二十分ですね。ご婦人がたの装束がどれもこれも紐や留具だらけだという事実からすれば、きわめて速いと断言できます。ところで、陛下のご遺体が発見された時刻から王女がお部屋を出てこられるまで、何分ほどありましたか？」

ヒルフレッドは答えをためらった。

「何分ですか？」法務官がたたみかける。

「たぶん、十分ぐらいだったと思います」

「十分ですね？　王女が出てこられたとき、室内には何名の侍女がいましたか？」

「わたしが見たかぎりでは誰もいないようでした」

「これは驚きましたね！　王女は夜闇の中で不意に目を覚まし、侍女の手をまったく借りずに十分ほどで身支度を整えてしまったわけですか！」

法務官は思案ありげに下を向き、指先で唇をつつきながら、壇上を歩き回った。やがて、ヒルフレッドに背を向けたまま、ふと足を止める。そして、何かに気がついたとばかり、やおら身体を反転させた。

「ところで、陛下の訃報を聞いたときの王女はどんな様子でしたか？」

「ひどく動顛《どうてん》しておられました」

「泣いてしまうほどに？」

「そうだと思います」

「きみはその涙を見ましたか？」

「いいえ」

「そこから先のことも話してくれますか？」

「王女はアルリック王子の部屋へいらっしゃいましたが、ご不在だったので驚かれたようでした。そのあと――」

「ちょっと待ってください。ア、ア、ア、ア、アルリック王子の部屋ですか？　お父上が殺されたと知りながら、まず弟ぎみのところへ？　すぐにでもお父上のそばへ駆けつけようとしないのは奇妙だと思いませんでしたか？　その時点でアルリック王子も襲撃されたという話は伝わっていなかったのでしょう？」

「おっしゃるとおりです」

「で、そのあとは？」

「陛下の亡骸を確かめにいらっしゃいました。しばらくすると、アルリック王子もおいでになりました」

「王子が犯人たちに死刑を宣告したあと、王女はどうしましたか？」

「質問の意味がわかりません」ヒルフレッドが言葉を返す。

「王女が犯人たちに面会したというのは事実ですか？」法務官は具体的に尋ねた。

「はい、事実です」

「きみもずっと一緒に？」

「房の外で待つよう指示されました」

「なぜ？」

「わかりません」

「王女が誰かと話をするにあたって、きみは席を外さなければならないのですか？」

「そういう場合もあります」

「通例として？」

「それほどではありません」

「そこから先はどんなことが？」

「犯人たちに最後の秘蹟を与えるため、修道士が呼ばれました」

「修道士？」法務官はあからさまに疑わしげな口調で訊き返す。「お父上が殺されたばかりだというのに、王女はもう犯人たちの魂の救済を考えていたのですか？　呼ばれた修道士がふたりだった理由はどこにあるのでしょうか？　ひとりでふたりの面倒を見るわけにはいかなかったのでしょうか？　そもそも、そういうことは宮中司祭に任せるのが本筋なのでは？」

「わかりません」

「王女が犯人たちの縛めを解かせたというのも事実ですか？」

「はい、ひざまずかせるために」

「修道士たちが中へ入ったとき、きみも一緒でしたか？」

「いいえ、そのまま外で待たされました」

「つまり、信頼できる護衛はそっちのけ、修道士しか入れてもらえなかったと？　お父上を殺した犯人にちがいない二人組が縛めを解かれている状態にもかかわらず？　さて、そのあとは？」

「王女だけがお帰りでした。わたしはその場に残って、修道士たちが最後の秘蹟を終えたら厨房へ案内することになりました」

「なぜ？」

「理由は伺っておりません」

「尋ねてみましたか？」

「いいえ。兵士たる者、王族がたのご命令とあらば黙って従うのみです」

「なるほど——しかし、きみ自身も納得してのことですか？」

「いいえ」

「なぜ？」

「ほかにも暗殺者が城内へ侵入しているのではないかという懸念があり、王女から目を離したくなかったのです」

「その点については、ワイリン隊長もさらなる危険にそなえて城内の徹底的な捜索を実施するとともに、安全が確保できていないということの周知徹底をはかっていたのでは？」

「おっしゃるとおりです」

「きみが修道士たちを案内したあとで合流できるよう、王女はご自分の行先を告げましたか？」

「いいえ」

「なるほど。ちなみに、きみが厨房へ案内したふたりの人物ですが、修道士であることは確認できましたか？　顔を見たのですか？」

「どちらもフードをかぶっていたので」

「そのふたりが最初に地下牢へ来たときも、やはりフードをかぶっていましたか？」

ヒルフレッドはひとしきり記憶の糸をたぐってみて、首を振った。「かぶっていなかったような気がします」

「ということは、お父上が殺された晩、王女は専属の護衛をあえて身辺から離し、ふたりの修道士を──それも、途中からフードで顔を隠すようになった二人組を──誰もいない厨房まで案内させたわけですね？　ところで、犯人たちの所持品はどうなったのでしょう？　どこに置いてありましたか？」

「獄吏が保管していました」

「その処分をどうすべきか、王女は獄吏に何らかの指示を与えましたか？」

「修道士たちに引き渡して、貧しい人々への施しに使ってもらうとのことでした」

「そして、修道士たちは実際にそれを持ち帰ったのですか？」

「はい」

法務官の口調が柔らかくなった。「リューベン、きみは愚か者ではありませんよね。愚か者がそこまでの地位を与えられるはずがないのですから。さて、犯人たちが脱走し、かわりに修道士たちが縛られた状態で発見されたと知ったとき、きみはそれが王女の策略だったかもしれないと思いませんでしたか？」

「王女がお帰りになったあとで犯人たちが修道士を襲ったのだろうということは見当がつきました」

「質問と答えがくいちがっていますよ」法務官が指摘した。「王女への疑念は湧かなかったのかと尋ねたのですがね」

リューベンは口をつぐんでしまった。

「どうです？」

「何もなかったとは言えませんが、ほんの一瞬だけです」

「もっと最近のことに話題を移しましょう。アリスタ王女が叔父上の部屋へ呼ばれたとき、きみもその場にいましたか？」

「部屋まではお送りしましたが、外で待っているようにと言われました」

「扉の外ということですね？」

「はい」

「それなら、室内でのやりとりが聞こえていたのでは？」

「はい」

「大公がアルリック王子の消息をつかもうと躍起になっていたところへ、王女はすでに弟ぎみが死んだものとして捜索の中止を訴えたというのは事実ですか？　もっと重要な事柄、すなわち……」法務官はそこでいったん言葉を切り、貴賓席をふりかえって、「……**自分が一刻も早く女王になれるよう、戴冠式の準備を急いでほしいからと！**」

傍聴席から不穏なざわめきが起こり、幾人かの判事たちも耳打ちや目配せを交わした。

「そのとおりの言い方だったとは記憶しておりません」

「アルリック王子の捜索をやめるべきだという発言もなかったのですか？」

「ありました」

「自分が女王になれば宰相の交代もありうるという脅し文句は？」

「そう解釈できなくもないところはあったと思いますが、王女はご立腹で――」

「ありがとうございました、守衛官。きみへの質問はこれで終わりです。下がっていただいてけっこうですよ」しかし、ヒルフレッドが証言台を離れようとしたとたん、法務官はあらためて口を開いた。「おっと、すみません――もうひとつだけ。王女がお父上や弟ぎみを亡くしたことで泣く姿を、きみは見聞きしたことがありますか？」

「王女はなかなか感情を表に出されませんので」

「ありますか、ありませんか？」

ヒルフレッドはためらいがちに答えた。「……ありません」

判事たちが囁き声で相談した結果を主席判事が伝える。「その必要はありません――ヒルフレッド守衛官は真実のみを述べてくれたと信ずるに足り、疑義をさしはさむ余地はないでしょう。続けてください」

「ここまでのヒルフレッド守衛官の証言について疑義が残る場合、獄吏にも証人として出廷を求めますが」法務官が判事たちに告げた。

「わたしもそうですが、皆さまもさぞかし当惑しておられるのではないかと思います」法務官は貴賓席にむかって切々と語りかけた。「どなたも王女のことはご存知でいらっしゃいましょう。可憐な少女が本当に実の父や弟を手にかけたりできるものでしょうか？　玉座に魅了されてしまったせいで？　そんな人物ではなかったはずでしょうに？　とはいえ、目をそむけるわけにはいきません。真相を明らかにしなければ。サルデュア司教の証言を求めます」

傍聴席からの視線がその聖職者の姿を求めてさまよう中、彼はゆっくりと席を立ち、証言台へと歩み寄った。

「猊下、あなたはこれまでに幾度となくこの城へおいでになりましたね。王族がたのことも知り尽くしておられるでしょう。王女の動機について、いくばくかでも光明を与えてはいただけませんか？」

「紳士諸君」サルデュア司教は列席の面々に視線をめぐらせ、いつもながらの温厚かつ慎ましやかな口調で話しはじめた。「長年にわたって王族がたと接してきた者として、今回の悲劇はまさしく胸の裂けてしまいそうな、怖ろしいかぎりの出来事でした。そのあげく、孫娘さながらの王女がよもや大公に告発されるとは。しかし、真実を隠しておくわけにはいきません――さよう、王女は危険な存在なのです」

傍聴席のそこかしこから囁き声が広がった。

「率直に申しますが、今の彼女はもはや、わしがこの腕に抱き上げた無垢な幼子ではありません。わしは彼女の姿を見て、彼女の言葉を聞いて、父や弟を喪《うしな》った彼女の悲しみに寄り添おうとしてきました――が、悲しみは感じられなかったのです。彼女はひたすらに知識と力とを追い求めるあまり、邪悪へと堕ちてしまったのです」司教は言葉を切り、両手でかかえた頭をゆっくりと振った。それから、後悔の念でいっぱいの顔を上げ、「学を望む女性はこうなってしまいがちですが、アリスタの場合、その先にあったのは黒魔術でした」

　誰もがいっせいに息を呑んだ。

「わしの忠告にもかかわらず、アムラス王は娘の留学を許し、そこで彼女は魔術を学ぶことになりました。みずから闇の威に触れ、それが力への欲求を生じさせました。彼女に与えられた教えは邪悪の種であり、父や弟の死という異形の花を咲かせたのです。アリスタはもはやこの国の王女ではなく、魔女と化しました。父のために流す涙がないのが明らかな証拠です。教会で研鑽を積んできたがゆえの知識として——魔女は泣くことができません」

　人々はふたたび息を呑んだ。傍聴席から上がった声が、ブラガの耳にも届く。「やっぱり！」

　法務官はエイムリル伯爵令嬢を証人として呼び、彼女は二年前のことを話した——王女がデイヴンズという従士にご執心らしいと口を滑らせただけで呪いをかけられ、腫れ物だらけになってしまったと、長広舌で訴えたのである。

　つづいて証言台に立ったのは、あの修道士たちだった。エイムリル伯爵令嬢と同じく、彼らも王女にはひどい目に遭わされたと口々に言った。賊の縛めを解く必要はないと説明したにもかかわらず聞き入れられなかったことも、王女が立ち去ったとたんに襲われたことも。

　人々のざわめきは大きくなるばかりで、ヴァリン卿でさえも顔をこわばらせていた。

　パーシー・ブラガは判事たちの後方にある席に収まったまま、その様子を満足そうに眺めていた。貴族たちも怒りの表情を隠しきれなくなってきたようだ。火種を播《ま》くところまではうまくいった。あとは、これが炎となり、盛大に燃え上がるのを待つだけだ。

ふと、彼は法廷の片隅から駆け寄ってくるワイリンの姿に気がついた。

「捕えました、閣下」ワイリンは小声で報告した。「猿轡を嚙ませ、地下牢に放りこんであります。気合の入りすぎた部下が殴りつけたせいで失神していますが、生命に別状はありません」

「すばらしい。それ以外に、各方面で何らかの動きはあったか？　アリスタに加担しようとする貴族どもが攻めこんでくる兆候は？」

「わかりません。下水溝から出てきたばかりですので」

「よし、門から見張って、少しでも異変を感じたらラッパを吹き鳴らせ。おそらく、ピッカリングがドロンディル・フィールズで挙兵しようとしているはずだ。あぁ、それと、背の低い不恰好なドワーフがそのへんにいたら、王女を連れ降ろしてくるように伝えろ」

「かしこまりました、閣下」ワイリンは筒状に巻いた小さな紙片を陣羽織の懐から取り出した。「ここへ来る途中で預かってきたものです。さきほど配達されてきたばかりです」ブラガがそれを受け取ると、警備隊長は一礼して立ち去った。

ブラガは満悦の笑みを浮かべた。はたして、塔に閉じこめられている王女は自分の死がいよいよ迫りつつあることを察しているだろうか？　彼女が心を寄せていた民衆はじきに彼女の処刑を望むように――それどころか、叫ぶようになるだろう。このあとの証人は武器庫の管理責任者で、アリスタが隠し持っていた短剣が事件前に盗み出されたものと同一であることを確かめるはずだ。そして、もちろん、あの二人組にも登場してもらわなければ。最後の最後というところで、猿轡と鎖をつけたまま壇上へ引きずってこさせるか。傍聴席はさぞかし騒然とするにちがいない。王女を奪いに来たあやつらをどうやって捕えたか、ワイリンに説明させるのだ。判事たちもアリスタを有罪と認めるしかないだろうから、玉座はもらったも同然だ。

アルリックが攻めてくる可能性はまだ残されているが、もはや、そんなことをしてどうなるものでもあるまい。アルリックを打ち負かすなど造作もないことだ。東部地域の貴族たちは少なからず忿懣を溜めこんでおり、ブラガが即位すればただちに支持を表明すると約束してくれている。この裁判が結審してアリスタを処刑できたら、彼はすぐにでも戴冠式を実施するつもりだった。明日までには国権を掌握できる。そうなれば、アルリックはもはや王子でなく、単なる逃亡者にすぎない。

「クライン・ドルース廠長の証言を求めます」法務官の声が聞こえた。「王殺しに使用された凶器の管理責任者です」

きわめつけの証拠だ。ブラガは心の中で呟くと、ワイリンから渡された紙片を読んでみることにした。封蠟はなく、貴族の紋章もついておらず、何の変哲もない紐でくくってあるだけだ。その紐をほどくと、内容も外見と同じように簡素なものだった。

捕まったのは別人

大公はそれを握りつぶすや、書いたやつが見ているのではないかと鋭い視線をめぐらせた。心臓が早鐘を打ちはじめている。彼は注目を惹かないようにゆっくりと席を立った。

その様子に気がついた法務官が問いたげな表情を浮かべる。ブラガは何の問題もないというように小さく手をひるがえしてみせた。それから、つとめて歩調を抑えたまま法廷を抜け出す。しかし、扉を閉め、人目がなくなったとたん、彼はケープの裾がなびくほどの勢いで廊下を走りはじめた。拳の中には紙片を握りしめたままだ。

ありえない。彼はそう思わずにいられなかった。**あってたまるものか！** そこへ、背後から何者かの足音が迫ってきたので、彼はだしぬけに止まり、ふりかえりざまに剣を抜いた。

「どうなさったのですか、ブラガどの？」声の主はアーチボルド・バレンティンだった。彼は大公に剣をつきつけられ、何の悪意もないとばかりに両手を上げていた。ブラガは無言のまま、手の中でくしゃくしゃになっていた紙片を投げ渡すと、自分はそのまま足早に地下牢をめざした。

「あいつらです、あの憎むべき盗賊どもの仕業ですよ」チャドウィック伯が小走りに追いかけながら声を上げた。「魔物にきまっています！　手品師かも！　あるいは妖術師か！　いつでもどこでも、煙のように現われ、煙のように消えていくのです」

アーチボルドはやがてブラガに追いつき、ふたりは階段を下りていった。つきあたりにある扉の前には歩哨が立っていたが、大公の姿を見るや、とっさに脇へ寄る。ブラガは扉を開けようとしたものの、鍵がかかっていたので、叩きつけるようなノックをくりかえした。血相を変えた大公の許へ、獄吏があわてて鍵束を持ってくる。

「閣下、どうか――」

「賊どもに会わせろ。ワイリンの部下がぶちこんだという連中だ。さっさとやれ！」

「はい、ただちに」獄吏は大きな鍵束のうちの一本を使って扉を開け、房の並ぶ通路へと進んだ。とある房の前に二名の警備兵が立っており、獄吏がそこへ歩み寄ったのにあわせて場所を譲る。

「おまえたち、賊どもがぶちこまれたときからここにいるのか？」ブラガが彼らに尋ねた。

「はい、閣下」左側の警備兵が答える。「ワイリン隊長の命令により、閣下もしくは隊長以外の誰も立ち入らせないことになっております」

「よし」ブラガが言った。それから、獄吏をふりかえり、「開けろ」

獄吏がその扉を開け、まずは自分が中へ入る。ブラガもそれに続くと、鎖で壁に縛りつけられているふたりの男がいた。上半身を裸に剝かれ、猿轡も噛まされている。しかし、王殺しのあった晩にこの目で確かめた顔ではなかった。

「猿轡を外せ」ブラガは獄吏に指示した。「きさまら、誰だ？　ここで何をしている？」

「お……お……おれはベンデントっていいます、閣下。カービィ小路に住んでる掃除夫です

──本当ですってば！　何も悪いことなんかしてません！」

「城の下水溝なんぞに入りこんでいた理由は？」

「ネズミ退治です」もうひとりが答える。

「ネ、ネズミ？」

「はい、そうなんです。今日は朝からお城の行事があるとかで、厨房にネズミが出て困るからどうにかしてほしいってことでして。この寒さですから、無理もないでしょう。一匹あたり一テネントの歩合制で受けた仕事なんですが、おかしいのは……」

「おかしい？　何が？」

「ネズミなんか一匹もいやしないんです」

「そうなんです。それで、あちこち探し回ってたところを兵隊どもに殴られて、目が覚めたらこのざまでした」

「どうです？　わたしが申し上げたとおりではありませんか？」アーチボルドがブラガに話しかけた。「わたしの手紙が盗まれたときと同じく、王女もすでに連れ去られてしまったでしょう！」

「そんなことはありえん。アリスタの塔のてっぺんまで登るなど不可能だ。まずもって、高さが尋常ではないし、足場もないのだからな」

「しかし、ブラガどの、あいつらは凄腕です。我が領館にある〈灰色の塔〉も世界屈指の高さを誇るものですが、あっさりとやられてしまいました」

「わしを信用したまえ、アーチボルド。アリスタの塔だけは無理なのだよ」

「それでもやってのけてしまう連中なのです」バレンティンがくいさがる。「わたしだって、自分のところは大丈夫だと信じて疑いませんでした。ところが、いざ金庫を開けてみたら、せっかくの切札が失われてしまっていたのです。閣下の切札もどうなってしまったことやら——焚刑に処すべき王女がいなくては、民衆が黙っていないでしょう！」

「ありえないと言っておろうが」ブラガはあらためて断言しながら、バレンティンを押しのけた。「そこのふたり」彼は房から出ると、その場で待機したままの警備兵たちに声をかけた。「猿轡ひとつ持って、わしについてこい。王女を法廷に連れ出す頃合だ！」

ブラガは先頭に立って城内をつっきり、居住区画のある六階まで上がった。廊下に人影はまったくない。従僕たちの姿さえも見えないのは、やはり法廷のほうへ行ってしまっているわけか。

彼らは礼拝堂を通り過ぎ、その隣の部屋の前で立ち止まった。「マグヌス！」ブラガが声を上げ、叩きつけるような勢いで扉を開ける。ベッドで寝ているドワーフの姿が見えた——鼻はひしゃげたようで幅が広く、茶色い髭を編みこみにしたやつだ。身につけているのは青い革製の胴衣、黒い長靴、そして、明るい橙色のシャツは袖がふくらんでおり、腕をひときわ太く見せている。

「そろそろっすか？」ドワーフが尋ねた。彼はベッドから跳び降りると、あくびとともに目をこすった。

「先にここへ来て、アリスタを連れ出そうとしたやつはいなかったか？」ブラガは鋭い口調で尋ねた。

「いるわきゃありませんや」ドワーフが自信満々に答える。大公はバレンティンとドワーフの顔を交互に眺め、渋い表情になった。

「念のために訊いたまでだ。とにかく、さっさと彼女を降ろして法廷に戻らなければいかん。アーチボルド、きみはワイリン警備隊長を呼んできてくれ——城門で配置についているはずだ。王女の警護のために王族居住区画へ急行せよと伝えてほしい。慎重の上にも慎重を期する必要があるからな。わかったら、早く！」それから、彼はドワーフに向きなおると、「おまえは王女をここまで連れ降ろせ。このふたりが同行する。猿轡を持ってこさせたから、まずはそれを嚙ませろ」そして、警備兵たちに対しては、「王女は黒魔術に侵されているそうだ——魔女となれば何をやらかすか見当もつかんから、とにかく一言もしゃべらせるな。いいか、間違いのないように法廷まで連れてくるんだぞ」警備兵たちがうなずくと、ドワーフは彼らの先に立って塔をめざした。

「ご指示には従いますが、パーシー、王女はもういないと思いますよ」アーチボルドはなおも主張を曲げようとしなかった。「あの盗賊どもはとんでもない連中です。まさに神出鬼没ですし、何も怖れていないかのようです。標的がすぐそばにいても平然と、何も悟られないうちに仕事をこなし、その成果をわざわざ書き送ってくるとは！」

ブラガはふと考えこんだ。「それだ——何のためにそこまでする必要がある？」彼はひとりごちた。「すでに王女を連れ去ったとして、こちらに知らせる理由は？　逆に、まだ連れ去っていないのであれば、こちらの警戒を強めるだけだろうに……」彼は肩越しにふりかえったが、ドワーフたちの後ろ姿はもはや視界から消えていた。「ワイリンを呼んでこい、急げ！」彼は伯爵をどやしつけた。

それから、ブラガ自身はドワーフとふたりの警備兵を追いかけた。ようやく姿が見えたのは、彼らが塔に直結する北側の廊下にさしかかったところだった。

「止まれ！」

ドワーフが怪訝そうな表情でふりかえった。警備兵たちの反応は違った。ふたりのうち大柄なほうが身をひるがえしながら剣を抜き、大公のいるほうへと駆け戻ってきたのだ。

「そろそろ始めようぜ、ロイス」ハドリアンはそう言いながら、かぶっていた兜を脱ぎ捨てた。メレンガー軍の標準装備であるこの剣はやたらと重く、手になじまない。

ロイスも兜を脱ぐと、ドワーフを追い越し、一気に走り去っていった。

「行かせるな、馬鹿者！」ブラガはドワーフに叫んだものの、その反応はいささか遅すぎた。盗賊はすでに廊下のはるか彼方だし、小柄なドワーフも負けじと追いかけている。それを見たブラガは剣を抜き、ハドリアンに向きなおった。

「わしが誰だか知っているのか？　あぁ、きさまらが地下牢で囚われのざまを見物に行ってやったのだから顔ぐらいは憶えているだろうが、わしの評判を耳にしたことはあるか？　わしはパーシー・ブラガ大公、メレンガーの宰相、そして〈大剣闘会〉で五年連続の優勝を飾ってきた男だぞ。きさまはどこかの競技会を制するほどの腕前か？　表彰された経験はあるか？　トロフィーを持っているか？　リボンは？　わしはあの秘剣使いのピッカリングでさえも退けた、エイヴリン最強の剣豪なのだ」

「おれが聞いた話じゃ、あんたとやりあった日にかぎって、彼は自分の剣を持ってなかったそうですがね」

ブラガが笑う。「伝説とは便利なものだな――言い訳にぴったりだ。そのおかげで、自分の負けも怯えも正当化できる。ふん、何が秘剣だ？　柄にそれっぽい飾りをつけただけの、どこにでもあるような細身の剣だろうよ」

大公はそのまま機先を制し、速攻でハドリアンを圧倒しようとした。たてつづけの斬りこみがハドリアンの胸許を襲い、彼はその切先をかわすために後退するしかなかった。

「ほぅ、それぐらいは動けるか。いいぞ、楽しませてくれそうだ。おい、盗人野郎、きさまは何もわかっちゃおらん。相棒があの小娘を助けに行っているあいだ、自分はこの場でわしを足止めしているつもりだろう。平民なりの騎士道精神か。おこがましいやつめ」ブラガはなおも間合を詰め、突きや薙ぎで攻めたてる。ハドリアンがさらに後退すると、大公はおかしそうに笑った。「しかし、実際のところ、わしが足止めされているのではない。きさまが行き場を失っているだけだ」

大公は左へ回りこむと見せかけておいて、そのままハドリアンの胴を狙った。ハドリアンはどうにか避けたものの、体勢を崩して防御が甘くなってしまった。ブラガは空振りの反動を利用して柄ごとハドリアンの顔面を殴り、廊下の壁に叩きつけた。ハドリアンの唇が割れ、血がにじんだ。ブラガはその隙を狙ったが、ハドリアンもすぐさま位置を変えたので、大公の剣は壁の石材に火花を散らしただけだった。

「ずいぶん痛そうだな」

「もっとひどい目に遭ったこともありますよ」ハドリアンが言葉を返す。彼はいくぶん呼吸が荒くなり、口調もいささか自信を失いかけているようだった。

「きさまらふたりが並の盗人でないことは認めてやろう。評判が高いのもわかる。ネズミ捕りの連中を囮《おとり》にして下水溝から入りこんだのは妙案だったな。ましてや、王女の居場所を確かめるためにあの一筆でわしを動かすなんぞ、まさに奇策というやつだ。しかし、異能ぶりもそこまでだ。このとおり、わしはいつでもきさまを殺せるが、ここでは生け捕りにしたいと思っているのだよ。処刑すべき者が誰もいないというのは困るのでね。見世物を求めている群衆のためにな。もうじき、ワイリンが十名ほども部下をひきつれて現われ、きさまの命運は尽きる。アリスタの救出はあの相棒を信じて任せたのだろうが、それもまた死が待つのみだ。追いかけて警告するか？　いや、そうだったな——わしを足止めするのがきさまの役割というわけだ」

ブラガは邪悪な笑みを浮かべ、さらに攻勢を強めた。

　ロイスは廊下を駆け抜けた。つきあたりにある扉には鍵がかかっているが、当然といえば当然だろう。彼は工具を取り出した。その錠前は昔ながらの代物で、彼の手にかかれば存在しないも同然だった。しかし、扉を開けた瞬間、ロイスは名状しがたい違和感を覚えた。何かがカチッと、聞こえたというより意識にひっかかったのである。彼の本能はしきりに危険を訴えていた。彼は螺旋階段を見上げた。塔の内周に沿ってどこまでも高く、てっぺんの様子はまったくわからない。とりあえず、目の届く範囲でおかしなところはなさそうだが、長年の勘はそれとは正反対のことを告げている。

　彼はおそるおそる足を踏み出し、一段目に置いた。何も起こらない。二段目、三段目、じりじりと階段を昇っていく。異音は聞こえてこないか、怪しげな綱や梃子《てこ》は隠されていないか、どこかで石組みが崩れそうになっていないか。それらしいところはない。はるか後方の廊下から、ハドリアンと大公が剣を交わしている金属音がかすかに響いてくる。こちらとしても、のんびりしてはいられない。

　彼は五段目まで昇った。高さ三フィートで幅は一フィートほどの小さな窓があり、戸外の光がさしこむようになってはいるが、それ以外は何も見えない。暗い階段をうっすらと照らす冬の陽射。塔の石材はモルタルで固められているが、実際の支えはその重さである。この一段一段も、熟達の技をそなえた石工たちが薄紙一枚の隙間もなく材を組んで完成させたものだ。

　ロイスが六段目から七段目へと歩を進め、体重をかけようとしたとたん、塔が揺れた。そして、彼が反射的に足を戻そうとしたとき、異変が起こった。五段目までが一気に崩落し、底の見えない塔の地下深くへ消えていったのである。ロイスはすんでのところで踏みとどまり、よろめきながら次の段に昇った。同時に、今の今まで立っていた段も崩落した。ふたたび塔が揺れる。

「そもそも、工具で錠前をいじったのが失敗だぁね」マグヌスが口を開いた。

ロイスの耳に、その声はいささか離れた場所から届いた。ふりかえってみると、ドワーフは城の廊下から塔へ入る扉のむこうで立ち止まったままだった。細紐に通した鍵をくるくると回し、紐を人差指に巻きつけては戻すという仕種をくりかえしている。彼はわけもなく自分の髭に指先をくぐらせた。

「この鍵を使わずに扉を開けりゃ罠が作動するようになってたわけ」マグヌスはしてやったりというような笑みを浮かべた。

それから、彼はあたかも講義中の教授のように、開かれたままの扉のむこうをゆっくりと行ったり来たりしはじめた。「飛び降りるのはお勧めできないぜ。ものすごい深さだからな。わかってるとは思うが、ここは城の六階で、塔の基礎部分は地下の岩盤だ。ついでに、おれの個人的な楽しみってことで、尖った石を大量にぶちこんでおいた」

「おまえの仕業か？」

「まぁ、そうだ――いや、塔そのものはおれが建てたわけじゃなく、ずっと昔からここにあるけどな。半年間、おれはもう石食いのシロアリみたいに働きづめだったよ」彼はにんまりとしながら目を輝かせた。「この塔にはほとんど石材が残ってないんだぜ。すごく頑丈そうに見えるだろうが、実情は紙細工みたいなもんさ。蜘蛛の巣は細い糸から作られた網だろ？糸のかわりに石を使えばこうなるってわけだ。石組みの要所だけは残しておいたから、塔を支える最低限の強度はある――ただし、その均衡がちょっとでも狂ったら一巻の終わりだよ」

「で、おれが一段昇るたびに、それまで立ってたところが崩れるんだな？」

ドワーフは満面の笑みを浮かべた。「どうよ、すごいだろ？　あんたはもう降りてこられないし、昇れば昇るほど窮地に立たされるんだぜ。階段ってのは水平方向の補強材として塔の垂直構造を支える役割がある。それがなくなった部分からねじれが生じて、いずれは倒壊するよ。あんたがてっぺんまで昇りつめるよりも先に、どこかで補強材の数が足りなくなるはずだ。おれが石組みを中抜きしたからって、塔全体の重さを甘く見ちゃいけないぜ。石造であることに変わりはないし、まだ相当な量の石材が残ってるのも事実だ。あんたはぺしゃんこ、お姫さまは塔のてっぺんから岩場めがけて飛び降りるのと同じことさ。ともあれ、あんたは自分の足で劣化を早めちまった。どこで破局を迎えても不思議じゃない。風が吹くたびに石材のひとつひとつが音を立てるのが聞こえるぜ。塔が伸びたり縮んだり、曲がったり割れたり――どこがどうなってるか、おれには理解できるのさ。昔も今も、この塔はずっと歌いつづけてる」

「ドワーフなんざ大嫌いだぜ」ロイスがぼやいた。

9　援　軍

水瓶と盥《たらい》が床に落ち、粉々に砕け散った。ベッドに座りこんだまま眩暈をこらえていたアリスタがその音に身をこわばらせる。部屋が揺れているのだ。夏頃から塔全体に奇妙な感じがつきまとっていたとはいえ、こんなことは初めてだった。彼女は息を止め――待つしかなかった。それ以上は何も起こらなかった。揺れも収まったようだ。

彼女はおそるおそるベッドから降りると、慎重に窓辺へ歩み寄り、外を眺めた。揺れた原因らしきものは見当たらない。一面の銀世界で、雪は今もなお降りつづいている。あれのせいかしら？　彼女は塔の軒先へと視線をひるがえした。屋根から雪が落ちた衝撃で？　いや、それは考えにくい――というより、どうでもいいことだ。残されている時間はどれぐらいあるの？

彼女は視線を落とした。城門の前はあいかわらずの人垣だ。彼女の裁判の行方を知りたい一心で、百人以上の市民が集まっている。城の周囲はどこもかしこも、完全武装の兵士たちが通常の三倍も配置されている。叔父はまことに用意周到だった。王都の民衆が求めているのは王女の焚刑でなく彼自身に対する蜂起かもしれないと警戒しているのだろうか？　いや、そんなことはありえない。彼女の生死など誰も気にかけているはずがないのだ。もちろん、彼女は国内の貴族すべて、伯爵だろうと男爵だろうと顔を知っているし、晩餐会などで同席したことも何十回とあるが、そこに友人と呼べるような相手はいない。そもそも、彼女には友人がひとりもいない。ブラガの言っていたとおりだ——彼女は塔にひきこもっている時間があまりにも長すぎた。彼女の真の姿など誰も知りはしない。彼女はいつも独りだったが、こんなに強い孤独感をいだいたことはなかった。

法廷へ連れ出されたら何を言おうか、彼女は夜どおし思案をめぐらせていた。もっとも、結局のところ、何を言ったところで意味はないのだろう。父王を殺したのはブラガだと非難することはできるが、証拠がない。他方、あの男は自分にとって好都合な証拠を揃えているのだ。実際のところ、彼女が二人組の盗賊を逃がしてやったことは否定のしようもないし、アルリックが行方不明になっているのも彼女の責任だ。そして、それに何の意味があったというのか？

わたし、どういうつもりだったのかしら？

正体不明の悪党に、大切な弟の身柄を預けてしまった。アルリックは彼らに面と向かって死刑を宣告していたというのに、そんな彼らが親切心を示してくれるかもしれないと期待してしまった！　アルリックが今も無事である可能性は？　盗賊といえども約束は守るものだろうか？　あの二人組がどこかで彼女を笑い者にしながら哀れなアルリックを溺れさせる場面を想像するたび、気分が悪くなってしまう。メレンガーの玉璽がついた指輪もくすねて、今頃はもうカリスかデルゴスあたりへ高飛びする途中にちがいない。捜索隊がアルリックのローブを持ち帰ってきたとき、彼女はもう弟が死んだものと肚をくったのだが、それならそれで、亡骸が発見されない理由は？

ひょっとして、アルリックはまだ生きている？

叶わぬ望みだ――むしろ、ブラガが弟の亡骸をどこかに隠したと考えるほうがはるかに妥当だろう。彼女の裁判よりも前にその死が明らかになっていれば、玉座は彼女のものだった。裁判が終わり、有罪となった彼女が処刑されたあとで、あの男は奇跡よろしく亡骸を〝発見〟するつもりなのだろう。城内の空き部屋のどこか、さもなければ死体安置所の片隅でひっそりと出番を待たされているにちがいない。

すべては彼女自身が招いた災禍だった。彼女が首をつっこまなくとも、アルリックはどうにかして主導権を握り、ブラガの陰謀を見破ったかもしれない。そのほうが姉弟そろって無事でいられたかもしれない。結局のところ、彼女は噂どおりのお気楽姫にすぎなかったのかもしれない。まぁ、何はさておき、死んでしまえば自問や自責をくりかえす必要はなくなるはずだ。彼女が目をつぶると、そこへまた揺れが襲ってきた。

ガリリンに集結した戦力が総勢五百名ほどになったところで、彼らは冬景色の中の行軍を開始した。六十名の騎士たちはいずれも甲冑と槍で完全武装し、叉状旗を掲げている。吹きすさぶ寒風の中、それらの旗がひるがえる様子はまるで蛇の舌のようだ。出発の時期をめぐってはアルリックと貴族たちの意見がなかなか合わず、ドロンディル・フィールズの一室から洩れ聞こえる議論の声はマイロンの耳にも届いていた。幾人かの貴族たちの合流が遅れており、彼らを残したまま動くことについては懸念が大きかったのである。それでも、ピッカリングは最終的にアルリックの要請を呑み、ヒムボルトとレンドンの両男爵にほかの騎士たちを加えた第二陣にすみやかな追走を求めるということで話をまとめた。マイロンにしてみれば、現状でも充分すぎるほどの迫力なのだが。

隊列の先頭にいるのはアルリック王子、マイロン、ピッカリング伯爵、その長男と次男、そして封領持ちの貴族たちだ。次に来るのが四列縦隊を組んだ騎士たち。それから、従士や近習や下男たち。さらに後ろは騎兵隊——鎖帷子と鋼の鎧をまとった巨漢たちで、兜には鋭い角、脛当ても軍靴もすべて金属製、凧状盾に太刀に長槍という重装ぶりだ。それに続くのは弓兵隊で、胸当ては革製、毛織のマントの下に矢筒を隠し、弦を外した弓をまるで杖のように持ち歩いている。そして、技師、鍛冶職人、軍医、料理人、兵站用の荷車が最後尾というわけだ。

マイロンは自分が愚か者のように思えてきた。もう何時間もこの馬に乗ってきたのに、ファネンとその馬のいる左のほうへ寄っていこうとする癖があるのを抑えられないままなのだ。手綱を使えば簡単なことだが、教わったとおりにやらなくては。しかし、踵に体重を預けないというのが難儀なところだった。ピッカリング家の息子たちは彼を近くへ呼び寄せ、踵は鐙にひっかけておくだけにするものだということを説明した。そのほうが馬の向きを制御しやすいし、万一の落馬にも足をひきずられる危険性が低いらしい。また、鐙がきつければ両膝で馬体を挟みこむのにも好都合なのだとか。ピッカリング家の馬たちはすべて、騎手の足と膝と腿の力加減によって求められる動きを理解できるように訓練されているという。馬上での戦いとなれば、片手に槍や剣を、もう一方の手には盾を持つことになるのだから、手綱に頼るわけにはいかないのだ。マイロンもその教えどおり、腿を使って馬を右寄りに進めようとしているのだが、どうにもならなかった。左膝を締めれば締めるほど、右にも同じだけの力が入ってしまう。そのせいで馬には彼の意図が伝わらず、左にいるファネンの馬とぶつかりそうになってしまった。

「もっと毅然とした態度を示さなきゃ」ファネンが指摘した。「どっちが主導権を握ってるのか、わからせてやりなよ」

「いや、わかっているのではないでしょうか――この人間は何もできないってね」マイロンはわびしげに答えた。「わたしにとっては、手綱を使うほうが無難だと思いますよ。そもそも、剣や盾を持つ必要がないのですから」

「あんた、何も知らないんだね」ファネンが言葉を返す。「修道士たちが戦いに明け暮れてた時代もあったんだよ。それに、アルリックから聞いたけど、傭兵どもに襲われたとき、そのひとりを返り討ちにしたそうじゃないか。その点はぼくの負けだな。まだ誰も殺したことがないんだから」

マイロンは顔をしかめ、下を向いてしまった。「陛下もおしゃべりでいらっしゃる」

「そんな、何も恥ずかしくないってば。危機に瀕した国王のために敵をやっつけるなんて、英雄伝説の題材になってたりするじゃないか」

「英雄になりたいとは思いません。あのときのことは思い出したくもありません。そもそも、自分がどうして——っと、これは嘘ですね。いけません」

「何がいけないって？」

「嘘をつくことです。いつだったか、院長がおっしゃったのですが、嘘は自分自身に対する裏切りだそうです。自己嫌悪の証拠なのだと。つまり、自分の行動や思考や意図を恥じているからこそ、嘘でそれを隠し、自分の真の姿をどこかへ置き去りにしてしまうのです。他人の目に映る自分が大切なのか、それとも真の自分が大切なのかということです。臆病者として生きるよりは堂々と戦って死ぬほうが良いという考え方に似ているかもしれません。生命が大切なのか、名望が大切なのか。結局のところ、どちらが勇敢なのでしょうね？　生き恥を晒すよりは死んだほうがましと考えられる人のほうか、ありのままの自分自身と向かいあっていける人のほうか、さて？」

「ごめん、何が言いたいのか理解できないや」ファネンは困ったような表情で言った。

「いや、つまらない話をしてしまいました。それに、わたしが王子から仰せつかったお役目はあくまでも記録係であって、戦闘に参加せよということではないのです。おそらく、今日のことをいずれ一冊の本にまとめたいと考えておられるのでしょう」

「それじゃ、とりあえず、一緒に来られないとわかったデネクが大泣きしちゃったことは省略してほしいな。ピッカリング家の評判にかかわることだから」

マイロンにとっては、道すがらの何もかもが初めての出逢いだった。もちろん、雪ぐらいは知っているが、それも修道院の中庭や歩廊にかぎられていた。白一色に包まれた森も、光り輝く川辺も、今日まで見たことがなかったのである。やがて、隊列は人口の多い地域にさしかかった。村から村へと進むたび、その規模も大きくなっていく。さまざまな様式の建物、さまざまな人々や動物たちの暮らしがあり、マイロンはすっかり目を奪われていた。どこの町や村へ入っても、住民たちは道端へ出てきて彼らの姿を眺めた。騎兵たちの行軍にともなってガチャッ、ガチャッ、ガチャッという不穏な音が響き、それが彼らをおちつかなくさせるのだろう。度胸試しとばかりに行先を訊いてくる者もいるが、緘口令《かんこうれい》が敷かれているということもあり、誰も答えようとはしない。

子供たちが追いすがるように併走するが、すぐに親が引き戻す。マイロンは子供たちを見るのも初めてだった——自分自身が子供だった頃はともかくとして。十歳や十二歳の少年が修道院へ送られてくることは珍しくないが、八歳以下という例はほとんどないのだ。とりわけ、幼児はひときわマイロンの目を惹いた。騒々しくて汚い恰好で、酔っ払いをそのまま小さくしたかのような存在なのだが、びっくりするほど可愛らしく、彼が向けているのと同じぐらい好奇心に満ちた視線を返してくる。あちらが何の躊躇もなく手を振ってくるので、マイロンとしても、軍隊の一員らしからぬ仕種だとは思いつつ、それに応じないわけにはいかなかった。

行軍の速度はかなりのものだった。歩兵たちは号令がかかるたびに一糸乱れず、駈歩とそれよりもわずかに遅いだけの速歩とを交互にくりかえす。笑顔などあろうはずもなく、誰もがけわしい表情だった。

何時間にもわたって、彼らはひたすら進みつづけた。邪魔する者はどこにもいない。奇襲を受けることもなく、誰何《すいか》さえもない。マイロンは間近に迫りつつある戦いへの恐怖をしばし忘れ、閲兵式にでも参加しているかのような高揚感をふくらませていた。やがて、はるか彼方にうっすらとメレンガーが見えてきた。マレス大聖堂の鐘楼はどこにあるか、ファネンが教えてくれる。そして、エッセンドン城の高い尖塔も――ただし、そこに章旗はひるがえっていない。

先遣隊の兵士のひとりが馬を飛ばして戻り、王都の外周に掘られた塹壕で敵の大軍が待ちかまえていると伝えてきた。貴族たちはそれぞれの家臣たちを整列させた。信号旗が命令を伝え、弓兵たちが弦を張りなおし、軍勢全体が人間による強固な構造物へと変容する。長い三列縦隊が形成され、彼らの結束はひときわ固くなった。弓兵隊が前方配置となり、歩兵隊のすぐ後ろまで移動した。

マイロンとファネンは後方で待機せよと言われ、料理人たちとともに戦況を見守ることになった。見る位置の変わったマイロンは、軍勢の一部が本隊から離れ、街に対して右へと移動していることに気がついた。やがて、兵士たちが丘を登り、街壁に迫ったところで、そのむこうから高らかな角笛の音が響いてきた。

こちらも角笛で応じるや、ガリリンの弓兵隊がいっせいに矢を射ちこみはじめる。あまりに数が多すぎて、黒雲が湧いたかと思うほどだった。ほどなく、マイロンの耳にかすかな悲鳴が届いた。彼がなおも目を凝らしていると、馬上の騎士たちが三隊に分かれた。そのうちの二隊が両翼となり、残る一隊はそのまま街道を突き進んでいく。

角笛の音が聞こえると同時に、メイソン・グルーモンとディクソン・タフトはウェイウォード通りに集結していた裏町の住民たちの先頭に立って動き出した。ロイスとハドリアンはそれを待てと言っていた――攻撃開始の合図を。

夜も更けたところで二人組の盗賊に叩き起こされてからというもの、彼らは大急ぎで裏町蜂起の計画をまとめあげた。アムラスを殺したのは大公であり、王女は無実であり、王子の帰還が近いことも知らされた。忠誠心や正義など気にかけていない者たちもいたが、上流階級の連中に痛い目を見せてやることには意欲満々だった。やたらと威圧的になってしまった兵士たちに反撃する機会となれば、貧乏人や窮民たちがその話に乗らないわけがない。掠奪という余禄も少しぐらいは期待できそうだし、蜂起が成功すれば、正統なる新王から褒賞がもらえる可能性もあるのだ。

彼らは三叉や斧や棍棒などを武器にした。手近な金属製の板があれば服の下にはさみこんで、それが胸甲の代わりだった――そのほとんどは、かみさんがパンを焼くのに使う天板を拝借してきたのだろう。頭数はかなりのものだが、戦力としては烏合《うごう》の衆にすぎない。そこで、グウェンは職人街にも声をかけ、力自慢の面々にくわえて多少の剣や弓矢や甲冑も調達することができた。今回の裁判にあたり、市中警備の兵士たちはもっぱら屋敷筋とその近隣を重点的に見張るよう通達が出されていたので、それ以外の地区で始まろうとしていることを止める者はいないも同然だった。

メイソンは片手に鍛冶仕事の大槌、もう一方の手には早朝から作った即席の盾を持ち、ディクソンともども平民の先頭に立っていた。長年にわたる鬱憤《うっぷん》と忿懣《ふんまん》がその歩調にもはっきりと現われている。人生の落伍者のごとく扱われてきたことへの怒りでいっぱいだったのだ。父の死後、その店の税金を払えなかったとき、徴税官は幾人もの護衛をひきつれて現われた。退去を拒んだメイソンは袋叩きにされ、意識を失った状態でウェイウォード通りの片隅に放り出された。彼はそいつらに自分の人生を狂わされてしまったのだと考えていた。袋叩きにされたことで肩が壊れ、その痛みで一日に何時間も大槌を使っていられなくなってしまった。だから貧乏暮らしを余儀なくされているのだ。まぁ、博奕好きなのも確かだが、それは趣味にすぎない——悪いのはあいつらだ。この先にいる兵士たちが徴税官とも護衛たちとも無関係だろうと、そんなのは彼の知ったことではなかった。彼にとって、今日こそは反撃の機会、これまでの苦しみを存分に晴らすときなのだ。

彼もディクソンも戦いの経験はなく、運動能力にすぐれているわけでもないが、胸板が厚く首も太い巨漢だからということで先頭を任されたのである。どちらかといえば、裏町の住人たちが自慢の牡牛二頭を披露して練り歩いているかのような光景だった。行列はウェイウォード通りを突き進み、誰に邪魔されることもないまま屋敷筋へと入っていった。裏町と比べたら、ここはまさしく別世界だった。街路はどこも華やかなタイルで舗装され、道端には馬を繋いでおく金属製の杭が整然と並んでいる。風雨にも消えないように覆いのついた街灯、きっちりと蓋をかぶせた下水溝など、ごく少数しかいない富裕層がいつも快適に暮らせるような配慮がなされているのだ。屋敷筋の中心部は広場になっている。跳ね馬にまたがるトリン大王の彫像にちなんで〈エッセンドンの泉〉と呼ばれる巨大な噴水がひときわ目を惹いた。その先にマレス大聖堂が建っている。高々とそびえる塔、鳴り響く鐘の音。石材と煉瓦で造られた三階建の豪邸が並び、鉄製の柵や門に囲まれている。厩舎ひとつを見ても、メイソンの家よりずっと上等そうだ。先へ進めば進むほど、彼は怒りの炎に油を注がれているような気分が強くなるばかりだった。

やがて、一番街にさしかかったところで、敵が現われた。

けたたましい角笛の音に、アリスタはふたたび窓辺へ歩み寄り、驚くべき光景を目のあたりにした。視界のいちばん遠いあたり、丸裸になった木々のむこうに、たくさんの旗がひるがえっている。ピッカリング伯爵がこの城へ来ようとしているのだ――しかも、彼だけではない。さまざまな色柄の旗を見れば、西部地域の貴族たちの大半が一緒だとわかる。ピッカリングは軍勢とともにメドフォードをめざしているというわけだ。

わたしのため？　彼女は自問してみたものの、答えは否にきまっている。ほかの貴族たちはさておき、ピッカリング家とは彼女もそれなりに交流があるが、だからといって、伯爵が彼女のために挙兵するとは考えにくい。おそらく、アルリックが死んだことを伝え聞き、ブラガをむこうにまわして玉座を争うつもりなのだろう。彼女が窮地にあることなど、伯爵はこれっぽっちも眼中にないはずだ。権力を奪取する絶好の機会をただ見逃すわけにはいくまい。王女がまだ生きているからといって、それがどうだというのか。誰だって、女が一国の統治者になるのを望んではいない。伯爵が勝利を収めれば、彼女は王位継承権の放棄を求められ、伯爵自身かモーヴィンに譲り渡すしかなくなる。そして、どこかへ遠流の身というわけだ。虜囚よりはましかもしれないが、本当の意味での自由は望むべくもない。せめてもの慰めは、伯爵の勝利によって、メレンガーの玉座がブラガのものとなる結末だけは避けられるだろうということか――しかし、そもそも、ピッカリングに勝ち目はあるのか？　アリスタは軍師でも将軍でもないが、ここから見えている程度の軍勢で城を攻略するのは難しそうだということぐらいは想像がつく。ブラガの軍勢はすでに塹壕の中で臨戦態勢を整えていた。ところが、中庭を見下ろすと、城外からの攻撃に驚いた人々が右往左往している。この機に乗じて脱出できないだろうか。

ひょっとしたら、今回はどうにかなるかも。

彼女は扉のそばへ駆け寄ると、首飾りに触れて結界を解いた。把手をつかみ、押してみる。これまでと同じく、微動だにしない。「ちくしょう、あのドワーフめ」彼女は思わず声を洩らした。どんなに力をこめても、身体をぶつけてみても、無理なものは無理だった。扉は固く閉ざされたままだった。

　またしても大きな揺れが彼女の部屋を襲う。梁の上から埃が降ってきた。いったい、どうなっちゃってるの？　塔全体がまるで荒海の中の船のようにぐらつき、彼女も立っているのがやっとの状態だった。対処のしようもない。彼女は恐怖にうろたえ、せめてもの気休めを与えてくれるベッドのほうへと引き返した。その上にへたりこみ、両膝をかかえ、呼吸を整える余裕もなく、ちょっとした物音にも視線を向けずにいられない。これでもう一巻の終わりだ。何がどうなろうと、人生の終わりはすぐそこまで迫っているというわけだ。


　王子にとって、初めての戦場はわからないことだらけだった。大軍をもって威圧すればたちまち城門が開かれるだろうと期待していたのだが、現実はそんなに甘くなかった。メドフォードにたどりついたところで、彼らは街壁の手前に掘られた塹壕と、そこで待ちかまえている槍兵隊に行く手を阻まれてしまった。こちらはまず弓兵隊の三連射で攻撃を開始したものの、敵は一歩も退かなかった。遮蔽板でほとんどの矢を防ぎ、被害もほぼ皆無だったようだ。

　ぼくたちは誰と戦っているんだ？　アルリックは疑問をいだいた。**ぼくに仕えてくれるはずの兵士たちが、ぼくを城へ帰らせまいとしているのか？　ブラガはどんな嘘で彼らを騙した？　それとも、あそこにいる全員が傭兵なのか？　ぼくの資産が、ぼくに刃を向けるために使われたのか？**

アルリックの馬はピッカリング家から借りたもので、メレンガーの紋章であるハヤブサを大急ぎで縫いつけた飾り布をかぶっている。乗り手と同様、馬のほうもおちつかないのか、蹄でしきりに地面をひっかき、荒々しく鼻を鳴らしては白い霧をまきちらしている。アルリックは右手でその手綱を押さえながら、左手で毛織のマントの襟を引き締めた。敵の槍兵隊から上へと視線を動かせば、彼の生まれ育った街がそこにある。メドフォードの城壁や塔が、降りつづく雪のむこうにうっすらと見える。やがて、その景色は白く霞んでいき、不気味な沈黙が訪れた。

「陛下」ピッカリング伯爵がその静寂を破る。

「もういっぺん矢を射ちこんでみますか？」アルリックが提案した。

「矢だけで王都を制圧することは不可能ですぞ」

アルリックは重々しくうなずいた。「では、騎士たちの出番ですね——敵の防衛線を切り崩さないと」

「武官！」伯爵が声を上げた。「敵の防衛線を切り崩せと騎士たちに伝えろ！」

輝く甲冑に身を包んだ勇壮な男たちが馬を走らせ、幟をはためかせながら敵陣めがけて突進する。雪煙が立ち昇り、彼らの姿がぼやけていく。しかし、眼で確かめることはできなくとも、雷鳴のような蹄の音はずっとアルリックの耳に届いていた。

そして、すさまじいばかりの激突が起こった。大音響もさることながら、空気の震えが伝わってきたようにも感じられた。耳をつんざく金属音、鬨《とき》の声。アルリックはこれまで知らなかったが、馬たちも咆哮するのだ。やがて、雪煙がいくぶん収まりはじめると、血腥《ちなまぐさ》い光景が王子の視界にとびこんできた。人馬の胸を貫いた槍がそこらじゅうに林立している。倒れた馬の巨体の下敷きとなって動けず、とどめを刺されるのを待つしかない騎士の姿もある。敵の槍兵隊はその武器を短剣へと持ち替え、騎士たちの兜の覗き穴を、あるいは甲冑の継ぎ目がある脇や股間を狙い突く。

「こんなに苦戦させられるとは」アルリックがぼやいた。

「簡単な戦いなどめったにありませんぞ、陛下」ピッカリング伯爵が指摘する。「しかし、ここでこそ王の存在意義をお示しにならなければ。多くの騎士たちが斃れています。彼らをただ死に至らしめるだけでよろしいのですか？」

「歩兵隊による支援が必要でしょうか？」

「わたしが司令官の立場であれば、そのようにいたします。突破口を開かなければならない状況ですし、それも、無能な司令官に率いられていると感じた部下たちが森へ逃げてしまってからでは遅すぎます」

「武官！」アルリックが声を上げる。「ギャレット武官、ただちに歩兵隊を投入しろ！」

「かしこまりました！」

角笛の音が響きわたり、兵士たちが吶喊《とっかん》とともに参戦する。鋼が肉を斬るありさまに、アルリックは目を奪われるばかりだった。騎士よりも歩兵のほうが戦果は上がっているようだが、その代償も大きかった。アルリックは見ていられなくなってきた。こんな光景を目にしたのは初めてだ——これほどまでに大量の血が流されるとは。雪の白さはもはや失われ、一帯がうっすらとピンク色に染まり、とりわけ苛烈だったところには深紅の池が広がっている。そして、そこかしこに転がっている肉体の断片——斬り落とされた腕、脚、頭部。人の壁はそのまま泥と血にまみれた肉塊の山と化し、終わることのない悲鳴のおぞましい不協和音が交錯する。

「こんなことがあってたまるか」アルリックは慄然たる気分で声を洩らした。「ぼくの街なのに。ぼくの臣下なのに。ぼくの！」彼はピッカリング伯爵をふりかえった。「自分の臣下を殺さなきゃならないなんて！」身体を震わせ、顔を紅潮させ、涙を浮かべ、耳にとびこんでくる苦悶の声をこらえようと掌が痛くなるほどに鞍頭を握りしめる。彼はどうしようもない無力感に襲われていた。

いいか、ぼくはこの国の王になったんだぞ。

しかし、国王らしさなど微塵も感じられない。むしろ、〈銀の盃〉を出てすぐの路上であの傭兵たちに組み伏せられていたときのような気分だった。彼の目から涙がこぼれ、頬を濡らした。

「アルリック！　いけませんぞ！」ピッカリングが語気を鋭くする。「兵士たちに涙を見せるべきではありません！」

とたんに、アルリックは激情のままに伯爵をにらみつけた。「いけない？　どっ、ちが？　このありさまなんですよ！　彼らはぼくのために死んだ！　ぼくが命令したとおりに！　国王の涙だろうが何だろうが、彼らには見る権利があるでしょう！　誰にだって、それぐらいの権利はあってもいいじゃないですか！」

アルリックは涙を拭くと、手綱を握りなおした。「もうたくさんだ。ちゃんと顔を上げておくこともできないなんて！　このままではいられませんよ。無力な自分自身から脱却しないと。ぼくの街、ぼくのご先祖さまが築いた街で、ぼくの臣下があくまでも戦いを望むなら、マリバーの名にかけて、彼らが刃を向けている相手はこのぼくだということをはっきりさせておきたいんです！」

王子は兜の緒を締めなおし、父の剣を抜くや、一気に馬を走らせた——敵軍の待つ塹壕ではなく、街壁の閉ざされた大門めざして。

「アルリック、待ちなさい！」ピッカリングの声が王子の背を追った。

メイソンは最初に姿の見えた兵士めがけて突進し、大槌でその兜ごと頭を叩き割った。先制攻撃の成功に気を良くして、彼は満面の笑みでそいつの剣を拾い上げた。

蜂起した群衆は街の大門へと迫っていた。灰色の巨石で造られた櫓は四本の塔をそなえ、怪物のような様相で見る者を圧倒する。そこの警護にあたっている兵士たちは市民の襲来を受けて狼狽の色を隠せなかった。予期せぬ事態が対応の遅れを招き、群衆はその隙に乗じて詰所に殺到した。ディクソンが「アルリック王子のために！」と叫んだが、メイソンはそれを聞くまで王子のことなどすっかり失念していた。

鍛冶職人は次なる標的に狙いを定めた——背の高い兵士で、職人街から合流した掃除夫の攻撃をかわそうとしている。メイソンがその腋窩《えきか》に剣を突き立てると、兵士は絶叫とともに倒れた。掃除夫がにったりと口許をゆがめたので、メイソンも同じような笑みで応えた。

殺した相手はまだふたりだけだったが、メイソンはすでにたっぷりと返り血を浴びていた。胸板に服がへばりついて動きにくい。顔面を垂れ落ちていくのが汗なのか血なのかもわからない。掃除夫に向けた笑みもそのままに、彼は興奮と喜悦をあらわにした。**これぞ自由！** **これぞ人生！** 酔ったかのように頭がふらつき、心臓も高鳴っている。

メイソンはまたもや剣を振りかざすと、すでに膝を屈している兵士めがけて斬りつけた。あまりに力が入りすぎ、首の半ばあたりまで刃がめりこんでしまう。彼はその死体を蹴飛ばしながら剣を引き抜き、勝ち誇ったような雄叫びを上げた。言葉にならない咆哮——こんなときには言葉など何の意味もないのだ。その声は彼の激情がほとばしったものだった。彼はようやく一人前の男として蘇り、自分の力を誇示し、他人を屈服させることもできるようになったのだ。

角笛の音が響きわたったので、メイソンはそちらをふりかえった。王宮警備隊の将校とおぼしき人物が塁壁の上に立ち、命令と叱咤の声を飛ばしている。兵士たちもそれに応え、いよいよ間近に迫りつつある暴徒の群れに対して隊列を整えなおした。

メイソンは泥と血でぬかるんだ地面に踏みこみ、たちまち足を滑らせてしまいそうになった。彼は視線をめぐらせ、新たな標的を決めた。将校の命令を受け、どこか適当な地点まで後退するつもりなのだろう、こちらに背を向けている。メイソンはその兵士の頭を斬り落としてやれとばかり、その襟首めがけて剣を振った。しかし、武器を使い慣れていない彼の手は当人の意志よりも高い軌道を描き、刃は兵士の兜にぶつかって鈍い音を立てただけだった。彼がやりなおそうとしたとたん、兵士がだしぬけに身体を反転させた。

　メイソンは灼けつくような鋭い痛みを腹に感じた。一瞬のうちに全身の力が抜け、激情も消えてしまう。彼は剣を手放した。自分の膝が地面についているのが目に映ったものの、その感覚はまったくない。痛みの原因を確かめようと視線を落とした瞬間、兵士がそこから剣を抜き去るのが見えた。メイソンは自分の目を疑った。あんな長物がおれの身体にそっくり収まるなんて、どういうことだ？

　反射的に傷口を押さえた手が生温かく濡れた。一フィートはあろうかという裂け目から内臓がこぼれないようにと頑張ってみても、とめどなく血が噴き出してくる。もはや膝で身体を支えることもできず、その場に倒れこんだところへ、兵士がふたたび剣を構える——自分の頭めがけて振り下ろされた刃を、メイソンは慄然と眺めるしかなかった。

　アルリックは大門の櫓へと馬を飛ばした。ピッカリング伯爵とモーヴィンとギャレット武官がすぐに彼を追いかけ、控えの騎士たちもそれに続く。大門の胸牆《きょうしょう》からは雨あられのごとく矢が降ってきて、アルリックの兜の庇ではねかえったものもあり、鞍頭に深々と突き刺さったものもある。彼の後方でも、シンクレア卿の馬が脇腹をやられ、たちまち棒立ちになったが、乗り手が振り落とされることはなかった。ただ地面に突き刺さっただけの矢は数えきれないほどだった。王子はまっしぐらに門前へ馬をつけると、鐙に足をかけたまま立ち上がり、大声で叫んだ。「わたしはアルリック・ブレンドン・エッセンドン王子だ！　国王の名のもと、門を開けろ！」

その言葉があちらに届いたという確信の持てないまま、彼は高々と剣を掲げてみせた。いや、届いていたのだろう、それ以上は一本たりとも矢が降ってこない。緒戦を生き延びた騎士たちも彼の周囲へ駆け寄り、鎧の壁で主君を護ろうとする。

矢が放たれることはなくなったようだが、そうかといって、門が開かれるわけでもない。

「アルリック」ピッカリング伯爵が声を上げた。「戻りなさい！」

「わたしはアルリック・エッセンドン王子だ！　すぐに門を開けろ！」彼は同じ言葉をくりかえすと、兜を脱ぎ捨て、胸檣のどこでも見える位置まで馬を後退させた。

アルリックと騎士たちはその場で待ちつづけた。ピッカリング伯爵とモーヴィンはひきつった表情で王子と向き合い、門から離れているよう説得をくりかえした。しばらくのあいだは何も起こらず、一同はただ胸檣を見上げるばかりだった。内側からは擾乱めいた音が洩れ聞こえてくる。

ふと、街壁の上から叫び声が起こった。「殿下だ！　門を開けろ！　お通しするんだ！殿下のお帰りだぞ！」その言葉を別の誰かがまた叫んで伝え、やがて、巨大な両開きの門はゆっくりと左右に分かれていった。そこで一同が目にしたのはまさしく擾乱《じょうらん》の光景だった――

—鋳掛け屋さながらに手近な金物を使った甲冑もどきと掠奪品の兜とで身を固めた市民たちが、軍服姿の兵士たちと混戦をくりひろげている。

アルリックの反応は誰よりも早かった。彼はすぐさま自分の馬を駆けさせ、群衆の中へつっこんでいった。ピッカリング伯爵、エクトン卿、ギャレット武官も国王の盾になろうと躍起だったが、実際のところ、その必要はないも同然だった。アルリックの姿を見たとたん、警備隊の面々はあっさりと武器を置いた。王子生還の報せはたちまち広まり、亡き父王の剣を高々と掲げたまま城をめざして馬を飛ばす本人の姿を目のあたりにした人々は歓呼で彼を迎えた。


角笛の音は、階段の途中で動くに動けなくなっているロイスの耳にも届いた。「戦闘開始だな」マグヌスが言った。「さて、どっちが勝つかね?」ドワーフは指先で髭をしごきながら、「てぇか、相手は誰なんだ?」

「雇い主の事情にゃ深入りしないのが筋ってもんだろ?」ロイスは壁を観察しながら軽口を叩いた。彼が石組の継ぎ目に鉤を打ちこもうとしたとたん、そこは卵の殻のように砕け落ちてしまう。なるほど、ドワーフの言葉に嘘はなかったようだ。

「そのへんは必要に応じて考えることさ。ところで、そういうのはお勧めしないね。そこが急所じゃなかったのは幸運だったと思うけどな」

ロイスは押し殺した声で罵り言葉を洩らした。「そんな忠告をよこすぐらいの親切心があるんなら、無事に昇り降りできる秘訣も教えろってんだよ」

「親切心がどうしたって？」ドワーフはよからぬ笑みを浮かべた。「これを完成させるのに半年もかかったんだ。最初の数分だけで一巻の終わりじゃ興醒めだろ。せっかくだから、長く楽しませてくれよな」

「ドワーフってのは、どいつもこいつも悪趣味なもんなのか？」

「浜辺に砂の城をこしらえて、波がさらっていくのを眺めるのと同じさ。いつまで耐えられるか、どこからどんなふうに崩れるか、予想がつかないからこそ胸が躍るんだぜ。あんたは足を滑らせるのかもしれないし、体勢が崩れるのかもしれないし、そんな程度のことじゃなく、あっと驚くような何かが起こるのかもしれない」

ロイスは短剣を抜き、その刃をドワーフに見せつけた。「おまえの喉笛にこいつを突き立てるぐらい朝飯前だってこと、わかってるか？」

生死を分けるかもしれない大切な道具を手放すわけにはいかないのだから、その脅しはただのはったりにすぎない。それでも、たじろぐなり笑い飛ばすなりの反応はあるだろうと期待していたのだ。ところが、実際はそのどちらでもなかった。ドワーフは大きく目を見開き、彼の短剣をにらみつけた。

「そんなもの、どこで手に入れたんだ？」

ロイスは信じられないとばかりに天を仰いだ。「すまんが、先を急いでるんでね」彼はひときわ入念に石段の状態を調べていった。塔の中心軸を巻くように昇っていく螺旋階段の構造として、下の段はどんなかたちで上の段を支えているのか？　彼はひとしきり前方を見上げ、それから、後方をふりかえった。

「立ってるあいだは崩れないんだよな」彼はひとりごちたが、その声はドワーフにも聞こえるほどだった。「で、次の段に移ると崩れるわけか」

「そうさ、うまくできてるだろ？　おおいに自慢したい仕事だってこと、わかってくれよな。当初の予定じゃ、アリスタに死んでもらうはずだったのさ。事故死に見せかけたいってのがブラガの依頼でね。なにしろ古い塔なんで崩れちまいました、巻き添えをくったお姫さまにゃかわいそうなことで——筋書はそんな感じだ。ところが、アルリックが姿をくらましたのにあわせて計画も変わり、彼女を処刑しなきゃならなくなった。こんなに頑張ったのも無駄な手間だったかとあきらめてたんだが、そこへあんたがおいでなすった。感謝してるぜ」

「どんな罠にも欠点はある」ロイスが言った。彼はふたたび前を向き、いきなり満面の笑みを浮かべた。彼はしっかりと腰を構え、一段抜きでその先へと跳び移った。彼が踏まずに通り抜けた段はたちまち崩れ落ちたものの、元の段は残っている。「重さのかからない段がありゃ、その下は無事だよな？」

「頭の良い野郎だ」ドワーフはいかにも悔しげに言葉を返す。

ロイスはなおも一歩で二段ずつ昇っていき、やがて、マグヌスからは見えない位置にまで進んだ。そこへ、下からドワーフの声が飛んでくる。「無駄なことだと思うぜ。最初のところに作っちまった穴は大きすぎて、跳び越えられやしないんだ。結局、あんたの逃げ道はないのさ！」

アリスタは扉のすぐ外から聞こえてきた物音に驚き、ベッドの上で身を縮めた。いまいましいちびのドワーフが彼女を法廷へ連れていくために来たのか、それともブラガ本人か。何かをひっかくような音、ドスンという鈍い音。そういえば、玉錠で結界を張るのを忘れていたが、今となっては遅すぎる。彼女がおそるおそる様子を探ろうとしたとたん、だしぬけに扉が開かれた。意外にも、そこにいたのはブラガでもドワーフでもなく、彼女が地下牢から逃がしてやった二人組の盗賊の片割れだった。

「やぁ、お姫さま」ロイスは短い会釈とともに室内へ足を踏み入れた。そして、そのまま彼女のわきを通り過ぎ、使えそうなものはないかと、壁や天井をしきりに見回す。

「あんたなの？　どうして、あんたがここにいるの？　アルリックは無事なの？」

「やっこさんなら元気だぜ」ロイスはあちこち行ったり来たりしながら答えた。窓の外を眺め、カーテンの素材を確かめる。「ちくしょう、これじゃ用が足りんな」

「何をしに来たの？　どうやって来たの？　エスラハッドンとは会えたの？　アルリックはどんな話を聞かせてもらったの？」

「忙しいんで質問攻めは勘弁してくれよ、お姫さま」

「忙しい？　どういうこと？」

「あんたを救出するって話さ。ただし、ちょいと不都合があったもんでな」それだけ言うと、ロイスは彼女の許可も求めずに衣装棚を開け、中をひっかきまわした。さらに、化粧台の抽斗も覗きこむ。

「わたしの服をどうするつもりなの？」

「脱出する手段を探してるんだよ。この塔はあと何分もしないうちに崩れちまう。ぐずぐずしてたら、ふたりとも生命はないぜ」

「なるほど」彼女はあっさりと言った。「でも、今から駆け降りれば充分でしょ？」彼女は立ち上がり、扉の外へ首を伸ばしたとたん、一段おきに消え失せた石段を見て悲鳴を上げた。

「ちょっと、何よこれ！」

「残ってる石段を跳び移ってきゃいいんだが、最後の六段か七段ぐらいが大穴になっちまってる。その手前から本丸の廊下までじゃ距離がありすぎる。ここの窓から濠に飛びこめるんじゃないかと期待してたんだが、どうやら、それも自殺行為らしいな」

「はぁ」彼女は言葉にならない声を洩らした。金切声を上げたいという衝動がこみあげてきたので、あわてて口許を押さえる。「よくわかったわ。たしかに、これは不都合よね」

ロイスはベッドの下に首をつっこんでいたが、ふと身体を起こした。「ちょっと待った、あんたは魔女なんだよな？　エスラハッドンに教わったそうじゃないか。魔術で降りるってのは？　身体が宙に浮くとか、鳥に変身するとかさ」

アリスタはこわばった笑みを浮かべた。「エスラハッドンに教わったのは、ほんのちょっとしたことだけ。自分の身体を浮かすなんて無理だってば」

「おれたちの体重を支えられるぐらいの板や石なら？」

アリスタは首を振った。

「鳥は？」

「それも無理だし、たとえ鳥に変身できたとしても、人の姿に戻れなきゃ困るでしょ？」

「つまり、魔術じゃ失敗に終わるのが関の山ってことだな」ロイスが彼女のベッドから羽入りのマットレスをひっぺがすと、その下に支えている縄が見えた。「これだ——ベッドをばらすから、手を貸してくれ」

「それっぽっちの長さじゃ、地面まで届きっこないわ」アリスタが言った。

「そこまでの必要はないさ」彼は取付穴から縄を引き抜いた。

またしても塔が揺れ、梁の埃がもうもうと舞い散った。アリスタは思わず息を呑み、心臓もたちまち早鐘を打ちはじめたが、揺れはすぐに収まった。

「こりゃ、本気で急がないとまずいな」ロイスは縄を巻いて肩にひっかけると、足早に扉のほうへ向かった。

アリスタはほんの一瞬だけふりかえり、母の化粧台と父の手土産のブラシを瞼の裏に焼きつけてから、穴だらけになった階段へと急いだ。

「順々に跳び下りていくっきゃないぜ。残ってる石段は充分に強度があるはずだから、跳び上がるよりは簡単だろ。跳び越えちまわないように気をつけてくれ。まぁ、そんときゃそんときで、おれも引き止める努力はするけどな」ロイスはそう言うと、一段抜けの石段をひとつ先まで軽やかに跳び下りた。彼女はそれを見て、みっともない姿を晒すことになるであろう自分自身が情けなくなってしまった。

アリスタは踊り場に立ち、上体を前後させながら、着地すべき位置を注視した。それから、意を決して身を躍らせるが、想像していたよりも少し跳びすぎてしまい、つんのめりそうになるのをこらえようと両腕をばたつかせる。ロイスがすぐさま手をさしのべたものの、彼女はどうにか独力で踏みとどまり、わずかに身を震わせながら大きく息をついた。

「距離を確かめて、そのとおりに跳ぶんだぞ！」ロイスがあらためて釘を刺す。

わかってるわよ——何度も失敗してたまるもんですか。

そんなわけで、二度目はうまくいった。三度目はさらに簡単だった。ほどなく、彼女は自分なりの間合をつかみ、優雅な身のこなしのロイスにも遅れることなく次々と跳び下りていけるようになった。かなり下まで降りてきたところで、ロイスが足を止めた。

「先に行け。大穴の手前で待ってろ」

上から持ってきた縄をその石段にくくりつけようとしている彼を見ながら、アリスタはうなずき、さらに跳びつづけた。うまくやれるようになったからといって、過信は禁物だ。やがて、目の前に広がる大穴を見たとたん、それまでの自信はすっかり萎えてしまった。どこまでも深い闇がぽっかりと口を開けている——それだけで、彼女はふたたび恐怖心をかきたてられた。

「おやおや、お姫さまじゃありませんか！」ドワーフが話しかけてくる。そいつは廊下との境にある扉のむこうに立ち、黄色い歯をにんまりと覗かせていた。「またお会いできるとは思ってませんでしたよ。ところで、あの泥棒野郎はどうしました？　めでたく転落死ですかね？」

「この腐れ人外！」彼女は金切声で罵った。

とたんに、またしても塔が揺れた。アリスタはその衝撃でわずかによろめき、心臓の早鐘がまた始まった。大量の埃とともに石片も降ってきて、壁や階段にぶつかっては乾いた音を立てる。アリスタはたじろぎ、両腕で頭をかかえ、揺れと落石が早く収まってくれるようにと願うばかりだった。

「塔もこれだけ古くなりゃ、いつ倒れたって不思議じゃありませんでね」ドワーフの言葉には異様なほどの喜悦がにじんでいる。「あとちょっとで安全地帯なのに届かないとは、さぞかし悔しいことでしょう。蛙だったら簡単に跳び越えられるのに。あぁ、残念、そこで行き止まりです」

だしぬけに、頭上高くから縄の一端が落ちてきた。螺旋階段を一廻りぶん昇ったところに残っている石段から垂れ下がっており、王女とドワーフのちょうど中間あたりでゆらゆらと揺れている。そこを、ロイスが蜘蛛のような動きで降りてきた。彼はアリスタと同じ高さまで来たところで止まると、反動をつけて空中に弧を描きはじめる。

「へぇ、やってくれるじゃないの！」ドワーフが声を上げ、感服したような表情でうなずいた。

ロイスはアリスタのかたわらに着地すると、自分の腰にその縄を縛りつけた。「これで行けるぞ。ぜったいに手を放すなよ」

王女は待ちかねたとばかりに両腕を盗人の肩にからめ、ありったけの力でしがみついた。万全を期してというより、恐怖のせいで力の加減ができなかったのだ。

「あんたは本当にたいしたやつだぜ」ドワーフが言った。「正直、おみそれしましたってもんさ。ただし、わかってもらえるだろうが、おれも自分の評判を守らなきゃいけない。細工を凝らした罠が破られたとあっちゃ、沽券《こけん》にかかわるんだよ」そして、彼は何の警告もなしにその扉を閉め、鍵をかけた。

王族居住区画の廊下でブラガと対峙していたハドリアンも角笛の音を聞いた。「こりゃ、ワイリンと警備隊の連中はすぐに来られそうもないんじゃありませんかね」彼は大公を挑発した。「ウォリックから顔を出した伯爵ごときに何を言われたって、王都防衛のほうがはるかに重要だと判断するでしょうよ」

「そんなに長々ときさまをいたぶって楽しむわけにもいかんか、残念だな」ブラガも言葉を返し、またもや攻勢を強める。

稲妻のような早業に、ハドリアンはひたすら後退するばかりだった。大公の構えは完璧なもので、やや後ろに引いた軸足にきっちりと重心を乗せ、踏みこむほうの足は爪先だけを地につけ、胸を張り、利き腕を伸ばし、もう一方の肘は斜め後方へ優美なL字型を描いている。

さらに、ワイングラスを持つときのような指先の恰好も、そこまで神経がいきとどいていればこそだろう。灰色の筋が混じった長い黒髪を肩になびかせ、顔には一粒の汗も浮かべていない。

それと対照的に、ハドリアンは動きが鈍く、自信もなさげだった。使い慣れた自分の剣とちがって、メレンガー軍の剣はどうにも難儀な代物だ。両手で構えても切先がぶれてしまう。彼はとにかく充分な距離を保つことだけに専念しているようだった。

大公がさらに攻めたてる。ハドリアンはそれを剣で受け流し、ブラガの背後へ回りこもうとしたとたん、切り返しからの一撃をもらってしまいそうになった。壁の燭台がまっぷたつだ。彼は脱兎のごとき逃げ足で、礼拝堂へと転がりこんだ。「どうした、かくれんぼでも始めるつもりか？」

ブラガもすぐに礼拝堂へ足を踏み入れ、祭壇に立つハドリアンめがけて詰め寄った。大公の一方的な攻めに対して、ハドリアンはまたも後退し、身をかがめ、跳びすさる。ノヴロンとマリバーの彫像もそのとばっちりを受け、神の手は指三本を失った。ハドリアンは木製の聖書台を背に、次なる一撃はどこから来るかと大公を注視した。

「王と同じ死に場所を選ぶとは、なんとも陳腐なことだな」ブラガが言った。彼が右を狙うと、ハドリアンは剣で払いのけた。ブラガはすばやく反転するや、大上段から斬りかかった。それを予測していたハドリアンは磨きあげられた大理石の床へと身体を投げ出し、腹這いのまま扉のほうへ滑っていった。

ほどなく立ち上がったハドリアンがふりかえってみると、ブラガの剣は聖書台に深々とくいこんでおり、大公はそれを抜こうと悪戦苦闘しているところだった。その機に乗じて、ハドリアンはこっそりと礼拝堂を抜け出し、扉を閉めた。そして、手にしていた剣を脇柱に叩きこむと、それが楔《くさび》となって、中からは開けられない状態になった。

「しばらくは時間稼ぎができそうだな」ハドリアンはひとりごち、しばし呼吸を整えた。

「あの蛆虫野郎！」アリスタは閉ざされた扉にむかって罵り言葉を吐き捨てた。

またしても塔が揺れ、ひときわ大きな石材が崩れてきた。ふたりが立っているところのすぐ上にある石段がその直撃を受け、もろともに砕け散って塔の底へと落ちていく。いずれかの石材が急所だったのだろう、塔はそのまま傾きはじめた。

「つかまってろよ！」ロイスは叫びながら石段を蹴った。ふたりは扉めがけて大穴を越えていく。扉についている大きな鉄環に彼の手がかかったところで、ふたりは脇柱のわずかな隙間にそれぞれの爪先をつっこんだ。

「閉め出されちまったな」ロイスが言った。彼は鉄環に片腕をくぐらせると、錠前いじりの七つ道具を取り出し、空いているほうの手だけでおなじみの作業にとりかかった。地鳴りかと思うほどの震動に城全体が揺れたとたん、腰に縛りつけておいた縄を引く力が感じられなくなった。ロイスがとっさに七つ道具から短剣へと持ち替え、すばやく縄を断ち切った次の瞬間、それを吊っていた上方の石段が落ちていった。塔の崩壊はもはや全体に広がっていた。

ロイスは短剣をそのまま木製の扉板に深々と突き立て、もうひとつの支えにした。ドワーフによって中抜きされていた塔の石壁はそこかしこで砕け散り、四方八方へと弾け飛んだ。それらの破片が容赦なく降り注いでくる中で、ロイスとアリスタは扉の上にある浅いアーチでどうにか身を隠そうとしたが、ほとんど役に立たなかった。

拳大の石片がアリスタの背中にぶつかった。その衝撃で、彼女は脇柱にひっかけていた足を滑らせてしまい、支えを失って悲鳴を上げた。ロイスがとっさに手を伸ばし、彼女の襟首あたりを髪の毛ごとひっつかんだ。「この体勢じゃきついぞ！」彼は大声を上げた。

彼女の身体はなおも徐々に下がっていき、せっかくつかんだ服の生地も裂けはじめる。ロイスは脇柱の足の支えをあきらめ、鉄環にくぐらせた片腕だけをたよりに、両脚を彼女の胴にからめた。王女は彼をひっかくほどに両手をばたつかせ、どうにかこうにか彼のベルトを探り当てると、そこに指を通した。

砂埃と石片があまりにもひどくて、ロイスはしばらく目を開けることもできなかった。それが収まると、彼らは今や城の本丸の外壁にへばりついている状態で、まばゆいばかりの陽光に照らされていた。塔の残骸は濠を埋め、ここから七十フィート下に石山を築いている。裁判のために集まっていた群衆が大騒ぎになった。「あれ、お姫さまじゃないか！」そんな叫び声も聞こえてくる。

「桟まで手が届くか？」ロイスが尋ねる。

「無理！　その前に落ちるにきまってるわ。できっこない――」

そうこうしているうちにも、彼女の身体はますます下がっていく。ロイスは両脚にひときわ力をこめたものの、いつまでも耐えられるはずがないことはわかっていた。

「あぁ、どうしよう！　指が──滑っちゃう！」

ロイスのほうも、鉄環にくぐらせた腕や肩が痺れはじめている。アリスタの襟首と髪の毛をつかんでいる手もすでに握力の限界だ。彼女はいよいよ落下寸前──あとわずかで奈落の底だろう。そのとき、彼は鉄環ごと腕をひっぱられたような気がした。扉が開かれ、力強い手がアリスタを抱き上げる。

「お待たせしました、お姫さま」ハドリアンが彼女に声をかけた。それから、彼はめいっぱいのところまで扉を開け、ロイスも廊下へ引き入れた。

九死に一生を得たふたりは石片にまみれたまま床の上にひっくりかえった。やがて、ロイスがゆっくりと起き上がり、服の汚れを払い落とす。「まぁ、鍵が外れたような感触もあるにはあったんだよな」彼は扉板に突き刺してあった自分の短剣を抜き取り、鞘に戻した。ハドリアンが戸口に立ち、青く澄んだ空を眺める。「いやぁ、ロイス、ずいぶん派手にやったもんだな」

「ドワーフはどこだ？」ロイスが視線をめぐらせた。

「おれが来たときには、もういなかったぜ」

「ブラガは？　殺しちゃいないんだよな？」

「あぁ。とりあえずは礼拝堂に閉じこめておいたが、出てくるのは時間の問題だろうさ。そうだ、それで思い出した、おまえの剣を貸してくれないか？　どうせ、使う機会もないだろ」

ロイスは警備隊の一員になりすましたときの小道具のひとつだった太刃の剣を彼に手渡した。ハドリアンはそれを鞘から抜き、構え具合を確かめた。「まぁ、とにかく使い勝手の悪い剣だよ。ごつすぎるし、重心の位置も妙なところにあるもんだから、三本脚になっちまった酔いどれ犬のしょんべんみたいなことになっちまうんだ」そのあと、彼はアリスタをふりかえり、「おっと、これは失礼つかまつりました、お姫さま。おかげんはいかがですか？」

アリスタが立ち上がる。「ずいぶんましになったわ」

「ちなみに、これで貸し借りはなくなったわけだよな？」ロイスが彼女に尋ねた。「あんたはおれたちが処刑されないうちに地下牢から逃がしてくれた、おれたちもあんたの生命を救った」

「そうね」彼女も相槌を打ち、破れてしまった服の汚れを払い落とす。「でも、あえて言うなら、拷問をまぬがれたのは幸いだと思ってほしいわ」彼女はもつれきってしまった髪を撫でつけながら、「どれほどの苦しみを味わうところだったか、想像がつくでしょ」

「崩れた塔の下敷きになるのだって相当なもんだと思うぜ」

そのとき、廊下の先のほうから、バンッという荒々しい物音が響いてきた。

「やばい、行かなきゃ」ハドリアンが声を洩らした。「大公閣下のお戻りだ」

「気をつけて」アリスタが彼の背中に叫びかける。「あんな男でも、剣の腕前だけは超一流なんだから！」

「うんざりするほど聞かされましたっての」ハドリアンはぼやきながら、廊下をすっとんでいった。しかし、さほど遠くまで行かないうち、大公が角を曲がって現われた。

「きさまら、あの小娘を逃がしおったな！」ブラガの怒号が響きわたった。「やむをえん、この手で殺すしかあるまい」

「その前に、おれがあんたの相手なんですがね」ハドリアンが言葉を返す。

「ほざいていられるのも今だけだ」

大公はハドリアンめがけて猛然と斬りかかった。怒りにまかせ、めったやたらと刃を叩きつける。ハドリアンも負けじとそれを受けて立ち、両者の剣がさながら疾風のように空気を切り裂いていく。激しい攻防が続くにつれ、ブラガの顔は憎しみで真赤になっていた。

「ブラガ！」廊下のはるか彼方から、アルリックの叫び声が飛んできた。

大公は荒い息のまま、そちらをふりかえった。

ハドリアンも廊下のはずれに立つ王子の姿を見た。彼は甲冑に身を固め、白地を血飛沫に染めた陣羽織をまとっている。アルリックの剣はまだ鞘に収まっていたが、その手は柄にかかっていた。かたわらにはピッカリング父子とエクトン卿もおり、そろって凄絶な雰囲気を漂わせている。

「武器を捨てろ」王子は力強い声で命令した。「陰謀は終わりだ。この国の王はわたし

「穢《けが》らわしい小童《こわっぱ》め！」大公が罵り言葉を投げつける。彼はもはやハドリアンなどおかまいだ！」

なしで、王子のほうへと詰め寄っていった。ハドリアンもあえて追いかけはしなかった。逆に、ロイスとアリスタのいるところまで戻り、なりゆきを見守ることにする。

「ちっぽけな王国ひとつごとき、わしの主眼だとでも思っているのか？」ブラガは大音声を轟かせた。「きさま自身と同列に考えているのか？　わしは世界を救うつもりなのだぞ、愚か者め！　わからんのか？　何たることだ、そのざまは！」大公はアルリックに指先をつきつけた。「王子が蛆虫《うじむし》にでも成り下がったか！」それから、アリスタをふりかえり、「あの小娘もそうだ！　こやつらの父親にしても――人の道を誤りおって！」ブラガはそれまでの戦いの余韻に顔を紅潮させたまま、アルリックの眼前へと迫った。「きさまは穢れをもって国を支配するだろうが、わしは従わんぞ。この身体に生命が宿っているかぎり、まっぴらごめんだ！」

ブラガは剣を振りかざし、王子めがけて突進した。充分に間合を詰めたところで、渾身の力をこめて斬りかかる。アルリックはとっさに反応できなかったが、それでも、その一撃が彼を捉えることはなかった。優美な細身の剣がブラガの刃を空中で受け止めている。ピッカリング伯爵が割って入ったのにあわせ、エクトン卿が王子を安全な場所まで移動させた。

「なるほど、今回は自分の剣を持ってきたか。負けを素直に認める覚悟ができたわけだな、伯爵よ」

「そんな結果にはならんさ。きさまは国を裏切った。我が友アムラスに捧げるべく、この場で引導を渡してやる」

ふたつの刃がひるがえった。ピッカリングもブラガもいずれ劣らぬ剣豪で、一挙一動にわずかな無駄もなく、切先にいたるまで神経がいきとどいているかのようだ。モーヴィンとファネンが助太刀に入ろうとしたものの、エクトン卿が彼らを止めた。「これはお父上の戦いです」

ピッカリングとブラガはおたがいに相手を殺そうとしていた。目にもとまらぬ早業の応酬で風切音が響き、そこへけたたましい金属音が加わる。ピッカリングの刃は鏡面さながら、蠟燭が点々と並ぶだけの仄暗い廊下にまばゆい輝線を描き、魔法の杖もかくやというほどだった。そして、双方の剣が交わるたびに閃光がほとばしる。

ブラガの突きがピッカリングの脇腹をかすめ、そこからの薙ぎで切先が胸許を嘗めるように触れる。ピッカリングは間一髪のところで払いのけると、そのまま大上段に振りかぶった。ブラガはとっさに防御の構えを見せたが、ピッカリングはまったく意に介さなかった。強く、速く、彼の刃は一筋の光芒となった。

ハドリアンは反射的に身をすくめた。強引すぎる攻めは隙も生じやすく、かえって致命傷を負うことになりかねないのだ。鋼と鋼がぶつかった。ひときわ鮮烈な火花が散った次の瞬間、ブラガの剣はまっぷたつになっていた。ピッカリングはそのまま振り抜き、大公の喉許を断ち切った。ブラガはその場に崩れ落ち、頭部だけが一フィートほど離れたところに転がった。

モーヴィンとファネンが父親のかたわらへ駆け寄った。兄弟そろって誇りと安堵の笑みを浮かべている。アルリックは廊下をつっきり、盗賊ふたりに挟まれて立つアリスタの許へと急いだ。「姉さん！」彼は大声で呼びかけながら、両腕で抱きついた。「無事で良かった——マリバーよ感謝します！」

「わたしに文句のひとつも言いたいんじゃないの？」彼女はその抱擁を逃れようとしながら、驚きを隠しきれない口調で尋ねた。

アルリックが首を振る。「ぼくにとって、姉さんは生命の恩人だよ」彼はふたたび姉を抱きすくめた。「で、このふたりは——」彼はロイスとハドリアンをふりかえった。

「アルリック」アリスタがさえぎった。「このふたりのせいじゃないのよ。父上を殺した咎は濡衣だったし、あんたを城から連れ去ったのも自分たちの意志じゃなかったんだから。わたしが悪いの。わたしが無理に頼んだことなの。彼らは何もしてないわ」

「あぁ、姉さん、誤解しないでほしいな。何もしてないどころか、大活躍だったんだよ」彼は表情をほころばせ、ハドリアンの肩に手を置いた。「ありがとう」

「塔の再建費用は勘弁してくださいよ」ハドリアンがまぜっかえす。「どうしても払えってことなら、張本人はロイスですんで、こいつに請求してください」

アルリックは吹き出した。

「おれかよ？」ロイスが唸り声で反駁する。「あの髭面のちびが細工しやがったんだぞ。あいつを捕まえて、搾り取れるだけ搾り取ってやるべきだろ」

「わけがわからないわ」アリスタはすっかり混乱してしまっているようだった。「このふたりを処刑するつもりだったんじゃないの？」

「それも誤解だよ、姉さん。このふたりは今や国王警護官で、今日の働きぶりはとりわけすばらしいものだった」

「閣下」ギャレット武官が現われ、伯爵のほうへと歩み寄りながら、ブラガの死体に冷たい一瞥を投げかけた。「城の内外とも安寧を確保いたしました。傭兵どもは斬り捨てるか、それを逃れた連中は姿を消しました。王宮警備隊は今後ともエッセンドン家に忠誠を誓うとのことです。貴族がたは国情の行方を知りたいからと法廷内でお待ちです」

「よし」伯爵が答える。「ほどなく陛下からのお言葉があると伝えてくれ。あぁ、それと、ここをかたづけるのにも人手が欲しいところだな」

武官は一礼して立ち去った。

アルリックとアリスタは手を取りあって、伯爵たちのほうへと歩きはじめた。ハドリアンとロイスもそのあとについていく。「叔父がこんな悪事に手を染めていたなんて、今もまだ信じられないよ」アルリックがブラガの死体を見下ろした。大きな血の池が廊下の横幅いっぱいに広がっており、アリスタは裾をつまみあげてそこを跳び越えていく。

「わたしたちが人の道を誤ったとか言ってたけど、どういう意味かしらね？」アリスタが尋ねた。

「大公自身がすっかり常軌を逸していたのでしょうな」サルデュア司教がアーチボルド・バレンティンとともに姿を見せた。ハドリアンは司教とは初対面だったが、それが誰なのかは一目瞭然だった。サルデュアは姉弟を慈愛で包みこむような笑みを浮かべた。「やぁ、よくぞご無事でいらっしゃった、アルリック」彼は若者の肩に手を置いた。「そして、アリスタのほうも、無実が明らかになって安心したよ。まずは、大公の讒言《ざんげん》に振り回されてしまったことを謝らなければ。わしとしたことが、あれで疑念の種を植えつけられてしまった。心の奥底では、きみがそんな罪を犯すわけはないと知っていたはずなのに」彼はアリスタの片頬にそっと唇を寄せ、反対側にも同じ仕種をくりかえした。

司教は自分たちの足元で血の池に沈んでいる死体を見下ろした。「哀れ、国王殺しの罪は彼には重すぎたか、そのせいで正気を失ってしまったのだろうな。ひょっとしたら、アルリック、彼はきみもすでに死んだものと信じこむあまり、きみが戻ってくるとは幽霊になったか魔物かと恐怖に駆られたのかもしれんよ」

「まぁ、知る由もありませんが」アルリックは訝しげに言った。「いずれにしても、一件落着ですね」

「ドワーフのことは？」アリスタが尋ねる。

「ドワーフ？」アルリックが訊き返す。「ドワーフがどうしたって？」

「塔に罠をしかけたのよ。わたしとロイスが殺されるところだったわ。あいつがどこへ逃げたのか、誰か知らないかしら？　そんなに遠くまでは行ってないはずよ」

「もっと重い罪もあるな。モーヴィン、武官を追いかけて、ただちに捜査を開始するよう伝えてくれないか」アルリックが言った。

「まかせろ」モーヴィンがうなずき、すっとんでいく。

「殿下がご無事で、わたしも胸をなでおろしましたよ」アーチボルドが口を開いた。「すでにお亡くなりだろうと聞かされていたのですが」

「だから、追悼のつもりで手を合わせるぐらいはしておこうとでも？」

「ご招待をいただいたのですよ」

「誰からの？」アルリックはたたみかけ、ブラガの斬死体を眺めた。「この男かな？　メレンガーの裏切者となった大公が、帝国再興を望むウォリックの伯爵を呼び寄せた理由とは？」

「あくまでも善隣外交の一環にすぎませんよ」

アルリックは伯爵をにらみつけた。「陰謀の共犯者として捕まりたくなければ、さっさと我が王国から出ていきたまえ」

「できもしないことをおっしゃいめさるな」アーチボルドが言葉を返す。「わたしはエセルレッド王の臣下です。身柄の拘束どころか、そのような非礼ひとつでさえも戦争につながりかねませんよ――そんなことになれば、不利なのはメレンガーのほうでしょう。ましてや、お若い国王がどれほどの経験をお持ちなのやら」

アルリックが剣を抜いたので、アーチボルドは二歩後退した。「わたしが若気の至りでメレンガーとウォリックの講和条約を忘れてしまわないうち、伯爵を城門までご案内してさしあげろ」

「時代は変わりつつあるのですよ、殿下」アーチボルドは警備兵たちに連れ去られながら、肩越しに捨て台詞を残した。「新たな帝国が成立すれば、時代遅れの君主たちは居場所を失うことになるのですからね」

「二日でも三日でも、あいつを地下牢にぶちこんでおくことはできませんか？」アルリックがピッカリングに問いかける。「諜報活動の容疑ぐらいなら？」

ピッカリングが答えるよりも早く、サルデュア司教が口を開いた。「いや、チャドウィック伯の言うとおりだよ、殿下。彼に対して敵意を示せば、エセルレッド王は自国の一地方が攻撃されたと解釈するだろう。逆の立場から考えてみたまえ――たとえば、ピッカリング伯爵がアクエスタで絞首刑にされようものなら、きみはどうするかね？　そう、あちらにとっても事情は同じだ。そもそも、彼は虚栄心の強い男だよ。あれもまた若気の至り、自分自身の存在感をひけらかそうとしていたにすぎん。若者同士の誼《よしみ》ということで大目に見てあげなさい。きみだって、浅慮ゆえの失敗がないわけではあるまい？」

「そりゃ、まぁ」アルリックが声を落とす。「それにしても、あいつが何かを企んでいるんじゃないかという印象は拭《ぬぐ》えません。少しぐらい痛い目に遭わせてやるほうが世の中のためになったはずだと思いますよ」

「あのぅ、殿下？」ハドリアンが言葉をさしはさんだ。「よろしければ、おれとロイスは街に出て、友人知人の様子を確かめたいんですがね」

「おぉ、そうか、いいとも」アルリックが答える。「ところで、報酬の話をしなければいけなかったな。きみたちは本当にすばらしい働きを見せてくれた」彼はそう言いながら、にこやかに姉姫をふりかえった。「ぼくは約束を守る男だ。きみたちが望むとおりの金額を出そう」

「こっちとしちゃ、いったん持ち帰って検討させてもらいたいんだが」ロイスが言った。

「わかった」ふと、王子はかすかな不安を覗かせた。「ただし、願わくは、国庫がつぶれてしまわない程度に抑えてくれると助かるな」

「そろそろ、法廷のほうへ」ピッカリングがアルリックをうながした。

アルリックはうなずき、アリスタとモーヴィンを連れて階下へと消えた。ピッカリング伯爵はしばらくのあいだ二人組とともに残った。

「まだ若いとはいえ、良き国王になってくれそうだな」何を言っても王子の耳には届かないと確信したところで、伯爵は意見を述べた。「以前のあいつでは期待薄だと思っていたが、今はまるで別人だよ。ずいぶん真面目になったし、自信も湧いてきたようだ」

「それがありゃ無敵ってのは本当だったんですね」ハドリアンは伯爵の剣を指し示した。

「ん？」ピッカリングは自分の腰に視線を落とし、相好《そうごう》を崩した。「まぁ、とりあえず、負けてたまるかと気合が入ることだけは確かだな。そういえば、なぜ、きみはブラガに対して守りに徹していたのかね？」

「どういう意味です？」

「わしの眼はごまかせんぞ。ここへ上がってきたときに見たら、きみは受け太刀ばかりで、反撃しようともしなかったではないか」

「おっかなびっくりだったんですよ」ハドリアンは嘘をついた。「ブラガはどこの競技会でも優勝候補の筆頭に名前を挙げられるほどの実力者ですが、おれは結果を残したことがありませんからね」

ピッカリングが不思議そうな表情を浮かべる。「そもそも、平民のきみは競技会と無縁だろうに」

ハドリアンは唇をすぼめ、うなずいた。「つまり、そういうことですよ。ところで、胸の傷の手当てをなさったほうがよろしいんじゃありませんかね？　せっかくのお召し物が血に染まってますよ」

ピッカリングは胸許を一瞥し、目を丸くした。どうやら、ブラガの切先をまったく感じていなかったらしい。「あぁ、いや、かまわんさ。布地そのものが破れてしまっているし、出血はもう収まっているようだ」

モーヴィンが小走りに戻ってくる。彼は父親のそばへ駆け寄り、腰に手をかけた。「兵士たちがドワーフを捜してますが、これまでのところ、杳《よう》として行方が知れません」吉報ではないにもかかわらず、彼は満面の笑みを浮かべていた。

「何をにやけている？」彼の父親が尋ねた。

「父上が勝つと信じてましたよ。どうかなと思うこともありましたが、やっぱり、信じてたとおりでした」

伯爵はうなずき、思案ありげな表情になった。彼はハドリアンをふりかえった。「自分でも釈然としない歳月を送ってきたものだが、ブラガと再戦する機会に恵まれて、勝って、その姿を息子にも見せてやれたのだから、わしは幸せ者だな」

ハドリアンが笑顔でうなずく。「ええ、たしかに」

しばし、ピッカリングは彼の顔をしげしげと眺めたあと、その肩に手を置いた。「包み隠さずに言ってしまうが、きみがハドリアン・ブラックウォーター卿とか何とか、貴族の生まれでなかったことにも感謝しているよ――ありがたいかぎりだ」

「よろしいですか、閣下？」エクトン卿の声に、伯爵と息子たちはその場を離れた。

「おまえがブラガを適当にあしらってたのは、ピッカリングに手柄を譲ったわけじゃないよな？」ふたりきりになったところで、ロイスが尋ねる。

「もちろん。貴族を殺した平民は死刑だぞ」

「だろうと思った」ロイスは安心したようだった。「最近のおまえは何かと善行づいてやがるから、気になってたんだよ」

「貴族はいつだって鷹揚なふうを装ってるが、そのうちの誰かがおれたち平民に殺されたとなりゃ、そいつがたとえ嫌われ者だったとしても、褒め言葉なんかありゃしないさ。とにかく、貴族には手を出すもんじゃないぜ」

「目撃者がいなかったら話は別かもしれんけどな」ロイスが意味ありげな笑みを浮かべる。

城を去ろうとする途中、ふたりはアルリックの声が響いてくるのを耳にした。〝……裏切りによって、国王たる我が父は生命を奪われた。さらに、わたしも生命を狙われ、姉も濡衣のままに処刑されるところであった。しかし、姉の機転にくわえ、英雄と呼ぶにふさわしい者たちにも支えられ、わたしは今ここにこうして諸君の目の前に戻ってくることができた〟

たちまち、盛大な拍手喝采が湧き起こった。

10 戴冠の日

六十八人が死亡、二百人あまりが負傷——〈メドフォードの戦い〉と呼ばれるようになった混戦はこうして終わった。市民による大門への攻撃がみごとに時宜を得ていたからこそ、王子はすんなりと街へ入ることができたし、まずもって、門外の攻防戦で死なずに済んだのもそのおかげだったかもしれない。ともあれ、アルリック帰還の報せが街の各所に伝わり、蜂起はそこまでとなった。もっとも、決着がついたからといって、すぐに秩序が戻ったわけではない。そのあと数時間にわたり、もっぱら川沿いの地域で、商店や倉庫などを標的にした掠奪行為が多発した。作業場を守ろうとした靴職人が殺され、殴打されて重傷を負った織物職人もいる。強盗のほか、徴税官ひとりとその補佐役ふたり、金貸しもひとり殺された。混乱に乗じての清算だろうというのが、世間のもっぱらの噂だった。いずれの事件についても犯人は特定できなかったし、捜査もおこなわれなかった。嫌疑をかけられた者さえもいない——嵐が過ぎ去ればそれで良しといったところか。

戦いの日に降り積もった雪はそれから何日もしないうちにほぼ融けて、物陰にわずかな白黒まだらの塊を残すだけとなった。しかし、気候はいよいよ寒さを増しつつある。暦の上でも秋はもはや過ぎ去り、冬が訪れていた。凍てつくような風の中、民衆は数時間におよぶアムラスの国葬に参列し、王家の陵墓をしめやかに囲んだ。また、それにあわせて、戦死者たちの合同葬もおこなわれた。町全体が悲しみに包まれ、一週間にわたって喪に服した。

エッセンドン城のワイリン警備隊長も戦死者のひとりだった。城門の警備にあたっているところを襲撃されて生命を落としたのである。ワイリンも陰謀に加担していたのか、大公の嘘に踊らされていただけなのか、今となっては知る者もいない。アルリックは〝疑わしきは罰せず〟と主張し、軍隊葬を認めることで彼に栄誉を与えた。

メイソン・グルーモンも死んだが、彼と肩を並べていた〈薔薇と棘〉支配人のディクソン・タフトは左肘から先を失っただけで助かった。もっとも、グウェン・デランシーと店の娘たちの尽力がなかったら、彼も無事では済まなかったにちがいない。娼婦たちによる看護はたいそう手厚いものだった。世話をしてくれる家族のいない負傷者たちは数週間にわたって〈メドフォード館〉に出入りした。その評判が城にまで伝わると、食糧や包帯や日用品などが大量に送られてきた。

アルリックが堅固に閉ざされた大門へと単騎突進したという英雄譚はたちまちメレンガー全土に広まった。矢面に立つことも怖れず、ついには兜を脱ぎ捨て、二度にわたって名乗りを上げ――どこの酒場もその話題でもちきりだった。以前の彼はアムラスの世継として多くを期待できそうにないと囁かれていたものだが、今ではおおいに崇《あが》め奉られている。そして、当初は知る人ぞ知るという程度にすぎなかった逸話も、数日後にはあちこちで酒の肴となっていた。二人組の盗賊が王殺しの濡衣を着せられたものの、処刑寸前に脱獄したばかりか王子まで連れ去ったという、およそ信じられないような物語である。さらに、それが人から人へ伝わるたびに話がふくらみ、盗賊たちと王子の旅はひたすら冒険の連続だったとか、城へ戻るやいなや倒れかけの塔から間一髪で王女を救い出したとか——あまつさえ、王子が路上で殺されそうになっている現場に遭遇して救いの手をさしのべたとか、崩れ落ちた塔のむこうで賊のひとりと王女が抱きあったまま本丸の壁に揺れている様子をこの目で見たとか、そんな余談をつけくわえる者たちも少なくなかった。

王殺しの実行犯であるドワーフの捜索も広く続けられていたが、そちらの成果は芳しくなかった。アルリックは百テネントの懸賞金を出すと宣言し、その張り紙はあらゆる辻や酒場や教会などで目にすることができた。巡察隊も随時警戒を続けており、納屋や倉庫や水車小屋、さらには橋梁の裏まで調べているのだが、それでも発見には至らなかった。

一週間の服喪が過ぎると、城の修理が始まった。労働者たちが残骸をかたづけ、建築技師たちは塔の再建に少なくとも一年はかかるだろうという推論をまとめた。ハヤブサの章旗は城の上に揚がっていたが、街の人々がアルリック王子の姿を見る機会はほとんどなかった。彼は王権にともなう何百もの責務を果たそうと、執務室にこもりっぱなしだったのだ。ピッカリング伯爵は顧問となり、息子たちともども城にとどまっていた。父親代わりという想いを胸に、若い王子を支えていこうと心に決めていたのである。

アムラス王の葬儀からちょうど一カ月後、アルリックの戴冠式がおこなわれた。その日に合わせたかのようにまた雪が降り、王都はふたたび白一色に包まれた。誰もが参列を望んでいたが、会場となったマレス大聖堂がいかに広いといえど全員を収容できるはずもなく、大多数の人々が新王の姿を見る機会は、彼を乗せた無蓋馬車が城へ戻っていく途中か、ラッパが高らかに響きわたるバルコニーでの御披露目のときだけだった。

街のあちこちに吟遊詩人や大道芸人たちも登場して、まさにお祭り騒ぎの一日となった。王室の粋な計らいで、エールは飲み放題、さまざまな料理もすべて食べ放題だった。冬の日没は早いが、人々はなお飽き足らずに酒場へ行き、街の住民も地方からの来訪者もいりまじっての宴が続いた。そこでの語り草はもちろん〈メドフォードの戦い〉であり、いつしか『アルリック王子と盗賊たち』という表題のついた新伝説である。どちらもまだ当分は人気が衰えそうにない。長い夜はこうして更けていき、やがて、酒場の灯もぽつぽつと消えはじめた。

深夜になっても蠟燭の火を残している建物がひとつ、職人街の一角にあった。もともとは男性用衣料の小物類を扱っていた店だが、その主だったレスター・ファールは一カ月前の戦いで亡くなっていた。近所の噂では、羽毛のついた帽子をかぶっていたのが目立ちすぎたせいで斧の一撃を浴びたということらしい。彼の死後も山高帽をかたどった派手な看板は残っていたが、売り物としての帽子はひとつも店内になかった。夜中でも灯があるとはいえ、店に出入りする人影を見た者はいない。どうなっているのかと訝《いぶか》って扉を叩けば、出迎えてくれるのは質素なローブをまとった小柄な男性だ。その背後の室内には、毛を落とした獣皮が無数に置かれている。水桶に浸したものもあり、枠に張って干したものもあり。壁のほうへ視線を移せば、軽石、針と糸、折り畳まれた羊皮紙などが整然と並んでいる。さらに、天板に傾斜のついた机が三つ、いずれも大判の紙面に丁寧な文字がびっしりと書き連ねてある。そして、棚や抽斗のあちこちにあるインク壺。この男性はいつも礼儀正しくて、何の商売なのかと訊かれると「商売ではありません」とだけ答える。そう、彼はただひたすらに本を書いているのだ。読書という習慣のない人々がほとんどなので、たいての問答はここまでだった。

そもそも、店内に書籍と呼べるようなものはない。

マイロン・ラナクリンは独りで座っていた。『帝国の世俗法に関するグリゴレス論文』を半頁ほど書いてきて、ちょうど筆を止めたところだった。室内は寒く、ひっそりとしている。彼は立ち上がり、窓辺へ歩み寄り、雪に覆われた夜の街角を眺めた。彼がこれまでに見てきたよりもはるかに多くの人々が暮らしているこの王都だが、彼はまったく世間との交流がなかった。ここへ来て一カ月、まだ最初の本の半分までしか進んでいない。気がつけば、彼はもっぱら茫然と座っているだけだった。静寂の中で、彼の耳の奥底には友僧たちの晩課の祈りの声が谺《こだま》していた。

彼は夜もほとんど寝ていなかった――寝れば悪夢にうなされるのだ。この店での第三夜が始まりだった。本当に怖ろしい夢だった。劫火が瞼の裏を覆い尽くし、焼け死んでいった友僧たちへの謝罪を寝言にくりかえす。それからというもの、死の幻影は毎晩のように彼を襲い、やがて目が覚めれば、そこは修道院よりもなお外界と隔絶された小さな部屋の冷たい床の上なのだ。住み慣れたあの家が懐かしい。レニアンとの朝の語らいも。

アルリックはきっちりと約束を守ってくれた。メレンガーの新王として、この店を無償で貸してくれたし、書籍を作るのに必要なあれやこれやもすべて用意してくれた。しかも、代金については一言もなしで。アルリックにしてみれば、自国の書誌学を発展させるべく、マイロンに期待をかけているのだろう。マイロンにとっても喜ばしいことではあるはずなのだが、彼は日増しに心が重くなるばかりだった。食糧に困ることはないし、大食を諫《いさ》める修道院長がいるわけでもないのに、最近の彼はほとんど何も口にしていなかった。そして、食欲の減退とともに、筆を執ること自体もつらくなってしまっているのだ。

この店へ来た当初は復刊への意欲も充分だったが、日が経つにつれ、自分のやろうとしていることに対する疑問がふくらみつつある。何のための復刊なのか？　それが待ち望まれているとは思えない。どこかの図書館、あるいは誰かの書斎にでも収蔵してもらえそうな見通しもない。最後までやりおおせたとして、どうなるというのだ？　完成した本をどうするつもりだ？　行き場はあるのか？　そして、彼自身の行き場は？　おたがい、故郷を失ってしまった存在なのに。

マイロンは部屋の隅に座りこみ、両膝を胸許にかかえ、頭を壁面に押しつけた。「なぜ、わたしだけが生き残らなければならなかったのだろう？」聞く者もいない部屋にむかって問いかける。「なぜ、わたしだけが置き去りにされてしまったのだろう？　なぜ、わたしには呪わしいほどの記憶力が与えられ、彼らの顔を、彼らの悲鳴を、彼らの断末魔の叫びを、決して忘れることができないのだろう？」

例によって、マイロンはさめざめと泣いた。人目のないところで、彼は誰に憚《はばか》ることもなく頬を涙に濡らした。ちらつく燭光に照らされながら床の上につっぷして泣くうち、すぐに眠りが訪れた。

ノックの音に、彼はびっくりして跳び起きた。立ち上がる。まだ夜だ。そんなに長く眠っていたわけではあるまい――蠟燭もまだ燃えている。マイロンは扉のほうへ歩み寄り、ほんの少しだけ開けてみて、その隙間から外を覗いた。冬用の分厚いマントに身を包んだ男がふたり、ポーチの上にじっと立っている。

「マイロン？　入らせてもらってもかまわないか？　立ち話で凍えさせるつもりか？」

「ハドリアン？　ロイスも！」マイロンは叫び、扉を大きく開けた。彼はまずハドリアンに抱きついたあと、ロイスをふりかえり、こちらは握手だけにしておいた。

「しばらくぶりだな」ハドリアンが靴の裏にこびりついた雪を蹴り落としながら話しかける。「本のほうは何冊ぐらい進んだ？」

マイロンはおどおどしたような表情になった。「ちょっと低調な状態が続いていまして……まぁ、じきに良くなってくるでしょう。だって、ほら、作業環境としては最高だと思いませんか？」彼はつとめて明るい口調をよそおった。「これほどのものを好きに使うことができるのですから、陛下のご厚意はありがたいかぎりですよ。羊皮紙だってインクだって、一年や二年でなくなるような量ではありません！　でも、せかさないでくださいね。〝時の息遣いは世を疎《おろそ》かにして、実りはなお僅《わず》かなり〟というフィニテスの言葉もありますし」

「要するに、おまえさんはここが気に入ったわけだな？」ハドリアンが尋ねる。

「おぉ、もちろんですとも。これ以上は何も望むことなどありませんよ」その言葉に、盗賊たちは視線を交わしたものの、マイロンにはその意味がわかるはずもなかった。「おふたりとも、何かお飲みになりますか？　お茶でよろしいですか？　陛下はそんなものまで用意してくださったのです。蜂蜜もありますよ」

「熱々の茶ってのは嬉しいな」ロイスが答えると、マイロンはさっそく準備にとりかかった。

「ところで、こんな夜遅くに訪ねていらっしゃるなんて、どうしたのですか？」マイロンはそう問いかけて、自分の言葉に笑った。「あぁ、そうか、あなたがたにとっては遅くもありませんね。これぐらいがお仕事の時間でしょうから」

「そういうこと」ハドリアンが相槌を打つ。「ちょいとチャドウィックまで行ってきたところでね。〈薔薇と棘〉への帰りがけ、良い報《しら》せを聞かせてやろうと思ったのさ」

「良い報せですか？　どんな？」

「いやぁ、良い報せのつもりで来てみたんだが、それほどじゃないのかもしれないような気もしてきたぞ」

「どういうことでしょう？」修道士はポットに湯を注ぎこみながら尋ねた。

「つまり、ここを離れる気はないかって話なんだ」

まう。

「そんな話が？」マイロンがだしぬけにふりかえったので、湯がこぼれてしまう。

「まぁ、あるにはあるんだが、おまえさんがここを気に入ってるなら――」

「ここを離れるとして、どこへ？」マイロンは不安そうな口調になり、茶を淹《い》れようとしていたことなど忘れてしまったようだった。

「そうだな」ハドリアンは最初から説明することにした。「おれたちがアリスタを救出したことに対して、アルリックは望みのままの報酬を約束してくれたわけだが、おれたちもアリスタに生命を救われたんだから、金だ土地だってのは欲の皮がつっぱりすぎだよな。そこで考えたのが、ウィンズ修道院の損失はどれほどのものだったかってことさ。おまえさんの大切な本もそうだが、道に迷った旅人が身を寄せる避難所もなくなっちまったんだぜ。てなわけで、おれたちは新王に修道院の再建をもちかけた」

「ほ……本当ですか？」マイロンは舌をもつれさせた。「それで、陛下は何と？」

「実際のところ、ほっとしたようだったぜ」ロイスが答える。「この一ヵ月、揺れる剣の真下に座らされてるみたいな気分だったんだろうさ。世継になる子か王冠の宝石か、おれたちがとんでもない要求をつきつけるかもしれないと思ってやがったにきまってる」

「盗む前だったら、考えてみるぐらいの価値はあったろうけどな」ハドリアンが笑い声を洩らしたが、マイロンにはそれが冗談なのかどうかの区別がつかなかった。

「とにかく、おまえさんがここにいたいってんなら――」ハドリアンは空中でくるくると指先を回し、「――おれたちとしても、無理にとは言わんさ」

「そんな！　いや、そのぅ――たしかに、おっしゃるとおりだと思います。修道院を再建することは王国のためにもなるでしょう」

「その答えが聞けて嬉しいぜ。設計士たちに協力してやってほしいんだよ。どこがどうなってたのか、略図か絵にできるかい？」

「えぇ、隅から隅まで」

ハドリアンが笑う。「そうだろうともさ。おまえさんだったら、宮仕えの建築技師たちを驚かせてやれるぜ」

「新しい院長にはどなたが？　陛下はもうディッベン修道院との折衝《せっしょう》に入られたのでしょうか？」

「国王としての具体的な活動はこれが最初だってんで、今朝、使節を送ったところさ。おまえさんの同僚になる修道士も冬のあいだにぼちぼち決まってくるだろうから、春になったら大忙しだぜ」

マイロンが満面の笑みでそれに応える。

「茶を淹れてくれるって話はどうなった？」ロイスがつっこんだ。

「あぁ、そうでした、ごめんなさい」マイロンはあらためてポットに湯を注いだ。彼はそこでふと手を止め、ふたたび不安そうな表情でふりかえった。

「住み慣れた場所へ帰れるのは嬉しいのですが、そのぅ……」マイロンの言葉がとぎれた。

「どうした？」

「また帝政派の人たちが襲ってくるのではないでしょうか？　修道院が再建されると知って——そんなことになったら、わたしは……」

「おちつけよ、マイロン」ハドリアンが言った。「そんなことにゃならんさ」

「でも、断言できますか？」

「信じろって。帝政派の連中め、もう二度とメレンガーで悪さはできないだろうぜ」ロイスがうなずいてみせる。マイロンはその笑顔から猫を連想し、自分がネズミでなくて本当に良かったと思わずにいられなかった。

夜明けまであと数時間、裏町はひっそりと静まりかえっていた。すっかり雪に埋もれた街角から、いつになく鈍い蹄の音を響かせて、彼らは〈薔薇と棘〉亭に至る路地へと入っていった。

「おまえ、懐具合はどうなんだ？」ロイスがハドリアンに問いかける。

「何の問題もないね。グウェンに預けときゃいいさ。いきなり、どうかしたのか？」

「まぁ、けっこうな稼ぎになったもんだと思ってな。アレンダの依頼で手紙を回収して十五テネント、その前にバレンティンの依頼でそれを盗み出して二十、デウィットのよこした前金が百、アルリックからも百。そうだ、そのうちにデウィットの正体をつきとめる必要はあるな——お礼参りってことで」ロイスはにんまりとした。

「修道院の再建のほかにまだ金を要求したのは妥当だったと思うか？」ハドリアンが尋ねた。

「個人的にはやっこさんのことが気に入ったんで、できれば、つけこむような真似はしたくないのさ」

「あの百テネントはグタリア監獄の中まで同行してやったことに対する報酬だぞ」ロイスが指摘する。「修道院はあくまでも王女の件だけだ。どっちも事前の合意どおりじゃないか。〝何でも望みのままに〟って、あいつ自身が言い出したことなんだから、こっちは封領つきの爵位だって手に入れられたはずなんだ」

「もったいなかったかな？」

「へぇ？　おまえ、ブラックウォーター伯爵とでも呼ばれるようになりたかったのか？」

「かっこいいだろ」ハドリアンは鞍の上でいくぶん胸を張った。「そんでもって、おまえは悪名高きメルボーン男爵ってわけだ」

「ちょっと待て、悪名はないんじゃないか？」

「〝悪評ふんぷん〟のほうが好みだったか？　いっそ、〝悪の権化〟はどうだ？」

「そこはやっぱり〝慈愛に満ちた〟だろ？」

ふたりはたちまち笑い崩れた。

「何か忘れてると思ったら、トランブールに殺されかけてるところを助けてやって、それっきりにしちまってたんだよな。今からでも――」

「もう遅いよ、ロイス」ハドリアンが釘を刺す。

ロイスは落胆もあらわに溜息をついた。「まぁ、あいつにとっても丸損じゃなかったわけだ。そもそも、おれたちは盗賊だもんな？　とりあえず、この冬は食い扶持《ぶち》の心配をしなくても済みそうだぜ」

「あぁ、働き者のリスみたいにたっぷりと蓄えがあるさ」ハドリアンが言った。

「このあいだの話じゃないが、春になったら漁師にでも転職するか？」

「ワイナリーじゃなくて？」

ロイスは無言で肩をすくめた。

「まぁ、考える時間はいくらでもあるよな。さて、エメラルドはもう寝ちまってるだろうが、起こして土産話につきあってもらうとするか。こんなに寒くちゃ、独り寝はつらすぎるぜ」

ロイスは酒場の前で相棒と別れ、〈メドフォード館〉に馬をつけた。彼はひとしきり路上に立ったまま、いちばん高いところにある窓を眺めていた。そうしているあいだにも、雪を踏む足はどんどん冷えていく。

「お入りなさいな——寄っていかないの？」グウェンが戸口から声をかけた。この時間でもまだ寝間着姿にはなっておらず、いつもながらの美しい彼女のままだ。「それとも、外はそんなに寒いわけじゃないとか？」

ロイスは表情をほころばせた。「寝ないで待っててくれたんだな」

「今夜には帰ってくるって、あなたが言ったんだもの」

ロイスは馬から鞍袋を降ろし、それをかついで店の入口へと歩み寄った。「また、いくらか預かっておいてほしいんだ」

「雪の中にずっと立っていたのは、そのことで？　お金を預けるかどうかで迷うぐらい、わたしは信用されていないのかしらね？」

その一言は彼の心に突き刺さった。「そんなわけがないだろ！」

「だったら、どうして？」

しばし、ロイスは返事をためらった。「おれが漁師だったりワイン職人だったりするほうが、きみにとっては幸せなんじゃないか？」

「全然」彼女はあっさりと否定した。「今のままでいてほしいわ」

ロイスは彼女の手をつかんだ。「グウェン、よく考えてみろよ。おれなんかとつるんでたら、最後にゃ破滅が待ち受けてるんだ。富農とか豪商とか、そういう相手を選ぶほうが安心じゃないか。子供を育てるのも一緒、老後も一緒、きみをひとりぼっちにしないで、しっかりと腰をおちつけていられるやつだよ」

彼女はその口を自分の唇でふさいだ。

「……何のつもりで？」

「わたしは娼婦なのよ、ロイス。世の男たちのほとんどは、わたしに対して優越感をいだいているわ。わたしは今のあなたが好きだし、これからも今と変わらないあなたが好き。ひとつだけ変わってほしい点があるとすれば、あなたが今の自分にもっと自信を持ってくれたらということだけね」

彼は両腕で彼女を抱きしめた。彼女はその胸に顔を埋めた。「会いたかったわ」彼女が囁いた。

アーチボルド・バレンティンはぎょっとして目を覚ました。

バレンティン城の〈灰色の塔〉、自分の隠れ処でちょっと居眠りしていたにすぎないはずだった。暖炉の火がいつのまにか消えており、室内はうっすらと寒くなりはじめている。そして、すっかり暗くもなっていたが、橙色に消え残っている熾火《おきび》のわずかな光があった。あたりには奇妙な異臭が漂い、何やら大きな球体が膝の上に乗っている感触もある。ただし、この暗さでは見えるはずもない。印象としては、布に包まれたメロンといったところだろうか。彼は立ち上がり、その物体を椅子に置いた。真鍮製の防炎板を横へ動かし、暖炉のかたわらに積んである薪を二本、熱く焼けている炭の上へ移す。それから、火掻き棒で熾をつつき、風を送りこみ、ふたたび炎を燃え立たせる。こうして、室内には明るさが戻った。

彼は火掻き棒をかたづけ、防炎板を戻し、手についた煤を払い落とした。そして、居眠りをしていた椅子へ戻ろうとふりかえったものの、そのとたん、あまりの恐怖にたちまち回れ右をすることになってしまった。

椅子の上にあったのは、かつてメレンガー大公だった人物の頭部だった。それを包んでいた布が半ば落ちかかっており、変わりはてたブラガの顔面がほぼ晒されている。眼球は白く濁り、今にも眼窩からこぼれそうなありさまだ。皮膚もすっかり黄変し、乾燥にひきつれて皺だらけになっている。ぽっかりと開かれたままの口には蛆虫が見え隠れして、あたかもブラガ自身が舌を動かして何かを言おうとしているかのように錯覚させる。

アーチボルドは胃がよじれるほどの嘔吐感がこみあげてきた。叫ぶこともできないほどの恐怖を覚えながら、侵入者がまだ室内にひそんでいるのではないかと視線をさまよわせる。

その途中で、壁面に殴り書きされた文字が目に留まった。血の色で、文字の大きさは一フィート角ほどもあるだろうか——

二度とメレンガーに手を出すな
国王陛下のご命令だ
……それとも、おれたちと勝負したいか？

この物語の世界について

†エラン界の領域区分
エストレンダー：北方の荒地
エリヴァン帝国：エルフの支配地
アペラドーン：人間の国々
バ＝ラン群島：ゴブリンの島々
ウェスターランド：西方の荒地
ダッカ：南洋人の島

†アペラドーンの諸国家
エイヴリン：中央部に位置する豊かな諸王国
トレント：北部山岳地帯の諸王国
カリス：群雄割拠のさなかにある南東部の熱帯地域
デルゴス：南部の民主国家

†エイヴリンの諸王国
ゲント：ニフロン教会の総本山
メレンガー：国土は広くないが、長い歴史があり敬意を集めている王国
ウォリック：エイヴリン最強の王国
ダンモア：もっとも歴史が浅く発展も遅れている王国
アルバーン：森林に覆われた王国
レーニッド：貧しい王国
マラノン：食糧の一代生産地。かつてはデルゴスの一部だったが、デルゴスの民主化にともなって離脱した
ガレアノン：不毛の丘陵地帯に位置する王国。古戦場が多いことで知られる。現在は無政府状態

†神々
エレバス：神々の父
フェロル：長男、エルフの神
ドローム：次男、ドワーフの神
マリバー：三男、人類の神

ミュリエル：唯一の娘、自然を司る女神
ウバーリン：ミュリエルとエレバスのあいだに生まれた息子、暗黒を司る神

†政治思潮

帝政派：神の子ノヴロンの末裔こそ唯一至高の統治者であると考え、人類世界の統合をめざしている人々
民権派：統治者は人々の意志によって選ばれるべきであると主張している人々
王党派：複数の王朝がそれぞれの国土を統治している現状の継続を望む人々

訳者あとがき

昨今のファンタジイって長いし重いし暗いし、読んでいて肩が凝っちゃいませんか？
綿密な世界設定がどうとか独自の言語体系がどうとか、ちょっと狙いすぎてませんか？
そんな調子で書き連ねるうちに切りどころを失って、無理な分冊になってませんか？

……と問いかけるのは、本シリーズ〈The Riyria Revelations／盗賊ロイス&ハドリアン〉の作者であるマイケル・J・サリヴァンです。日頃からハヤカワ文庫FTになじんでおられる皆さんには、いささか挑発的に感じられるかもしれません。〈時の車輪〉や〈真実の剣〉、あるいは文庫SF〈氷と炎の歌〉など、大河ファンタジイはその圧倒的な読み応えで人気を博してきました。とはいえ、同じジャンルをめざしながらも邦訳に至っていない作品は数多く、それらの原書をめくってみれば、書割をやたらと並べたにすぎない世界設定の中へとりあえず作者の虎の子のような主人公を放りこんでみました――といった感じの〝エピックもどき〟も散見されるのが現状なのです。

サリヴァンはそんな風潮にいささか辟易《へきえき》し、「キャラクターとドラマとユーモアとが適度なバランスで配されたファンタジイを我が子に読ませてやりたい」と思い立ったのでしょう。一九六一年生まれのデトロイト出身、広告系アーティストやイラストレーターとして身を立て、その分野で会社も設立したとのことですが、フルタイムで小説を書くために看板を下ろし、本シリーズで作家デビューを果たしました。めざすところは、ヤングアダルト系のハイファンタジイが隆盛を迎えていた一九八〇年代のスタイルでしょうか。原書で言うなら、四〇〇ページ程度のペーパーバックで組んだ三部作が主流だった頃ですね（邦訳ではそれぞれが上下巻になって計六冊というかたちもありました）。具体的な作家名としては、デイヴィッド・エディングス、レイモンド・E・フィースト、マリオン・ジマー・ブラッドリーあたりが思い出されます。

そこで、まずはシリーズ各巻の紹介を。

1　*The Crown Conspiracy*　本書
2　*Avempartha*
3　*Nyphron Rising*
4　*The Emerald Storm*
5　*Wintertide*
6　*Percepliquis*

もともとはRidanというアメリカの小出版社から刊行されたものですが、実本と電子書籍をあわせて七万部、その規模の会社としては異例の販売数を叩き出したことから、現在はSF／ファンタジイ系の大手であるイギリスのOrbitが扱うようになり、合本による三部作もあわせて刊行されています。

1＋2　*Theft of Swords*
3＋4　*Rise of Empire*
5＋6　*Heir of Novron*

ちなみに、本作の原書が二三〇ページ、次作が二六〇ページですから、前述した〝四〇〇ページ程度のペーパーバックで組んだ三部作〟という造りにも（ちょっと長めですが）あてはまるでしょう——というより、この合本版こそ、作者が意図していたとおりの構成なのかもしれません。

しかし、外枠が〝古き良き時代〟のそれだとしても、中身がなければ——文字どおりの意味で——お話になりません。そこのところ、本シリーズは？　孤児として盗賊ギルドで育ったロイスと、百戦錬磨の傭兵から儲け仕事に流れてきたハドリアン——いかにもアンチヒーローらしく、さまざまな逸話もありそうな悪党コンビがきっちりと期待に応えてくれます。

どちらも凄腕ではあるのですが何かと厄介事のついてまわる生業《なりわい》ゆえ、幾度となく難局に直面してはそこを経験と機転できりぬけていくのです。いきなり濡衣を着せられてしまって危機一髪、そこから紆余曲折の冒険を経て巨悪と対峙するという展開はさしずめ『特攻野郎Aチーム』、あるいは『ルパン三世』あたりを連想させる……とは過言かもしれませんが、キャラクターの立て方がそのままドラマとユーモアをもたらしているところは同じように楽しめるでしょう（本国アメリカではこちらも古き良き警官ドラマの『刑事スタスキー＆ハッチ』や『白バイ野郎ジョン＆パンチ』になぞらえる向きもあるようで、なるほど、主人公の二人組による丁々発止のやりとりとアクションはそちらの筋も引いているのでしょう――警官か盗賊かという大きな違いはあるにせよ）。

また、塔を舞台にしたクライマックスはそれ自体もお約束ですが、長い階段を×××すると×××で×××（ネタバレ自重！）という描写はまことにアニメ調、それを相応の理でうまく演出しているあたりにも作者の絵心が感じられます――×××って何だそりゃ、ですか？　まぁ、読んでみてからのお楽しみということで。FT編集部からは「あらすじにも触れてね！」と言われているのですが、それ未満のところで止めておきましょう。

さて、「ネタバレ自重」などと言ったばかりではありますが、次巻のあらすじをほんの少しだけご紹介。

ロイス＆ハドリアンの次なる依頼人はまだ幼さの残る少女です――父と暮らす辺境の村が

魔獣に襲われるようになり、死者も出ているとのこと。なけなしの小遣い銭を〝報酬〟として助けを求める彼女に、ハドリアンはまたも情を動かされ、ロイスは呆れ半分にその仕事を引き受けました。とはいえ、魔獣は強さと狡猾さをかねそなえているようで、一筋縄でいく相手ではありません——おまけに、そんな状況を帝国再興の踏み石に使おうとするニフロン教会もからんできて……

といった具合で、RPGラスボス級の難敵を迎えることになってしまったロイス&ハドリアンの運命や如何に？　次巻『辺境の二人組（仮）』二〇一二年七月刊行予定、ご期待あれ！

なお、作者のHPおよびブログにも本シリーズについての詳細が紹介されていますので、よろしければご参照ください（英語）。

http://www.michaelsullivan-author.com

http://www.riyria.blogspot.com

また、ツイッターやフェイスブックのアカウントもあるようですので、そちらを利用してみるのも一助になろうかと思います（訳者ヤグチのほうも同様に）。

末筆になりましたが、幼時の訳者を英語文化へと導いてくれた伯父、故・荒川善雄に、記して謝意を表します。

訳者略歴　1968年生，1994年東京外国語大学ロシヤ語学科卒，英米文学翻訳家　訳書『オペレーション・アーク』ウェーバー，『ドラゴンズ・ワイルド』アスプリン（以上早川書房刊）他多数

HM=Hayakawa Mystery
SF=Science Fiction
JA=Japanese Author
NV=Novel
NF=Nonfiction
FT=Fantasy

盗賊ロイス＆ハドリアン

王都《おうと》の二人組《ふたりぐみ》

〈FT541〉

二〇一二年三月二十日　印刷
二〇一二年三月二十五日　発行
（定価はカバーに表示してあります）

著者　マイケル・J・サリヴァン
訳者　矢《や》口《ぐち》悟《さとる》
発行者　早川浩
発行所　株式会社　早川書房
郵便番号　一〇一‐〇〇四六
東京都千代田区神田多町二ノ二
電話　〇三‐三二五二‐三一一一（大代表）
振替　〇〇一六〇‐三‐四七七九九
http://www.hayakawa-online.co.jp

乱丁・落丁本は小社制作部宛お送り下さい。
送料小社負担にてお取りかえいたします。

印刷・株式会社亨有堂印刷所　製本・株式会社フォーネット社
Printed and bound in Japan
ISBN978-4-15-020541-6 C0197

本書は活字が大きく読みやすい〈トールサイズ〉です。